趣说中国古典名著人物丛书

趣说
水浒人物

李剑冰 著

及时雨宋江　黑旋风李逵　九纹龙史进　花和尚鲁智深　豹子头林冲　扑天雕李应　行者武松　两头蛇解珍

上海人民出版社

像的雄姿。

两个差人挎着腰刀，戴枷的武松披散着头发，撕扯着一只似鹅若鸭的东西往嘴里送，忽地又多了两个挎刀的人，堵着武松，在一处桥上四人围着武松打了起来，结果是四个提刀的人居然被戴枷的武松踢翻撂倒，掀入水中……于是，对武松崇仰之至，后来知道，那就是"飞云浦"的事，记不甚清后面是否读到鸳鸯楼的事，这"一对四"的辉煌战绩令我大为振奋。记得在门前的小板凳上就着夕阳的余晖翻了好几遍，武松早早地闯入了我童年的视野与心坎。

后读书渐多，于古典小说也多所涉猎，但始终偏爱着《水浒》，始终认其为古典小说的翘楚。

东坡先生曾问幕士："我词比柳词如何？"回答是：柳郎中词只好十七八女孩儿执红牙板唱"杨柳岸，晓风残月"；学士词须关西大汉绰铁板唱"大江东去"。

这"十七八女孩儿"和"关西大汉"之比，我一直以为不仅囿于词，可衍扩至多种艺文领域，小说亦然。我常感觉《红楼梦》即属前者，而《水浒》即属后者。当然十七八女孩儿的浅吟低唱我也看的，听的。但心向往之的还是关西大汉裂帛穿云的雄啸高唱。于是，《水浒》中我觉得有"大江东去"意味的章节，时不时会翻翻，那令人神旺。

我之喜爱《水浒》，还缘于其书名，我不喜欢《忠义传》《英雄谱》之类的别种书名，简简单单的"水浒"两字，连"传"也不要，读来好听，望去漂亮，一见此两字，眼前便幻出一片汪汪大水，苍苍兼葭。

爱屋及乌，由于喜欢《水浒》的关系，连带着关于《水浒》的书和画册也一并收揽了不少。

自 序

大约十多年前,《水浒》一书曾大热,这与相关的影视剧的热播可能有关。坊间关于《水浒》的书也渐渐多了起来,各家以《水浒》为食材,"清蒸""水煮"烹出了各种"水浒"佳肴,甚是闹猛。我素来于《水浒》一书有特殊好感,也不甘寂寞,写过两本小书,现《趣说水浒人物》经修订补写又将与读者见面,依理该絮聒几句。

先得说说自己与《水浒》的缘分。

旧时有所谓"少不读《水浒》,老不读《三国》"的训诫,大概意谓年轻人读《水浒》兴许会激发内心好勇斗狠的情结,会闯祸;而老来读《三国》则可能堕入"阴谋论"怪圈,时时事事作机关算计。《双典批判》对两书所谓的"暴力"与"权谋"崇拜进行的文化批判似与传统的"两不读"古训不无关系。我读"水浒"不止是少时,年龄更提前,应该是幼时。

当然,所读并非原典《水浒》,彼时,略识之无,于个人尚属幼年读图时代。

某日,得一连环画,那是20世纪50年代初,连环画的繁荣时期尚未到来,所得仅是一册民国印本连环画,画工与印刷皆很粗率,且无封面,但知是画的武松故事,武松是认得的,街头时见其打虎塑像的雄姿。

两个差人挎着腰刀，戴枷的武松披散着头发，撕扯着一只似鹅若鸭的东西往嘴里送，忽地又多了两个挎刀的人，堵着武松，在一处桥上四人围着武松打了起来，结果是四个提刀的人居然被戴枷的武松踢翻摺倒，掀入水中……于是，对武松崇仰之至，后来知道，那就是"飞云浦"的事，记不甚清后面是否读到鸳鸯楼的事，这"一对四"的辉煌战绩令我大为振奋。记得在门前的小板凳上就着夕阳的余晖翻了好几遍，武松早早地闯入了我童年的视野与心坎。

后读书渐多，于古典小说也多所涉猎，但始终偏爱着《水浒》，始终认其为古典小说的翘楚。

东坡先生曾问幕士："我词比柳词如何？"回答是：柳郎中词只好十七八女孩儿执红牙板唱"杨柳岸，晓风残月"；学士词须关西大汉绰铁板唱"大江东去"。

这"十七八女孩儿"和"关西大汉"之比，我一直以为不仅囿于词，可衍扩至多种艺文领域，小说亦然。我常感觉《红楼梦》即属前者，而《水浒》即属后者。当然十七八女孩儿的浅吟低唱我也看的，听的。但心向往之的还是关西大汉裂帛穿云的雄啸高唱。于是，《水浒》中我觉得有"大江东去"意味的章节，时不时会翻翻，那令人神旺。

我之喜爱《水浒》，还缘于其书名，我不喜欢《忠义传》《英雄谱》之类的别种书名，简简单单的"水浒"两字，连"传"也不要，读来好听，望去漂亮，一见此两字，眼前便幻出一片汪汪大水，苍苍蒹葭。

爱屋及乌，由于喜欢《水浒》的关系，连带着关于《水浒》的书和画册也一并收揽了不少。

自 序

大约十多年前,《水浒》一书曾大热,这与相关的影视剧的热播可能有关。坊间关于《水浒》的书也渐渐多了起来,各家以《水浒》为食材,"清蒸""水煮"烹出了各种"水浒"佳肴,甚是闹猛。我素来于《水浒》一书有特殊好感,也不甘寂寞,写过两本小书,现《趣说水浒人物》经修订补写又将与读者见面,依理该絮聒几句。

先得说说自己与《水浒》的缘分。

旧时有所谓"少不读《水浒》,老不读《三国》"的训诫,大概意谓年轻人读《水浒》兴许会激发内心好勇斗狠的情结,会闯祸;而老来读《三国》则可能堕入"阴谋论"怪圈,时时事事作机关算计。《双典批判》对两书所谓的"暴力"与"权谋"崇拜进行的文化批判似与传统的"两不读"古训不无关系。我读"水浒"不止是少时,年龄更提前,应该是幼时。

当然,所读并非原典《水浒》,彼时,略识之无,于个人尚属幼年读图时代。

某日,得一连环画,那是20世纪50年代初,连环画的繁荣时期尚未到来,所得仅是一册民国印本连环画,画工与印刷皆很粗率,且无封面,但知是画的武松故事,武松是认得的,街头时见其打虎塑这样，与《水浒》的关系愈趋密切。

于是，大家说《水浒》、议《水浒》、论《水浒》蔚成热潮时，我也入了这个群。

但论议所取之法还是因袭了传统的月旦人物的方法，只不过用了一种自由的漫话的形式。

前辈有几种名作是我所心仪的。

诸如《水浒人物论赞》(张恨水)，《水泊梁山英雄谱》(孟超)，《水浒人物之最》(马幼垣)等书以前曾饶有兴味地读过，他们之所议或获我心，或违我意，我便在自己的书中时不时邀这些前辈促膝共聊。

常言称《水浒》为"一百单八条好汉"，其实水泊之内并非全是好汉，但确实《水浒》中人都被塑造得极其生动，说话口角生风，行动一招一式皆有神采。

将这些好汉或非好汉一一邀来，绍介于读过或未读过《水浒》的朋友应该是有点意思的。

这就是当初满含兴味地写了此书，此次又很欣然地补写了若干篇什重新编排呈于读者之前的原因。

此书初版承崔美明老师勉励并承担了责任编辑，此次增订郭立群老师出了不少力，此向两位致诚挚谢意！

李剑冰

2021 年 5 月

目 录

自　序 ……… 1

天罡篇

水泊掌门人——及时雨宋江 ……… 3
麒麟楦——玉麒麟卢俊义 ……… 9
二指叠　妙策来——智多星吴用 ……… 14
云游物外心自闲——入云龙公孙胜 ……… 19
帝壮缪之苗裔兮——大刀关胜 ……… 24
风雪夜行侠——豹子头林冲 ……… 29
来势凶猛　去势疾速——霹雳火秦明 ……… 35
谁驭连环甲马　唯我呼延将军——双鞭呼延灼 ……… 39
雄姿英发神箭手——小李广花荣 ……… 44
天潢贵胄小孟尝——小旋风柴进 ……… 50
本是个散淡的庄园主——扑天雕李应 ……… 55
郓城两都头——美髯公朱仝　插翅虎雷横 ……… 60
尘世活佛——花和尚鲁智深 ……… 65
完美男人的典型——行者武松 ……… 72
冲冠一怒为红颜——双枪将董平 ……… 81
绮梦飞石结良缘——没羽箭张清 ……… 86
命运多舛的将门之后——青面兽杨志 ……… 90
锦衣玉食客　猊甲英雄将——金枪手徐宁 ……… 95
永远的配角——急先锋索超 ……… 101
渐行渐远的长跑英雄——神行太保戴宗 ……… 106
面目狰狞的卧虎潜蛟——赤发鬼刘唐 ……… 111
板斧一双排头砍——黑旋风李逵 ……… 116
生子当如史大郎——九纹龙史进 ……… 123
穆氏兄弟真无赖——没遮拦穆弘　小遮拦穆春 ……… 129
水上雅盗——混江龙李俊 ……… 134

I

渔家傲——立地太岁阮小二 短命二郎阮小五 活阎罗阮小七………138

"老子本姓天"——船火儿张横………143

弄潮儿向涛头立——浪里白条张顺………148

你就是耳太软——病关索杨雄………153

孤胆英雄 冷血杀手——拼命三郎石秀………158

休说俺兄弟心如蛇蝎——两头蛇解珍 双尾蝎解宝………164

陌上谁家年少——浪子燕青………169

地煞篇

功成八阵图——神机军师朱武………177

最挂错招牌的人——镇三山黄信………183

金石书法是当行——圣手书生萧让、玉臂匠金大坚………187

锦毛灵心——锦毛虎燕顺………192

让弟妇牵了鼻子的提辖——病尉迟孙立………196

缺了点医德的神医——神医安道全………200

无语怨东风——一丈青扈三娘………206

花心色狼——矮脚虎王英………212

屠牛宰羊烹小鲜 瞧我一手搞定——铁扇子宋清………215

未展歌喉的男高音——铁叫子乐和………221

小人物 大元老——摸着天杜迁 云里金刚宋万………226

知恩图报真君子——金眼彪施恩………230

绣帐春意闹——小霸王周通………235

直性的好人——打虎将李忠………239

霸超同行——铁臂膊蔡福、一枝花蔡庆………244

鸣镝飞 扁舟来——旱地忽律朱贵………250

人情练达好角色——母大虫顾大嫂………255

坡上青草掩白骨——菜园子张青………260

十字坡大树下的绮梦——母夜叉孙二娘………263

黄泥冈上的歌声——白日鼠白胜………270

梁上行——鼓上蚤时迁………274

泊外篇

出师未捷身先死——托塔天王晁盖……… 281

王教头 你在哪里？——八十万禁军教头王进……… 287

遁迹江湖亦豪英——大隐许贯忠……… 290

可惜了那武林正派高手——祝家庄教师栾廷玉……… 292

暗箭的代价——曾头市教师史文恭……… 296

谁玷污了胜雪白衣——白衣秀士王伦……… 299

失败的政治家、成功的艺术家——宋徽宗赵佶……… 303

鸳鸯拐踢出新天地——恶太尉高俅……… 308

一个知人善任的贪官——大名府留守梁中书……… 313

笑里刀 凶于鳄——孟州兵马都监张蒙方……… 317

卖友求荣丧心狂——帮闲者陆谦……… 322

侦缉高手——无为军通判黄文炳……… 325

躲过和尚杖 难逃小乙箭——歹毒差役董超、薛霸……… 329

永远的倒霉蛋——武大郎……… 333

狮子楼高 蹇驴命夭——浮浪子弟西门庆……… 336

"曲线招安"的通道——皇帝宠妓李师师……… 339

走下耻辱柱的女人——争议人物潘金莲……… 343

"马泊六"的末日——恶虔婆王婆……… 347

一头中山母狼——清风寨知寨刘高之妻……… 351

谐趣篇

《水浒》人物绰号趣话……… 357

梁山座次排定潜规则……… 371

武林英雄谁与敌……… 388

梁山才俊多绝艺……… 394

水泊英雄的标志性印记……… 405

天罡篇

水泊掌门人——及时雨宋江

梁山头号人物宋江在后世的评论中颇多訾议。有斥其奸诈的，有鄙其好色的，也有诮其愚陋的。金圣叹更是把他贬为下下人物。

笔者幼时也不甚喜欢宋江，觉其武功低下，谋略也全倚仗着智多星。小说中其给人印象最深的是逢人便拜，毫不理会"男儿膝下有黄金"的说法，也忒窝囊了。那梁山一把手的位子简直有点像是拜乞来的。

其后，阅历有长，重读《水浒》，则深感宋江不愧是一个能够统驭群伦的兼备各种领袖素质的英才。

是的，考评宋江必须从领袖素质这个层面来进行。

领袖素质之首项为：其人未必武艺高强，但绝对不可不通武艺。齐白石谓画"妙在似与不似之间"。欲为领袖人物，于武艺须在"通与不通之际"。武艺太精湛，棍棒使得溜转，打遍天下无敌手，一不小心便成为八十万禁军教头。实际上至多也只能攀到那个头衔，上面有高太尉那样的人压着呢，不给你小鞋穿已是你的造化了；不通武艺，手无缚鸡之力，如白衣秀士王伦那般则弄不好就有脑袋搬家之虞。通与不通之际最佳。文人见了："嗯！提得笔，扛得枪，了不起！"武人见了也不会小觑，甚至更多地会佩服你其他长处。宋江之

武艺约略在此境界。在祝家庄，宋江曾被一丈青扈三娘追得狼狈逃窜，可见其武艺之不怎么样。但小说中又说他曾打熬气力，练习棍棒，并且还曾经一度担任过白虎山孔太公两个儿子独火星孔亮和毛头星孔明的武术教师，拿宋江自己的话说："因他两个好习枪棒，却是我点拨他些个，以此叫我做师父。"这就是宋江的武艺水平：在通与不通之间。

被扈三娘追逐算不得什么。刘玄德、曹孟德辈也皆被人追逐而仓皇逃窜过。但刘玄德有三英战吕布之绩，阿瞒则在围猎时取过献帝的弓箭，挽弓搭箭，很显示了一番射艺。可见曹、刘两位于武艺也恰在通与不通之间，而青梅煮酒论英雄时，孟德所谓"天下英雄唯使君与操耳"，已被历史证明并非妄言。

足证，"领袖人物的武艺水平须在通与不通之间"亦非妄语。宋江于此，正好相符。

领袖素质之二为：其人不必具文豪之才，但绝对不可不通文墨，偶尔兴至，则须赋得诗词。汉高祖刘邦粗通文墨，楚霸王项羽"学书不成，去，学剑"，唐人章碣称两人为"刘项原来不读书"。但两人开口所唱"大风起兮云飞扬"与"力拔山兮气盖世"却堪称不朽佳作。

宋江在浔阳楼上竟也"挥斥方遒"：

> 自幼曾攻经史，长成亦有权谋，恰如猛虎卧荒丘，潜伏爪牙忍受。　不幸刺文双颊，那堪配在江州，他年若得报冤仇，血染浔阳江口。

这是一首调寄"西江月"的长短句，宋江题壁后意犹未尽，复题七绝一首：

心在山东身在吴，飘蓬江海漫嗟吁。

他时若遂凌云志，敢笑黄巢不丈夫。

一诗一词虽未必堪与苏、辛比肩，但两作卒章显其志，平心而论，还很有些慷慨之气。

能写出如此诗词者，梁山上也只宋江一人而已，林冲、吴用亦能诗，但气概毕竟不逮宋江远矣！

领袖素质之三为：其人不可是风流的情圣，但也不能不解风情，"爱江山也爱美人"最为相宜，也方能显英雄本色。于美色无动于衷则易被人视为"公公"类人物，瞧去阳刚之气或缺；但若成为矮脚虎般的急色鬼则也不免猥琐。若宋江，既批评矮脚虎"原来王英兄弟要贪女色，不是好汉的勾当"，但当初阎婆惜颇有几分姿色，在其母撺掇下，竟也坦然将阎婆惜包养起来了。人言其对于一丈青及李师师亦皆有私意，虽无实证，却也并非空穴来风。要之，公明兄亦一具文采解风情人物也。

领袖素质之四为：其人不必是演员，但绝对须有演讲作秀之才能。刘备于长坂坡赵云救出其子后，竟掷阿斗于地，嗔曰："孽种，险些伤了我一员大将。"颇有作秀意味，曹操也时有作秀之态。宋公明也擅此道。张顺亡后宋江叹曰："我丧了父母，也不如此伤悼，不由我连心透骨苦痛。"在必要的时间，必要的地点，挥洒一掬清泪，迸发数句深情喟叹，为领袖者，岂可不谙此道！

领袖素质之五为：其人不必魁伟高大，但必须有心雄万夫的慑人气质。此种气质有时赖传奇性故事形成；有时形貌中就显露无遗。宋江则两者兼备。梁山人物皆有绰号，而宋江则一人具二绰号："及时雨""呼保义"。笔者颇疑皆为宋自制而传于江湖者。人皆谓"耳听为虚，眼见为实"。然在封建社会中最广的信息传播渠道仍属"耳闻"。见面之时"久仰，久仰"，"久闻大名"之语即是证明。宋江之名播江湖应是多年经营之果。

另外，宋江虽在推让卢俊义为山寨之主时谦称"宋江身材黑矮，貌拙才疏；员外堂堂一表，凛凛一躯，有贵人相……"，但小说十八回"宋公明私放晁天王"中对其所作形象描写已让人感觉他也不乏贵相："眼如丹凤，眉似卧蚕，滴溜溜两耳悬珠，明皎皎双睛点漆。唇方口正，髭须地阁轻盈；额阔顶平，皮肉天仓饱满。坐定时浑如虎相；走动时有若狼形。年及三旬，有养济万人之度量；身躯六尺，怀扫除四海之心机。志气轩昂，胸襟秀丽……"可见其虽身材不高，却绝对有轩昂之气足以震人。加之传播四海之名，相见之时，必令见者刮目相看，起敬慕之情。

领袖素质之六为：其人必具精明之识人目力及宽容待人、能控驭人心之精湛技巧。识人之目力，吴用不下于宋江；宽容待人，柴进、晁盖与宋江差堪比匹，但不如宋精到。而能将"识人"与"用人"结合得如此圆熟，唯宋而已。

柴进为柴世宗之后，资财雄厚，富可敌国。江湖上好汉受其资助者不在少数，甚至有称其为"现世孟尝君"者。但武松在他庄上住了一年，因庄客搬口，柴进便渐渐疏慢了他，以至让武松有"人无千日好，花无百日红"之叹。而宋江一到柴进庄上，武与宋交谈之际，十分投契，后分投前程，宋江携弟宋清为武松送了一程又一程，致使武松感泣而拜为义兄。在控驭人心这点上，柴进与宋江相比，不及远矣。

黑旋风之被宋控驭也是一例。初识之下，宋江便借钱予李逵，任其去赌场挥霍。与戴宗、李逵同在琵琶亭饮酒，宋江吩咐酒保道："我两个面前放两只盏子，这位大哥面前放个大碗。"使李逵大乐："真个好个宋哥哥，人说不差了。便知做兄弟的性格。结拜得这位哥哥，也不枉了。"

当石秀、杨雄来梁山时，叙及时迁偷鸡之事，晁盖曾怒而欲将石、杨斩首。宋江慌忙劝阻："哥哥息怒，两个壮士，不远千里而来，同心协力，如何却要斩他？"吴用、戴宗及众头领皆相劝，晁盖方才恕了二人。这一事件也显出晁、宋之间处事的鲁莽与精细之别。因此，柴进虽是实力颇强的山寨首领的候选人，实际上却不能与宋争锋。晁盖名义上为众头领尊为山寨之主，而重大事件的决断往往宋显得更有话语权。"识人"与"用人"本质上即是权谋意识，在这上面，宋江具有超强的实力。

故宋江充分具备政治领袖必具的全面素质，他之成为梁山聚义厅中的一号人物是必然的。

当晁盖撒手人寰之际，留下"若那个捉得射死我的，便教他做梁山泊主"的遗言。后卢俊义竟成了活捉史文恭的寨主人选，且宋江也决意立卢为主。而吴用与黑旋风、武松、刘唐、鲁智深等人皆出而阻止，最终仍推宋为寨主，足证宋江控驭山寨力度之深。

梁山之首，非宋莫属。

麒麟楦——玉麒麟卢俊义

胡适先生在《〈水浒传〉考证》中于小说作了充分肯定，称施耐庵"重兴水浒，再造梁山，画出十来个永不会磨灭的英雄人物，造成一部永不会磨灭的书"。但他也指出书中有些人物有拼凑迹象，特以卢俊义为例分析了小说的缺陷，他说："硬把一个坐在家里享福的卢俊义拉上山去已是很笨拙了，又写他信李固而疑燕青，听信了一个算命先生的妖言去烧香解灾，竟成了一个糊涂汉了，还算得什么豪杰？……使卢俊义自己在壁上写下反诗，更是浅陋可笑。"

胡适的这个说法不是没有道理的，读《水浒》者确实对卢俊义这个形象颇有与胡相类的感觉。

卢员外也有个嘉名，"俊义"包含了形体精神两方面的赞美，其号"玉麒麟"更可算是梁山人物中最美的号了。

先秦典籍《礼记》中将麟与龙、凤、龟并称为"四灵"。

而"玉麒麟"当然应该是以玉雕琢而成的麒麟，它是一种吉祥物，佩之可辟邪，也象征着幸运、富贵。

而宋、元之际又多以"玉麒麟"喻人中奇才，元代著名诗人耶律楚材有"天上玉麒麟，英才可怜惜"(《和裴子法见寄》)之句赞其友人。

另据魏巽昌先生《水浒黑白绰号谭》于"玉麒麟"曾引宋人笔记曰:"宋张滉《艮岳记》引蜀僧祖秀《华阳宫记》:'汴京宋宫艮岳石有"独居洲中者曰玉麒麟"。'"

那么玉麒麟竟是如通灵宝玉一般的女娲补天遗落的奇石了。令人联想起豫园中的"玉玲珑"石。

奇石也好,玉佩也好,象征也好,比喻也好,总之,"玉麒麟"所构成的必是一个玲珑剔透、美轮美奂的意象,甚至带有神光离合之气。而它,属于卢俊义。

因此"玉麒麟卢俊义"这六个字成了读《水浒》者不会忘却的一个符号。人们还知道卢是梁山二把手(这卢姓在唐朝本也是贵族之姓),但要寻绎这个符号所代表的人物形象却又不免会想起胡适先生的评议,而觉着那人真有点烟云缥缈。

卢的出场相当晚,在小说六十一回中方始登场。

在攻打曾头市时,晁天王为史文恭所射杀,晁归天之际留下"若那个捉得射死我的,便教他做梁山泊主"的遗言。

因此,代为寨主的宋江须得执行遗嘱,寻找或等待那个符合条件的人物。

在为晁盖作超度亡灵的道场时,大圆和尚谈起名闻遐迩的河北玉麒麟,宋江、吴用方想起此位"河北三绝,祖居北京人氏,一身好武艺,棍棒天下无对"的大英雄,因此起意赚他上山,理由是"梁山泊中若得此人时,何愁官军缉捕,岂愁兵马来临",当然,捉拿史文恭也可偏师借重此位"天下无对"的俊杰了。

这才有了"吴用智赚玉麒麟"的故事,也即为胡适所取笑的"浅陋可笑"的故事。

确实,吴化装成算命先生诱卢中圈套的所谓"智赚"让人感觉吴之智并不高明，而卢之人毅却真显得不太精明。不，不是不太精明，而是太不精明。其时仆人燕青已告诫过此是骗局，但卢却一味自信不会上当，为避所谓血光之灾，却步步入了圈套。

小说中卢出场时的仪表形象倒不失英雄之气。

"目炯双瞳，眉分八字，身躯九尺如银。威风凛凛，仪表似天神"。

其棍棒也被赞为"撑天柱地撼狂风"，估计也确有打遍天下的水平。

但此人智商实在不高，想想吴用略施小计就赚了他，这"赚"字即骗的意思，而卢在整个过程中未尝显出过有丝毫疑虑与警觉。说得好听点是没有心机，直白说来那就是缺心眼。虽有棍棒功夫了得，却整个一莽撞武夫。

吴用口述的那首日后证明卢有反心的七绝，卢也乖乖地题于粉壁之上，所谓的"芦花丛里一扁舟，俊杰俄从此地游，义士若能知此理，反躬逃难可无忧"。诗之思理、语言无稽不论，这种藏头诗的小把戏是略通文理者很容易发现的，尤其是诗中明显包含着自己的姓名，卢竟懵然不觉，岂不低能？

这缺心眼还表现在后院失火，妻子让他戴了绿帽，与管家李固共同坑陷他，他也懵然无知，其后燕青将实情告知，他不但不信，反而愤然起脚，将怨气泄于小乙哥身上。

说到底，他是个内外遭人骗的笨伯。

旧时，海上闻人杜月笙有言：人可以不识字，但不可以不识人。卢大员外偏偏就栽在"不识人"这个最重要的人生大问题上。

既识不得人，当然更无从谈谋略，因此凑巧让他捉了史文恭、坐上梁山第二把交椅之后，每逢出征，他都不太有机会取胜，往往铩羽败绩而归。张恨水先生称他为"无往而不为误事之蒋干",良有以也。

明人陈老莲所画《水浒叶子》于卢有题辞曰:积粟千斛赍盗粮,积钱万贯无私囊。

初不解其意,细推之下方知也是揶揄卢作为河北三绝的大财主、大商人,只是把积聚的财富无私地捐与了梁山。

就这一点说,他对梁山的贡献确也不能抹煞。

梁山的第一桶金是"生辰纲",后来从祝家庄与曾家府也聚得不少资金,而卢员外的捐奉可能是梁山金库中占比例最高的一份资产了。

这大概也是宋江、吴用想赚之上山的最重要的原因吧。

不管如何,读卢俊义传,总感"玉麒麟"之号与其本人似不太相称。

初唐四杰中的杨炯在讥嘲当时朝中穿着华丽、锦衣玉带的达官时,给了个谑称:"麒麟楦"。意谓披了光彩耀目的服装的衣架模特(不是走T台的模特,而是泥塑木雕的模特)。

这令我想到这位卢副统帅。其号"玉麒麟",去掉"玉"字,添一"楦"字,作为其号也许更合适。这想法有点不宽厚,但庶几近之。

另外,我始终忘不掉此老在燕青向他哭诉家中变故时,他狠狠踢了燕青一脚,扬长而去的镜头。这令我想起一个典故。

《世说新语》中记载曹孟德在匈奴使节来访时,因顾忌自己体貌不魁伟,找了位高大魁伟的武士代他去接待使者,而自己执刀在旁充当贴身保镖。结果那位匈奴使者向人说道,曹丞相不怎么样,他身边的武士倒颇有英雄气概。

卢俊义与燕青一主一仆,《水浒》中两人常纠缠在一起。我要说的是:那位主人不怎么样,他身边的仆人却有十足的气派。

二指叠 妙策来——智多星吴用

说到吴用，人们都喜欢将他与诸葛孔明相比。这相比也许有其理由，此亦一军师，彼亦一军师，而且都是明初章回小说中的人物，而《三国演义》《水浒传》的作者都与罗贯中有瓜葛（罗是《三国演义》的作者，又与施耐庵一起著《水浒传》），将吴用与诸葛亮相比似乎颇在理。

其实这比较是不妥的，这两人属于不同的文化系统。诸葛亮是正史有传的人物，在蜀地，甚至在其他地方至今仍有祭祀纪念他的武侯祠。唐宋以降，文人不时在诗文中讴歌赞扬其"鞠躬尽瘁，死而后已"的崇高精神。诗圣杜甫感叹："出师未捷身先死，长使英雄泪满襟"；陆游则赞曰："出师一表真名世，千载谁堪伯仲间"。诸葛先生本人的《出师表》也是华语世界传诵不废的名文。因此诸葛亮不只是智慧的象征，更是英雄，甚至已登上神坛。

而吴用，虽在《宣和遗事》中有记载，毕竟不是正史人物，其道号"加亮"，似也有司马相如慕蔺相如的意味。但若将他真与诸葛亮相比，那后果是可想而知的，简而言之，就是"不堪"，所以，这比较是不公平的，倘真为吴学究着想，应避免这种比较。

但就《水浒》而言，吴先生还真是个人物。

二指叠　妙策来——智多星吴用

其号"智多星",这是一百零八人中唯一一个号上着星的人物,而作为天罡中人,他的星名是"天机星"。可知其是双重的"智"与"机"融合的明星。其智商绝对是"水浒"中顶尖的,脑容量必定是超常的。张恨水先生在《水浒人物论赞》中也对吴之聪明赞不绝口:"吴之置身水泊,则多少细大无往而不适宜,真聪明人也。""吴虽为盗,实具过人之才。"

人们常说"眉头一皱,计上心来",这是俗人之"计"。吴加亮先生施展其计谋时常常是"不慌不忙,迭两个指头",笑着优雅地道出。这大概是读《水浒》者不会忘记的。

瞧,他初出场后策划的第一次军事行动"智取生辰纲"何等漂亮!对手杨志是个十分精明而又武艺高超之人。在劫纲之时晁吴所组成的这支小分队中,根本无人能与杨志抗衡,但结果却是兵不血刃,麻翻了杨志等人,轻轻松松在夕阳的余晖中唱着歌儿推着十万金银下冈去。我揣摩那歌儿一定与"这一仗打得真漂亮"的旋律十分相似。

当然,也有人有异议。说他们一伙在住店时落下蛛丝马迹,导致后来事发,皆因吴的计划不够周密造成。于此,鄙意不敢苟同。吴计划的是劫纲,这是绝对成功的。若说后来事发,那也是必然的。住店时无论如何乔装打扮、设计周密都不可能丝毫不遗痕迹,只要当时未引人注意,就不属于过失。

当然,若说吴也有不周密处,那也是事实。若小说三十九回"梁山泊戴宗传假信"中,吴就聪明反被聪明误,在不厌其烦地动用圣手书生萧让和玉臂匠金大坚仿蔡京笔迹、印章制了假信并已让戴宗携信出发后,吴用才惊觉让蔡京给儿子的家信盖上"翰林蔡京"的印章是不合规矩的。这应该说确是一种疏漏,但智者千虑,必有一失。而且这错误是吴犯下后即刻自己发现的,依然可见他的聪明。这聪明即使不是绝顶的，也是常人难望其项背的。

吴之精明常在于他对大小事件的判断的准确无误，即恨水先生所说的"多少细大，无不适宜"。

晁、吴一行，劫纲事发，拟上梁山。时王伦正为山中大头领。晁、吴至山，王伦如当初拒绝林冲上山一样，准备婉言拒纳，晁懵无所知，而吴加亮却于冷眼观察间于山中一切已了如指掌。读小说十九回"林冲水寨大火并，晁盖梁山小夺泊"你不能不佩服吴的精细靡遗，料事如神。不妨在此引录那段好文字：

> 兄长不见他早间席上与兄长说话，倒有交情；次后因兄长说出杀了许多官兵捕盗巡检，放了何涛，阮氏三雄如此豪杰，他便有些颜色变了。虽是口中应答，动静规模，心里好生不然。若是他有心收留我们，只就早上便议定了座位。杜迁、宋万，这两个自是粗卤的人，待客之事，如何省得？只有林冲那人，原是京师禁军教头，大郡的人，诸事晓得；今不得已，坐了第四位。早间见林冲看王伦答应兄长模样，他自便有些不平之气，频频把眼瞅这王伦，心内自己踌躇。我看这人，倒有顾盼之心，只是不得已。小生略放片言，教他本寨自相火并。

这简直是一篇小型的"隆中对"，足以开济晁天王的懵懂之心。

"林冲水寨大火并，晁盖梁山小夺泊"实为吴加亮导演的一场军事政变，一幕精彩不下于"鸿门宴"的梁山故事的重头戏。

在梁山事业的壮大过程中，在在都有吴的印迹，披览一下"水浒"回目，吴之事功皆与"智"字有不解之缘：

十六回：杨志押送金银担　吴用智取生辰纲

五十回：吴学究双掌连环计　宋公明三打祝家庄

五十九回：吴用赚金铃吊挂　宋江闹西岳华山

六十一回：吴用智赚玉麒麟　张顺夜闹金沙渡

六十六回：时迁火烧翠云楼　吴用智取大名府

八十五回：宋公明夜度益津关　吴学究智取文安县

九十二回：振军威小李广神箭　打盖郡智多星密筹

……

吴可谓将他的智慧发挥尽致，也使他成了梁山上实质性的灵魂人物，内外大事皆由其出谋划策，而且再难的事，他略施小计，两个指头一叠，总能化解。

比如晁盖临终所嘱让活捉史文恭的人当山寨之主。这是一个令宋江颇为尴尬的遗嘱，而在吴的智慧和理论的诠释下，此事也得以顺利解决。

很多人都说吴"诈"，这倒不假，不诈怎么能当军师，兵不厌"诈"，"诈"是当军事参谋的首要条件。

吴身上也有"不仁"的一面，能诈者必不仁，尤其是要想成为一个"运筹帷幄之中，决胜千里之外"的好军师，有时为贯彻意旨，达到目的，他必得有不择手段的不仁之心。

吴在赚取一些政府军高级将领上梁山的过程中所使用的手段，真的有些下流，这也就是读《水浒》者，颇有人不喜欢这个人物的原因，本人也不想为之辩护。

但他绝顶聪明，却是不争的事实，哪怕不认同他者也不得不承认。这个人也许可以用一句目下常为人所说的话来形容：只有想不到的，没有办不到的。

云游物外心自闲——入云龙公孙胜

入云龙公孙胜是梁山位列第四的高层人物,却常常让人感到他是一个影影绰绰的人物,这情景就像他的号:"入云龙"——在云中时隐时现的龙。他始终与水泊保持着一种若即若离的关系。

他的身居高位估计首先因为他是最早追随晁天王参与智取生辰纲重大事件的人员之一,即"七星聚义"之一星。其次,他是身怀异术之人,在梁山队伍有那么几次面临身怀法术或魔术的人物的挑战,处于窘境中时,都是凭借公孙之术制御异类,使梁山立于不败之地,在那种时候,入云龙的功勋卓然凸现,无人堪与比肩。金圣叹说:"《水浒传》不说鬼神怪异之事,是他气力过人处,《西游记》每到弄不来时,便是南海观音救了。"金圣叹似乎没注意到入云龙,我每感《水浒传》也有弄不来时,那时便是入云龙救了,也正因此,入云龙总显得有点缥缈,有点玄虚。不过不奇怪,一清道人本是个方外人物,他实际上不属于梁山,是个生活在别处的人物。

公孙属梁山元老级人物,小说中亮相甚早,时晁盖已从赤发鬼刘唐处得知生辰纲信息,智多星吴用已说动了阮氏三兄弟入伙,拉起了一个劫纲特别行动队,公孙也是来报生辰纲信息的,于是成了聚义的"七星"之一。但整个劫纲计划是吴用运筹的结果,公孙在此中似未

趣说水浒人物

见丝毫特异之处。因此对他出场时"为因学得一家道术,亦能呼风唤雨,驾雾腾云,江湖上都称贫道做入云龙"的自我介绍颇感纳闷,既有偌大本事,为什么不抖出来亮亮相?

在小说十九回,劫纲事发,何涛率官兵追赶晁盖等人至石碣村芦苇荡中时,公孙先生手持宝剑表演了一回祭风的法术,唤来神风,火烧芦荡,大败官兵,那情景有点类似诸葛孔明火烧赤壁的模仿秀。公孙的"呼风唤雨"的本领来得有点突兀。

此后,在林冲火并王伦,晁盖梁山小夺泊的过程中,公孙先生又身影模糊起来,直至宋江上山与宋太公父子团聚之日引动公孙先生对蓟州家乡老母与恩师罗真人的思念,于是乞假三五月还乡省亲。晁盖嘱他:"百日之外,专望鹤驾降临,切不可爽约。"这"不可爽约"之嘱似有疑公孙一去不返的预感。公孙先生当即作出承诺,参过本师,安顿老母之后即还。但结果却是一去便杳如黄鹤,直至后来宋江等人在高唐州与高廉对阵,连连受挫之际,吴用才想起归乡的公孙先生,让戴宗、李逵去蓟州寻访。戴、李费尽周折方把公孙请回,合理的解释应是公孙先生当初乞假回乡,本就没打算回来,省亲只是个借口。

也许公孙先生当初参与劫纲,只是一种少年轻狂的举动,找个乐子解解闷。因为劫纲本身兵不血刃,未开杀戒,只是掠取贪官的不义之财,对于一清先生也算不得犯太大的戒,未想到事发后还得上梁山为盗,这是他始料未及的。本以为将杨志麻翻,推着小车下黄泥冈时游戏已经结束了,岂料误落尘网中,他还得陪着玩下去,一清先生就感觉无趣了,宋江是玩权术的,吴用是玩谋术的,他一清先生是玩法术的,道不同不相为谋,当然是玩不长的。梁山不是久留之地,他心向往之的是"山在虚无缥缈间"的仙境,只有在那云深不知处的方外之地他才能寻到遗世独立、羽化登仙的自由感觉,当然一有机会,他便会借故离开梁山。

对于晁盖、宋江来讲，实际上也明白一清先生并不是同志，且知道小庙留不得真神，公孙先生既有去意，是留不住的，只得客客气气听其来去自便。只要山寨有难，公孙先生肯一施援手便万幸了。

而吴用先生虽然智谋多多，但于法术却是门外汉，他与公孙先生同为军师，也真有瑜亮共处的尴尬，所以公孙先生云游在外，偶尔回来客串一下，于彼此都合宜。

如此，公孙先生与山寨之若即若离倒真是一个最自然也最合适的关系了。

公孙的道号是一清，而其在天罡中的星名为"天闲"。"清""闲"表明了他闲云野鹤、与世无争的本性。他下山时晁盖曾赠以金银资财，但一清先生只取盘缠而不愿接受更多的赠予。

在被动地参与的一些军事活动中，公孙先生未见特异表现，仔细想来，这是他低调做人的一种表现。试想，在与对方那些持冷兵器作战的人较量中，他时不时祭起松纹古定剑、念念有词地作法，喝声"疾"，唤来风雨，飞沙走石，播土扬尘，置对方于无可招架之地，那不也有点"胜之不武"的味道吗？公孙先生当然不屑于高射炮打蚊子的玩法。

在公孙先生的行状中，除了与高廉斗法，使对方从云中坠下，被插翅虎雷横挥做两段外，一般他都是与人为善，将对方降伏后收为弟子，给予重新做人的机会。

小说第六十回"公孙胜芒砀山降魔"中所降之魔乃混世魔王樊瑞，后来名列地煞，梁山英雄谱上有其名位。

第九十六回"入云龙兵围百谷岭"中降伏的乔道清，亦拜公孙为师，公孙在收降乔道清时的一番点悟之训颇能启人视听："足下这法，上等不比诸佛菩萨，累劫修来，证入虚空三昧，自在神通；中等不比蓬莱三十六洞真仙，准几十年抽添水火，换髓移筋，方得超形度世，游戏造化。你不过凭着符咒，袭取一时，盗窃天地之精英，假借鬼神之运用，在佛家谓之金刚禅邪法，在仙家谓之幻术，若认此法便可超凡入圣，岂非毫厘千里之谬！"此番高论足见公孙先生已非昔日黄泥冈上游戏人生的道行尚浅的毛头小伙了。

此后，公孙先生又曾破田虎手下马灵的金砖法，顺便也收之为弟子。

在为宋江数度排难解忧之后，公孙先生漂亮地向梁山致词告别："向日本师罗真人嘱咐小道，令送兄长还京之后，便回山中，今日兄长功成名遂，贫道就今拜别仁兄，辞别众位，便归山中……"

宋江当然不敢翻悔。

于是，一清道人便挥一挥衣袖，作别西天的云彩。

这就是入云龙。云游四海方是他的归宿。人谓关云长身在曹营心在汉，而公孙先生则是名列天罡，心在方外。他本不是梁山中人么！

在读着《水浒》中公孙胜的传奇时，每每会浮现一个念头，这入云龙不该随晁天王去劫生辰纲，他本该与哪吒三太子的父亲托塔天王为伴，他似乎应该是《封神榜》或《西游记》中的人物，怎么闯到《水浒》中来了呢？这会不会是一个剪辑错了的故事？

帝壮缪之苗裔兮——大刀关胜

我曾把公孙胜与"身在曹营心在汉"的汉寿亭侯关公相比，称之为"星列天罡，心在方外"。恰巧，在公孙之后即是天勇星大刀关胜，与公孙先生同名，而更有缘的是他是关老爷的嫡亲后裔。

要说公孙先生是本该入《封神榜》而误入《水浒》的，那么对关胜爷说句不恭的话，常觉着他是持着他远祖云长先生的相片当护照而进入《水浒》的。

在对一个人成功与否的评判中，在激励一个人求取功名伟业的鼓动中，我们常常会发现一个词语：荣宗耀祖。把这个词语与关胜联系在一起的时候，我们会感到他既是不幸的，却又是幸运的。不幸的是他那位祖先那么辉煌："温酒斩华雄"，"千里走单骑"，"过五关斩六将"，"华容道义释孟德"，"决襄江水淹七军"……威震四海，义薄云天。其声名之大使其由侯为王，由王为帝，以至有了"武圣"之称，堪与孔老夫子平分秋色。作为武圣关帝的后裔关胜如何能超越乃祖？以什么来使乃祖容颜上增荣添耀？这铁定是不可能的，是为不幸。但幸运的是他却可以其祖之光来荣耀自己，祖宗的荣光成了他的无形资产，足可令后人对之刮目相看。

这种幸与不幸之感，或者说这种尴尬，是读《水浒》者都会感受

帝壮缪之苗裔兮——大刀关胜

到的。

　　这大概也是《水浒》作者摆脱不了的一种处境。不管是罗贯中或是施耐庵(《三国》《水浒》的作者纠缠在两人之间)，既有了《三国演义》中的关云长，那么作为其后人的关胜必然是一个难以塑造的人物。

　　瞧《水浒》第六十三回"关胜议取梁山泊"中的大刀关胜的形象："端的好表人材：堂堂八尺五六身躯，细细三柳髭须，两眉入鬓，凤眼朝天；面如重枣，唇若涂朱。"这岂不成了关云长的孪生兄弟。在《三国演义》中关羽与儿子关平也没有这般相像呀！怎么过了八九百年自己的三十几代裔孙中倒出了个与自己眉眼髭须、身高、体形丝毫不差的孪生兄弟，返祖现象真那么神奇？

　　不唯相貌如此惊人相似，这关胜竟然也使青龙偃月刀，胯下坐骑也是赤兔马，这就更令人匪夷所思了。

　　马幼垣先生在《水浒人物之最》中有一段甚谐谑的调侃："就算关云长的赤兔马果真在关家逐代巧配，历九百年时光也必传上百代了。怎可能前后两匹坐骑都是火炭般赤，浑身上下竟没一根杂毛？"

　　所以《水浒》中的关胜是克隆技术的产物。关胜在《水浒》中出场已是第六十三回，离梁山排座次的第七十一回只差八回。作者没有充裕的时间、当然更重要的是也没有能力去塑造出一个堪与其祖光芒匹配的裔孙，更遑论超越。

　　容貌、坐骑是克隆出来的，青龙偃月刀也不会是祖传的那把，必是仿其尺寸、重量、式样重新打造的赝品。

　　有趣的是关胜作为宣赞推荐的良将来征讨水泊时，梁山水军首领张横欲偷袭关营立功，曾潜入关营，关胜正在中军帐里点灯看书。小说中如此描写：(张横)望见帐中灯烛荧煌，关胜手拈髭髯，坐看兵书。……

这"手拈髭髯"的姿态竟也仿佛是模仿我们常见的关老爷手捋髯须夜读《春秋》摆出来的一个pose！乖乖！

因此，读关胜传就恍若瞥见《三国》中的关云长来《水浒》中客串表演。

难怪后世读者对《水浒》中的关胜形象甚感不满。不唯形象单薄，小说中关胜的"故事"也太简单，他身上的重头戏也只是第六十七回中的"关胜降水火二将"。叙关胜将圣水将军单廷珪和神火将军魏定国收伏归山，平平写来，实乏善可陈。

如降单之战，我们不妨看看是如何寡淡无味：

> 门旗开处，圣水将军单廷珪出马，大骂关胜道："辱国败将，何不就死？"关胜听了，舞刀拍马，两个斗不到五十余合，关胜勒转马头，慌忙便走。单廷珪随即赶将来，约赶十余里，关胜回头唱道："你这厮不下马受降，更待何时？"单廷珪挺枪，直取关胜后心，关胜使出神威，拖起刀背，只一拍，喝一声："下去！"单廷珪落马。关胜下马，向前扶起，叫道："将军恕罪！"单廷珪惶恐伏礼，乞命受降……

这拖刀计战单廷珪的情节实可谓老掉牙了。这样的文字也该算是《水浒》中最乏味的陈述了，而这在关胜却已是皇皇战绩了。

在《水浒》之前文学作品中已有所谓大刀关胜，龚圣与的《关胜赞》是这样写的："大刀关胜，岂云长孙？云长义勇，汝其后昆？"这哪里是赞，简直是当面开销，骂对方为云长之不肖子孙。而到了《水浒》中关胜形象更是每况愈下。

正是这样一位大刀关胜,在《水浒》排座次时却高列天罡之五,且贵为马军五虎将之首,难免让后世读者深感不公。

但想想卢俊义能居二把手之位,堂堂关圣之后,位列第五有何不可?历代凭祖荫获高位者岂在少数!

风雪夜行侠——豹子头林冲

微蹙的眉宇,悲悯深邃的眼神,刺有金字的轮廓坚毅的脸庞,几牙飘拂的髯须,头戴毡笠,肩搭花枪,枪端挑着酒葫芦……

这形象无人不知,无人不识。随你以任何形式来刻画这形象:工笔细描、泼墨挥洒、玉雕、牙雕、黄杨木雕……哪怕你进行了变形夸张,只要他在眼前出现,瞬间便能得到确凿无误的指认:豹子头林冲。梁山之上再也没有第二人在形象上有如此鲜明的表征。

现如今,城市、团体、组织、名牌产品都有自己的形象代言人,或曰形象大使。

水泊梁山的形象代言人是谁呢?林冲,非他莫属。因为梁山上数他最有型。

林冲所戴的毡笠,又唤作"白范阳斗笠",是宋时外出旅人常备之物,既可遮阳,又可防雨。《水浒》小说中许多人都戴过,宋江、刘唐、史进、武松、燕青都曾戴过,但戴在林冲头上却最合宜有型。他所使的花枪也只是一般的花枪,至于那葫芦也非"壶中悬日月"的玄奇宝物,只是装着可以在漫天风雪中御寒并消解胸中块垒的雅名曰杜康的酒。

这毡笠、这枪、这葫芦皆非神物,但戴上林冲之首,扛上林冲之

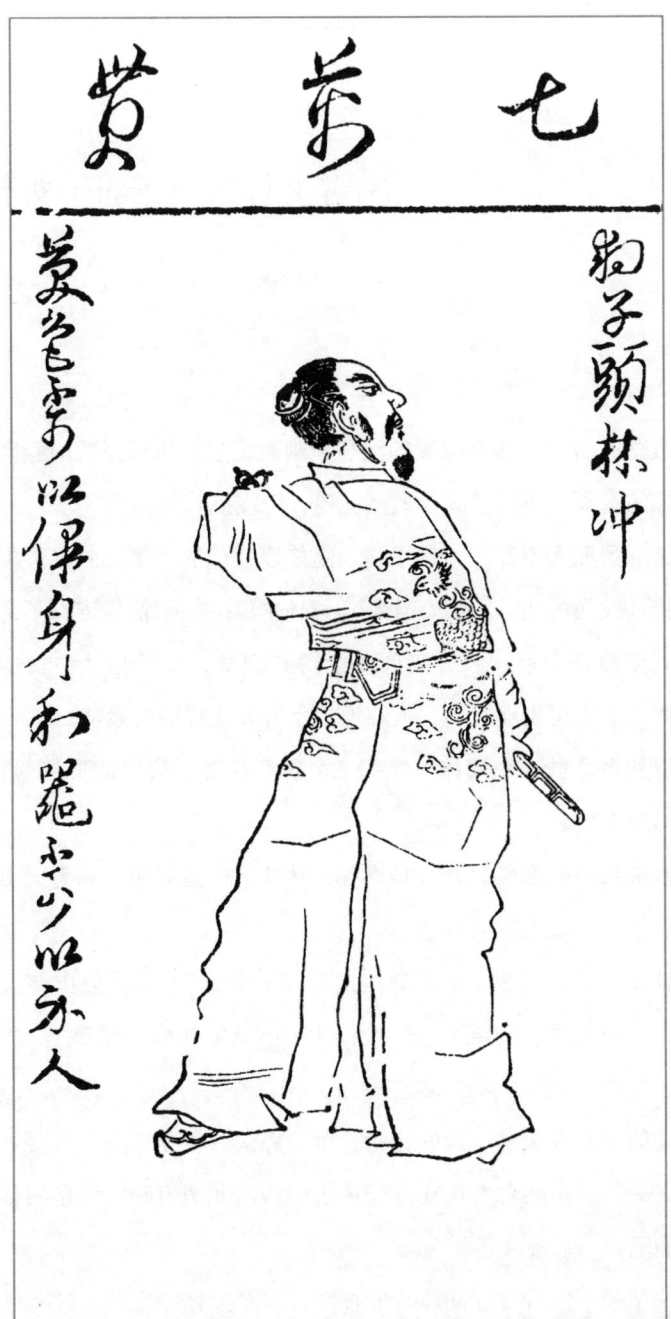

肩，竟能辐射出如此逼人的神采，个中原因就在于林冲本人身上凝聚着内在的慑人心魂的精神力量。

他是苦难的化身，梁山之上无人受过如他那般的苦难磨练。

武艺高超，身为八十万禁军教头，又具儒雅的诗书气息，锦衣玉食，家有如花美眷，生活如行云流水般悠游自在。

忽一日，顶头上司高俅的公子花花太岁高衙内瞧上了自己的妻子，于是阴谋和陷害接踵而至，连昔日的朋友也参与了这场阴谋，且非欲置自己于死地不可。家破妻亡，踏上漫漫的流放之途，途中又备受小虫豸董超、薛霸辈的非人折磨，转徙流亡，连落草为寇也遭人坚拒，梁山早期头领王伦对林冲实施的是另一种凌辱……"天将降大任于斯人也，必先苦其心志，劳其筋骨，饿其体肤……"于林冲有否大任降身不得而知，体肤、心志的苦难、磨练却是实实在在的。也许，正是这一切方使其悲天悯人的眼神显得尤其深邃。

大苦难的承受者必是具隐忍精神的坚忍者。"忍"是林冲精神的核心，就像"仁"是孔子学说的核心一样。

在林冲身上，"忍"确已达到了极致。

林冲携妻赴庙中还香愿，其妻遭高衙内调戏，林喝斥对方，举拳欲下时却认出了那人是高俅螟蛉之子，于是手软了，但"怒气未消，一双眼睛睁着瞅那高衙内"。林冲对鲁智深的解释是："本待要痛打那厮一顿，太尉面上须不好看，自古道：'不怕官，只怕管。'林冲不合吃着他的请受，权且让他这一次。"鲁智深的态度不同："你却怕他本官太尉，洒家怕他甚鸟？俺若撞见那撮鸟时，且教他吃洒家三百禅杖了去。"林、鲁不同表现常使人对林有所诟言，责其为懦怯。这有点站着说话不腰痛的味道，于林冲有所不公。试想鲁达此时已是拳打镇关西、大闹五台山，早已豁出去的人，而林冲则是在职禁军教头，对方又是自己顶头上司的儿子、且当时高衙内也只是出言不逊的语言骚扰，还未造成严重后果，所以对于性格谨慎的林冲举拳之后又放下了，以"小不忍，则乱大谋"的原则处之，应说并不有悖情理，并且他已喝斥了对方，且"怒气未消，一双眼睛睁着瞅那高衙内"证明他实际并未胆怯，言行之中已有明显的警告意味。这是林冲身上的第一桩"忍"。

"忍"之二。

发配沧州，一路上薛霸、董超百般折磨，甚至欲在野猪林中取其性命，鲁智深救林后本欲除去二恶，林却劝鲁不要坏其性命，声称："非干他两个事，尽是高太尉使陆虞候分付他两个公人要害我性命，他两个怎不依他？你若打杀他两个，也是冤屈。"这是慈悲为怀的"忍"，林冲并非不知两人之恶。

"忍"之三。

火烧草料场，雪夜上梁山，一片诚心来投，却遭王伦百般刁难，逼其杀害无辜，交上"投名状"来，令林冲仰天长叹："不想我今日被高俅那贼陷害，流落到此，天地也不容我，直如此命蹇时乖。"无奈之际欲去别处安身立命。此又一忍。

此诸般忍，在他人看来皆是"是可忍，孰不可忍"之事，武松、鲁达、李逵诸人决计不干，即使宋江估摸也无此隐忍之能耐，然林冲忍了，这就是林冲。

金圣叹谓林冲"看他算得到、熬得住、把得牢、做得彻，都使人怕"。林冲之"忍"确乎有一种内在的凛冽之气。

但以为林冲什么都能"忍"，以"忍"来应对一切，则差矣！

忍到无可忍时，他也会爆发，在隐忍中爆发的林冲更焕发出震撼人心的刚毅遒爽之美。

小说第十回"林教头风雪山神庙"我们首次看到了林冲身上的这种美的迸发。

当陆虞候与富安等几个奸人以为自己的阴谋得逞，望着毕毕剥剥爆响燃烧的草料场沾沾自喜之时，林冲以复仇之神的面目出现了。

他"轻轻把石头掇开，挺着花枪，左手拽开庙门，大喝一声：'泼贼那里去？'三个人都急要走时，惊得呆了，正走不动。林冲举手，胳察的一枪，先拨倒差拨。陆虞候叫声：'饶命！'吓的慌了手脚，走不动。那富安走不到十来步，被林冲赶上，后心只一枪，又搠倒了。翻身回来，陆虞候却才行得三四步，林冲喝声道：'好贼，你待那里去！'批胸只一提，丢翻在雪地上，把枪搠在那里，用脚踏住胸脯，身边取出那口刀来，便去陆谦脸上搁着，喝道：'泼贼，我自来又和你无什么冤仇，你如何这等害我？正是杀人可恕，情理难容。'陆虞候先道：'不干小人事，太尉差遣，不敢不来。'林冲骂道：'奸贼，我与你自幼相交，今日倒来害我，怎不干你事？且吃我一刀！'把陆谦上身衣服扯开，把尖刀向心窝里只一剜……"

"泼贼！""好贼！""奸贼！"骂得何等爽快。这一幕让我们领略到了正义得到伸张时的淋漓酣畅之情，懂得了什么叫"快意恩仇"。

小说十九回"林冲水寨大并火"是显示林冲豪爽内美的另一幕大戏。

当王伦故伎重演欲将晁盖等推拒门外时，林冲恐众英雄离去，特意到众人歇处挽留并剖白心迹："今日山寨，天幸得众多豪杰到此，相扶相助，似锦上添花，如旱苗得雨。此人只怀妒贤嫉能之心……小可只恐众豪杰生退去之意，特来早早说知。今日看他如何相待，若这厮语言有理，不似早日，万事罢论；倘若这厮今朝有半句话参差时，尽在林冲身上。"王伦最终还是做了刀下之鬼，林教头总算补交了一份迟到的"投名状"。

苦难的化身，隐忍精神的象征，快意恩仇和豪爽意气的体现者，这一切造就了梁山代言人林冲。

于是"逼上梁山""夜奔"等脱胎于《水浒传》的林冲戏也渐为后人所激赏。颂扬林冲的诗文也出现不少。余最赏聂绀弩先生《林冲二首》中的佳句："男儿脸刻黄金印，一笑心轻白虎堂。"可谓林冲精神之写照。甚至比林冲在雪夜奔梁山，于朱贵水亭中所题之诗更见精神。

林冲也属水泊中能诗者，在朱贵水亭中所题诗之末联"他年若得志，威镇泰山东"，也颇见其胸中磊落不平之气。

不过，本人觉得在林冲身上浓郁的诗意却是以另一种非文字的形态表现出来的。

瞧他，风雪山神庙，雪夜奔梁山……那戴着毡笠、肩挑花枪葫芦的身影与漫漫风雪融合得那样的贴切。

这雪的背景冷峻、清冽、萧森，恰与林冲的人格精神无比协调。他的身影也藉此平添了无限诗意。

不知何故，每睹此情此景，脑中便浮现高青丘"雪满山中高士卧，月照林下美人来"的诗句，这诗句题给林教头恰可与聂先生的佳句映衬互补。

来势凶猛　去势疾速——霹雳火秦明

霹雳火秦明名列天罡第七，为山寨马军五虎将之一，仅在豹子头林冲之后，亦《水浒》画廊中形象颇突出之人物。

秦明之给人留下深刻印象，一在其号，"霹雳火"三字声势汹汹，霹雳为迅雷，用以修饰"火"，即来势凶猛，但也去得疾速之火。我们切记这就是秦明的性格。秦明予人深刻印象的另一原因是其所用兵器——狼牙棒，这似乎是一种非正规的兵器，十八般兵器中不见其名，在冷兵器中它是形象狰狞的一种，以前似乎是辽金等猛将颇喜使用这一兵器。霹雳火，狼牙棒，这号，这家什就令人心惊肉跳，不由人不深铭不忘。

前已述秦明与林冲均属五虎将之列，且座次也先后相依，林教头啸吟风雪之中，颇有儒将丰采，而与秦统制叱咤风云形成十分明显的反差。一冷峻、沉郁，如雪中傲立之孤松，一凶猛、暴烈，如卷地奔突之山火。

这员猛将在《水浒》三十四回中方始进入我们视野。那一回的回目也令人怵目"霹雳火夜走瓦砾场"。

时值宋江杀惜后，先后在柴进、孔太公庄上避风头，然后又至清风寨花荣处盘桓。花荣与清风山一批兄弟先后随宋江反，于是清风镇

八矛錐

霹靂空裏明 揮前家烏車蓋君裁匪
夫經不貳

36

都监向上司慕容知府告急,调来了剿匪总司令,原青州指挥司总管、兵马统制秦明。秦统制视剿匪平乱为小菜一碟,向慕容知府夸下海口:"不须公祖忧心,不才便起军马,不拿了这贼,誓不见公祖"。不意宋江、花荣使了个计谋,将秦明诱入陷马坑,反将他拿了。

黄永玉先生在《大画水浒》中是如此处理的:秦明双手撑于狼牙棒上口发浩叹:"原是要拿了这厮,不料却被这厮拿了!"画面滑稽突梯,尤其那叹词倒也十分切合霹雳火快人快语的本性,发噱而令人喷饭。

《水浒》中秦明的故事也就是这"拿"与"被拿"的有趣过程。

这秦明的功夫端的了得,与花荣交手之际,大战四五十合不分胜败,显然双方都无法将对方"拿下"。花荣显然智商高出秦明许多,与宋江设下圈套,使小喽啰或在东,或在西引诱秦明来回奔忙,最后人困马乏,昏昏然堕入陷马坑,足见他毕竟只是一介武夫。可笑的是后来打祝家庄时,这秦明又重蹈覆辙,被栾廷玉再一次诱入陷马坑,被五花大绑当了俘虏。人常说一个人第二次再犯同样的错误只能证明其愚,而秦明就是这样一个脑中缺弦之人。

秦明虽被拿了,但不降的态度却特明确"秦明生是大宋人,死是大宋鬼。朝廷教我做兵马总管,兼受统制使官职,又不曾亏了我秦明,我如何肯做强人,背反朝廷?"可谓知礼明耻,振振有词,在为梁山所智赚的朝廷官员中还殊少秦明这样"直如弦"的人物。

于是花荣与宋江在假意允其返回的情况下,耍了个更损的诡计,着人化装成秦明去青州放火杀人,让慕容知府误以为秦明已经投敌,于是将其满门抄斩,并将其妻首级高悬城上,使秦有口难辩,痛不欲生,发誓寻着使毒招陷害他的人"直打碎这狼牙棒便罢!"誓也可谓毒誓矣。

当然，最终他还是忍气随了花、宋。但还是撂下了这样的话："你们弟兄虽是好意要留秦明，只是害得我忒毒些个。断送了我妻小一家人口。"话中恨恨不已之情仍十分明显。

宋江等人在赚秦明入毂一事上确做得过于狠毒。你宋江自己还未曾上梁山，且后来上了梁山又时时牵念着招安，那又何苦将一"生为大宋人，死为大宋鬼"的正直的朝廷官员搞得家破人亡，走上他极不情愿的落草之途，然后再去受招安，岂不恶搞得过了点？

也有人责秦明"家破族灭，乃大仇也；被人陷于不忠不义，乃大恨也，似也未曾太在意。"这话有点冤枉他了，他也曾恨得牙根痒痒的，赌咒发誓要打碎狼牙棒，谁说他不在意。

但他生就了霹雳火的性情，怒火来得快，平息的速度也较常人为快吧！

不过霹雳火之速熄另一原因也不得不提一下，秦遭灭门之灾，为抚慰其不幸，宋江又作主将花荣之妹子许配于他，于是干戈化为玉帛，当初大战四五十合的对手转瞬间成了秦晋亲家，秦明得叫花荣"舅子"，而花荣得唤对方一声"妹婿"了。

据《水浒研究》的作者何心（陆澹安）先生推算，秦明在瞧着城墙上悬着的妻子的首级悲痛欲绝到与花家妹子喜结良缘欢入洞房其间也只两三天时间。看来他真是霹雳火，爱情之火的燃起也是速而疾，有迅雷不及掩耳之势！

谁驭连环甲马　唯我呼延将军——双鞭呼延灼

宋江三打祝家庄之后，梁山实力迅速增长，引起了朝廷的恐慌，曾先后选拔良将，组织对水泊的围剿征讨。对这一次次黑云压城城欲摧的进犯，梁山没有采取硬碰硬对着干的策略，而是通过智赚、巧取，把这些良将一一策反，收入彀中，壮大了自己的力量。正如小说第五十四回结语所言：功名未上凌烟阁，姓字先标聚义厅。"凌烟阁"为唐代供奉功臣塑像的纪念堂。本来那些征讨梁山的名将应是上大宋功臣榜的人物，结果却一个个成了聚义厅中的座上客，且往往名列天罡之前茅。这一系列被策反的人物中呼延灼像秦明一样，也是给人留下深刻印象的一位。在他身上颇聚集了一些异质性的东西，很能夺人眼球。

首先，他的姓氏不一般。呼延氏来自朔漠，据《通志·氏族略》"匈奴有呼衍氏，入中国，改为呼延氏"。可知"呼延氏"是有少数民族血统的，至少应是混血儿。且"呼延"一姓也类似复姓，与"赵、钱、孙、李"之类的常姓相比，总觉不一般。金庸小说中多有公孙、欧阳、令狐、上官、东方、司马等复姓人物，也时有耶律、完颜、慕容等少数民族姓氏，常给人物甚至小说平添一种意韵气氛。"呼延"亦然。

二十万贯

霹雳呼延灼，将门之子鞭名史

且此"呼延灼"亦非一般"呼延",乃北宋开国功臣呼延赞之后。关胜也是名人之后,但他那位先人云长先生声名太显赫,常压得关胜抬不起头来,而且人们常以质疑的目光审视他,你是云长的后人吗?(龚圣与:"大刀关胜,岂云长孙?")而"呼延赞"一般仅知闻其名,于其事只知其略,而呼延灼却获得了一顶良将玄孙的桂冠,可增光而又不会被压得喘不过气来,最为合宜。

其次,呼延灼使用的兵器虽不曰奇,却也不一般,那就是双鞭,据说其祖使用的是单鞭,而呼延灼舞动的是双鞭。且两种鞭铸造的材质也不同,其祖是铁鞭,其色黑;呼延灼是铜鞭,其色黄,这"灼灼其黄"的铜鞭与他大名中的"灼"字真是太般配了。相比之下,大刀关胜依然使用"青龙偃月刀"就显得有点不伦了。本来"关公面前舞大刀"已是大忌,显摆赝品假刀更有点李鬼见李逵的味道了。所以呼延灼之双鞭就尤显得体。当然有时不免也想他如果使用狼牙棒之类也许更酷,因为他是真正的来自北方的一匹狼。

呼延灼胯下还有一匹"浑身墨锭似黑,四蹄雪练价白"的"踢雪乌骓",是徽宗御赐之宝马,一表非俗的呼延灼,舞着锃亮的双鞭,跨着踢雪乌骓,真可谓"所向无空阔"了,那种酷与帅在梁山头领中也是不多见的。

在武功上,呼延灼也是可数的高手之一,名列马军五虎将之一,曾与林教头"枪来鞭去花一团,鞭去枪来锦一簇"大战五十合而不分胜败。

更显实力的是,呼延灼有其独门绝活——连环马。

呼延灼将三千马军作特殊处理,每三十匹用铁环连锁构成一列,总共锁定为一百队,而且特为马匹制作熟皮马甲,骑手配备特制铁甲。临阵战术是:远则箭射,近则枪刺。因此这连环马方阵特别能战斗，所向披靡。

小说中宋江率军与呼延灼对阵，呼启动连环马时曾有如此描写：

> 猛听对阵里连珠炮响，一千步军，忽然分作两下，放出三千连环马军，直冲将来；两边把弓箭乱射，中间尽是长枪。宋江看了大惊，急令众军把弓箭施放，那里抵敌得住。每一队三十匹马，一齐跑发，不容你不向前走。那连环马军，漫山遍野，横冲直撞将来……

宋江军中林冲、雷横、李逵、石秀、孙新、黄信六员将领中箭，小喽啰中伤带箭者，不计其数。宋江也差点被擒。

这连环马不啻是一支装甲部队，因此也有唤它为"连环甲马"的，整个梁山被震惊了。

《水浒》中公孙胜掣松纹古定剑呼风唤雨，飞沙走石的场面也颇壮观，但多少也让人感觉其虚幻，会理智地意识到其假。

而连环马则能让你听到它行进时冷兵器碰撞的铿锵之声，那是真切的，令人怵目惊心的。

随着连环马的挺进，呼延灼的身影也深深植入读者心中。

读着连环马冲锋陷阵所向披靡的情节不由想起隆梅尔的坦克方阵，从军事意义上讲，两者是堪比的。

呼延灼连环马的慑人威力让梁山与整个小说进入一种紧张气氛，并如连环马一样由呼延灼勾连出一个颇有意味的人物和故事；金枪手徐宁以钩镰枪破连环马的故事。

呼延灼传不以故事或人物性格引人入胜，而以呼延身上众多令人深感陌生的异质性元素吸引了我们的眼球。恰如好莱坞大片常喜把背景放在异域，独特的景物和风土人情常形成一道赏心悦目的风景线。

呼延灼不但吸引了我们的眼球，他自己也无疑成了《水浒》画廊中一座有特色的雕像。

雄姿英发神箭手——小李广花荣

《水浒》第二十二回写宋江杀了阎婆惜后躲于家中地窖内避难，都头朱仝见情势紧迫，劝其往他处避难，宋江想到了三个去处："一是沧州横海郡小旋风柴进庄上；二乃青州清风寨小李广花荣处；三者是白虎山孔太公庄上。"这柴进是小说第九回中就出现的人物，而花荣是前未叙及之人物。此处宋江是随意提及。但"清风寨小李广花荣"这八个字却特具抓人的力量，读者一下子就被其吸引住了。

首先，"清风寨"这地名好，给人以天朗气清、风和日丽之感，抑或在夜间，也给人月明星稀、好风如水之感，总之，这寨名特具诗意。其次，"花荣"这名儿也佳，像《水浒》中其他几个有佳名的帅哥史进、石秀、燕青一样，名即不俗，而"花荣"尤透着一种花团锦簇、生机蓬勃的富贵气息。至于"小李广"之号更易唤起一种对神射手"开弓似满月，发矢如流星"的佳妙联想。于是宋江尚未启程，吾等却心向神往，巴望他早日径往清风寨投花荣而去，也可让我们早日一睹雄姿英发的小李广的神采。

然小说作者却让宋公明先去柴进处逗留一阵，又往孔太公庄上盘桓许久，最后才迤逦往清风山而去，这已进入小说三十三回了，而渐近清风寨时，又让清风山上强人将宋掳去，历一番"取心掏肺"的惊

雄姿英发神箭手——小李广花荣

险，才让我们心仪的小李广花荣优雅地踱步出来见面，这已有点千呼万唤的味道了。（颇疑心作者有点故意）

清风寨里走出的那个少年军官，拖住宋江便拜。

那人生得如何？但见：

> 齿白唇红双眼俊，两眉入鬓常清，细腰宽膀似猿形。能骑乖劣马，爱放海东青，百步穿杨神臂健，弓开秋月分明，雕翎箭发迸寒星。人称小李广，将种是花荣。

绝对是一个容貌俊朗、身材矫健的英武飒爽的少年郎。与未见面时的想象完全一致，甚至可说闻名不如见面。

花荣非但容姿俊朗，迎迓之际也可见其学养湛厚，吐属得体，一番见面告白毫无文人酸气，而满溢着真诚："自从别了兄长，屈指又是五六年矣，常常会想……今日天赐，幸得哥哥到此相见一面，大慰平生。"

金圣叹曾有批语"看他写花荣，文秀之极"，因称花荣为"翩翩儒将"。

相见礼毕，花荣又"唤出浑家崔氏，来拜伯伯。拜罢，又叫妹子出来拜了哥哥"。这些精细周到的礼节中无处不反映出花的至诚。

在花荣的热诚安排下，宋江在清风镇上观看市井喧哗，在村落宫观寺院中闲走乐情，悠游自在。恍然如入桃源之中。

当然，小说不会这样波澜不惊地平稳发展的，那样的话，小李广花荣只显现了其俊朗儒雅的一面，而英武豪爽的一面我们就无缘拜识了。

原来清风镇上并非清风徐来，水波不兴。作为清风寨知寨，花荣只是一个副职,那正知寨刘高不是盏省油的灯,其夫人更是个泼贱刁妇,宋江曾在清风山上从王英手中将她救下,她却恩将仇报,指使丈夫将在小鳌山观灯的宋江作盗首拿下,欲解往州里请功。

风波乍起,却让我们看到了花荣在朋友遇难时不惜丢官弃财,甚至搏命相救的侠义心肠。

花荣在救宋江过程中也显出不同寻常之处,虽深知刘高是"贪图贿赂,残害良民,行不仁之事的滥污贼禽兽"(花荣向宋江叙及刘高时所用语),但依然修书向刘致意,不失礼节,表现出他隐忍克制的修养:

花荣拜上僚兄相公座前:所有薄亲刘丈,近日从济州来,因看灯火,误犯尊威,万乞情恕放免,自当造谢。草字不恭,烦乞明察不宣。

书信文辞典雅,足见花之文儒之气,甚至可想见书迹字体必也为潇洒有致的二王体。

不意此信反激恼了刘高,怒而将书扯得粉碎,并大骂"花荣这厮无礼……你写他姓刘,是和我同姓,怎的我便放了他?"喝令左右将下书人逐出。

作为文官的刘高如此蛮横无礼,愈显出他的假斯文,也更映衬出花荣虽为武职却翩翩有致的文秀气息。

花荣是先礼后兵,修书搭救不成,他便披挂束弓,绰枪上马,把刘高惊得魂飞魄散。

该出手时便出手,在花荣身上我们看到与林冲相似的隐忍与爆发兼具的英雄气质。

在驰救宋江时，花荣曾失声叫道："苦了哥哥！快备我的马来！"待救出宋江，花荣又由衷地致歉："小弟误了哥哥，受此之苦！"这口口声声发自肺腑的"哥哥"之唤，特令人感动。常想，茫茫人海中得此重情义之兄弟，岂非人生最大的幸事。

花荣在《水浒》中不属于作者花大量笔墨叙写的人物，但却颇见神采。先已叙，未见其面，已有渴慕早晤之意，至少笔者这种感受甚强烈。有人说在《水浒》人物中，花荣是一个辐射面和受众体较大的人物，这说法确颇切合花荣其人。

小说第三十三回"花荣大闹清风寨"算是较集中的花荣传，前述关于花荣情事大都出于此回，在其他章回中我们却时不时地能领略其出神入化的射技。

其首次显露小李广风韵还是在大闹清风寨时。刘高派两名教头来花荣处夺宋江。花荣连发两箭，一中左门神的骨朵头，一中右门神头盔上的朱缨，令来犯者惊慌逃窜。

第二次射技之献是在投梁山途中，过对影山下时，小温侯吕方和赛仁贵郭盛两个使戟的青年英雄互不买账，在较量比戟，画戟上的绒绦搅成一团，花荣一箭射断绒绦，化解了一场恶斗，两人共尊花荣为"神箭将军"，众英雄融融乐乐共上梁山。此事与吕布辕门射戟解纷排难之事有点相类，但自有其佳趣。

那第三箭是上梁山后，众人言及花荣之射技，晁天王似有不信之意，于是花荣瞧着长空雁阵扬言要射雁行内第三只雁的头颅，结果此雁果然应声而落，山寨中一片哗然，花荣又获"神臂将军"之美称，吴学究甚至夸曰："休言将军比小李广，便是养由基也不及神手。"

此三箭皆有表演的意味，而第四箭则是可予记功之一箭。一打祝家庄时，对方以烛灯为指挥信号，令宋江所率人马左冲右突，出不了庄，焦虑万分。花荣便拈弓搭箭，望着影中只一箭射灭了那灯，令祝家庄指挥失灵，解救梁山大军于危难之中。

花荣之了得还不只在射技，那一杆枪也使得出神入化，堪与霹雳火秦明战五十合而未分伯仲。

花荣之可贵还在于不争荣利，秦明身列五虎将，花却未获此殊荣，却也十分坦然。

说起花荣与秦明之关系也甚有趣，两人先是上下属关系，秦为兵马统制，花为清风寨知寨，在其管辖之下。花荣随宋江反后与秦明又成了敌手，于是大打出手，最后又成了大舅与妹婿之姻亲关系。这一黑一白、一暴躁一儒雅之两军人颇能相映成趣。

《水浒》中花荣传在武松传之后，金圣叹曾将两人合评为"可谓矫矫虎臣，翩翩儒将，分之两隽，合之双璧"。此评用于秦明与花荣身上应该更为贴切。

天潢贵胄小孟尝——小旋风柴进

梁山好汉人各一号,有些好汉的号较易理解,一望而知号之含意,但也有一些因时代关系,今天看来有点费人猜疑,甚至深觉匪夷所思。因此,探索《水浒》人物绰号的确切含意也常引起一些颇有考据癖的学者的兴趣,如余嘉锡、王利器、陆澹安、盛巽昌诸先生都有过这方面的专文或专著。从这个意义上说,《水浒》人物绰号的研究几乎可以独立成"水浒学"的一个分支。

读这方面的文章常能获意想不到的启迪,但有时却也发现对某些绰号的勾稽索隐似有求索过甚和钻牛角尖之虞。

比如,《水浒》中柴进和李逵皆以"旋风"为号,柴号"小旋风",李号"黑旋风"。鄙意这"旋风"即径取自然界那种呼啸旋转而上强劲威猛的巨风为譬,形象地展示了人物所具的气势或影响力。

王利器先生却谓"旋风是当时金国一种炮名",并引录《三朝北盟会编》中所述金人所用之"旋风炮"为证。从而认为"旋风"为号取其如炮之威势。关于此说,我有点不敢苟同。鄙意以为炮以"旋风"为名也无非以"旋风"形容其炮之威力,不能因为"旋风"一词曾用以名炮,反过来就认"旋风"即是炮了。就像导弹有以"飞毛腿"为名,火箭炮有以"喀秋莎"为名,我们却不能说"飞毛腿"就

天潢贵胄小孟尝——小旋风柴进

是导弹,"喀秋莎"就是火箭炮。

实际上"旋风"一词,我们今天仍频繁使用着,在某领域创下迥异寻常的业绩,一时之间带来了令人震惊的巨大影响,我们便会以"××旋风"予以夸扬。

好了,兜了个圈子,现转入要说的人物:小旋风柴进。

柴进之号"小旋风"即表示其人在江湖上的影响力,"旋风"之前冠以"小"字,从本人讲,略含谦意;从他人言,似含有此旋风与一般旋风尚有异,并非一味逞强,却有其和穆宜人的一面。

这样"小旋风"和"及时雨"恰好配对,两人正是江湖上最倾心崇仰的扶困济贫、行侠好义的著名人物。宋江、燕顺在对影山酒店中与石将军石勇邂逅,石正使酒骂座吆喝着"老爷天下只让得两个人,其余的都把来做脚底下的泥"。这让得的两个就是"小旋风"和"及时雨"。石勇是说得牛了点,但柴进与宋江两人确具辐射面极广的江湖影响。柴进可能比宋江影响更大一点,石勇先说柴再道宋也并非偶然。

事实上受过柴大官人接济的梁山英雄真不在少数,石勇、武松、林冲、李逵均在柴进庄上住过。而宋江杀惜之后为避追捕,首先想到的避难之处也是柴进庄上。

柴进于梁山之贡献不但是上述宋江、武松、林冲、李逵等水泊重量级头领皆与其有患难之交的关系,且梁山基地的建立应也有柴进的一部分投资。梁山初创,王伦、杜迁、宋万、朱贵等人皆得柴进资助。林冲雪夜奔梁山也是柴写的推荐信,而山上杜、宋、朱诸人劝王伦接纳林冲时也以"柴大官人自来与山上有恩"为理由,这"恩"无疑即是经济援助。

水泊中人在众兄弟口中以"大官人"叫惯的似乎也只柴进一人,

李应也有"大官人"之称,但只是偶为人用,这当然与柴进天潢贵胄的出身相关。小说第九回"柴进门招天下客"中称:"他是大周柴世宗子孙,自陈桥让位,太祖武德皇帝敕赐他誓书铁券在家中,谁敢欺负他。专一招接天下往来的好汉,三五十个养在家中……"这便隐然有些孟尝君之风了。

其人外表,用古文来说,当得"丰姿仪"三字,王胄贵裔么!梁山上还未有在出身上堪与其攀比的。

他在林冲眼中是这样出现的:

> 那簇人马飞奔庄上来,中间捧着一位官人,骑一匹雪白卷毛马。马上那人生得龙眉凤目,皓齿朱唇,三牙掩口髭须,三十四五年纪,头戴一顶皂纱转角簇花巾,身穿一领紫绣团胸绣花袍,腰系一条玲珑嵌宝玉环绦,足穿一双金线抹绿皂朝靴。带一张弓,插一壶箭,引领从人,都到庄上来。

这气派十足的来如旋风的贵人就是小旋风柴进,着实令豹子头为之肃然。

柴进平昔也以"平生专爱结交江湖上的好汉"而自豪。

宋江避祸其庄上时,他也十分海威地夸口:"兄长放心,遮莫做下十大罪恶,既到鄙庄,但不用忧心。不是柴进夸口,任他捕盗官军,不敢正眼儿小觑着小庄。"

柴进倒并非要把自己家搞成犯罪分子的避难所,或恐怖分子的训练基地,他并无政治目的,他只是好义,就像他宣称的:"专爱结交江湖好汉"。真有点为"好客"而"好客"。

因此,王伦那样心胸狭窄的落第秀才,洪教头那样混饭吃的教官他也照样赞助和款待，而真正的英雄人物武松在他庄上却也并未得到另眼赏识，以至于武松有"花无百日红，人无千日好"的怨嗟，怪柴进疏慢了他。故小旋风与孟尝君相比，似"好客"得还不够到家，冯谖无好无能，孟尝君却"食以鱼"、"赐以车"，令其感而尽心为用。武松则在宋江到后，相见恨晚，立马拜为结义兄弟。不能不说是柴大官人之一大憾。

柴、宋两位同以仗义疏财、扶危济困名闻江湖，相比之下柴之名本在宋之上，财力也远较宋雄厚，而最终宋却成了大哥。因宋更具领袖潜质，因而也更具凝聚力。

这两人之号似也透着一种差异：

小旋风，有裹挟之势，有冲击力，但不持久。

及时雨，好雨知时节，润物细无声，能契入人心。

这就是梁山终究属宋江这样有控驭力的政治领袖所统治。而柴大官人哪怕贵为世胄，龙眉凤目，气宇轩昂，有天子相，在梁山上也只是个掌管钱粮的大总管。当然在天罡中他名列第十，也算是大头领了，且执掌经济命脉，也俨然是一个CEO级的人物。

本是个散淡的庄园主——扑天雕李应

扑天雕李应在水泊中排名亦属前列，居天罡第十一，但人们闲聊《水浒》，列举三十六天罡时，他是最易被人忘却的，有时也许会想起"扑天雕"之号（这号还颇有点英猛之气），但本名"李应"却无论如何跳不进记忆屏。这名也确太一般，与林冲、武松、史进、燕青、石秀、鲁达等无法比，当然更重要的原因在于他所历之事似乎平淡了一点，缺乏英雄传奇的色彩。

正因为他是这样一个特征不鲜明，在人们记忆中形象模糊的人物，所以后人议及他也多有不屑之词。如张恨水先生《水浒人物论赞》中有此议论："《水浒》三十六天罡，论其才智勇力有绝不如地煞者，未知作书人，当时以何标准作轩轾。若扑天雕李应，其一也。"

显然张恨水先生对于李应的才智勇力很存疑，故认他为最不该入天罡者。

天罡、地煞之排列中有错位现象，那倒是真。其间不当之处多多，余也有同感。但李应却并非不该入天罡的，尽管人们会忘掉他。忘掉他，那主要是因为其名不显，其传不奇。倒并非是才智与勇力问题。

不敢说李应才智绝高，但看不出他是天罡中智商最低的。若论上

当受骗，天罡中身居高位之星不少原是政府军中军官，被梁山智赚上山的过程中或走瓦砾场，或坠陷马坑，搞得灰头土脸，惨乎兮兮的颇有人在。彼时脸面尽失，遑论才智，而李应虽也是被骗上山者，但至少维持了体面与尊严，他是以大官人身份不失步态地上山的，一点也没出乖露丑，岂非才智？

至于勇力，那应该是指武艺吧，那李应非唯不低下，而且堪称极高。

由于李应是被骗上山的，所以他与梁山上的武功高手没有直接过招的机会，以至于大部分人甚至张恨水先生也误认为他在"勇力"上是软档。

实则不然。

我们应该记得李、祝、扈初时三家联防，后产生了过节。李应曾与祝氏三杰中功夫最了得的祝彪交过手。小说四十七回"扑天雕双修生死书"中有如此描写："祝彪纵马去战李应，两个就独龙冈前，一来一往，一上一下，斗了十七八合，祝彪战李应不过，拨回马便走……"这说明祝彪与李应交手，只十余合便招架不住败下阵来。

而在"宋公明三打祝家庄"中这祝彪与花荣在独龙冈前有过恶斗，而祝彪自称道："这厮们伙里有个甚么小李广花荣，枪法好生了得，斗了五十余合，那厮走了，我却待要赶去追他，军人们道，那厮好弓箭，因此各自收兵回来。"

这祝彪堪与花荣战五十余合，而且他还占了上风，而他却十余合即不敌李应。无须太复杂的逻辑推理，我们即可知李应功夫强于花荣，而花荣在梁山上是堪与五虎将之秦明打成平手的。

也是在三打祝家庄中，功夫不及祝彪的祝龙曾与林冲斗三十余合而未分胜败。祝虎则与天罡中武艺不差的穆弘斗了三十余合，也是未分胜败。

从上述交手记录,我们不难看出祝氏三杰确实身手不凡,各个皆有与梁山高手打平的纪录。而其三人中最出色者祝彪,却以很不堪的记录败于李应手下。李应之武功高下不是昭然若揭明摆着的吗?怎能说他"勇力"在地煞中人之下,若按交手记录来看,即使在天罡中,他也是可数的。

而且李应不但一条浑铁点钢枪使得到家,他还另有独门功夫,"背藏飞刀五口,百步取人,神出鬼没"。只是他为人忠厚,不愿以暗器伤人而已。也不妨说李大官人低调做人,不愿张扬过度,这才是真英雄的本色呢!

他也很能识人,不以貌取人,鬼脸儿杜兴貌寝陋,但在他庄园中得其重用,理财的能力就发挥得相当不错。

实际上李应本人的仪表也颇出众,杨雄、石秀在他庄上初见时觉其"果然好表人物"。

他生得"鹘眼鹰睛头似虎,燕颔猿臂狼腰",模样身段皆很有型,那"鹘眼鹰睛"中还真有点混血儿的俊朗神采,飒爽英挺中隐含着深藏不露之气。

有人责他为祝李扈三家联防的背盟者,这也有点错怪他。正因为他有"疏财仗义结英豪"的侠气,他才会两度修书向祝氏三兄弟求情以救时迁,是祝家庄人太飞扬跋扈,太猖狂,太不给面子,才造成他被动采取中立的立场,真正背盟的责任应由祝氏三杰来负。

即使如此,在宋江希图说动他参与合作共图祝家庄时,他也不失尊严地拒绝了。

应该说,于礼、于义李应实是始终坚守原则,做得相当不错的一个人。在梁山上他不失为一个有德有义的讲诚信的人物。

他与柴进、宋江一样，愿意赞助江湖好汉，当然他没有柴进那般张扬，也不像宋江那样抱有明显的政治目的，但也许他更自然，更合理。

他有精湛的武艺，却更愿意作为防身之道而不作为争斗之本，也许这更符合武之精义，或者说这是一种武德吧！

他是一个规模不小的庄园的主人，却有点抱朴守素的虚静的倾向，在江湖上有点名声，却又不十分在乎这名声。

知之识之者，尊之为"大官人"，这"大官人"之称山寨中唯柴进与他共享。

无奈中，他上了梁山，襄助柴大官人共同掌管山寨钱粮，位次也紧依柴大官人之后，这于他也可说是得其所哉。后世的识记与遗忘，他根本就不太在乎吧！

这倒应了他本名中"应"字的玄机，以不变"应"万变，自在地适"应"一切世变，这"应"字昭示着一种高明的生存之道，如此说来，其才智实际上也可称绝高。

郓城两都头——美髯公朱仝　插翅虎雷横

美髯公朱仝与插翅虎雷横在上梁山前，同为郓城县都头，一带马兵，一带步兵，在外出缉捕罪犯时，常结为搭档。后来两人又先后上了梁山，排座次时，又都名列天罡，朱仝位列十二，雷横位列二十五。宋时所谓都头只是县衙中差役的领班，实为下级吏员。两人能同列天罡，真可算是身登"凌烟阁"的殊荣了。

梁山上能荣登天罡之列的，或是身份与众不同者，如出身显赫的名门后裔或江湖上有大影响的名人；或是身怀绝技绝艺的武林高手；或是对山寨有独特贡献者。

朱、雷出身下僚，武艺又皆不见超绝，而皆能跻身天罡之列，显然靠的事功。

说来，两人的功劳确非同寻常。先是晁盖、吴用等在劫了生辰纲后，未几事发，虽有宋江稳住了何涛带来的官兵，并向东溪村的晁盖报了信，但如果担任巡捕的朱仝、雷横较起真来，晁盖一行是逃不脱的。朱仝、雷横都是有心要放晁盖，故意声东击西，嚷嚷咧咧，演了一场放晁闹剧。故朱、雷两人的第一功为义释晁盖等七星之功。

其后宋江又犯命案（杀惜案），宋本人是郓城县押司，捕捉宋江的任务当然落到了本县都头朱仝、雷横身上，两人故伎重演，放走了

郓城两都头——美髯公朱仝　插翅虎雷横

宋江。

屈指算一下，晁盖、宋江、吴用、公孙胜、刘唐、三阮，这些天罡中的重要人物，朱、雷于他们都有救命之恩，而晁、宋是梁山上第二、第三任的寨主，朱、雷救了他们的命等于是勤王保驾之功。两人各在天罡中占一席位，岂非天经地义之事？

朱、雷两位上山前职衔均为都头，武艺水平也不相上下，所立之功也几乎是合伙干的，但在天罡中却并未比肩列名，朱较雷排前了十余位，是何缘故？

余揣测，两人相比，朱较雷在个人品格素质上也许更显得优秀，且人脉关系也更佳，即为排位高、下之因由吧！

这雷横不说别的，当初在东溪村灵官庙瞧着赤发鬼刘唐不顺眼，把他作贼拿下了，当晁盖认刘唐做外甥后，雷才声明："令甥本不曾作贼，我们见他偌大一条大汉在庙里睡得蹊跷，亦且面生，又不认得，因此设疑，捉了他来这里。"这便自承是错抓了人。但当晁盖取出十两雪花银时，他假客气了一番，还是堂而皇之地笑纳了。刘唐因被吊了一夜，又见他诈走晁盖银子，便愤愤不平地追来索钱。雷都头竟与之大打出手，并恶声恶气骂刘"贼头、贼脸、贼骨头"。

这做派总让人觉着有点蛮不讲理的匪霸习气。

而朱仝，虽与雷横是搭档，但说不上是互相十分投契的哥们，义释晁盖、宋江时，两人是各揣心事，并非是默契一致的统一行动，这一点小说中写得十分清楚。但就是对于这样一个说不上是十分知交的同事，当他犯了命案（雷横在白秀英侮辱其母时，以枷将白击毙），自己作为监押执行者，面对雷母的哭诉，朱仝作了非一般人能作的高尚抉择。他带雷横至僻静处开了枷，将其放走，并嘱咐："贤弟自回，快去家里取了老母，星夜去别处逃难，这里我自替你吃官司。"对于这样的义举，雷横当然也觉着受之心有不安。朱仝便说出了一番特别感人的话语："兄弟，你不知，知县怪你打死了他婊子，把这文案却做死了，解到州里，必是要你偿命。我放了你，我须不该死罪。况兼我又无父母挂念，家私尽可赔偿。你顾前程万里自去。"试问，即使在梁山之上，具此高义者能有几人？

可知，朱仝此前释晁、释宋也皆出自一片义心侠气。而雷横，虽不敢说其见钱眼开，但释晁、释宋说他不存利益之想，却不敢保证。

于此，宋江有一番话颇堪注意。当晁盖等人梁山小夺泊，安顿下来后，委派刘唐携金下山谢宋江及朱、雷两都头。宋江对刘唐说道："朱仝那人，也有些家私，不用与他，我自与他说知人情便可。雷横这人贪赌，倘或将些出去赌时，便惹出事来，不当稳便，金子切不可与他。"宋江此论可谓知言，褒贬之意十分明了。当初雷横受晁盖钱并与刘唐争斗不肯还钱的原因我们也同样找到了。

朱仝身上尚有一事可见其重义之心。当他义释雷横之后，便被刺配沧州牢城。至沧州后，知府见其貌如重枣、美髯过腹，仪表非凡，便未将他发下牢城营里去，而留在府内听候使唤，年方四岁的小衙内也与其特有缘，"只要这胡子抱"。于是朱仝便当起了男保姆，朱与小主人之间十分相得。宋江等人为赚朱仝上山，先让雷横来劝导，朱仝义正辞严地拒绝了："兄弟，你是什么言语？你不想我为你母老家寒上放了你去，今日你倒来陷我为不义！"于是宋、吴就使出了让李逵斧劈小衙内的毒招，绝其归路。朱仝无奈之下，虽是上了山，但几度要和李逵相拼，并发下话："若有黑旋风时，我死也不上山。"此也足见其对于不仁不义的残忍行为的嫉恶程度。

赚朱上山，雷也间接参与了。故清人王望如于朱、雷两人有评："朱仝爱友，并爱其友之母，雷横负友，并负其友之主，竟至深其怨以报德。"此评虽未必切当，但也有其说在理上之处。

也许有人会说朱仝的一而再、再而三的义释行为固然显示了他"义高于一切"的可贵品质，但作为一个执法者，他的所作所为毕竟客观上是一种"枉法"的行径。此话听来似乎有理。但试想，当一个社会上上下下的官吏中已难觅一个清正廉洁者时，为维护这些贪官污吏利益的"法"难道还有执之护之的价值吗？

雨果有言："在绝对正确的革命之上，还有绝对正确的人道主义。"(《九三年》)

正确的革命尚处在人道主义之下，那么并不正确的"法"倒要让"义"屈处于其下，合理吗？

不管怎么说，在聚义厅上，面对庄严的"义"字，朱仝可以捋着过腹的美髯颔首微吟："君子无终食之间违仁，造次必于是，颠沛必于是。"而梁山衮衮诸公中不是很有些人该问心自愧的吗？

尘世活佛——花和尚鲁智深

擅作旧诗的聂绀弩先生曾写有《水浒人物》五首，其一为咏鲁智深的，诗如下：

> 肉雨屠门奋老拳，五台削发恨参禅。
> 姻缘说堕桃花雨，儿戏踹翻杨柳烟。
> 豹子头刊金印后，野猪林伏洒家前。
> 独撑一杖巡天下，孰是文殊孰普贤。

这首七律的前六句写的即是鲁智深的辉煌经历。第一句即"拳打镇关西"，提辖鲁达为救被恶霸郑屠欺凌侮辱的金翠莲，故意找碴结结实实地消遣了郑屠一番，又飨以重磅之拳，三拳将此号称"镇关西"的泼皮打得一佛出世，二佛涅槃。读《水浒》者决计忘不了这幕好戏。

既犯了命案，鲁达就在五台山削发为僧，法名智深，但他终究受不了清规戒律之束缚，于是"大闹五台山"，此即"恨参禅"之咏吧。

诗之第三句所咏为小说第五回"花和尚大闹桃花村"，又是一幕不亦乐乎的闹剧，桃花山强人小霸王周通欲强行入赘桃花村刘老汉家

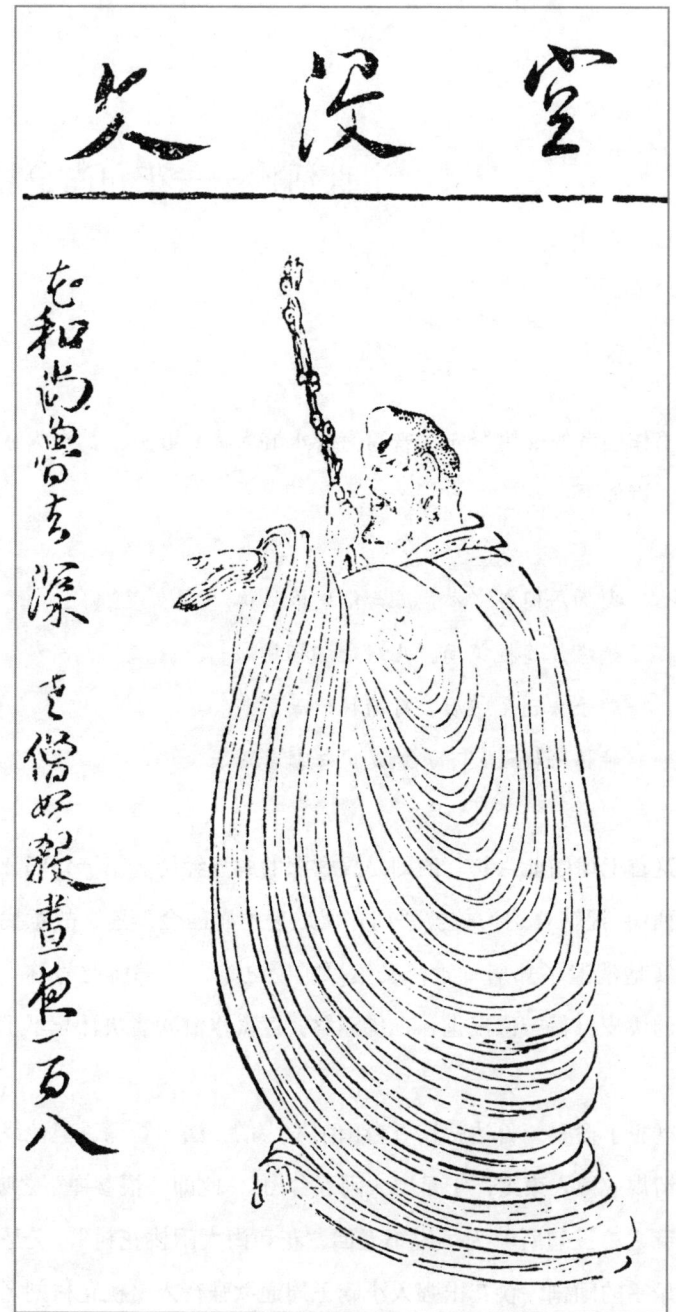

为婿，结果鲁达乔装新娘，在销金帐内以拳脚教训了周通一顿，使其放弃了那无缘的姻缘，写得绚烂至极，聂先生用"说堕桃花雨"来形容，既合事发之桃花村地名，又点出姻缘与热闹之意，真是妙句。第四句是人人皆知的"花和尚倒拔垂杨柳"，是鲁智深在东京大相国寺为僧时所作的大力秀。五六两句是"大闹野猪林"，鲁智深最具表征性的传奇故事。读此六句诗，唤起的就是我们读《水浒》时目迷神眩的感受，鲁智深不亚于孙悟空的"闹"劲以及所串演的"闹"剧纷至沓来又重演在我们眼前。透过这些热闹故事的绚烂外表，我们不难窥见一个高尚的灵魂，我们认识了一个超拔于尘嚣之上的高僧，一个活佛。也就是聂诗最后两句所赞。文殊、普贤是释迦牟尼左右的两尊佛，而聂先生认为持着禅杖巡行天下的鲁智深其功德已超越了文殊和普贤，可称是普渡众生的活佛了。

称鲁智深为活佛，是否溢美之词？一点也不。

实际上明人李贽在评点《水浒》时也曾赞鲁为"活佛"。

说来也真有点"悖论"的味道，佛门中人基本应执持的五戒：杀、盗、邪淫、妄语、饮酒。其中除"邪淫"一端，余四戒鲁智深皆有所犯。

鲁智深虽有"花和尚"之号，却心无一丝欲念。尽管他颇有女人缘，拳打镇关西救出的金翠莲，桃花村施以援手的刘老汉之女，都是年轻美貌的女子，鲁智深却纯以救难解纷为怀，毫无非分之念。这一点连梁山大头领宋江也应感到汗颜，宋在施金安排了阎婆惜父亲的丧葬之事后却顺手将阎作外宅包养了起来。

鲁智深于常人最易犯之色戒，秋毫无犯，但色戒外之四戒却皆不能持。

如拳打镇关西，火烧瓦罐寺，所杀虽为歹徒，但还是犯了

"杀"戒。

在桃花山鲁智深怪李忠、周通小家子气，有现成金银不送他，却要下山打劫他人财物来借花献佛，于是将山中金银酒器踏扁了，打包卷走，这是标准的"盗"。

至于"不打妄语"，鲁智深也做不到，善良的谎话，或是必要的谎话，在他也是说得顺而溜的。

而"酒"，更是洒家"一日不可无"的，"酒肉穿肠过，佛祖心中留"想必也是他不戒酒的理由。

五戒中犯了四戒，还称其为活佛，岂不荒唐？否！

李贽就有很精彩的辩护词，我们不妨听听：

"人说鲁智深桃花山上窃取了李忠、周通的酒器，以为不是丈夫所为，殊不知智深后来作佛正在此等处。何也？率性而行，不拘小节，方是成佛作祖的根基。"

对于鲁智深在五台山上的闹腾，李贽赞曰："此回文字，分明是成佛成祖图。若是那班闭眼合掌的和尚，决无成佛之理，何也？外面模样好看，佛性反无一些，如鲁智深吃酒打人，无所不为，无所不做，佛性反是完全的，所以到底成了正果。"

是的，鲁智深最可贵的是率性而行，不拘小节，他不在乎"外面模样的好看"。他是真诚地向善、行善。20世纪60年代出现的雷锋，被人们尊为那一时代最高精神境界的代言人，其精神的内核即助人为乐，今天人们还经常无限依恋地表达着对这种高尚精神境界的追怀。

我们细想鲁智深的情事，哪一桩不洋溢着崇高的无私的助人为乐的精神？这是鲁智深的生命底色。

鲁在酒楼与史进、李忠饮酒，偶闻金翠莲的悲惨遭遇，他就摸出身上五两银子，并向史进借银十两，爽快地将银子赠与金氏父女作盘缠，劝其回东京安身，并立马要去寻郑屠算账。在史、李百般劝拦下，才按捺住怒气，第二天一早就急不可耐地去找郑屠了。他就是眼中揉不得沙子，见不得坏人作恶、好人受难。为救人之难，不惜赔上身家性命。

他与史进、林冲均是萍水相逢，但为意气相投，惺惺相惜，成了生死之交。

林冲误入白虎堂，被刺配沧州，途中在野猪林险些坏了性命，全赖鲁智深倾力相救。听了鲁救林后的那段热肠话谁个不为之泣下："兄弟，俺自从和你买刀那日相别之后，洒家忧得你苦。自从你受官司，俺又无处去救你。打听得你断配沧州，洒家在开封府前又寻不见。……又见酒保来请两个公人说道：'店里一位官人寻说话。'以此洒家疑心，放你不下。恐这厮们路上害你，俺特地跟将来……洒家见这厮们不怀好心，越放你不下。你五更里出门时，洒家先投奔这林子里来，等杀这厮两个撮鸟，他到来这里害你，正好杀这厮两个。"好个鲁智深，真如他的姓名，鲁莽中含着智慧，粗中有细，使林教头未遭歹人暗算。茫茫人海，悠悠尘寰，能得如此热肠君子为莫逆之交，真是何等幸事！

后史进也如鲁智深一样，为救画师王义及其女儿去行刺贺太守（史之救人急难固有其好义之本性在起作用，谁又能说不是受鲁智深的义行的影响？），结果被贺太守拿住监在牢中。鲁智深知悉此消息，又急不可耐地舍命去救。

鲁智深在救人急难时是完全忘我的，这在小说中多有记述。拿他自己的话来说就是"救人须救彻"。孟超先生称道："鲁智深拿起朴刀，挥动禅杖，握起拳头，一怒一嗔而使危者得助，死者得生，这就比苦口婆心阿弥陀佛来的彻底多了。"(《水泊梁山英雄谱》)

鲁智深在救人急难时是个活菩萨，惩治恶人时又常独具高招。尤其是一批泼皮无赖遇着他常常是一帖药。我们知道杨志卖刀遇牛二，杨雄长街逢张保，都曾被那些无赖胡搅蛮缠搞得英雄气短、狼狈不堪。但再能放刁卖乖的泼皮碰到鲁智深，却只有被消遣的份了。鲁智深在痛揍郑屠之前已经切精切肥把个平时蛮横凶悍的家伙调治得够呛了，真让人解气。后在相国寺管菜园，张三李四等二十几个泼皮想来捉弄他，被他一脚一个踢入粪窖，让二三十个破落户惊得目瞪口呆，一齐跪下求饶。

而销金帐中对周通的调教也可说是以恶治恶的滑稽恶搞，却获得了甚为理想的效果。

鲁智深能如此顺畅地调治泼皮，实际上与其本性中也有那么一点顽劣相关，瞧他在五台山上强纳其他和尚食狗肉的情景，我们就可明白他何以对泼皮常常能一招制敌，使其俯首听命了。

这种种让我们深感鲁智深之"智"中满溢着趣味，他实在堪称梁山上第一趣人。

这位妙趣横生的活佛，也许对后来"济颠"形象的产生也不无影响。

鲁智深的一切行为追溯起来皆归源于他的"智深"，他的慧眼、慧根。他对很多事情是有通透的认识的。

如宋江是坚持走招安之道的，而鲁智深对招安有极清醒的认识："只今满朝文武，多是奸邪，蒙蔽圣聪，就比俺的直裰染做皂了，洗杀怎得干净，招安不济事！"多么明智！

因此，当他走完了风风火火的历程，演绎了一幕幕煞是好看的闹剧后，一禅杖打翻方腊，便只图寻个净了去处安身立命，后在杭州六和塔圆寂，留下的颂子是："平生不修善果，只爱杀人放火，忽地顿开金绳,这里扯断玉锁,咦!钱塘江上潮信来,今日方知我是我!"

想他在苍苍远峰、明湖一碧的湖光山色中得聆晨钟暮鼓与阵阵浙江潮声,也真可谓得其所哉!

其颂堪与今人弘一法师"华枝春满,天心月圆"的偈语相辉映。

鲁智深是笔者最心仪之《水浒》人物,行笔至此,意犹未尽。

本文以聂绀弩先生之诗开篇,此处想以古人一曲收尾。《红楼梦》第三十二回中薛宝钗生辰庆典上,曾点过一出戏《山门》,其中《寄生草》一曲最能唱出鲁智深的潇洒、豪放与真率:

漫揾英雄泪,相离处士家。谢慈悲,剃度在莲台下。没缘法,转眼分离乍。赤条条来去无牵挂。那里讨烟蓑雨笠卷单行,一任俺芒鞋破钵随缘化!

完美男人的典型——行者武松

如今年近花甲的人该都不会忘记一种名叫"武松打虎"的娱乐器械。20世纪五六十年代，热闹街市随处可见。高可两米许，着黑衣、黑帽、黑裤的武松左手按着吊睛白额虎，右拳高扬作下砸状，威猛无比。逢年过节，从十七八岁血气方刚的少年到三四十岁健硕的壮汉，都会磨拳擦掌上去一试身手，双手拽住器械上的拉力把手，屏足了气往上提拉那拉力器，或是铆足了劲向皮袋击出重磅之拳。随着铃声响起，镶在武松周身的灯泡会次第闪亮，计力表上会显示一百磅、两百磅、三百磅的数码……倘若武松帽缨的红灯亮起，周围便会彩声与掌声齐鸣。"愤青"在这儿可一泄郁闷，身材魁伟者在这儿可找到良好的当一回武松的感觉。

大力神武松是中国男人心中永远的偶像。男人们期望自己有武松的神勇，有武松的永不衰竭的打虎的雄猛之力。

女性公民们呢？

若干年前，坊间有一笑谈，说有好事者向若干白领女性作选择测试，即若在唐僧师徒四人中择婿，会选谁人？据说得彩最高的竟是猪八戒，原因是四人中还是此老兄最有怜香惜玉之心。我想选八戒实在是一种无奈，因为可选范围实在窄了点。如果以梁山一百零五位男儿

完美男人的典型——行者武松

为选择对象，这测试可能更有意思些。

据笔者揣测，测试结果夺冠者该是武松，不少女性朋友会念叨着"嫁人要嫁武二郎"而把票投给他。为什么？因为武松刚直、坚毅、勇敢、威猛，又有英挺俊朗的好仪表，好男儿的一切要素，他兼具无遗。

潘金莲一见之下便爱慕不已，那第一感觉不是没有道理的，孙二娘对这位好兄弟特具好感，那好感中不无一些特殊情愫。林冲娘子遭高衙内调戏时，林冲将那厮肩胛扳过来欲揍之，但未曾下拳；若换了武松，醋钵大的拳头必将那厮砸得鼻青眼肿。武二郎会让其娘子更有安全感，他的铁肩更可凭依，这也是二郎值得嫁的一个原因。

燕青也许是堪与武松争锋的梁山男儿中的佼佼者，但他更多的粉丝也许是李师师那样的艺术明星，而武二郎该是统吃型的，而且李师师也未必不爱武二。

单凭打虎一端，武二已足令美人们心仪。

武松在国人的心目中是抹不去的记忆。

《水浒》评点者金圣叹曾将梁山人物按上上、上中、中上、中下等分类，而武松在金的目光中是上上人物中的最佳者。他说"若武松直是天神"。"武松天人者，因具有鲁达之阔，林冲之毒，杨志之正，柴进之良，阮七之快，李逵之真，吴用之捷，花荣之雅，卢俊义之大，石秀之警者也。断为第一人，不亦宜乎？"

金之《水浒》评点，有固陋者，然断武松为梁山第一人，庶几近之。

《水浒》中的"武十回"被人誉为全书中最精彩的篇章。与武松有关的精彩传奇的地名：景阳冈、狮子楼、孟州道、十字坡、快活林、飞云浦、鸳鸯楼、蜈蚣岭也无不浸染上能激发人无限遐思的绚烂色彩。

戏曲表演艺术家在舞台上演绎着武松故事，以至有盖叫天那样的"活武松"；说书艺人从柳敬亭到王少堂皆以说武松而名扬天下；国产电视连续剧在《水浒》之前曾有《武松》造成万人空巷的收视效果，第一次令国人醉心于自己的连续剧。

武松是《水浒》的魂，武松形象甚至已溢出《水浒》，在相当范围内已辐射成为一种文化现象。

首先，武松是神勇、威猛和力的象征。

本文开首所言以武松塑像为设计主体的大型娱乐器械，其号召力就在武松的象征意义。

武松打虎昭示着明知山有虎、偏向虎山行的无畏精神，也隐含着真的猛士敢于直面险恶人生的寓意。

武松搏虎的整个过程让我们明白大勇并非无丝毫怯意，当吊睛白额巨虎突然跳出来时，武松也惊出了一身冷汗。尤其是哨棒折断之后的生死搏击中更让我们领悟了置之死地而后生、绝处逢生、化险为夷等种种动人心魄的华美人生境界。

人类自远古以来，承受着自然的威胁，其中洪水猛兽是最为人忌怕的，在科学昌明的今天，洪水肆虐之时，人的生命依然显得十分脆弱。而武松搏虎的壮举于今人依然有着启示意味。

念及武松，我们的第一反应是"打虎英雄"，而其神勇与力的象征的寓意已浸透至我们的精神文化中。

其次，武松又是刚正的化身。他一身正气，疾恶如仇，容不得恶人歹徒横行称霸。

他在狮子楼搏杀西门庆，在快活林醉打蒋门神，在鸳鸯楼手刃张都监、张团练及蒋门神，虽有个人恩仇之因，但本质上是除恶铲霸镇邪的义行。

每见人议及快活林醉打蒋门神之事,称武松头脑简单、未能判别施恩与蒋忠同为欺行霸道之人。笔者殊不认同此种说法。

施恩见快活林客商云集,并随之发现客店、赌坊、兑坊也随之多起来,却没一个酒店,于是仗着自己通些武艺,并能调动几十个牢城营内的囚徒打工,便开了个酒肉店,专供各处客店、赌坊、兑坊之用酒,这证明他善于发现商机。当然他也干了些非法勾当,让过路妓女到他那儿先来参见,然后才允其"趁食",大概是由他来颁发营业执照并收取管理费吧。这有点非法,但至少一定程度上使快活林这个商业新兴地在性服务行业的管理上有序起来了。当然施恩本人也有获利,"月终也有三二百两银子寻觅"。无利之事谁干啊?

施恩之父曾对武松说:"愚男在快活林中做些买卖,非为贪财好利,实是壮观孟州,增添豪侠之气。"这话虽有美化成分,却也可说是基本属实。而蒋门神是见此中有利可图,"公然夺了这个去处"。一个是投资开店,一个是公然抢夺,两者之间怎能画等号?

这且不说,两者人品也有霄壤之异。

武松中张都监奸计之后,施恩父子不遗余力设法营救,施老先生对儿子道:"他是为你吃官司,你不去救他,更待何时?"施家父子完全是知恩好义的人物。

蒋门神是什么东西?"形容丑恶,相貌粗疏。一身紫肉横铺,几道青筋暴起。"这不整个一生相歪瓜裂枣似的地头蛇么!

不知将施、蒋不分轩轾,划归入同类者怎会看走了眼?阶级论吗?

武松也说得很清楚:"平生只是打天下硬汉,不明道德的人。"

因此打蒋是助弱惩强,打击无道的义举。

当蒋门神被武松的"玉环步,鸳鸯脚"打翻在地,并踏上一只脚时,哪个不为刚正压倒了邪恶而感到舒心吐气的畅快?

武二岂是头脑简单之人?在其为兄长武大复仇之时,那种从容次第、有条有理的安排,谁人不赞其精细、明智和富于策略!

武松除了勇武的象征,刚正的化身,他更是一个复仇之神。

林教头在风雪中将陆谦等人手刃正法。但害他家破人亡,亡命天涯的元凶——高俅父子,林冲却奈何他们不得,即此而言,林是有遗恨的。

而武松却是高举"义"的大纛,将复仇进行到底的神。

武松杀潘金莲,并在狮子楼斗杀西门庆,以两人之头祭兄灵前,那是替兄长复仇,为亲情而出手,在快活林酒店醉打蒋门神,使之伏地告饶,则是替知己朋友复仇,为友情而出手。

在飞云浦闪过暗算,智勇并举,力克四公差,并飞身回孟州,血溅鸳鸯楼,那是为自己所遭受的阴毒陷害进行清算、为尊严正义而出手。

关于复仇,中国人有两句常说的话。一曰:"有仇不报非君子",这是与主张宽容及恕道者相对立的观点,武松应该是赞同此一观点的。

一曰:"君子报仇,十年不迟。"这话也主张报仇,但在时间上认为可以推迟,主张作充分的准备后再去实施,不必贸然进行。西方人似乎多有取此复仇之道的,丹麦王子哈姆雷特的复仇是拖宕得久了些,连他父亲的亡灵也出来提醒;《基度山恩仇记》中爱德蒙·邓蒂斯的复仇也花费了相当时日,酝酿得无懈可击后方始下手。

武松不干,在飞云浦杀了四公差后,伫立风中,略作沉思,他立马就奔孟州城而来。"虽然杀了四个贼男女,不杀得张都监、张团练、蒋门神，如何出得这口恨气！"这就是武松提刀四顾，杀回孟州城的理由。好武松！

小说第三十一回即"血溅鸳鸯楼"，在前一回的结语中就有了"画堂深处尸横地，红烛光中血满楼"的预告。

第三十一回写得确有点血腥。

明万历间袁无涯刻本《水浒》有袁氏评语："这一段杀，说得灯月与刀光历乱，使静人儒士亦能愤雄。"这似乎是对武松爽利、畅快的复仇表示赞赏的。

武松和读者都体味了这种快意恩仇的复仇方式。

小说中写到武松从死尸身上割下衣襟，蘸着血去白粉壁上，大写下八字道："杀人者打虎武松也！"

武松在离去时叹道："这口鸟气，今日方才出得松臊。"

复仇主题的宣泄，在"血溅鸳鸯楼"中确是达到了极致。

明万历容与堂刻本《李卓吾先生批评忠义水浒传》中李在眉批中有"只合杀三个正身，其余都是多杀的"之语。有责怪滥杀之意。但在回末李又批曰："武二是个汉子，勿论其他，即杀人留姓字一节，已超出寻常万万矣。"这还是禁不住要向武二致敬么。

对于"血溅"一回，从理的角度大多认为武二所杀人数确是偏多了，但从情的角度都表示了对武松的理解。

笔者也在此置喙两句，并非为武二辩护。

武松并不是一个嗜杀成性的人。试想其为兄长复仇时，只杀潘金莲、西门庆两主犯，连王婆这个重要的案犯也未动手杀之。醉打蒋门神时，在蒋告饶之际，武也将他放过了。在十字坡酒店，当孙二娘要将两个差人杀掉时，武松力主将其救醒。

而至"血溅"一回，对武来说确是忍无可忍了。

以武松这样一个血性至诚之人，把张都监所设陷阱误认为是真心诚意的善待。八月十五，月明之夜，玉兰所歌"明月几时有"一曲一定是打动了这颗几经苦难磨折的心。武二没想到自己怀着热诚相报的却是一个设置精巧的陷阱。而这个陷阱虽是张都监设计，却是上下共同参与制作的。因此在报复时，武松的宗旨便是"一个也饶不得"。而且实际上，在杀张都监之前所杀之人，对于武松来说也是复仇所绕不过的障碍，不下狠心杀之，就可能因这些人的惊叫而使主犯都杀不成。

要说多杀的，那么张都监等几个正身被戮之后所杀的包括夫人、玉兰及两个小的等可归多杀者之列。

不过，彼时武松已杀红了眼，所谓"一不做，二不休，杀了一百个，也只是这一死"。须知此时的武二已属于非理性能控制的沉浸于报复快感中的狂者了。

再说，玉兰这样一个女子，在武松眼中也是主犯。张都监将武松作贼擒拿时，正是以玉兰为诱饵的。我们记得小说中那一节。八月十五，听玉兰唱曲那晚，张都监许以玉兰作武松的家室。就在那晚，月光下武松使几回棒，打了几个轮头，准备就寝时，听得后堂里一片喊贼声，武松想"都监相公如此爱我，他后堂里有贼，我如何不去救护"。他正是这样怀着一片热诚和侠义心肠提着哨棒抢入后堂里来的。书中写道：只见那个唱的玉兰，慌慌张张走出来指道："一个贼奔入后花园里去了！"武松听得这话，提着哨棒，大踏步赶入花园里去……

武松正是在玉兰的委婉歌声中引发对未来的憧憬，又是在她纤纤玉指的指引下投入索命的黑洞的，能饶得了她吗？

当武松行走在复仇之径上，从牙缝中挤出一声声"饶你不得"

时，我心中的应和之声也是：对，饶不得！

"血溅"一回历来是读《水浒》者说不完的话题。但至多也是对"报复"的度的掌握是否得当合宜的各种歧见。毕竟武松的杀人与李逵将板斧向人排头砍去是不同的。

武松在飞云浦、鸳鸯楼总共杀人十九名，且又是二度犯凶杀案，官府搜捕得紧，于是在张青夫妇店内化装成行者模样，又在蜈蚣岭上杀了王道人，去二龙山与鲁智深、杨志结伴。后与桃花山、白虎山两山绿林好汉会合，三山聚义打青州后同归梁山。

在梁山排座次中武松位列天罡第十四。

梁山受招安后，在随宋江征方腊时，攻打睦州一役中武松被方腊部下包道乙使玄元混天剑砍中左臂，时折臂伶仃欲断，武松自以戒刀断之。最后在六和塔中出家，后至八十善终。

景阳冈上的打虎英雄，成断臂僧人，又见鲁智深在此圆寂，见林冲在此风瘫……

曾几何时，叱咤风云的英豪，渐次凋零风化，令人心殊怏怏，似闻垓下项羽一曲"力拔山兮"的苍茫古调。

冲冠一怒为红颜——双枪将董平

一般人大都会有这种经历：幼时随父母去观剧或看电影时，每逢剧中人物出场，会迫不及待地问"这是好人还是坏人？"当自己为人父母时，携小儿女去剧场，便会听到他们关于"好人、坏人"的叩问。文艺评论家会说"好坏"的划分太过简单化了，每一个人都是相当复杂的。这当然说得不无道理。但是，对人而言，最基本的判断难道不正是这个"好"与"坏"吗？

《水浒》一百零八将历来被看作好人，或者说这些人是被作者作为正面人物来加以颂扬肯定的，应该是好人。

这看法是有问题的，聚义在水泊梁山的一百零八人，实际上已形成了一个小的社会，那么它必定像其他任何一个人物聚居的环境一样，其中个体从本质上而言是有好坏之别的。

产生这想法缘于一个《水浒》人物：双枪将董平。

此人颇值得重新臧否，给他一个好坏定评。

双枪将董平在《水浒》中也算得是个著名人物了。他出场较晚，至第六十九回"东平府误陷九纹龙，宋公明义释双枪将"中方始亮相。他同呼延灼、徐宁、卢俊义、关胜、张清等人一样是吴用使计智赚上山的宋军名将，功夫十分了得。上山未几，即逢座次排列，位列

二百子

震鎗將董平

一笑傾城習詠萬戶侯莫董平

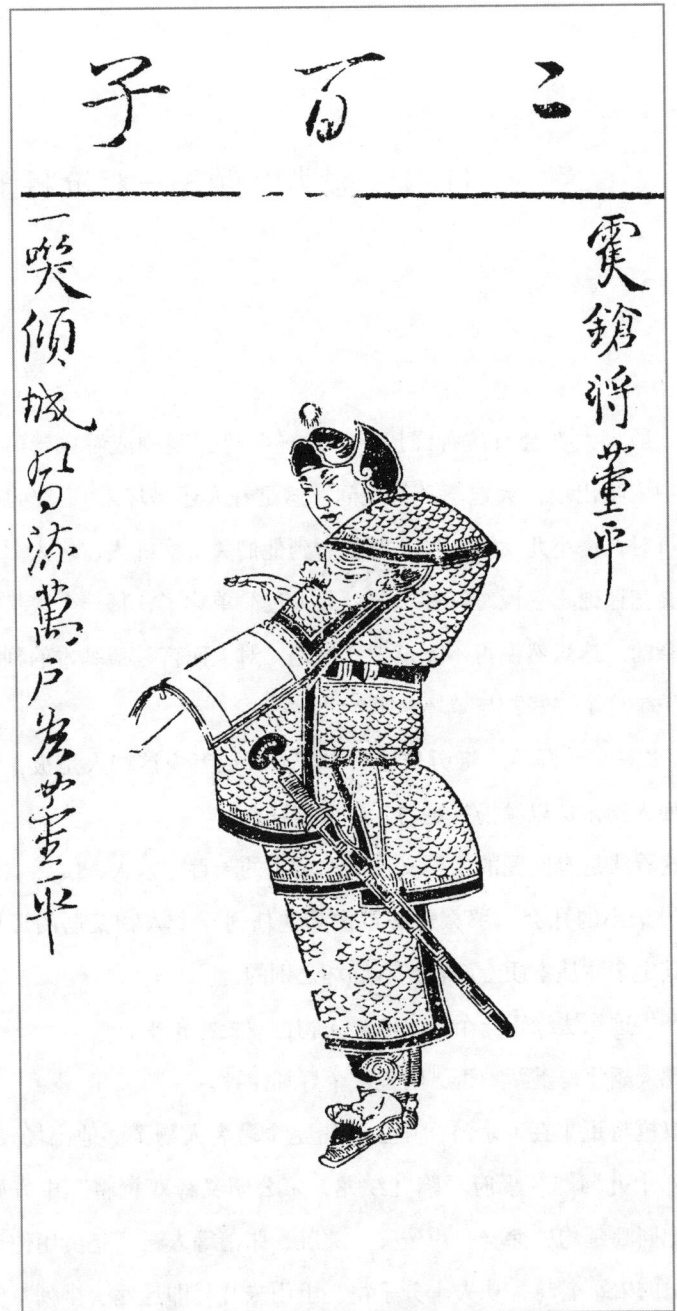

天罡十五，排名在没羽箭张清、青面兽杨志、金枪手徐宁之前，甚是显荣。

幼读《水浒》，颇惊羡于董平的武艺，书中称其有万夫不当之勇，金枪手徐宁与他大战五十余合，胜他不得，于是宋江、吴用便设计赚他上山。双枪将董平之名便深烙记忆中。当小伙伴们神侃古代武将时，说到"双枪陆文龙，单枪赵子龙"时，总会忙不迭地将"双枪将董平"拈出，与那些高位枪手比拼。当然，那时的董平绝对是"好人"。

稍长，重读《水浒》，对双枪将董平的功夫依然佩服，却对其人品发生了质疑。随着阅历的加深，对世事人情的认识的增进，终感论人品，董平实属卑劣低贱之徒，可与禽兽同列。因此，如今对这位双枪将只有鄙夷之意了。

小说第六十八回，写宋江率军攻东平府。太守程万里与兵马都督董平共守城池。攻城前宋江欲先礼后兵，就让与董平有一面之交的郁保四与王定六前去下战书，委婉地说成借钱粮。面对郁、王两位，太守程万里还在思忖对策，而董平却全不顾旧谊，怒而欲斩郁、王，最后总算将两人打得皮开肉绽赶回。此举该如何评议？狭私狠毒不念旧情？正气凛然不徇私情？确实难说。

武力攻城势在必行。两军对阵之际，董平出马，书中于其有如下描写：

> 原来董平心灵机巧，三教九流，无所不通；品竹调弦，无有不会。山东、河北皆号他为"风流双枪将"。宋江在阵前看了董平这表人品，一见便喜。又见他箭在壶中，插一面小旗，上写一联道："英雄双枪将，风流万户侯。"

原来董平不仅武艺超人,且又风流倜傥,一表人材,可谓风雅儒将。难怪宋江"一见便喜",吾辈童子,当年也是"一见便喜"的。

这样一位风流儒将,若配上一位佳丽,该可与"小乔初嫁了,雄姿英发"的周公瑾相埒了。

估计董平心中也有此艳想吧!书中称程万里太守的千金"十分颜色,董平无妻,累累使人去求为亲,程万里不允"。窈窕淑女,君子好逑。这董平与程女应是天造地设一对。程、董一文一武,同为东平府官员,又结为秦晋,岂非政治良缘?一个武艺超群、又兼风流儒雅的人物成为东床娇客、乘龙快婿,程太守该捋髭微笑,慨然允之方才合理啊,何以竟"累累求之"而"不允"呢?且留下这个悬念吧!

宋江兵临城下,十万火急,这位风流将又向太守来提亲了。这不是有点乘人之危的味道了么?这等事该是正人君子或大丈夫所不耻之小人之举,但董平做了。

结果怎样呢?程太守回说:"我是文官,他是武官,相赘为婿,正当其理。只是如今贼寇临城,事在危急,若还便许,被人耻笑,待得退了贼兵,保获城池无事,那时议亲,亦未为晚。"

平心而论,程太守的回话无论于情于理皆十分得体。若此时应允了这门亲事,"被人耻笑"的不仅是董平,还有他这个泰山公呵!所以就这段话看,我还真觉得程太守是个知书达礼的贤者。想必他前度几次拒绝这位董将军的提亲,还真是目光如炬,识透这位仪表不凡的"儒将"骨子里并非善良之辈,爱女不可落此歹徒之手。

这回话连董平也不得不称"说得是",但心中却已得知此门亲事是非黄不可。

结果如何呢?董平为宋江所计赚,成了宋江麾下大将,回马枪杀回东平府,"径奔私衙,杀了程太守一家人口,夺了这女儿"。

儿时不知何故,竟忽略了这几句,也许是读的连环画,无此情节吧。

以惨绝人寰称这事,绝不为过。

吴梅村《圆圆曲》中"冲冠一怒为红颜"用于此也甚得当。

明人陈老莲《水浒叶子》画有双枪将董平,题词曰:"一笑倾城,风流万户为董平!"那"一笑倾城"的该是程太守的绝色千金吧?何其悲哉!

黄永玉先生《大画水浒》中于董平题了两句打油风格的诗句:"杀了丈人抢老婆,没见女婿这般恶。"

一个"恶"字点出了董平品性之劣。

那矮脚虎王英也只是见了女将迈不动步,或对阵之际心猿意马做些白日梦。

小霸王周通为娶桃花庄刘太公之女为压寨夫人,好歹也下了聘礼,约了好日,佩带济楚地来见泰山,恭而敬之地执翁婿之礼。

这位号称"风流万户侯"的董平倒好,索性白刀子进,红刀子出,宰了人家一家老小,独将"一笑倾城"的梦中情人掳上马背就走,你说毒也不毒?

相比之下,那位被人骂作"三姓家奴"的吕布,虽也是"冲冠一怒为红颜",其戟下所弑毕竟是人人切齿的董卓啊!

但谁又能为董平寻找哪怕一丝辩护的理由?

绮梦飞石结良缘——没羽箭张清

张清是《水浒》中第七十一回排座次前最后一个上山的武林高手。读《水浒》者都会记得小说第七十回"没羽箭飞石打英雄"这故事。自打水泊梁山武装斗争渐成规模，引起官府惊恐后，朝廷便不断选择精兵良将组织起一次次对梁山的围剿。但一个个高手有去无回，皆被梁山策反成功，纷纷揽入彀中。这中间如走马灯般登场的人物有武功一个高于一个的趋势，但就小说故事而言，却有一个次于一个的倾向，人物面貌大都不够鲜明清晰，与武松、林冲、鲁达那样的人物相比，终不免逊色。

这一回出马的张清，本事可谓已臻顶峰，飞石打英雄，一连击中十五个梁山好汉，其中颇有些响当当的高手，如金枪手徐宁、双鞭呼延灼、青面兽杨志皆为飞石击中。真可谓"飞石逐肉"，中石处艳若桃花。关胜亦被飞石击中大刀，无心恋战。机敏善变的董平躲过两石，却有一石擦耳而过，也令其不敢再战。这张清真有点打遍梁山无敌手的感觉，整个山寨也确为之惊悚。幼时读此，真有惊为天人之感。但其模样如何，却一无概念，只知他从锦囊中取石十分利索，而且视来者以不同击法出石，因此对他十分叹服。故而对其上山后排位天罡十六甚是不满。他明明是本事最大的好汉么。彼时衡人标准只有

三百子

没羽箭張清

唐衛士烏穫死廟貌而祀一富一家

绮梦飞石结良缘——没羽箭张清

一条，武艺。就像《说唐》中的所谓谁谁是第一条好汉，谁谁是第二条好汉一样。依此章法排名，张清当属第一。

我想很多人记住张清，也基本缘于此，迷于他的没羽箭。

不过，说起张清，他与后期上山的众英雄相比，还是有他的卓异之处的。至少在《水浒》后期平淡寡味的故事发展线索中，张清的情事还是相对显得有意思的，或者说在他身上还是有一抹亮色的。

那就是他与琼英的爱情故事。

这琼英，父母为田虎所害，自己又被邬梨收为养女。她聪明、伶俐，且面貌姣美，更有神人在梦中授以绝艺，觉来便膂力过人，且飞石击鸟，百发百中，被誉为"琼矢镞"。这绝艺与"没羽箭"可匹配。在未知身世之时，琼英曾与宋江所率军对垒，她也如当初张清一般，石打宋部大将。巧在当初未挨张清飞石的林冲、李逵、鲁达等人未逃过琼英之石，被击得鲜血迸流。（梁山上有头有脸之猛将高手似乎很少有逃过张清、琼英夫妇所飨之石宴。）

当然，谜底是那梦中授琼英绝艺之神人乃张清也。所以张、琼之间可谓宿世姻缘也。

书中述张清也曾梦有秀士请去教一女子飞石之功，觉后痴想成疾者。

而黑旋风李逵竟也牵带进奇异之梦，觉此预兆。

所以，与其称张、琼为宿世姻缘，还不如说"绮梦姻缘"更得当。

结果，张清便易名全羽，打入邬梨国舅府内，里应外合，一举破敌，琼英既报了父母之仇，又与张清圆了梦中姻缘。故事似乎还是有些未突破套路之嫌，但穿插在《水浒》这样一个以英雄传奇为主线的长篇小说中，毕竟还是有些旖旎浪漫之趣的，因为它毕竟是刀光剑影中的绮梦。

自庄周梦蝶之说行,唐传奇、元杂剧颇多以梦结构作品者,最令人惊叹者为汤显祖的四部剧作皆以梦为线索,号为"临川四梦"。梦是中国文学中颇值得关注的一种非仅是表现技巧的一种现象。《水浒》中写梦也达二十余处,晁盖、宋江都曾有过非同一般的梦兆,似多与政治相关。如前所述唯张清、琼英之梦可谓色彩绚丽。这种铁马金戈中渲染一个春梦的做法,真的颇堪玩味。

另外,张、琼之姻缘似乎还别有意味在,试述之。

在《水浒》前七十回故事中,非正常死亡的女性、丑陋泼辣的女性刻画得太多。尤其是婚姻情事,大都不惬人意。林冲娘子被高俅父子逼迫自缢身亡;卢员外、杨雄皆后院着火,其妻皆让英雄戴了绿头巾而受制裁;宋大哥的一个外宅太不安分,耍泼放刁而自取灭亡;小霸王周通强行入赘未果,双枪将董平是杀了丈人掳人女儿为妻的,美貌靓丽如一丈青也是几遭灭门之后让宋江强配给登徒子王英的……

问苍天,情为何物,缘在何处?

作者也许也心有歉疚之感吧?

于是在下半部中刻画了这一对儿女英雄,谱就了这一段宿世良缘。让我们知道水泊中还是有着幸福家庭与美满姻缘的。

张清,尽管其形象仪表我们还是不十分清晰,但至少可知他是梁山上武艺最出色而且是情感生活最美满的男人。

黄永玉先生的《大画水浒》于张清有甚幽默的题辞:"掺沙子、扔石头、拆墙脚,梁山开创新局面。"

前九个字巧夺天工。当然,我们明白"扔石头"是没羽箭的绝艺,至于"掺沙子、拆墙角"曾被伟人用过的熟语,在这儿指打入敌人内部,在敌人心脏内卧底,最后从内部攻破堡垒的战术,也是张清的军功状。如此巧妙机智的题辞在永玉先生也可谓妙手偶得了。

命运多舛的将门之后——青面兽杨志

杨志在《水浒》中是出场较早的人物。小说第十二回中林冲雪夜上梁山，王伦因嫉贤妒能百般阻挠，要林冲三日内杀一人作"投名状"交上，方允他入伙。在限期末日，杨志出现了，两人挺着朴刀，捉对厮杀，大战三四十合，不分胜负。

杨志是以一个武艺高超、堪与八十万禁军教头对垒的军人姿态登场的。

在自报家门中，我们得知他是"三代将门之后，五侯杨令公之孙"，原来是一门忠烈名闻遐迩的杨家将后人，怪道身手不凡。但他却是命途多舛，身为殿司制使，为皇家押解花石纲，九个同伴皆完成使命顺利交差，唯他一人却在黄河中遭风翻船，只得亡命他乡。总算捱到赦罪之日，打点财物进京去通路子，准备重新"上岗"，却又不谙贿赂的游戏规则，白白丢失了一担财物，还被高俅斥骂羞辱一番赶出了殿帅府。他流落街头，不得不变卖祖传宝刀以充盘缠，却又撞着泼皮牛二胡搅蛮缠，在忍无可忍中抹了牛二的脖子，重又沦为配犯，迭遭转徙，好歹有了一线生机，在大名府梁中书帐下任一提辖，心生憧憬，只"指望把一身本事，边庭上一枪一刀博个封妻荫子，也与祖宗争口气。"没承望在为梁中书押送生辰纲途中又出了事，在黄泥

命运多舛的将门之后——青面兽杨志

冈上失陷了生辰纲，再度奔上亡命之途，最后悲愤而心有不甘地落了草。

在梁山初与林冲厮斗自报家门之时，杨志便有"洒家时乖运蹇"之叹。他确也命星晦暗，即使上了梁山，他依然未曾获得与其相应的位次。最后排位时，他位列三十六天罡之十七，名曰"天暗星"，此一"暗"字颇应了其多难的生命轨迹。

若论出身之高贵，柴进当属无可比攀者。此外，杨志作为杨家将后裔，与大刀关胜（关羽之后）、双鞭呼延灼（呼延赞之后）应堪鼎立，但关胜与呼延灼排名分属第五与第八，且皆为"马军五虎将"成员。杨志显然弗及远矣。

论武艺之高超，杨志绝对可入最高层次，他曾先后与林冲、索超、鲁智深、呼延灼打成平手。

论智商，杨志亦属胸有谋略的睿智型人物。当初应允为梁中书押解生辰纲时，他推翻了梁的原定计划，而制定了一个审慎周密的押运计划，连梁中书也大为叹服。如若不折不扣地按计划行事，那十万生辰纲兴许就安然运进了京城。但他的对手毕竟是"智多星"，而且面对的是智多星与伙伴们配合默契布下的一个圈套，而他杨志却时时逢着来自内部的谢都管与两个虞候的作梗掣肘，根本就指挥不动押解人员。所以黄泥冈上的失败，不是杨志无能，而实在是对手太厉害，且"堡垒易从内部被攻破"，更是败绩的根本原因。整个押送过程依然让我们发现杨的判断力之精准与防范心之周密，从而不得小觑其智商。

高贵的出身，武艺超群，精明睿智，为人正直，又心怀报国壮志，在在都证明着杨志的杰出与优秀。可是如此卓绝的一个英才，却处处不得志，与其大名构成一个反讽，何哉？

思忖起来，其长相兴许就是一个致命的缺陷。书中称他"生得七尺五六身材，面皮上老大一搭青记，腮边微露些少赤须"。身材已属高大，但那搭青记实在不宜生在脸上，哪怕脸上有一道深深刀疤，倒也不失为一种光荣的标记，有时反给人增添一种生猛的酷气，如《牛虻》中的亚瑟是也。但一大搭青记凸显在脸面上，真的十分瘆人，怪道他的绰号是"青面兽"，他人绰号或"龙"或"虎"，或"彪"或"雕"，多为灵兽珍禽；抑或称"神"号"郎"，名"士"曰"子"，也多含敬意，而他却得了个非人待遇，"兽"，贬意十足。青记之外，尚有腮边赤须，猛然一见，真的不免令人生惊悚之感，"青面兽"之号，固亦宜也。

　　我们常说"人不可貌相"。对的，用在杨志身上正合适。人们也常说"不可以貌取人"，这却是说说的。化妆品的热销，整容术的流行，乃至"麻衣相法"沉渣泛起，事事都证明了人们对"招牌"颜面是何其重视。君不闻，小流氓打群架，也常有人以手遮颜，求对方"不要打我的脸"。好莱坞巨星汤姆·克鲁斯、布拉特彼特不都以俊朗之脸而增彩么？连球星贝克汉姆也以卖相帅而独占鳌头。谁说"男人看气派不看脸蛋"？

　　而杨志的脸是天毁的容，青面兽是不可能讨人喜欢的，那一大搭青记"浮云蔽日"般地遮住了他潜质中的光芒，命相学家会称这是他命星不祥的表征，而一般人潜意识中也会认他为非良善之辈。

　　甚至，泼皮牛二的敢于冲撞招惹他，兴许也是冲着他这一搭晦暗的青记而来的。试想，倘若卖刀的是威风凛凛的武松或林冲，牛二敢如此肆无忌惮地往前造次寻衅？

　　在《水浒》中我们未尝见到杨志曾经展颜一笑，这面上的青记也是他的心病，他或许深知，一旦笑起来，也许更显丑陋。

　　貌寝者，倘若善谑，或者说具有幽默的天性，那倒也能令人忘却其丑。一些反应机敏出言精妙风趣的明星或主持人常令我们忘却了其歪瓜裂枣的尊容而对其倍生好感。

可惜杨却特不幽默。

李逵形容嘴馋称"嘴中淡出鸟来",那声腔简直口角生风;武松威猛肃然,但在十字坡上却也风言风语耍了孙二娘一把,显出武二郎的精乖;鲁智深拳打镇关西,那是正人君子倒过来消遣泼皮的把戏,妙趣盎然。而杨志则实在是个语言无味的人,连骂人也平淡且不见特色。瞧他与林冲相遇时,喝道:"泼贼,杀不尽的强徒……洒家正要捉你这厮们。"押送生辰纲途中,当两个虞候因天热走得慢并欲辩解时,杨志道:"你这般说话,却似放屁!"这类骂语真是蹩脚之至。

面目可憎、语言无味,欲得人善待,难矣!

更兼杨志在为人处事上常显出"一根筋"的梗直。他对形势的估计常常是正确的,因为他智商不低,但他处事时却又往往是不讲策略的。如押解生辰纲一事,他不懂得他们一行十五人是个团队,他的身份是这个特别行动队的队长兼政委,他必须协调好关系,善待众军汉,以情动人,做好"思想工作",然而他唯一的法宝就是藤条加斥骂,那不遭反抗才怪呢,且老都管与两虞候本就未把他放在眼里。

在与牛二的那场纠葛中,也反映了他不善察貌鉴色、缺乏斡旋应变能力、过于梗直的特点。本来,凭他的武艺,制服一无赖泼皮实在无需动刀,可他却被牛二牵着鼻子走。砍剁铜钱,吹毛得过,一一试来,最终"一时性起,望牛二嗓根子上搠个着,扑地倒了"。

这就是杨志,一路磕磕绊绊行走得十分艰难。林教头也曾历经劫难,但他有山神庙诛杀陆虞候与梁山火并王伦的快意泄愤的酣畅,而杨志却始终窝着火,未得畅快一舒。他有着超越侪辈的潜质,却像他所佩的那柄祖传宝刀,只能在鞘内空鸣。惜乎,天暗星!

锦衣玉食客　猊甲英雄将——金枪手徐宁

梁山天罡中排名十八的金枪手徐宁星名"天祐"。他确实得先人庇佑甚为优渥。祖传金枪法、钩镰枪法，连林冲也叹其这门绝艺"端的天下独步"。因此他与林冲一样荣任八十万禁军教头。徐宁不仅身怀绝技，职居要位，家中还藏有一件祖传的镇室之宝，也是世罕其匹，名唤"雁翎锁子甲"。据小说第五十六回"吴用使时迁盗甲，汤隆赚徐宁上山"所叙："这一副甲，披在身上，又轻又稳，刀剑箭矢，急不能透，人都唤作赛唐猊。"

这唐猊，据说是三国时吕布所披的盔甲，人称"马中赤兔，人中吕布"。若再加一句的话可说"甲中唐猊"。而徐宁所藏既称"赛唐猊"，就更可想而知了。

这徐宁攻可以使用金枪法，守可以凭雁翎锁子甲抵挡一切刀剑箭矢。身居高位，又能攻守自如，此岂非一个军人最大的梦想与光荣。徐宁这一切几乎皆得之祖传，名之曰"天祐星"，真是名实相契。

在《水浒》中，这天祐星走进我们视野的方式有点特异。

当呼延灼的连环甲马横扫千军如卷席，山寨中林冲、雷横、李逵、石秀、孙新、黄信六员将领皆在阵上中箭，铩羽而归时，整个山寨为之震惊。时金钱豹子汤隆献计，推荐了其姑舅兄弟金枪手徐宁，

趣说水浒人物

徐宁的钩镰枪是连环马的克星。但他好端端地当着禁军教头，怎肯为梁山盗贼去破连环甲马？岂非妄想？于是吴用就使计让时迁去盗甲，雁翎锁子甲若在手中，不怕徐宁不乖乖地随之而来。故徐宁是由时迁带领我们去识荆的。前称徐宁进入我们视野的方式是特异的，即在此。因鼓上蚤时迁是个梁上君子，他的特别任务是盗甲。我们随时迁去会徐宁也只能如时迁在窗纸上戳孔，由孔中窥视，或是跃上房梁，潜于暗中，由高处作鸟瞰俯视状来观察徐宁，所以这种视角相当独特，虽然不够光明磊落，但所得影像绝对真实无饰。

由于这种偷窥式的视角，因此徐宁可说是被爆料的一个宋代官府的高级武将。通过时迁的那双贼眼，我们窥得的是徐将军闺房中有甚于画眉的私人生活情景。

徐宁除了身任禁军金枪班教师，还经常在"内里随直"，也即在大内充当御前保镖，常常是"五更便去内里随班"，"直到晚方归来"。而居处又是在高墙之内，庭院深处，所以徐宁实际上是个常人不易谋面的在高级安全机构中兼职的特殊人物，同为禁军教头，林冲还能带着家眷去庙里烧香还愿，而徐宁却恐怕无缘享此闲逸之趣了。

我们且来看看随着时迁初更时分潜入徐府能窥得些什么私密？

> 时迁却从钱柱上盘到膊风板边，伏做一块儿，张那楼上时，见那金枪手徐宁和娘子对坐炉边向火，怀里抱着一个六七岁孩儿。……

围炉向火，与娘子相对而坐，且怀中抱着一个六七岁的孩儿。真是融融乐乐享受天伦的一幅和谐生活的图景。

这情景也许会让我们想起南朝诗人鲍照在他的代表作《拟行路

难》中的诗句"弄儿床前戏,看妇机中织"。那是鲍照感叹自己用世之志不得实现,只能在家中"看妇,戏儿"的自嘲之句,显然鲍是以之为羞的。

而徐宁却颇有点甘之如饴的味道。六七岁的男孩还抱在膝上,是否有点溺爱过甚,如此这般,这孩儿将来能不能传承"金枪法"和"钩镰枪法"呢?这小儿郎似乎也太嗲了点。人家沧州知府是个文官,即使溺爱四岁的小衙内,也只不过雇个男保姆,让美髯公朱仝来照顾他,而徐将军堂堂禁军教头,却把宁馨儿抱于膝上,与娘子围炉夜半时分作有一搭没一搭的闲聊,以遣有生之涯,岂不有些英雄气短?否,既然这是通过窥视所得镜头,我们也得换一种眼光来看这一问题。前已叙他是时常五更便去"内里随班","直到晚方归",可知其与家人团聚共话,或抱抱小孩的机会是非常少的,难得有此机会他当然珍惜,而这一镜头却又恰恰被时迁抢到了。其实这正是值得珍视的真实镜头。平日里金戈铁马驰骋疆场的将军,卸甲之后也有其温情脉脉的一面,徐宁真是这样一位富有人情味的儒将。再说,唐诗宋词中琵琶新声、羌笛幽怨、将军白发征夫泪,所望不也只是围炉向火、与妻儿团聚的家常融乐吗?

想起豹子头林冲之陪夫人上香,王进之孝敬老母的孺慕之忱,及徐将军抱子膝上的戏儿温情,三位都是禁军教头,戎装之下竟都跳动着一颗充满温情的心。足见《水浒》虽为英雄传奇,却还不是一味认粗豪刚猛为男子之唯一美德。

时迁眼中所摄镜头之二为:

> 时迁看那卧房里时,见梁上果然有个大皮匣拴在上面;房门口挂着一副弓箭,一口腰刀;衣架上挂着各色衣服。徐宁口里叫

道:"梅香,你来与我折了衣服。"下面一个娅嬛上来,就侧首阳台上,先折了一领紫绣圆领;又折一领官绿衬里袄子,并下面五色花绣踢串,一个护项彩色锦帕,一条红绿结子,并手帕一包;另用一个小黄帕儿,包着一条双獭尾荔枝金带,也放在包袱内,把来安在烘笼上。……

这五彩鲜丽的锦衣玉袍,就是咱徐将军明朝陪侍皇上的特殊行头。咱们读过王右丞《和贾至舍人早朝大明宫》之作,那"九天阊阖开宫殿,万国衣冠拜冕旒"的皇家气派是皇上与众臣共同酝酿而成的,徐将军当然得衣着济楚光鲜去陪侍皇上,才能让龙心大悦。但"梅香,你来与我折了衣服"一声唤,似让我们感到咱徐将军本人对锦衣纨服也有一种自然的癖好。这份雅好也许梁山上唯玉麒麟卢俊义与柴大官人才堪与其争胜吧!

再瞧咱徐将军藏甲的皮匣:

汤隆问道:"却是甚等样皮匣子盛着?"徐宁道:"是个红羊皮匣子盛着,里面又用香锦裹着。"汤隆假意失惊道:"红羊皮匣子,不是上面有白线刺着绿云头如意,中间有狮子滚绣球的?"

这匣子也是五色斑斓,令人目眩神迷。

金枪手徐宁就是这样一位金粉世家中的贵胄,围绕他的是一种错彩镂金、雕绘满眼的华贵气息,甚至还略带一丝阴柔的脂粉气息。本以为这种绚丽的色彩只宜用来渲染丽人姝女之类,如《陌上桑》之罗敷,《丽人行》中之唐宫贵妃。不意用于伟丈夫竟也别具风采。

我们确实得佩服作者的妙笔,他让我们明白真的猛将也并非总是只有剑拔弩张的刚猛气息，他也须红巾翠袖为之揾英雄泪。

如果没有吴加亮着时迁偷甲赚徐宁上山，徐宁也许就在锦幄与软玉温香中走完他的人生，当然有时也会披甲上马，舞动其所向披靡的金枪。当然，待儿子一旦也迷恋上枪棒时，他会将金枪法与赛唐猊传给他的儿子。

但是梁山改变了徐宁后半生的生命轨迹。李卓吾认为是恋甲给徐宁带来的不幸，称："人生决不可有所嗜好，如徐宁爱恋这雁翎甲，并这个身子亦丧却了也。"

这赛唐猊是徐宁的传家之宝，又是他的护身之物，当然不会任其丢失。李卓吾之论令人匪夷所思。

不过，号称"天祐星"的徐宁却并未曾真的获得天祐。那雁翎甲号称可挡得刀剑箭矢，却并未能使他刀枪不入。先是没羽箭张清的石子曾把他砸得脸上鲜血迸流；后随宋江征方腊，在攻打杭州北门关时，颈项上为敌方毒箭射中，而此时神医安道全又已被召回京，故毒液入体，调治半月后身亡。

徐宁实非天祐星也。

永远的配角——急先锋索超

急先锋索超亦位列天罡，且排名十九，位次实不算低。但他也属于天罡中那种给人印象不甚鲜明深刻的人物。原因可能是他在有幸参与的一些故事中充当的永远是一个配角。不像有些人物虽然排名并不高，如鼓上蚤时迁，在七十二地煞中排名七十一，几乎名落孙山，但他在一些故事中却充当了主角，如去金枪手徐宁家盗甲，虽是个梁上君子这样一个不光彩的角色，但毕竟是主角，因此给人留下了极深刻的印象。难怪陈佩斯在哪怕是一个小品中也要悻悻地抛出一句："哼！谁愿意当配角！"

在《水浒》中索超亮相倒也颇早，在小说第十三回"急先锋东郭争功，青面兽北京斗武"中他即登场，但充当的是配角。时青面兽杨志刚拒绝了王伦劝说，未在梁山落草，倒是有心争取在体制内重新上岗。未料在东京遭高俅斥骂，沦落街头卖刀，又遭泼皮牛二胡搅蛮缠，一怒之下，抹了牛二脖子，以囚犯身份流配大名府，好在天无绝人之路，梁中书倒是十分赏识他，且有意拔用他。于是发生了杨志与周瑾、索超的大比武。尤其是杨、索那一场比拼写得煞是好看。我们也是从杨志眼中得识这位急先锋的：

一百〇丁

急先鋒索超 敢斧鉞將天罰

杨志看那人时，身材七尺以上长短，面圆耳大，唇阔口方，腮边一部落腮胡须，威风凛凛，相貌堂堂。

虽有"凛凛""堂堂"的字眼，但似乎还是未留下抹不去的记忆。

比武场面作者颇花了些笔墨，也着实精彩，此不赘。两人斗到五十余合不分胜败，当时月台上梁中书看得呆了，两边众军官看了，喝彩不迭……

无疑两人旗鼓相当，但谁都明白这场比拼的主角还是杨志，索超再了得也是个配角。但我们对索超的武艺水平还是有了个约略了解，因杨志此前已与林冲交过手，且打平。依此可知索与杨战五十合不分上下，就武艺论，绝对可入梁山高手之列。在这场比拼中索超使用的家什也颇让我们眼睛一亮，那是一柄蘸金斧，竟然与程咬金相似，此时才想起其号急先锋与程咬金三板斧的急性子似也吻合，且其姓名"索超"其意似乎应是"追赶与超越"，倒也是一个标准的名实相符的先锋之姓名。

索超在《水浒》中再度出现那已是小说第六十三回，宋江为救石秀与卢俊义，发兵攻打大名府，作为大名府梁中书手下武艺最高的上将索超与梁山同样以性急著称的猛将霹雳火秦明之间有过一场二十余合的高手过招，若不是宋江军中韩滔放暗箭射中了索超左臂，索、秦之间估计会有一场更激烈火爆之恶战，因为两人均是急脾气，使的又都是冷兵器中的重武器：狼牙棒斗蘸金斧，砍斫之声必令人惊心。

索超武艺了得，在梁中书麾下却屈居李成、闻达之下，宋江亲见其战秦明之勇，又必闻杨志这位当年曾与索超有过比武经历的梁山武林高手屡屡提及这位故人，所以宋江吴用辈必有意收揽索超于彀中，于是就有了"宋公明雪天擒索超"的故事，当然，在这个故事中，索超还是个配角。在前回与秦明之战中，其配角的意义是：哪怕你大名府有索超这样的急先锋，还是抵御不了梁山的急先锋。

这回"雪天擒超"中索超的配角当得更有点窝囊。这回要突出的是关胜的神勇。且看小说中这略显蹊跷的描写：

> 索超听了，并不打话，直抢过来，径奔关胜，关胜也拍马舞刀来迎，两个斗无十合，李成正在中军，看见索超斧怯，战关胜不下，自舞双刀出阵，夹攻关胜。……

战无十合便斧怯，不至于吧，索超毕竟是堪与林冲、杨志打平的高手呀！显然小说作者有意偏袒关胜，要显其"武圣"后人的神勇。这种写关胜武艺超轶群伦的蹊跷笔法还有一处，在其未降时，作者曾让他与秦明、林冲有过一战，拿关胜的话说："我力斗二将不过，看看输与他，宋江倒收了军马……"斗二人不过，并不说明他比其中哪一位差，因为他斗的毕竟是梁山上当时几乎排名一、二的高手，且合力斗他，岂不反证了他的非凡？关胜后居马军五虎将之首，所以作者写其武功时处处回护他，用蹊跷甚至有点玄的手法来表现他，而这一玄，却让我们的急先锋索超丢了份。

不过，关于索超，我们说来说去，始终是战这个，斗那个，一个匆匆上阵的急先锋，一个不住挥舞蘸金斧的一介武夫，一个舞台上的大花脸，虽然也可用威风凛凛形之，但有时却真的被损贬得有点憋屈。

这也就是前面所称永远的配角，抓不住人们的眼球，也无法让人在记忆中将他深深铭刻。索超是个少性情的缺乏人格魅力的人物。

不过，在索超被擒，当宋江劝其协助自己替天行道时，有一笔涉及杨志与索超之间情事的一个瞬间镜头倒颇有意味:"杨志向前另自叙礼,诉说别后相念,两人执手洒泪,事已到此,不得不服。"这是七十回本的文字。一百二十回本则改成"杨志向前另叙一礼,又细劝了一番。索超本是天罡星之数,自是凑合,降了宋江"。这一改,似乎少了许多意味。"两人执手洒泪"是颇见真情的描绘,也蕴含了许多内涵。张恨水先生似曾代为撰写潜台词:"吾人争功之日,固谓一刀一枪,博个边疆出头之日也。庸知今日把晤于盗薮乎?"(见张恨水《水浒人物论赞》)

这猜测应该是切中肯綮的。

杨志、索超两位确是水泊中最无奈的人物,执手相看泪眼中真是蕴含着说不尽的悲慨呵!

渐行渐远的长跑英雄——神行太保戴宗

中国古典小说"四大名著"在被后世接受的过程中，对于受众的年龄也总结出了一些很有影响的名言，如"少不读《水浒》"，"老不读《三国》"等。但这些"训诫"的效果往往适得其反，就像禁书常常是让某书流布更广的手段一样。国人往往在童蒙初开时便接触了《水浒》。当然大部分人还是先从连环画接触这部名著的。相信在那个年龄段上所感受到的《水浒》魅力，或换言之，最吸引少年读者的《水浒》人物往往不外乎两者：或是武艺特高，力大无穷者；或是身怀绝技，几乎有特异功能者。前者如打虎武松，拔树鲁达；后者如浪里白条张顺，神行太保戴宗。有时是绝技与武艺兼容者，如没羽箭张清，都会引动孩子们的无限遐思，并对其人怀着崇拜钦仰之情。

随着年龄的增长，阅读《水浒》时品评人物的价值标准肯定会有所改变，这中间会增加道德评判和人物综合素质的估价。于是有些先前未曾十分关注的人物突然感觉到了其身上的光彩；有些原来钦慕的人物依然在心中保留着固定不变的地位；也必定有一些曾经赢得自己如许好感的人物会渐渐褪去光彩。这当中戴宗就是很明显可归入第三类者，至少对于笔者这感觉是明显的。

戴宗的fans永远只能是少年《水浒》读者。

渐行渐远的长跑英雄——神行太保戴宗

陆灏先生于《水浒》人物曾提出过"梁山不好汉"的看法，认为"一一数来，梁山上真是不好汉的居多"。居多居少暂不论，但梁山上确有些人从人格上、从道德上考量起来，殊难称其为好汉，戴宗也可归入此类。

宋江在作为囚犯被押往江州时，吴用曾修有荐书让宋江至江州后可找当地两院押牢节级、人称戴院长的戴宗帮忙，称其人有道术能日行八百里，唤作神行太保，并誉扬其"十分仗义疏财"。这是小说第三十六回"梁山泊吴用举戴宗"中所叙及的。至小说第三十八回"及时雨会神行太保"中见面的戴宗真让人大失所望。

宋江到江州后，那个被人唤作贪官的蔡九知府倒不见其贪，看宋江一表非凡，作了例行的询问后便嘱公人送宋江到牢城营内交割。而被吴用誉为"仗义疏财"的戴院长却是以一个贪贿图财的恶吏的形象出现了。因宋江未奉上"常例人情"，他便在厅上大发作，骂骂咧咧地训斥："新到配军，如何不送常例钱来与我。"见面后更是凶神恶煞般开骂："你这黑矮杀才，倚仗谁的势要，不送常例钱来与我？"宋江道："人情人情，在人情愿。你如何逼取人财？好小哉相。"戴宗大怒，喝骂："贼配军，安敢如此无礼？颠倒说我小哉！那兜驮的，与我背起来，且打这厮一百讯棍。"……这冲突上升到戴吐出如此恶言："你这贼配军，是我手里行货，轻咳嗽便是罪过。我要结果你也不难，只似打杀一只苍蝇。"瞧瞧这副嘴脸，整个一为非作歹的恶吏典型，敲诈欺妄在他只是寻常事。其声腔之恶比董超、薛霸有过之而无不及。

当然，得知宋江与吴学究的关系后他是换了副嘴脸，但前面那副嘴脸才是他的庐山真面目，尽管是偶一露真容。

故张恨水先生在《水浒人物论赞》中言及此人，开宗明义："神行太保戴宗，庸材也，亦陋人也。"

"陋人"一词，定位很准，也颇让人解气。

下面说说其"庸"。

宋江浔阳楼题反诗事发投入死狱，在梁山营救宋江的过程中戴宗还是多少起了些作用的。因此他在最终座次排位中荣登天罡第二十名。具体职务为"总探声息头领"，应该是"情报局长"一类的角色。

但他干起"情报"来，十足是个外行。

在他还供职于蔡九知府门下时，曾为之传递家书与东京蔡太师，蔡九知府向其父请示对宋江处置之法。戴宗途中歇脚在朱贵酒店中，被朱贵以蒙汗药轻易麻翻，搜出家书，误以为戴为蔡府忠实走卒，拟背入杀人作坊开剥。最后虽误会冰释，那也是朱贵警觉之故。整个过程中，戴宗懵懂傻呆，粗枝大叶，毫无情报人员素质。若杨志、武松等人虽非情报人员，但遇酒家食宿戒备之心十足，本能地怀疑到蒙汗药之类的麻醉物。而专以送机要信件为务的戴宗却如此轻易被麻翻，岂非庸陋得可以？

上梁山后，戴也数度执行特别任务，往往都是铩羽而返。

首先，即在为蔡九知府传家书被梁山截获，吴用将计就计，让戴传假书信给蔡九知府，虽吴学究设计之假信有印鉴之误让蔡九知府手下的黄文炳所识破。但在向戴盘问送信经过，京城情景时，戴的回答也是洋相百出，谎不自圆，再一次显出其担当间谍的素质之庸陋。

后来晁盖在曾头市中箭身亡，山寨要复大仇，起兵攻打曾头市。总攻前派戴宗与时迁先后去曾头市侦察敌情。

这戴宗打探回来报道："现今曾头市口扎下大营，又在法华寺内做中军帐，数百里遍插旌旗，不知何路可进。"这长他人志气先不说，竟然说得出"不知何路可进"的话，这哪像是侦察员的话，显见他已坠入五里雾中，晕头转向了。

而时迁却把整个曾头市的军事布局打探得详细备至，总共五个寨栅各由谁把守，兵力部署配备如何，皆有准确数据，且在战前时迁两度入曾头市将敌方陷坑位置数量细记，并作了记号，可使进攻部队辨认，使吴加亮的作战计划有充分的情报依据，结果这一仗马到成功。

对比戴宗、时迁的侦察业绩，实有云泥之异。

而时迁不过是戴宗属下一部员，梁山上外行领导内行之滑稽安排亦可见一斑。

不过，若说戴于山寨一无贡献，那也不免冤屈了他。

他的神行法有时还是奏效的。

如宋江背痈发作，命在旦夕之际，张顺请得了神医安道全，若无戴宗使神行法将安神医及时带至山寨，那么宋江也将追随晁天王之亡灵，在梁山排名前呜呼哀哉，梁山的历史也将改写。

在梁山被高廉的魔法所制时，戴宗与李逵奉命去寻一清道人公孙胜，这一次也算是不辱使命。

当时迁从徐宁家盗得雁翎锁子甲后，也是戴宗于店中先予接应，接力赛似的将赛唐猊先护送上山，免出意外，使赚徐宁之计得以稳妥实现。

当然，这些均可称神行太保的功绩，但没有这一些，他凭啥坐上天罡之位？

不过再如何，他的庸陋的一面依然是无法否定的。

他充其量只能骗骗孩子（前述水浒读者孩提时代心仪戴宗的现象）、唬唬李逵那样的呆子。

面目狰狞的卧虎潜蛟——赤发鬼刘唐

水泊梁山以龙、虎、麟、彪为号者甚众，望去明显有誉扬意；次则以蛟、蜃、猿、豹为号者也往往显其特征性状，也常能为人物增色。但也有些人物号不甚佳，以至影响人们对号主的印象，即使不憎厌，至少也是疙疙瘩瘩的，如"青面兽"之号即是。"赤发鬼"之号堪称"青面兽"的绝配，或更是等而下之。缘此，初读《水浒》者许少有对赤发鬼刘唐留下好印象的。刘唐此号之出由于他"鬓边有搭朱砂记，上长一片黑黄毛"。与"青面兽"脸上有一青记原因相同。皆是脸面上与众不同之异相得来之绰号。但同样以须发为号，如"紫髯伯皇甫端"，"美髯公朱仝"则听来显出一种温雅之风仪。而"赤发"着一"鬼"字，实在太略瘆人。《水浒》中倒也还另有一些以"鬼"为号者，如"活阎罗阮小七""混世魔王樊瑞""催命判官李立""操刀鬼曹正""鬼脸儿杜兴"。但前三位至少"鬼"字未直接出现，且毕竟多少还沾点王者之气。"操刀鬼""鬼脸儿"当然不比"赤发鬼"好到哪里去，但曹、杜两位毕竟本身就是地煞星，而刘唐好歹是排名二十一的天罡星，以"鬼"称之，岂不有点失敬，而且实际上往往也损害了他在读者心中的形象。

不过，刘唐初出场时，却也实在让人起疑。他本来是投晁盖庄上

三文錢

赤髮鬼劉唐花脂民當泰一直如曹大山一
擲芋鴻毛

来告知生辰纲消息的,却不知怎的醉卧在东溪村灵官殿供桌上,把些破衣裳团做一块作枕头,呼呼打起鼾来。以至于被雷横捕头作贼拿了,吊在晁盖庄园的门房里,结果让晁盖也吓一跳:"只见高高吊起那汉子在里面,露出一身黑肉,下面抓扎起两条黑魆魆毛腿,赤着双脚。"而"把灯照那人脸时,紫黑阔脸,鬓边一搭朱砂记,上面生一片黑黄毛"。这模样,在暗处乍一见,真会让人汗毛直竖。

这落下的第一印象,常常在人们心中留下不舒服之感。

但这第一印象不甚佳的感觉,常常是少年时读《水浒》的感觉。随着人生经验的丰富,阅历的增进,对《水浒》人物的第一印象是会改变的。前已曾论及双枪将董平、神行太保戴宗那些少年心目中的英雄的光彩早已在消退。而刘唐这样的人物,则从原来不甚关注、不甚喜欢转而渐觉其身上实在有很可贵的东西在闪光,在梁山上不少非好汉的映衬下,让人觉得刘唐倒真是条响当当的好汉。

前已言及,刘唐来晁盖庄上是来报生辰纲之消息,并寻晁盖商议劫纲之事的,仅此一举就足证其不寻常,他是个消息灵通且有胆识之人。关于此生辰纲之消息,后来公孙胜也来相报,但已晚刘唐一步,且实际上刘唐在公孙之前已基本说动晁盖,其说辞真的堪称金声玉振之词,而竟出于这样一个貌相粗莽者之口,足令我们惊异其心智之高。我们不妨回顾一下这段铿锵作金石声之辞:"此一套是不义之财,取之何碍?便可商议个道理去半路上取了,天理知之,也不为罪!"而公孙胜劝取的理由是"当取莫取,过后莫悔"。显然在说服力上远不及刘唐之辞。

那智取生辰纲的过程读《水浒》者想必记忆犹新,但未必记得刘唐在其中所扮演的角色。那角色并不简单。当杨志一伙歇于林阴中时,白胜挑来两桶酒,晁盖一伙七人先吃了一桶,然后由刘唐揭起另一桶盖，又兜了半瓢吃，故意做给杨志他们看，而吴用则去松林中取出药来，抖在瓢里，装作饶酒吃，把瓢来兜酒时，药已搅入。白胜又劈手夺过瓢，倾在桶里。所以这白、刘、吴三位就在杨志这位十分精明并保持高度警惕心的人物的眼皮底下，串演了一场既下了药，却又骗对方深信不疑酒是没问题的这样一段巧妙的把戏。这需要一定的心理素质与演技，显然刘唐经历了考验。

智取生辰纲，是《水浒》中的一场重头戏，也是梁山好汉第一个漂亮的胜仗。于此一役，从信息的获取，到劝说晁盖定夺主意，乃至最后成功实施，刘唐在其中是一个十分关键的人物，这一点我们以往读《水浒》时未必会十分强烈地感受到。那可能也是因为"赤发鬼"这不太雅驯的绰号让我们忽视了刘唐。

后劫纲事发，晁盖七人在林冲配合下梁山小夺泊，这是梁山事业展开光明前景的一个重要转折，而将七人聚成一个小集团的契机就是智取生辰纲，或谓七星小聚义。

如此，刘唐这位"智取"中的实质上的中心人物，其在日后梁山聚义厅上应占的地位不是不言而喻的吗？

他排于天罡二十一位，并非抬高了他。

刘唐非唯心智甚高，人品也十分端直。在"智取生辰纲"一回中，他先曾被雷横当贼捉拿，并吊了一夜，后晁盖以甥舅关系为由让雷横放了他，这中间晁给了雷横十两银子。刘唐后来追着雷横厮打，要索回银两。这其中固然有无端被吊要出口气的意味在，但更主要的是他认为雷横之行为是欺诈和勒索，他不能让晁盖平白被骗，他索回银两也是要交与晁盖的，我们万勿误会这只是"十两银子的争执"而把刘唐看作小器之人，实则上他是要维护"取之有道"的原则。

这一点是极易证明的。我们不会忘记刘唐曾冒着生命危险，代山寨送百两黄金给宋江等人作谢仪，宋江见之大惊，认为他太冒险，刘唐答道："感承大恩，不惧一死，特地来酬谢……晁头领哥哥只想兄长大恩，无可报答，特使刘唐赍一封书，并黄金百两，相谢押司，并朱、雷二都头。"

畴昔为十两白银，拼命搏杀追讨，今日又不惧一死，赍送百两黄金。这一"追"一"赍"皆与金银相关，刘唐岂是锱铢必较的守财奴，实为奉行"取之有道"原则的义士耳！

排座次后刘唐的具体职务是十大步军首领之第三，排于鲁智深、武松之后，雷横之前。但他实际上并非只善陆战，他的水上作战技能实堪与三阮媲美。诸位可能不会注意到此点，听在下道来。

火并王伦后未久，济州府尹即差团练使黄安率军千人来取水泊梁山。那一仗中擒获黄安的就是刘唐。请看如下镜头：黄安驾着小快船，正走之间，只见芦花荡边一只船上，立着刘唐，一挠钩搭住黄安的船，托地跳将过来，只一把拦腰捉住，喝道："不要挣扎！"……

这样腾挪跳跃在小舟上，我们常以为那是三阮和浪里白条们的特技，然而"赤发鬼"也有此高招，想得到吗？兴许我们记忆中拿下黄安的大概也只会是那些水上英雄吧？

刘唐可不比李逵那样的旱鸭子，在水上他照样矫健精悍，身手不凡。

在小说第七十九回"刘唐放火烧战船"中，刘再度受吴用之命，统领水军，打了个类似周公瑾当年"羽扇纶巾谈笑间，强虏灰飞烟灭"的火烧芦荡之战，让高俅抱头鼠窜，狼狈不堪。

别小瞧了刘唐，赤条条躺在灵官庙供桌上昏睡的愣头青只是智者勇者大智若愚的一种拙朴的表现，他可不那么简单。

板斧一双排头砍——黑旋风李逵

黑旋风李逵在《水浒》人物中绝对属重量级的,读《水浒》者估计不会有人将其忘却。但对这个人物的评价却历来存着极大的反差。

明清时期两个《水浒传》的权威评点者都十分赞赏李逵。

如李卓吾就称李逵为"梁山泊第一尊活佛也"。在李逵为主角的回末都有热情的赞语。如第五十二回"李逵打死殷天锡"之回末评曰:"我家阿逵只是直性,别无回头转脑心肠,也无口是心非说话。"第七十五回"黑旋风扯诏骂钦差"的回末评曰:"李大哥一派天机,妙人,趣人,真不食烟火人也。"

卓吾先生甚至因为小说中有"李逵寿张乔坐衙"一回,而别出心裁取小说中李逵的言事,为他编了一本《寿张县令黑旋风集》。

为之编集,而评语中口口声声"李大哥""吾家阿逵",爱之深,敬之深,自不待言。

另一位评家金圣叹于李逵更是宠爱有加。在他所写《读第五才子书法》中称"李逵是上上人物,写得真是一片天真烂漫到底,看他意思,便是山泊中一百七人,无一人入得他眼。《孟子》'富贵不能淫,贫贱不能移,威武不能屈'正是他好批语"。

李逵在小说第三十八回方出场,金圣叹叹曰:"李大哥来何迟也,

板斧一双排头砍——黑旋风李逵

真令读者盼杀也,想杀也。"

这两位评家眼中李逵真是"兀的不可煞人也么哥"!

但后世颇有称李逵为"杀人机器""杀人魔王"者。甚至有人在网上列李逵为梁山十大恶人之首。

轩轾有天壤之异,李逵确是《水浒》人物中一个特例。

平心而论,作为小说人物,李逵确是塑造得不错。这与他在小说《水浒传》产生前已是元杂剧"水浒戏"中的红角有关。据傅惜华先生《元杂剧全目》统计,"水浒戏"有三十三种之多,而以李逵为主角的就占了三分之一。而戏剧是十分重视人物语言的,因此进入小说《水浒传》中的李逵俨然成了语言最生动的人物。而元杂剧中的"李逵戏"又基本上是"净""丑"之类的角色。这就使他在小说中又成了一个最具幽默感的人物,也即李卓吾所谓的"妙人""趣人"。金圣叹所谓的"灵心妙舌"。

李逵确可称是梁山上第一语言有味者。

如在江州,李逵与宋江相识,宋江出手大方的作派特获他好感,于是起劲地为宋江去江边讨鱼,结果与浪里白条发生斗殴,在水中被"涮"了个够,结果,不打不相识,交手后倒成了知交。两人之间有一场颇有趣的对话。张顺道:"小人如何不认得李大哥,只是不曾交手。"李逵道:"你也淹得我够了。"张顺道:"你也打得我好了。"……李逵道:"你路上休撞着我。"张顺道:"我只在水里等你便了。"

这样的对话确是口角生风的妙语。

又,三打祝家庄。李逵杀了扈三娘一家,宋江责其滥杀,李逵的辩词是:"你便忘记了,我须不忘记。那厮前日教那个鸟婆娘赶着哥哥要杀。你今却又做了人情。你又不曾和他妹子成亲,便又思量阿舅,丈人。"这话确让宋江哭笑不得,无以应对。李逵敏捷的答语让人觉着傻直中夹杂着刁蛮与胡缠,却又不能不承认是颇见水平的妙语。

宋江破无为军,逮住黄文炳,活剐黄文炳的活当然非李逵莫属。瞧李逵动手前的话:"你这厮在蔡九知府后堂只会说黄道黑,拨置害人,无中生有撺掇他,今日你要快死,老爷却要你慢死!"

这"快死""慢死"之话也亏他想得出。

李逵在斧劈小衙内之后,激怒了朱仝,非得寻他拼命,李的反应是:"教你咬我鸟!晁宋两位哥哥将令,干我屁事!"话虽粗陋了点,却也是出语不凡!

书中凡李逵开口发声之时,你会觉着话中总藏着些可咂摸的特殊的调儿味儿。而惹得李卓吾时不时在批语中"趣!""趣!"的所赏应也是这种貌若呆傻中的机趣。

李逵之趣非唯在言,也常在事。

李在小说中时常以他人伴当的角色出现,外出执行任务,时常得有人管束着他点。如跟随宋江去东京入李师师院中打通徽宗关节;随戴宗赴蓟州寻找公孙胜求他回山寨帮忙制伏有魔法的高廉;随吴用扮算命先生的哑童去诓骗卢俊义;随燕青赴擂场去智扑擎天柱……他李逵总是一路上出尽洋相,也带来一串串笑声,他常是一个被"涮"的角色,但经常也会发生角色转换,配角成了主角,就像陈佩斯与朱时茂串演的一系列小品。

李逵莽撞、粗鲁、一身蛮力,常挥舞着板斧赤膊上阵;好酒、好赌、好斗狠,身上凝聚着一股霸气。甚至在得知宋江与柴进抢民女的消息后,敢于砍折"替天行道"的杏黄旗,所作所为可谓猎猎生风。如前所述其行事出语又常挟带妙趣,所以他颇能获得读者的青睐。在中国古典小说粗鲁莽汉型的形象(如张飞、程咬金、牛皋等)系列中，李逵可称是个最出彩的典型。

可是在他身上有一宗不可饶恕的恶德，那就是嗜杀，在天罡中他的星名是"天杀星"，确实，在《水浒》中再也找不出第二个杀性如李逵的人物了。

我们且来看看他的种种杀人秀。

他首先是在乡里打死人，逃亡流落到江州为戴宗所收容，上梁山后他先后展示的杀人业绩有：

活剐黄文炳。黄是该杀之恶人，李充当惩恶者，算是义举，但活剐之形式毕竟有点"血淋带滴"，但李颇乐于行此道。

三打祝家庄，将扈三娘一门几乎杀绝。李的理由是"我砍得手顺"。他一身血污，腰里插着两把板斧，直到宋江面前唱个大喏，说道："祝龙是兄弟杀了，祝彪也是兄弟砍了，扈成那厮走了，扈太公一家都杀得干干净净，兄弟特来请功。"宋问他拿得几个活的，他答道："谁鸟耐烦，见着活的便砍了。"当他得知此次行动只是功过抵折时却笑道："虽然没了功劳，也吃我杀得快活。"这儿已经显出其嗜杀成性、杀人取乐的峥嵘恶形了。

后至蓟州寻公孙胜，李曾刀劈罗真人（幸得真人法身是刀斧不坏的）。为赚朱仝上山，他将利斧劈向四龄幼童而不眨一眨眼（梁山上能干此营生者，大概只此一人）。在朱贵酒店中他误杀投梁山的好汉韩伯龙。在四柳村杀狄小姐及其情人王小二，砍其头，将其身子剁成肉泥。理由是"吃得饱，正没消遣处"。

在江州劫法场后，他抡着大斧只顾砍人，杀得尸横遍野，血流成渠，推倒倾翻的不计其数……晁盖叫道"不干百姓事，休只管杀人"。他哪里听叫唤，一斧一个，排头儿砍将去。

打破北京城，他一马当先，浑身脱剥，咬定牙根从城壕里飞杀过来，杀得浑身血污。

李逵每常有机会抡动板斧时，便会发自肺腑地叫嚣："我两把板斧许久不曾发市，在角落里听了很是高兴。""我许久不曾杀人了，闲得慌。"这确是道出了他嗜杀的个中秘密。

这般杀人不眨眼的行为，古往今来也颇有为之辩护者。如刀劈小衙内之后，朱仝愤起与之拼命。李贽有评："朱仝毕竟是个好人，只是言必信，行必果耳，安有大丈夫而为一太守作一雄乳婆之理？即小衙内性命亦值怎么？何苦为此匹夫之勇，妇人之仁？好笑，好笑！"

李贽为"童心说"的倡导者，宣称人最可贵的是赤子之心。但对于一个为捍卫幼小生命的生存权利出击的义士却以"匹夫之勇，妇人之仁"责之，并"好笑，好笑"地予以嘲讽，其意即为其心中的"活佛"李大哥作辩护，岂非颠倒黑白，令人寒心，那"好笑，好笑"的笑容不有点狰狞和血腥吗？

今人孟超先生的《水泊梁山英雄谱》也有点为李逵辩护的意味："由于他心底蕴藏着的祖宗八代的对这社会的积恨，使他的眼睛里是存不下一粒沙子的，泄之而后快，便是他的本色，又哪里是天生的杀人成性呢？"此话亦谬矣，李逵自己不是多次由衷地表达了杀人的满足和快慰吗？从哪儿得见他是个苦大仇深的八代受压制的贫农？

李逵的天生嗜杀是无可辩驳的。

笔者幼时曾见邻里小儿以虐杀昆虫取乐的情景，将蜻蜓或知了之类撕去翅翼，折断其肢爪，以针或锐器刺其蠕动的躯体而取乐。这种令人发指的行为常常并非是出于模仿，而是与生俱来的，说难听点，也是一种杀性吧。

近年来频发的高校内出现的虐杀、摧残小动物的行径应也可归入这一类。

在适当的条件下，也许这类行为会恶性发展成以人为对象的杀戮。

连环恶性杀人案件中外均有，杀手的动机有时并非为了劫财劫色，而只是为了获得嗜血的快感。

李逵不正是这样的人物吗？

难道因为他出言谐谑，竟连这宗恶德也成了可原宥的么？天杀星滥杀无辜是不可恕的。

鲁迅先生有言，要杀人最好是当医生和刽子手。李逵合适的职业也许就是刽子手。凭他的巧舌在施刑前发一二噱语，或许可使受刑者增强些承受刑处的能力。如此李大哥也可谓得其所哉！

生子当如史大郎——九纹龙史进

画《水浒》人物是黄永玉先生的宿愿，近年始得偿还，顷有黄永玉《大画水浒》问世。先生非唯擅丹青，也是诗文好手，故《大画水浒》也采取了他素来所喜欢的语配画的形式，所题之语颇多冷峻幽默、启人神智者。其所画九纹龙史进有这样的题语："没来由的礼物收不得，没来由的眼泪当不得真。"

读过《水浒》者显然明白，永玉先生说的是史家庄少主人史进因少华山强人朱武等的苦肉计和礼物最终违其初衷落草为寇的事。永玉先生也许颇为史进惋惜，同时也警戒世人不要中了他人的圈套。当今之世，设局宰人陷人者确是随处可见，得随处提防着。

不过让史大郎只充当一个受骗上当的反面教员似乎有点屈了他。九纹龙史进让很多人惦着他、念着他应该还有更重要的理由。

今人也多有称史进为阳光少年或邻家少年者。确实，在史大郎身上那股率真的少年意气喷薄欲出，真有一种挡不住的魅力。

作者对他应也有点偏爱的，不然不会把他作为梁山好汉中第一个登场的角色，在小说第二回就让他亮相。

八十万禁军教头王进为避高俅迫害，携老母远走他乡，途经史家庄，老母得病，经庄主史太公医治，康复后将离庄而去。那日王

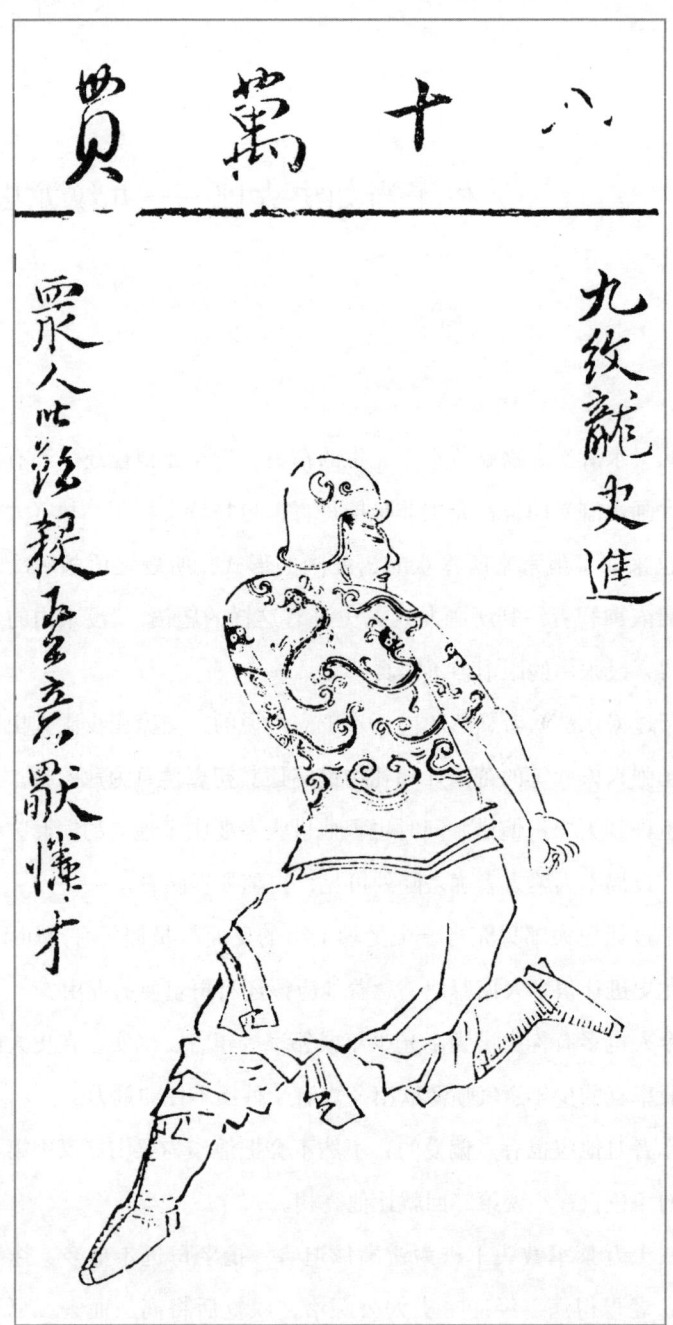

进到后槽看马，就撞上了史大郎。"只见空地上，一个后生脱膊着，刺着一身青龙，银盘也似一个面皮，约在十八九岁，拿条棒在那里使……"金圣叹评此亮相为"炫烂之文，令人耳目骇动"。这个出场秀真个是精彩绝伦，十分有型。从此便将九纹龙印象深植入读者心中。

是啊！从小喜欢使枪弄棒，又承七八个武术教师的悉心指导，长得又帅气，又正在十八九血气方刚人见人爱的佳年华，身上又刺着九条盘旋腾跃的青龙。当此之时，舞动手中的棍棒，怎不会有打遍天下无敌手的感觉？

王进瞧着这景象也不禁赞叹："这棒使得好了！"但作为八十万禁军教头，在他瞧来，史进的棒上功夫当然还未臻完美，尚有提升的空间，于是跟了句"只是有破绽，赢不得真好汉"。打遍天下无敌手的感觉怎禁得起这种撩拨，于是史进大怒，喝道："你是什么人，敢来笑话我的本事？俺经了七八个有名的师父，我不信倒不如你！你敢和我扠一扠么？"一个少不更事的愣头青的形象活脱脱显出。好一个"扠一扠"真令人忍俊不禁。当王进谦恭有礼地同意与他"较量一棒耍子"时，书中写道：那后生就空地当中，把一条棒使得风车儿似转，向王进道："你来！你来！怕你不算好汉！"

率憨之态，真正教人爱煞！

较量的结果不言而喻。那后生（史进）爬将起来，便去旁边掇条凳子，纳王进坐，便拜道："我枉自经了许多师家，原来不值半分！师父，没奈何，只得请教。"于此，金圣叹评曰："妙绝史进，快绝史进，令人有生子当如九纹龙之叹也。"这倒是点出了所有读《水浒》之中年男性的共同心态。或者说史进的一片率真之意在与王进较量棒技的过程中毕现无遗。我们瞧见了一颗透亮的金子似的无饰的真心！

在王进点拨之下，史进十八般武艺一一学得精熟。此后王进去了陕西，未几史太公也病殁了。

史进成了里正庄主，除演习武艺外，生活过得甚是悠闲。书中有一节写消夏的文字，颇有陶渊明北窗下卧凉风暂至、自谓羲皇上人的味道："时当六月中旬，炎天正热，那一日，史进无可消遣，捉个交床，坐在打麦场柳荫树下乘凉，对面松林透过风来，史进喝彩道：'好凉风！'……"

倘无意外，史进可能会悠游自在地在庄中迎送日月，由大郎而变成又一个史太公。

但不可能，对于史大郎，生活不会那么平静，少华山的强人来找史进了，这就要回到本文开首永玉先生的题画词：没来由的礼物收不得，没来由的眼泪当不得真！

但对于史大郎，在某些情况下他不能说不。或者说对于一个涉世未深、胸无城府的纯真青年来说，他的心是不设防的，他不相信世界上会有不真的眼泪。

当朱武、杨春等匍匐于地乞求史进将他们绑缚送官府请赏时，史为义气所动，放了已被自己擒获的陈达，让他们三位回山团聚了。他不能让天下好汉耻笑自己的不义，他的信条是"大虫不吃伏肉"。此后他与少华山上这几位一来一往成了朋友，乃至最终自己也上少华山落草为盗了。

此后发生在史进身上的种种事情，也许很多人会觉得他是冒傻气，脑中少一根弦。

如在少华山时，他下山遇一叫王义者，其女为贺太守所掳，自己反被刺配远恶军州。史进便救王义上山，并只身去府里行刺贺太守要救出王女，不意事未谐而自己倒反而身陷囹圄。这一义举书中未交代原因。但十分易理解，史进当初酒店邂逅鲁达，一见如故，而随后就发生了鲁达拳打镇关西、救金翠莲父女的壮举。鲁、史两人皆是眼中揉不得沙子的义士，遇到恃强凌弱的恶汉，当然会拔刀相助，王义父女正与当年金氏父女情景相仿，史进怎会不义愤填膺而拔刀相助？

如果说刺贺的失败，还只是史大郎虑事不够周密，只顾惩恶而尚欠谋略的表现，那么小说第六十九回"东平府误陷九纹龙"中史进的表现可能会遭更多人的哂笑。他竟然想借旧日相好李瑞兰这样一个烟花女子的关系潜入城中，待宋江攻城之际，赴鼓楼放火，里应外合，一举夺城。这美丽的幻想当然也以失败告终。一个重要的军事行动怎能维系在自己旧日欢场中的一个相好身上？足见大郎的轻率和不智。不过换一个角度思考，这不也正是大郎率真的一个证明？在他眼里与自己有那么一段情缘的人应该是可靠的，不欺的。

就率真而言，梁山上很少有人堪与史大郎相比，除非那个花和尚鲁智深。这也是鲁与史一见倾心的缘故。

史进是鲁智深始终不能忘怀的一个兄弟，当三山打青州之后鲁随众人上了梁山，就想起自家兄弟史进。便去少华山寻找，得知其身陷囹圄便迫不及待舍命相救，足见两人情谊之深（虽然当初只是一面之交）。

史、鲁两位还真是有缘的哥俩，两人皆性情率真，豪爽乐助人，又皆武艺出众，更兼身材魁伟。说来更有绝的，史进是九条青龙盘身，而鲁智深"花和尚"之得名也缘于一身花绣，他哥俩若同上澡堂，脱膊出来，该是让池中人惊艳的一道耀目的风景。

史进后死于征方腊役中，他与石秀等六人随卢俊义攻打昱岭关时，为方腊部将号称小养由基的庞万春所射杀，殊令人感叹。

史进率真的个性始终如一。我们大可不必为他数次受骗的经历抱憾。宁可守真抱朴做个易受骗的人，也不要使乖放刁去蒙骗忽悠人。君不闻：机关算尽太聪明，反误了卿卿性命么？而史大郎不是有那位亲热地唤作"阿哥"的鲁智深始终在呵护着他么？

穆氏兄弟真无赖——没遮拦穆弘　小遮拦穆春

金圣叹曾谓"《水浒传》写一百八人性格,真是一百八样,若别部书,任他写一千个人,也只是一样"。《水浒》刻画人物,确是生动,写出了许多不同性格的栩栩如生的人物。但要说一百零八人个个精彩,那也过甚其辞了。好像是胡适先生吧,说《水浒》中特别精彩的也就是十来个人。好像还说过,若穆弘这样的人,很少有人记得起他。这倒是真的,冷不丁提起穆弘,真会让人愣一下:"穆弘是谁?"这位让人一片茫然的穆大爷竟位列天罡二十四,排名还真不低呐,大名鼎鼎的阮氏三雄、浪里白条张顺、拼命三郎石秀、浪子燕青均屈居其后呢。

我想很多人必定会问,这穆弘是凭的什么荣登天罡二十四之位的呢?

那是石碣天书所定,只有问天了。

还是先来认识一下这位仁兄吧。

事情还得从宋江被押往江州牢城途中的经历说起。

两公差解着宋江来到揭阳镇,恰逢流落到此的病大虫薛永在街头拉场子使棒卖膏药。围观者皆白眼相看,不赏一钱。宋江见他掠了两遭盘子也没人答理,就叫公人取出五两银子给他,并致意:"教头,

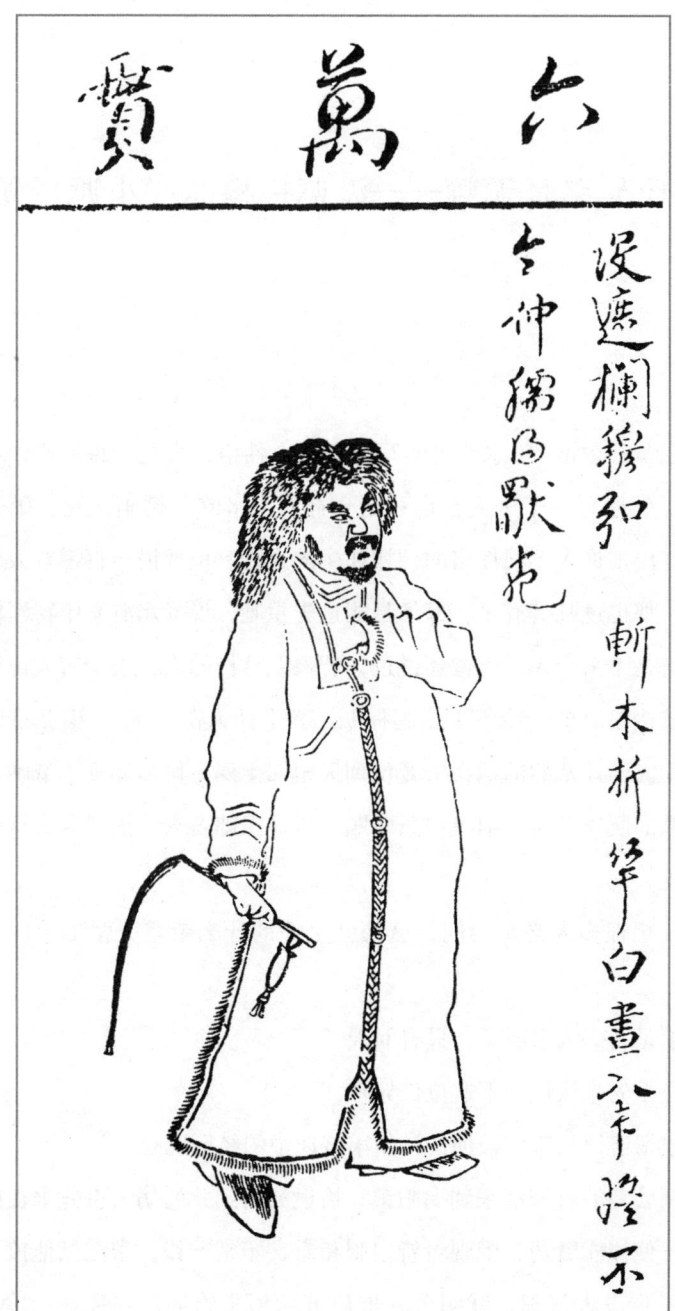

我是个犯罪的人,没甚与你,这五两白银,权表薄意,休嫌轻微!"那薛永当然十分感激,拜谢之间,不免感叹:"怎地一个有名的揭阳镇上,没一个晓事的好汉,抬举咱家!"这话惹了祸,有人出来寻衅了,人丛中一条大汉抢近前来,大喝道:"兀那厮是什么鸟汉,哪里来的囚徒?敢来灭俺揭阳镇上威风?"当宋江与其论理时,他当胸一把揪住宋江喝道:"你这贼配军敢回我话?"并提起双拳,劈脸打来。但这来势汹汹的寻衅者并无多大本事,被薛永一手揪住头巾,一手提住腰胯,兜了一跤,颠翻在地,还未及挣扎起来,又被薛永一脚踢翻了。

这寻衅者是谁呢?就是穆弘的弟弟穆春,这哥俩是揭阳镇上一霸,见薛永来此地卖艺未先向他们拜码头,就喝令观者一律不准理睬他。于是薛永再卖力,也挣不来一个赏钱。而宋江一个过路囚徒竟敢坏了他们规矩,于是穆春便蛮横地出拳殴辱,没想到反倒吃了亏。于是关照镇上店肆,一律不准接待宋江等人,且寻来其兄穆弘报此吃打之仇。宋江及薛永避之唯恐不及。穆春率众穷追不舍,拿下薛永,痛殴一顿,吊在都头家里,并扬言抓住宋江"明日送去江边,捆做一块,抛在江里,出那口鸟气"。这穷凶极恶的做派连其老父也看不惯:"我儿休恁地短命相,他自有银子赏那卖药的,却干你甚事!你去打他做什么?……你吃人打了,休教哥哥得知,又去害人性命……你也积些阴德。"可见这兄弟俩是镇上地头蛇,横行不法,颇干了些伤天害理之事。穆春的嘴脸,已见前叙,小说中有更细致的描写。穆弘的行径未见诸文字,但从其父嘴中"休教哥哥得知,又去害人性命",可知兄于弟必更凶横歹狠。

这穆氏兄弟实际上是揭阳镇上富户,一个号没遮拦,一个号小遮拦,显然是逞强惯了,无人敢遮拦。这富家子弟,既非饥驱,亦非势

穆氏兄弟真无赖——没遮拦穆弘 小遮拦穆春

迫，却一味霸道地鱼肉乡里，欺凌过客，足见其人品之劣。

当然最后两穆与宋江之间的冲突是化解了，原来是大水冲了龙王庙。这穆氏兄弟与混江龙李俊是至交，早先从李俊处于宋江大名有所知闻。于是被追杀奔命的仇家成了座上嘉宾。宋江这也才能定下神来细瞧穆弘兄弟。原来也是"端的好表人物"，瞧这阿兄：

面似银盆身似玉，头圆眼细眉单，威风凛凛逼人寒，……武艺高强心胆大，阵前不肯空还，攻城野战夺旗旛。穆弘真壮士，人号没遮拦。

貌相倒也够帅的。只是其弟穆春被手段并不十分高超的薛永一颠一跤，这哥哥估计"武艺"也"高强"不到哪里去。

宋江因浔阳楼题诗事发，被囚于江州大牢，后押赴刑场时，李俊率众来救，中有穆氏昆仲。破江州后与山上晁天王所率众人聚会，即小说第四十回"白龙庙英雄小聚义"。

梁山事业至此又走向一新历程。

穆氏兄弟上山后，未见有何显荣业绩。即使被赞为"武艺高强心胆大，阵前不肯空还"的大兄也实在乏善可陈。在重大战役三打祝家庄中，穆弘似乎有时任某一路军的将领，起起哄，壮壮声势而已，未见其与何真有实力的高手交过锋。因此他的"武艺高强"估计是卖卖野人头的虚夸，实在找不到参照坐标。

梁山的最终座次排名穆弘为天罡二十四，穆春为地煞四十四，照理这兄弟俩从哪一方面看都在伯仲之间，不知名位如此悬殊，出于何因，大概为兄者，长得较帅？

这穆弘还被列为马军八虎骑兼先锋使，与小李广花荣、金枪手徐宁、青面兽杨志、急先锋索超、没羽箭张清、美髯公朱全、九纹龙史进同在一个档次上，不知他是如何混进去的。

　　这哥俩只是出身富家在黑道上混混的顽主，与英雄好汉之称实在太不相干。那个惯于寻衅惹事的小遮拦在揭阳镇上撞着的幸好只是病大虫薛永，被颠了两跟斗，倘惹撞在鲁智深、武二郎手中，重拳之下不叫他开瓢才怪呢？

　　有时也瞎琢磨，这西门庆、蒋门神之流与穆氏兄弟嘴脸颇是相像，他们若是早些个拜识了及时雨宋公明，拜上两拜，唤声哥哥，没准也能在天罡地煞中混个位儿，也不致在狮子楼和鸳鸯楼上做了没头鬼。

　　因此也生出一想法：这梁山泊也并非真个是英雄啸聚之处，它原也是个鱼龙混杂之地。

水上雅盗——混江龙李俊

当宋江押往江州之时,《水浒》中各路水上英雄纷纷浮出水面,除阮氏三雄,水军中那些头目均是宋江在临近江州时先后邂逅的。俗语道靠山吃山,靠水吃水,那些水上英豪均是生在浔阳江边,打小在水中泡大的健儿,听其号即可明白这帮人俱是水上世界弄潮的好手。如混江龙李俊,浪里白条张顺,船火儿张横,出洞蛟童威,翻江蜃童猛……这些"威""猛""蛟""龙"后来与阮家三兄弟一起合成了八大水军头领,成了梁山上特别能战斗的实力雄厚的一方面军。

在这些水军头领中笔者于李俊有所偏爱。三阮的绰号皆凶猛了些,杀气太重。其他数人又大多以水上杀人越货谋生,手段太狠了些。尤其是张横,所作所为与其名一样蛮不讲理,劫人财货之后,还要让人吃"板刀面"或"馄饨",不留人生路。而李俊,则闻名,即感此人应是生得俊朗且明晓礼义的。

我们是随宋江在催命判官李立酒店中初识李俊的。李俊的自我介绍十分谦抑:"小弟姓李名俊,祖贯庐州人氏,专在扬子江中撑船艄公为生,能识水性,人都呼小弟做混江龙李俊便是。"实际上他的水上功夫不比浪里白条差多少,这"混江龙"之号人们不是随便称叫的,但他却只低调地说"能识水性"。这出言吐语也显出其品性与

水上雅盗——混江龙李俊

涵养。

与水路上其他英雄的急性子不同，李俊特有耐性，且细心。当他听说宋江要押来江州，估摸必打揭阳岭经过，于是便在岭下连日等候，接了四五日，未接到，怀疑出了意外，于是特赶往李立店中打探。若不是他的细致和行事周密，宋江及差人就要被推进人肉作坊加工成馒头馅了，因为此时宋江已被李立及其伙计用蒙汗药麻翻。此于李俊是一救宋江。

此后宋江又遭穆氏兄弟追杀，逃窜上了张横贼船，在江心又被逼着作"板刀面"和"馄饨"的死法抉择，又是逢着李俊为之解围，使之绝处逢生。这是混江龙二救宋江。

此时，我们方得一睹李俊尊容，果然如猜想中那般俊朗英爽：

宋江钻出船上来看时，星光明亮，那立在船头上的大汉，不是别人，正是：

家住浔阳江浦上，最称豪杰英雄。眉浓眼大面皮红，髭须垂铁线，语话若铜钟。凛凛身躯长八尺，能挥利剑霜锋，冲波跃浪立奇功。庐州生李俊，绰号混江龙。

李俊后来在天罡中排名二十六，为水军八大头领之首。实际上在上山前，那一拨浔阳江边的弄潮儿皆早已尊之为李大哥。他在那伙人中颇有威望与人气。

如他与张横在水上相撞时，敢于大声喝道："前面是什么艄公，敢在当港行事？"而平日里以"老爷生长在江边，不怕官司不怕天"骄横不可一世的张横却低首下心地应道："原来却是李大哥，我只道是谁来。……"而李俊向宋江介绍张横时不无幽默地调侃道："这个好汉却是小弟结义的兄弟,原是小孤山下人氏。姓张,名横,绰号船火儿,专在此浔阳江做这件稳善的道路。"惹得宋江和两个公人都笑起来。

而前度追杀宋江的穆氏兄弟遇着李俊也是恭而敬之。李俊对二穆威严地下令:"他便是我日常和你们说的山东及时雨郓城宋押司公明,你两个还不快拜!"

所以,这李俊虽自称与他那些小兄弟是一路的人,但绝不像他们那样专干欺行霸道之事;也不会寻衅惹事,干一些下三滥的恶行;更不会如张横那般干杀人劫货的"稳善"的"买卖"。他是属于那种"盗亦有道"的雅盗的代表。

想起唐代诗人李涉有一次在船上遭遇强人掳掠,结果那强盗头子听说对方是一个诗人,于是肃然起敬,作揖道:"若是李涉博士,不用剽夺,久闻诗名,愿题一篇足矣。"这位盗首竟然舍弃了劫掠,如当今粉丝碰着明星求签名一样请李涉题诗。于是李涉口占一绝"暮雨潇潇江上村,绿林豪客夜知闻,他时不用相回避,世上如今半是君"。

我常觉着李俊身上就有着那么一种潇洒的雅盗气息。

上梁山后,李虽为水军头领之首,但所建功业却逊于张顺,这可能与他心性淡然、功利心不太强有关吧!

在陈忱的《水浒后传》中李俊竟然去暹罗国当了国王。黄永玉先生《大画水浒》中于李俊题辞为"混江之后,自然龙盘一番"。应该是指他在暹罗登殿为王之事吧。

京剧《打渔杀家》中则称李俊成了隐士,泛舟于太湖之中,那简直把他比作功成身退泛舟五湖的范蠡了。

成王也好,当隐士也好,似乎大家都觉得李俊不太像强盗。是啊,如他那般潇洒,当强盗是有点不合适。

渔家傲——立地太岁阮小二　短命二郎阮小五　活阎罗阮小七

逼上梁山聚义的众好汉中颇有些夫妻结伴或兄弟相携的对子。但一家子在山上干得风风火火特别惹人注目的大概还数阮氏三兄弟，人们常称之为阮氏三雄。这兄弟三人本是梁山泊边石碣村打渔为生的渔民，经吴用的撺掇，参与了对生辰纲的劫掠，事发后随晁盖一起投奔梁山的。

说起三阮的出身，渔民，那本是中国古典文学中被诗意化了的一种身份角色，也称渔夫或渔父。

如《楚辞·渔父》篇中与行吟泽畔的屈原对谈的渔父何其潇洒温雅，且能莞尔而歌"沧浪之水清兮，可以濯吾缨；沧浪之水浊兮，可以濯吾足"。

陶渊明《桃花源记》中那位世外桃源的发现者武陵人，其身份也是捕鱼为业的。

唐诗中更不乏写渔父的佳章，柳宗元诗中那"独钓寒江雪"者，与"欸乃一声山水绿"的歌者都是渔父。

至于张志和"西塞山前白鹭飞，桃花流水鳜鱼肥。青箬笠，绿蓑衣，斜风细雨不须归"更让我们对徜徉于青山绿水间的渔家充满着一

渔家傲——立地太岁阮小二 短命二郎阮小五 活阎罗阮小七

种向往之情。

因此，当三阮由以渔为业的渔家转而成为打家劫舍的绿林豪客，真令人有看川剧变脸的感受。也不能不感到《水浒》作者的这一构思"有深意在焉"。

言及三阮，想起张恨水先生《水浒人物论赞》中的一段话："至吴用入石碣村说阮一段，环视佳树葱茏……颇思水上打渔，村店吃酒，亦是人间一件乐事。何必一定要去作强盗？"显然张恨水先生也以文人对渔父生活的神往而嗟叹三阮弃渔为盗的选择。殊不知三阮实出于无奈矣，书中已自交代了阮氏兄弟生存艰难的状况（见十五回"吴学究说三阮撞筹"）。宋人范成大《四时田园杂兴》中"近来湖面亦收租"之句也让我们明白了宋代渔人生存状态的艰困。

不过三阮与屈子、陶令笔下的渔人气息迥异，他们身上凝聚着更多奔放不羁的豪气。

且看三人的外貌。

阮小二："眍兜脸两眉竖起，略绰口四面连拳。胸前一带盖胆黄毛，背上两枝横生板肋。"

阮小五："一双手浑如铁棒，两只眼有似铜铃。面上虽有些笑容，眉间却带着杀气。"

阮小七："疙疸脸横生怪肉，玲珑眼突出双睛。腮边长短淡黄须，身上交加乌黑点。"

这三位个个都是肩二头肌、肱三头肌、胸大肌、腹背肌暴栗突出，抹上橄榄油即可登台作健美秀者。且个个都是金刚怒目，面呈杀气。

尤妙绝者绰号皆有叱咤惊人之气。

阮小二唤作"立地太岁"；阮小五唤作"短命二郎"；阮小七索

性号为"活阎罗"。

太岁,凶煞,触之者亡。又古俗以木星为太岁,太岁所在为凶方,若在那儿动土,就立地遭殃。可见"立地太岁"即强悍不可冒犯之意。

短命,咒人寡情薄义之词,"二郎"为"灌口二郎神"之简称。又骂人也有"短命冤家"之语。沪语中有"断命"一词也与"短命"同意。皆是对所憎而又不敢惹者的詈词。可见"短命二郎"也是个惹不起的对象。

至于"阎罗",谁都知是冥府魔王,而"活阎罗"则应该是主宰人之生死的地上的魔王了。

这三位从相貌到绰号皆令人骇异,一个个如水中蹦出的生猛海鲜,着实令人吃惊。

三位与"濯足濯缨"或"斜风细雨不须归"的歌者在形象上真有霄壤之异。不过,三兄弟倒也保留着渔家善歌的特点,都能引吭高歌。读《水浒》者不会忘记第十九回叙晁盖与三阮等上梁山前曾与追捕者何涛有过一番较量。阮小五、阮小七分别在芦荡中撑着小船唱着歌迎战何涛的。该也是一阕响遏行云的"渔舟唱晚"吧。

小五的歌是:

打鱼一世蓼儿洼,不种青苗不种麻,酷吏赃官都杀尽,忠心报答赵官家。

不乏豪气,当然也有点杀气。

小七虽是头戴青箬笠,身披绿蓑衣,开口唱来,杀气更浓,不愧是"活阎罗"口气:

老爷生长石碣村，禀性生来要杀人，先斩何涛巡检首，京师献与赵君王。

较量的结果当然是官兵大败，何（涛）观察被割下耳朵抱头鼠窜，仓皇逃回济州。阮氏三兄弟自此有了"三雄"之称，这幕火烧芦荡的闹剧是够泼辣爽利而惊人的。

在水泊中，阮氏三兄弟论搏浪技巧也许比不得浪里白条，甚或不及混江龙李俊；论武艺当然也算不得特别出跳，他们抡动的是锄头铁铛，进不了正规的十八般兵器行列。但三人结伴在我们面前亮相时，那种生猛海鲜般泼辣锐利的形象足可压倒其他人物而抢夺读者的眼球，有如歌咏比赛中原生态的组合所具有的天籁般的魅惑之音。

三阮皆乃真率、豪爽、利落之人。吴用邀三人入伙劫生辰纲时，小七曾爽快地说："若是有识我们的，水里水里去，火里火里去！"真是快人快语，远较文绉绉的"赴汤蹈火"来得真诚和有力。金圣叹谓小七"一百零八人中，真要算做第一个快人，心快口快，使人对之，龌龊都销尽"。这倒是真的。

后征方腊得胜时，小七曾将方腊龙袍穿着耍玩了一番。这一笔倒也颇见神采，在潜意识里，阮氏三兄弟的造反精神是颇为彻底的。

"老子本姓天"——船火儿张横

梁山水军八大头领为三阮、二张、两童、一李。那李俊是水军头领之首,长得帅,也最有风度,因此是个上下相孚的水军代言人;三阮形貌有点凶,却全是快爽之人,也颇得人喜爱;那两童大都随在李俊左右,人气似显得一般。这二张昆仲,一娘所生同胞兄弟,却形貌性格迥异,瞧这名字也奇,一"横"一"顺",相映成趣。这张顺并不驯顺,而张横却真有点横。

张横给人的整个印象也就这"横"字。

当宋江与两解差在穆氏兄弟的追杀声中奔命到茫茫水边,万般无奈之际,芦苇丛中忽然悄悄摇出一只小船来,真是天无绝人之路,宋江等人一面呼救并一面争相上了此船。船上的梢公就是绰号"船火儿"的张横。

小说对宋江一伙上船之际,梢公的描写很有意味:"那梢公一头搭上橹,一面听着包裹落舱有些好响声,心里暗欢喜,把橹一摇,那只小船早落在江心里去。"

包裹落舱之声竟是"有些好响声",已让我们知道这梢公是干什么行当的,而且还是个经验老到从声响也能辨别包裹质量的精乖至极的高手,而"响声"之前着一"好"字,更是境界全出,还预示着此

人由骨子里透出的幽默本性。

穆氏兄弟追至江边，要梢公将船拢岸，而宋江等人则急于逃命，仓促求梢公"却是不要拢船，我们自多与你些银两相谢"。梢公怎么反应呢？"那梢公点点头，只不应岸上的人，把船往上水咿咿哑哑的摇将去。"那种从容不迫、神定气闲的模样，加之前番听得包裹"有些好响声"的暗喜，真可谓不着一字，尽得风流，一个老吃老做，手到拿来的江洋水盗俨然凸现在我们眼前。他根本不答理岸上人的威胁："你是那个梢公，直恁大胆！不摇拢来！"他冷笑道："老爷叫做张梢公，你不要咬我鸟。"够横的，口气如黑旋风一般，这一招把对方镇住了，软下来求他回船。而他依然故我，冷峻地续演他的幽默："趁船的三个都是我家亲眷，衣食父母，请他归去吃碗板刀面子来。"笃悠悠地载着他的猎物向江心摇去，而宋江等人还感恩不尽以为遇上了善人。

直到梢公摇着橹舒心地唱起湖州歌来，才让宋江等人惊恐不已。那歌倒也真有点气魄：

> 老爷生长在江边，不怕官司不怕天。
> 昨夜华光来趁我，临行夺下一金砖。

歌罢，就凶相毕露，问宋江三个"却是要吃板刀面，却是要吃馄饨？"

"板刀面"即一刀一个剁下江去，"馄饨"即脱得赤条条自己投下水去。任凭三个告饶，梢公毫不买账。

"你说什么闲话？饶你三个？我半个也不饶你。老爷唤做有名的狗脸张爷爷，来也不认得爹，去也不认得娘。你便都闭了鸟嘴，快下水里去！"说罢便从舱板下摸出把明晃晃的板刀来。

就在张横最"横"的劲头上，李俊出现了，宋江等人这才有了"板刀面"与"馄饨"之外的第三种选择。但可以想见，宋江之前，这滔滔江水中必是有多人成了"板刀面"和"馄饨"的食客，因为据张梢公自承是上了他的船无人能幸免的。而据李俊向宋江介绍，张横确是"专在此浔阳江做这稳善的道路"的。

化险为夷后，惊魂甫定的宋江才得以定神一睹张横的尊容："七尺身躯三角眼，黄髯赤发红睛。"

如果不是奔命之际，未曾看清他的嘴脸，宋江们大概不会上那贼船去讨惊吓吧！

这张横先前倒是与其弟张顺"做一件依本分的道路"的。

那所谓的"本分"行当是什么呢？原来弟兄两个合伙做局，在江边阴蔽处做私渡。一些乘客贪便宜上了他们的船，而张顺也扮作单身客人来乘船。船到半江，张横便向张顺索要高价船钱，张顺假意不肯，于是张横便一手揪头，一手提腰将张顺扑通掸下江去。其他乘客当然乖乖交出了船钱。能在水底呆得七天七夜的张顺当然无事。这买卖虽然亦非正当，但至少不残害人，所以张横唤作"依本分的道路"，其实这倒也算得是"稳善的道路"。

不知何故，兄弟两人改行分道扬镳了。张顺当了江州的买鱼牙子，应该即是向捕鱼者收购所捕之鱼，然后转手卖给鱼市。也即身份是收购站长兼二道贩子总管。这倒多少可称是"依本分的道路"了，张顺是改邪归"顺"了。

而张横却转向了让人吃"板刀面"和"馄饨"的水上小吃生意了，这是"横竖横，拆牛棚"，"横"到底了。

这一"顺"一"横"的发展走向不是由命决定，而是由"名"所定的。

最后，绕了个圈子，又殊途同归，在水泊中当起了水军头领。

这哥儿俩，虽为同胞，毕竟生性有异，这顺弟虽不算驯顺，但心中所怀多的应还是正气，生的也端正。这横兄却生得歪瓜裂枣，稍不注意就旁逸斜出，往歪道上奔。他论列起来，更像黑旋风的兄弟，出言也甚波俏，那在江边与穆氏兄弟的应对，口吻俨然一如黑旋风在放刁卖傻，而杀心也重到不肯饶人。

弄潮儿向涛头立——浪里白条张顺

奥运已进入倒计时，忽然想到梁山上是颇有些体育人才的。戴宗参加马拉松甚至其他径赛项目，表现必不俗；卢俊义、燕青可参赛相扑或摔跤；武松能将石礅抛入空中，有望在举重中夺冠；鲁达拳头过硬，当然是重量级拳击赛场上的好手；没羽箭张清可投飞镖；鼓上蚤时迁凭其弹跳力可参与三级跳远赛；花荣是现成的射箭金牌得主。而琢磨起来，好汉中更多的却是具有绝佳的水上运动潜质的人材，八大水军头领没准能包揽水上运动奖牌。在这些搏浪戏水的高手中最令人注目的大概还应是浪里白条张顺了。

浪里白条，多么富有诗意的号，这才真叫号呢！

原先似乎应是"浪里白跳"，那亦佳，"跳"形其动态，"条"形其体貌，各有千秋。

那是给予弄潮儿的最佳的赞美。

记得宋初潘阆的一首《忆余杭》词：

长忆观潮，满郭人争江上望，来疑沧海尽成空，万面鼓声中。　弄潮儿向涛头立，手把红旗旗不湿，别来几向梦中看，梦觉尚心寒。

弄潮儿向涛头立——浪里白条张顺

词当然不是为浪里白条而作的。但我总依稀觉得那向涛头而立的弄潮儿不是别人，正是浪里白条张顺。

《水浒》第三十八回"黑旋风斗浪里白条"写得煞是好看。

宋江、戴宗、李逵在九江琵琶亭饮酒，宋大哥忽然口馋，寻思喝鲜鱼汤，嘱李逵去江边买鱼。粗莽好斗的李逵结果和浪里白条打斗起来。论武功，张不是李对手，挥拳之际吃了亏，于是张将李诱入船中，然后在江心让李喝足了水，将他在江中涮了个够。不打不相识，当张得知宋江、戴宗、李逵皆是自家兄弟时，将李救回江边，同上琵琶亭豪饮，把杯欢叙。书中有两段文字极佳。

一段是张顺的形貌描写：

> 那人脱得赤条条地，匾扎起一条水裈儿，露出一身雪练也似白肉，头上除了布帻，显出那个穿心一点红俏髻儿来。……

好一个弄潮儿的俊朗模样，我们正巴不得他快窜入水中，让我们一睹"浪里白条"搏浪的好看镜头。

另一段是救李逵的文字，正是我们巴望的张的水上搏浪秀：

> 张顺早赴到分际，带住了李逵一只手，自把两条腿踏着水浪，如行平地，那水浸不过他的肚皮，淹着脐下，摆了一只手，直托李逵上岸来，江边的人个个喝采。

这可作"弄潮儿向涛头立"的注脚了吧！

李、张两人皆是性情爽朗者，打斗以后，互相调侃，李说："你路上休撞着我。"张道："我只在水里等你便了。"两人在戏谑水平上堪称旗鼓相当。

这浪里白条与黑旋风的相斗，一"黑"一"白"极具视觉冲击力，这也使浪里白条深植入人们记忆中，人们在闲聊《水浒》人物时，浪里白条必是极早浮出水面的人物。

当然，张顺作为山寨水军头领，每逢水战，皆是他大显身手的机会。

张顺在《水浒》人物中也是在回目中"出名率"甚高的一个。

小说第四十一回："张顺活捉黄文炳"

第六十一回："张顺夜闹金沙滩"

第六十五回："浪里白跳水中报冤"

第八十回："张顺凿漏海鳅船"

第一百十一回："张顺夜伏金山寺"

第一百十四回："涌金门张顺归神"

第一百十五回："张顺魂捉方天定"

加上前述与黑旋风相斗一回，浪里白条的精彩水上秀达八次之多。

那"活捉黄文炳"所擒之人为陷害宋江差点要了其命的头号仇敌，此功宋江必记在心。

"夜闹金沙滩"倾翻船只，让英雄落水，这回擒获的是后来梁山的二把手玉麒麟卢俊义，亦属大功。

"水上报冤"是写宋江背发疽痈，张顺为其延揽神医安道全救其性命的故事，其中波澜迭起，有张顺被歹人劫财害命捆绑丢入江中，那可算是张顺吃"粽子"而凭着绝技挣得性命的坎坷经历。

"凿漏海鳅船"是将来犯政府军水军大头目高俅所乘之大海鳅船

凿透船底,并"一手揪住高太尉巾帻,一手提住腰间束带"将其扔入水中的大快人心之举。

"夜伏金山寺"则是征方腊时,张奉命在星月交辉,水天一色之夜泅水往江南串演的一场"渡江侦察记"。

这位屡建奇功的水神在梁山的座次排列中属天罡第三十,实不算高,但比起一些有大功而依然沉沦下僚者,张顺已差堪自慰。

这位出生入死若有神佑的常胜将在攻打杭州城时,月夜偷袭敌关,被敌方射死在涌金门外水池中。

出征前,这位英雄似有大限临近之预感。

书中这样写道:

> 张顺来到西陵桥上,看了半晌,时当春暖。西湖水色拖蓝,四面山光叠翠,张顺看了道:"我身生在浔阳江上,大风巨浪,经了万千,何曾见这一湖好水,便死在这里,也做个快活鬼。"

这可是世间最豪放的谶语了。

张顺殁后,宋江道:"我丧了父母,也不如此伤悼,不由我连心透骨苦痛。"这倒不假,张顺于他既是救命恩人,又是除却心头仇人的好兄弟,且出没浪中时又是何等潇洒,其死当然会引来如丧考妣的悲痛。

你就是耳太软——病关索杨雄

张恨水先生论及杨雄有两句很中肯的话:"水浒人物,多有个性,杨雄则无个性;水浒人物多有决断,杨雄则无决断。"(《水浒人物论赞》)这无个性、无决断的断语正适合杨雄。

杨雄何以给人如此印象呢?其号"病关索"可能就是个极重要的因素。《水浒》一百零八人中有三人之号带有"病"字。除病关索杨雄外,另两位是病大虫薛永和病尉迟孙立。三人均因号带病字而给人印象不佳,庶几成了"病号"。

大虫,猛虎也;着一"病"字,虎虎生气顿失。所以薛永在揭阳镇上耍艺卖药遭冷落,又被穆氏兄弟追杀吊打,给人的印象确如一蔫了的病虎。

关索、尉迟敬德,英雄也;着一"病"字,便成病夫,只有怏怏快快之态,怎么也矫健不起来。西施、黛玉蹙额颦眉之际尚有所谓病态之美,男人一病则休矣。

瞧,九纹龙史进,浪子燕青,拼命三郎石秀,那号中就透着一股活泛之气,让人想到"天行健,君子以自强不息"的英刚雄迈之精气神儿,其号为其人增色不少。而杨雄,虽有一个好名,却被"病关索"的号折磨得够呛。

趣说水浒人物

另外,《水浒》人物大多结伴合档。有顾大嫂、孙二娘、扈三娘及其夫婿的夫妻档;也有三阮、二张、二解等人的兄弟档;更有一见如故的知己档,如林冲、鲁智深般。

伴当之间常相映成趣,互为对方增色。

杨雄与石秀也属一见如故的知己档,可对杨雄而言他这位伴当智勇兼备,太强悍了些,在其映衬下,不但不能生色,反而相形见绌,暗淡无光了,也即如恨水先生所说"无个性、无决断"是也。

杨雄传主要由小说第四十四回"病关索长街遇石秀",第四十五回"杨雄醉骂潘巧云"及第四十六回"病关索大闹翠屏山"三回串成。中心事件即是杨雄后院失火,妻子潘巧云红杏出墙与和尚裴如海勾搭成奸,而奸情为石秀所发现,最终在石秀的影响下杨雄在翠屏山将潘巧云剜心凌割。此是《水浒》中又一桩潘姓不贞女性被私刑处决的重大风化案件。(前桩为武松为兄报仇怒杀潘金莲案)

杨雄初出场的亮相就有点窝囊。

在戴宗眼中见得的杨雄也"生得好表人物:露出蓝靛般一身花绣,两眉入鬓,凤眼朝天,淡黄面皮,细细有几根髭须"。这仪容在梁山上也真算是英朗的。他一个叔伯哥哥来蓟州做知府,他随之而来,当了两院押狱,兼充市曹行刑刽子。因有一身好武艺,面貌微黄,人称病关索。照理如他这样一个有背景,仪表又相当俊朗,且又有一身好武艺者,理应在当地赢得普遍的敬重,至少不会被随便冒犯侵袭。但他偏不然。出场时便遭当地小混混的寻衅与侮弄。当地一个守御城池的军汉绰号踢杀羊的张保带着七八个破落户子弟在十字街头拦住杨雄,向他诈钱,公然诬他"你今日诈得百姓许多财物,如何不借我些?"并怂恿所带泼皮哄抢杨所携带的花红缎子等物。当杨雄叫道:"这厮们无礼。"却待向前打那抢物事的人,却被张保劈胸带住,解拆不开，施展不得，只得忍气。

一个号称"一身好武艺"者，让一个撒泼军汉"劈胸带住，解拆不开"，你说窝囊不窝囊？让人怀疑他是否真有本事。至少给人反应迟钝、不够机敏的感觉。且连一个小无赖的揪带都缺少"解拆"之招，真的有些丢脸。

即使承认杨雄实际武艺水平不差，这会儿的表现也证明他对泼皮们实在缺少调治手段。想起那卖刀街头被牛二搞得束手无策的杨志来，这两位杨姓军人，大概都因为太正直志诚反而易遭狗仔之欺？

倒是挑着柴担进城的石秀路见不平，在与张保冲突中眼明手快，将张保劈头只一提，一跤颠翻在地。而那几个帮闲的见了，却待要来动手，早被石秀一拳一个，打得东倒西歪，杨雄方才脱得身，把本事来施展。

石秀撂倒的是张保一伙。但无形中把杨雄也带倒了。因为这长街邂逅中，这一对搭档之间显出了太大的差异，杨雄矮了不止一截。

石秀的出手解了杨雄的围，两人结义为兄弟。石秀被邀住进了杨府，并助杨之岳丈潘公一起开了个屠宰作坊。

精细的石秀在杨家发现嫂嫂潘巧云与报恩寺和尚裴如海有染，不忍看着结义兄弟杨雄戴了绿帽子还蒙在鼓里，便到州衙寻杨雄告知此事，并劝其息怒，与其定计待拿住裴如海再理会。不料杨雄醉后斥骂潘巧云，反使潘觉察事露而施计诬石秀轻侮她，鲁莽缺心眼的杨雄竟信了其妻诬妄之语，骂石秀"知人知面不知心"，并冷落石秀。乖觉的石秀当然明白杨雄是中了其妻反间之计。便辞别潘公。他当然不会就甘心承受此不白之冤，他必须将事情搞个水落石出，让杨雄明白自己的清白。

随后就有了智杀裴如海之事，杨雄也终于明白错怪了石秀。而石秀还必得向杨雄证明向之所述并非虚语，于是与杨定计诱潘巧云及丫环上翠屏山，并逼其如实供出奸情之细节，让杨雄在怒火中烧之际对潘巧云割舌剜心并碎割了她。

在整个智杀裴如海和翠屏山敦促杨雄诛妻过程中，石秀确显出了超常的智慧与精细，甚至冷酷。以至于金圣叹一迭声地批曰"可畏"。李贽也批曰"石家三郎，勇而且智，如杨雄者，特草草耳"。

与石秀相比，杨雄确显得脑中少根弦。其妻与裴如海之私通，一则与其粗枝大叶有关；另外杨雄是个心性宽容之人，其平日对妻子的宽容娇宠大概也是促成其妻恣意妄为的一个原因。

黄永玉先生《大画水浒》中与杨雄开玩笑："只顾喝酒，看不，把媳妇也丢了！"

张恨水先生在称杨雄"无个性，无决断"的同时，有一段话倒也值得注意："娶寡妇而许其惦念其夫，今社交开明之日，犹所少见。在赵宋之年，杨竟能许潘巧云斋戒素服、招少年僧人超荐其前亡夫于家，揆之人情，实所罕见。"不知恨水先生是赞是刺。但有一点是十分明显的，那就是杨雄真的十分大度。他的宽容到了甚至令今人都诧异惊叹的程度。我想能否把宽容视为他的一种与众迥异的个性呢？

没准，不是石秀的咄咄逼人，杨雄还真的有可能饶了潘巧云一命，依他宽容的个性，这几乎是事情本来的结局。

孤胆英雄　冷血杀手——拼命三郎石秀

石秀在梁山上算不得重量级人物，但绝对是一个给人留下不可磨灭印象的人物。

他也有个好名儿，首先那姓便极佳，"石"从字形到读音都给人刚毅、坚实的感觉。不少大画家都易本姓而改为"石"，如石溪、石涛、石鲁等，可见"石"姓如何受人垂青。而"秀"则予人清朗飒爽的印象。因此"石秀"之名仅闻其名，一秀发英挺的好男儿便恍然浮现眼前。

非但名好，其号亦不俗，"拼命三郎"，与其名一雅一俗，相得益彰。好像是汪曾祺先生，特别欣赏此号，有一段好解："拼命和三郎放在一起，便产生一种特殊的意境，产生一种美感。大郎、二郎都不成，就得是三郎。这有什么道理可说呢？大哥笨、二哥憨，只有老三往往是聪明伶俐的，中国语言往往反映出只可意会的潜在复杂的社会心理。"真是发人所未发。

这拼命三郎石秀让人留下深刻印象当然不只是好名好号造成的。

他的最精彩的表现即是小说第六十二回"劫法场石秀跳楼"那一幕。实际上他在小说第四十四回就出场（"病关索长街遇石秀"）且连续三回他都是主角，第四十五回"智杀裴如海"，第四十五回"火烧

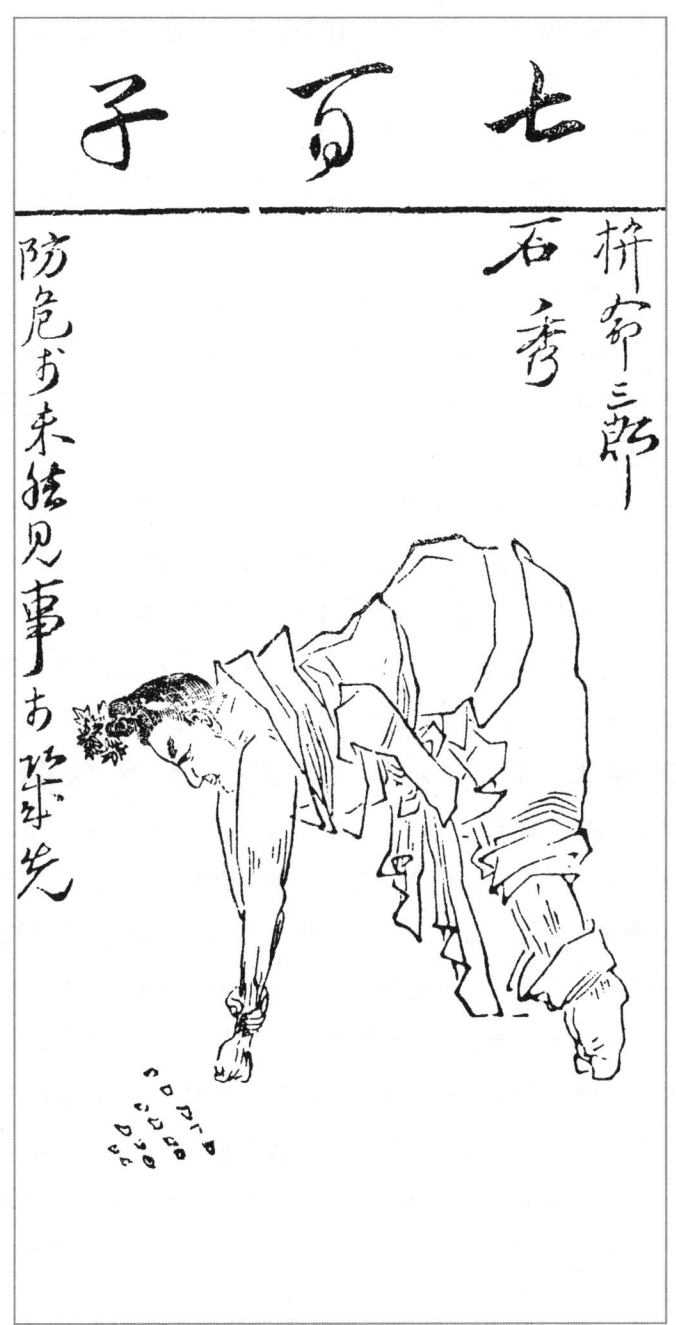

孤胆英雄　冷血杀手——拼命三郎石秀

祝家店"，表现亦不俗，但给人的印象也无非是此人心思缜密，并非头脑简单只会搏杀之一介武夫。而逼迫杨雄凌剐潘巧云一事还多少让人觉得他手段有点狠辣、心胸稍嫌狭窄。

但他劫法场纵身一跃，是他生命中最辉煌的亮点，也是其大号"拼命三郎"的最好注解。

午时三刻到了，行刑官要将卢俊义斩首之际，"楼上石秀，只就那一声和里，掣着腰刀在手，应声大叫：'梁山泊好汉全伙在此！'从楼上跳将下来，手举钢刀，杀人似砍瓜切菜，走不迭的，杀翻十数个，一只手拖住卢俊义，投南便走"。

这一幕会永远停格在后世读《水浒》者的脑海中，石秀以他的纵身一跃，叱咤一呼为我们塑造了一座大气凛然的孤胆英雄的雕像。

后世画《水浒》人物的画家，凡画石秀者很少会舍弃他这个手掣腰刀，呼啸下跃的造型，它充满了动感和力度，远较米开朗琪罗或罗丹刀下的塑像更具生意。它的经典性受到后世生生不息的关注。

说到英雄，司马迁《史记·刺客列传》中也记录了不少叱咤风云的英雄人物，如曹沫、专诸、豫让、聂政、荆轲等。《战国策》中唐雎面对秦王列数英雄人物："专诸之刺王僚也，彗星袭月……聂政之刺韩傀也，白虹贯日……"读来也确让人怦然心动，但"彗星袭月""白虹贯日"气势恢宏则恢宏也，却毕竟有点神秘玄虚，也使那些英雄人物有了距离感。不若石秀的掣刀叱呼，纵身跃楼更真实具体，可感可触，如闻其声，如睹其影，拉近了距离，也更可仿效。

我常想石秀实际上开创了一个凡人走向英雄境界的新纪元。似乎红色记忆中英雄董存瑞、黄继光，乃至电影《英雄儿女》中手执爆破筒高呼"向我开炮"从崖上纵身跃下的王成的身影中我们都可以找到石秀的影子。

石秀这种英雄气概的另一种展示方式是当他被拘捕、押解到梁中书厅前时大义凛然、临危不惧的斥骂：

> 石秀押在厅下，睁圆怪眼，高声大骂："你这败坏国家害百姓的贼，我听着哥哥将令，早晚便引军来，打你城子，踏为平地，把你砍做三截！……"

这大义凛然的斥骂把梁中书和厅上人都唬呆了。这令人想起文天祥《正气歌》中所颂扬的颜常山、段秀实等斥骂奸贼的威武不屈的壮士。毫无疑问，石秀更切实可感而声闻俱在眼前。他更清晰地向我们展示了什么叫"富贵不能淫，威武不能屈"。

石秀与其他《水浒》人物迥异的是他有机会在不同的场景中向我们展示了一个孤胆英雄的丰采。

石秀身上颇为可贵的是，宋江打下祝家庄后曾与吴用商议"要把这祝家庄村坊洗荡了"。而石秀就以钟离老人指路之功及"有此等善心良民在内，亦不可屈坏了好人"为由劝阻了血洗祝家庄的"屠庄"之举。可见其仁义为怀，或曰宅心宽厚的一面，他与李逵那般嗜杀成性者实有霄壤之异。

如此说来，石秀岂非连瑕疵也无的人物？非也，他并不是一个高大全的英雄。

前所提及的杀潘巧云之事历来也颇有訾议。

石秀与杨雄长街邂逅，正值杨雄为泼皮无赖纠缠之际，石秀拔刀相助，为其解了围，于是英雄相惜，结义为兄弟，并寄寓杨家。

细心的石秀在杨家发现嫂子潘巧云之不轨行径，于是向义兄告发此事，不想杨反中了潘的离间之计，疏远了石。石秀愤懑至极，必欲洗雪冤屈，于是有了"智杀裴如海"一幕，并导演了杨雄愤而残杀潘巧云及侍女的血腥一幕。本来对于"红杏出墙"的潘巧云，最得当的处理方法是让义兄得知自己的处境，至于如何处置那是杨雄的事，至多劝杨"下一纸休书"了事。当杨雄愤慨之时，石秀也曾以"休妻"之策劝之，但后来事情的实际演变过程却并非如此，明眼人均能看出是石秀控制并导引杨雄走上了杀潘之途。或者说，石秀的撩拨在其中起了决定性作用。而在翠屏山上，潘巧云却还如白门楼上的吕布让刘备为自己向曹操求情一样，愚昧地求石秀说情。因此金圣叹在《金批水浒传》中惊不迭声地叹道："石秀可畏，笔笔写出咄咄相逼之势"；"越显石秀咄咄可畏"；"石秀又狠毒，又精细，笔笔写出"；"石秀节节精细，节节狠毒，我畏其人"；"看他写翠屏山，全是石秀调唆杨雄"；"石秀狠毒之极，我恶其人"……翠屏山杀潘过程中，金圣叹的"狠毒"之评总计达二十三处。

武松之杀潘金莲，因其鸩杀兄长之行为罪不容诛；宋江杀惜，那是阎婆惜刁蛮险诈，宋忍无可忍才出此杀人下策。而石秀导引逼迫杨雄杀妻真有所不当（尽管潘有诬其侮弄之不实之词）。

张恨水先生《水浒人物论赞》"石秀"篇中有"四怪"之议，实际是四个大惑不解，引如下："朋友之妻犯淫，朋友看了不快，一怪也；看了不快，直告其夫，谓日后将中其奸计，岂天下淫妇，皆有杀夫之势乎？二怪也；其夫反谓告者有罪，告者止于证明而已，而代为杀奸夫，更且杀奸夫之党羽，此皆与朋友何事？三怪也。既杀人矣，既得表记矣，冤亦明矣，为朋友谋，为自己谋，似已无可再进，而断断然必劝朋友之杀其妻，四怪也。"

仔细琢磨，这质疑不能说没有道理。

画家黄永玉先生在《大画水浒》中则不无幽默地调侃道："糊涂

丈夫加上管闲事的朋友，天下如何不乱？"可谓妙议。

人们也不会忘记20世纪30年代初施蛰存先生曾著有小说《石秀之恋》，施先生用心理分析的方法，揭示了石秀隐藏在内心深处的对潘巧云的恋情，以及被压抑的欲望以另一种方式表现出来的情景。

顷阅陆灏先生《东写西读》，知陆灏曾问施蛰存对自己早年的小说最满意的是哪一篇，施先生的回答是《石秀之恋》，并说"因为这篇小说写得最完整，我一点没有改变《水浒传》中石秀故事的结构，却给了它新的解释。施耐庵提供了故事，金圣叹看出了毛病，我解决了这个问题"。

找出《石秀之恋》重读一遍，发现施先生真的分析得很有理，精细的石秀没有能逃出更精细的施先生的法眼。

也许石秀会指着《石秀之恋》说："那不是我！"但你怎么解释你的偏执和怪异呢？

如何来理解一个英雄的偏执呢？

如果套一句老话"英雄难过美人关"，能否解此玄谜呢？

休说俺兄弟心如蛇蝎——两头蛇解珍　双尾蝎解宝

　　解珍解宝兄弟身上无曲折故事,两人武艺也平平,但竟然在排座次中入了天罡,殊可怪异。而尤可异者,每常与人聊及《水浒》,索问能报出多少梁山好汉时,常常有一些朋友在报出武松、林冲、鲁达等数位重量级人物后接踵而来的往往就是解珍、解宝兄弟,这不是偶然,而是"常常",也即解氏兄弟在人们记忆中留下的印象还是较深的,很容易在记忆中跳出。为什么呢?若说他们是兄弟,与众不同,似乎说不通,梁山上兄弟档的好汉至少有七八对,如张顺、张横;孙立、孙新等不管是武艺水平或功勋贡献应都在二解之上,但终不如二解在记忆中先行浮现。"解"姓较一般姓不同,稍僻,且二解的号也稍异,"两头蛇"、"双尾蝎",多少也令人有点惊怵。不过即此就认定二解给人留下深刻印象即缘于此,似终属勉强。

　　在寻思中,不经意间倒似乎找到了一些端倪。

　　二解是山东登州的猎户,因登州城外山上有虎,官府限三日令解氏兄弟捕到虎,否则将受杖笞,兄弟好不容易将虎捕获待交差,但受伤之虎从山上滚下,落入了本地财主毛太公庄园中,兄弟两人去讨虎时,却陷入毛太公父子所设圈套中,结果以混赖大虫,抢劫财物罪被

休说俺兄弟心如蛇蝎——两头蛇解珍 双尾蝎解宝

官府缉拿，且命悬一线陷人危境。

故事本身当然算不得离奇曲折。

但我们均是从那"年年讲、月月讲、天天讲""阶级斗争"的岁月过来的人，"阶级斗争"的这根弦在那时绷得特紧，也极其敏感。

猎户二解，他们的成分就是农民，而毛太公则是庄园地主，因此他们之间的斗争其实质就是一场激烈的阶级斗争。在《水浒》中还甚少如此纯粹的农民与地主之间的这种对立，不亚于杨白劳与黄世仁之间的对立。而二解同时还是受官府迫害的捕虎者，让我们想起柳宗元笔下的捕蛇者，同是"苛政猛于虎"的受害者。在潜意识中深深植根的"阶级斗争"的观念让我们一触即动，抓住了"二解"这好材料，于是"二解"也深深铭刻在我们记忆中了，哪怕"阶级斗争"的弦松懈了，"二解"却不会轻易忘记。况且兄弟俩还有"蛇""蝎"之号呢。

说起这"两头蛇""双尾蝎"之号，也是令人费解之一惑。

这哥儿俩是猎户，小说中只写两人均七尺以上身材，兄解珍"紫棠色面皮，腰细膀阔"，可称魁伟健美；弟解宝则"面圆身黑，两只腿上刺着两个飞天夜叉，有时性起，恨不得腾天倒海，拔树摇山"。那也最多是野性与力量的象征。而"蛇""蝎"则是以毒著称，"两头蛇""双尾蝎"与健美、力量简直风马牛不相及。

这哥儿俩从其受毛太公父子之诬陷来看，只见其品性之憨厚与实诚，似与狠毒之心丝毫无缘。其号何由来哉？

这似乎也是张恨水先生之疑惑。在《水浒人物论赞》中他于此作了索解，理由之一："解氏兄弟，孔武有力，状貌魁梧，问其业则又以猎狼虎为主，是则乡党之中，人不敢轻撄其锋，所不待论。"这理由似乎站不住脚，解氏兄弟"孔武有力，状貌魁梧"是事实，"猎虎为业"也是事实，但"乡党之中，不敢攖其锋"却绝非事实，即那毛太公父子，不仅攖其锋，还欲索其命呢！

恨水先生理由之二为："解氏之姊曰母大虫，与其夫孙新，开设赌场，称霸一乡……解氏与不法之徒为亲友，其人更可知也。"这更属揣测之词也。即使被称作不法之徒的亲戚也只不过号曰"母大虫"而已，难道有了这样的亲戚其人必成蛇蝎之心的凶残狠毒之夫？估计张先生自己也会觉着这样说底气不足。

在下倒有一解，自觉颇堪释此疑窦。

从小说中描写来看，解氏兄弟不是一般猎户，而是猎虎专业户，要能克虎，当然不妨将外号往猛里、凶里取，也可壮壮胆气。而虎为兽王，凶于虎者鲜矣，但蛇蝎之毒，哪怕你猛虎也得退避三舍，这大概即是"两头蛇""双尾蝎"号之由来。

又：书中写道"兄弟两个都使浑铁点钢叉，有一身惊人的武艺"。那有着两个尖利锋刺的钢叉不真与两头蛇的信子，双尾蝎的尾螯有形似之处么？

这揣测应该比恨水先生的推理更站得住脚吧？

但二解身上仍有一惑，至今未释。

书中虽说两人"有一身惊人武艺"，但毛太公家几个武艺并不惊人的家人竟轻易就将其拿下了，可见其功夫未必真出色。上梁山后也未见兄弟两人有何突出贡献。兄弟两人猎户出身，惯善攀援，在随宋江征方腊时，至乌龙岭欲乘月夜登上崎岖岩壁偷营，结果中了埋伏，被滚石击中，惨死于狼牙乱石之谷中。客观地说，两人实未见奇功殊勋，但在排行榜上，却忝列天罡之末，而且在浪子燕青之前。两人当初遭毛太公陷害身陷囹圄时，是乐和、顾大嫂、孙新、孙立、邹渊、邹润等一干亲戚朋友舍命相救方得以越狱存命，那一干人竟然无人得登天罡，清一色全在地煞之中，岂非咄咄怪事？尤其是病尉迟孙立，与祝家庄上栾廷玉师出同门，功夫倒真是不赖，而宋江能打下祝家庄，端的全赖孙立之巧计妙筹。如此大功，却也落入地煞之中，令人大惑不解也。

我的猜测有两条：

一是在《水浒》之前，《大宋宣和遗事》之后，有一种龚圣与所作的《图绘宋江三十六人赞》中有解氏昆仲。大概这种"提名"，也是一种资历，使其可以保留在较高层次之排位中。但细想又觉不然，孙立在《大宋宣和遗事》中就已经是与杨志一起押解花石纲的主角，那资历不是更老么？

二是有一种解释似乎还说得过去：施耐庵先生也许不无民主思想倾向，故让两个平民代表也荣登高层席位。大概是吧！

陌上谁家年少——浪子燕青

梁山三十六天罡的最末一位是浪子燕青。在小说中他出场也甚晚，在第六十一回方始亮相，其时《水浒》中轰轰烈烈的大戏已演得差不多，英雄传奇的演绎已趋向平淡。燕青从身份而言也算得微末，他只是玉麒麟卢俊义的一个家仆。但他的出场却让意兴阑珊的读者又进入兴奋状态。观其传奇，人们不禁同声叹曰：好一个燕青！

笔者在写到武松时，曾有"嫁人要嫁武二郎"之言，但这样说时却也有过犹豫，因为在与武二郎争夺"女性心目中的最佳偶像"这一桂冠的人选中，"小乙哥"燕青实在是个实力最强的对手。他虽然不如武二郎魁伟英挺，但却潇洒俊爽，绝对是个帅哥，况他有令李师师倾心的"美的历程"，那可是特重的一个砝码。当然，最终笔者还是把那句话给了武二郎，理由是师师若见了武松也会倾慕的。话虽这样说，但对小乙哥却一直怀揣歉意，因为后世女性读者读着小乙哥的传奇，很难不在心底泛起阵阵波澜。

像石秀一样，"燕青"这名儿也特佳，"燕"者令人念及燕赵慷慨男儿，"青"者透着勃勃生气。

"浪子"之号也值得一说，如果说王伦让"白衣秀士"的雅号蒙垢受污，而燕青则完全颠覆了"浪子"本所具有的"浮浪子弟"的贬

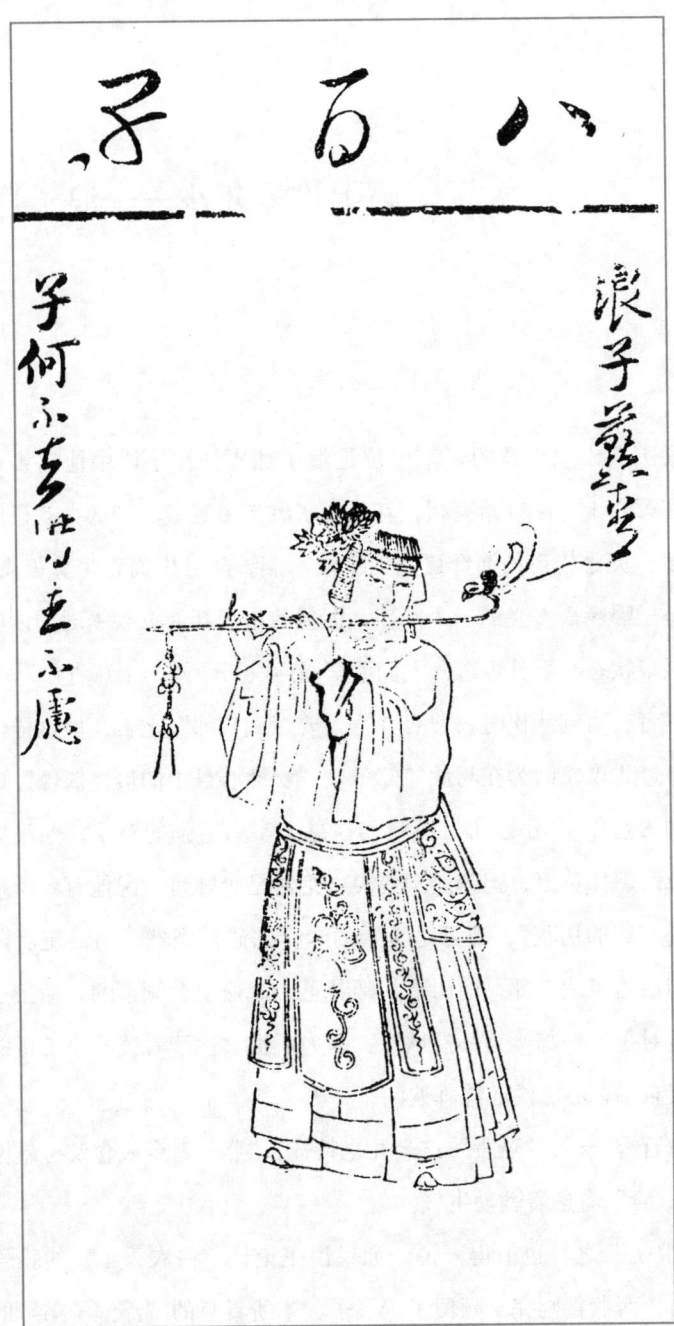

意，赋予了放荡不羁追逐自由精神的豪客的新意，让浪子们不必回头也可以睥睨天下。

　　小说作者显然也对这位唱压轴戏的浪子心存偏爱。在第六十一回燕青初亮相时即以一篇赋体的赞词，一段近三百字的散文及一首《沁园春》词来赞美他，在后来的章节中也曾再度以诗词来称誉他。这在小说中是绝无仅有的，可谓调动了一切积极修辞，颂赞有加，足证其情有独钟。

　　从赞词看，燕青"六尺以上身材"，"腰细膀阔"。身体虽属中等，却绝对精悍干练，优美匀称。"一身雪练也似白肉""刺了一身遍体花绣，却似玉亭柱上铺着软翠。若赛锦体，由你是谁，都输与他"。看来，他这一身花绣是连"九纹龙"史进也得称羡的。"不则一身好花绣，更兼吹的、弹的、唱的、舞的、拆白道字、顶真续麻，无有不能，无有不会；亦是说的诸路乡谈，省的诸行百艺的市语"。这可是个百艺兼能的全才艺术家，今日的三栖明星，南北笑星也该对之汗颜的，你们堪与之VS、PK吗？非唯表演技艺出众，小乙哥且能将弩箭射得百发百中，又有一身无人比得的相扑绝艺。至于仪表："唇若涂朱，睛如点漆，面似堆琼。"可谓帅呆了。而"凌云志气，资禀聪明"之赞词我们更不能忘，燕青不仅外表帅气，他可还有着超逸俊爽的气质呢！

　　这样的人物，诚如作者所言"梁山上端的夸能"。

　　但这样一位"端的夸能"的英杰在天罡中只能叨陪末座，该为他鸣屈吗？不必，咱小乙哥本人可不在乎呢！

　　先看看他那些传奇吧！

　　当吴用安排圈套要赚卢俊义上山时，燕青因事不在场，当他得知卢欲赴泰山进香避血光之灾时，十分精明地向主人进呈警醒之言：

"主人在上，须听小乙愚言，这一条路，去山东泰安州，正打从梁山泊边过。……倒敢是梁山泊歹人假装做阴阳人，来煽惑主人……"显出其眼力与精细的逻辑分析头脑，智商着实比主人卢俊义高出许多。但卢仗着自己武艺高强，无人敢欺他，最终还是中了计。且后院起火，大管家李固不仅霸占其妻，并一起设计陷害他。卢俊义从梁山返回时，燕青劝其休回家中，免遭毒算。卢俊义竟依然以之为妄，斥之为"莫不是你做出歹事来？"燕青哭拜在地，拖住他衣服时，卢竟"一脚踢倒燕青，大踏步便入城来"。金圣叹于此评曰："不惟小乙哭，我亦要哭，非哭员外，哭小乙也。"是啊，主人虽曾有抚养你长大之恩，但如今已中邪如此，将忠肝义胆视作驴肝肺，又何苦不明智地受其凌侮呢？

小乙哥非但没有即此打住，且在卢俊义身陷死牢，无人送饭时，去城外叫化得半罐子饭送与主人充饥。乃至董超薛霸受李固之贿欲在荒林中结果卢性命时，燕青如当年护佑林冲的鲁达一样，突然现身，以弩箭射杀两恶公差，救了卢俊义的性命，演绎了一出感人肺腑的义仆救主的佳剧。

至此，主仆之间，究竟谁为恩人，谁为受惠者已毋庸赘言。

读着这样的情事，当我们为燕青之高义所动时，自不免会感叹，小乙哥是否太委屈了自己？他是否少了些阳刚之气？

非也，小说第七十四回"燕青智扑擎天柱"不仅显示了小乙睿敏之智，也充分张扬了其神勇刚毅之气。在擂台上小乙腾挪转移，让那号称"拳打南山猛虎，脚踢北海苍龙"的擎天柱任原数度扑空，然后"抢将入去，用右手扭住任原，探左手插入任原交裆，用肩胛顶住他的胸脯，把任原直托将起来，头重脚轻，借力便旋四五旋，旋到献台边，叫一声：'下去！'把任原头在下，脚在上，直撺下献台来"。这一以小搏大的经典镜头,启示了后世多少擂台上扣人心弦的搏击?包括霍元甲与洋力士的对垒,我们也会追溯到燕青智扑擎天柱这一不朽镜头。

当然,在燕青种种传奇中,人们更津津乐道的兴许还是与李师师的那段韵事。

第七十四回"燕青智扑擎天柱"中开首作者即言:"话说这燕青,他虽是三十六星之末,却机巧心灵,多见广识,了身达命,都强似那三十五个。""机巧"两字我们不可轻忘,且燕青星名亦曰"天巧星"。

燕青之相扑功夫自卢俊义处学得,所以搏击擎天柱之事卢俊义也当得。荒林中杀公差救卢之事,在先已有鲁达野猪林中救林冲之事堪相垒。燕青之他人未及处即此"机巧心灵"。

他数度赴名妓李师师处,即肩负着特殊使命,欲通过李师师让徽宗了解梁山好汉的报国之心和愿受招安的诚意。因徽宗特宠师师,所以这大宋第一"二奶"的枕边风对徽宗必有影响力,而能执行这一特别任务的,梁山上非燕青莫属。

燕青凭他的一身花绣,他的吹、拉、歌、舞的技艺,他的帅哥模样,尤其是那"机巧心灵",果然不负使命。

在与师师的交接之中,师师实际上是爱上了这位帅哥,而燕青则以拜之为姐,结成姐弟关系的"机巧"处理阻遏了师师欲结为连理的爱慕之心。小说作者赞曰:"燕青心如铁石,端的是好男子。"并认为燕青非此即不能完成任务。

于此,笔者不以为然。实际上他未接受师师雅意,倒不是怕这会影响任务的完成。试想,倘若燕李之间是情侣关系,将更有利于任务的完成,因为师师将更尽力地在徽宗前说项吹风,促成招安。而拒绝师师,搞不好可能会恼了她,反会使一切砸锅。所以燕青之八拜之策实际上是怕让自己置身于与皇帝伯伯共处三角关系中的那种危局，大宋开国皇帝尚有"卧榻之旁，岂容他人鼾睡"之言，有谁敢让另一个大宋皇帝戴绿帽？抑或小乙哥还揣摩出自己的宋大哥对师师也存有艳想？那宋大哥虽不若王矮虎是个急色鬼，但当初瞧见阎婆惜有几分姿色，不也当外宅养将起来了么？如今已不再是穷小吏，瞧着师师这样的女子谁说他未曾动心？自己若不抱素守静，造次起来，岂不坏了兄弟情分？

这些大概才是燕青婉拒李师师的真实原因吧？

大多数后世读者对于燕李之间未成秦晋之好也许会存有一份遗憾。新编的《水浒》电视连续剧让燕青携师师泛舟江湖就是一个明证。

开个玩笑，当李师师见了燕青的才艺显示，露出倾慕之情时，真想对燕青说一句："小乙哥，冲！"

地煞篇

功成八阵图——神机军师朱武

神机军师朱武是《水浒》中出场最早的占山为王的强盗头子。他与两个小兄弟,跳涧虎陈达,白花蛇杨春以少华山为寨,打家劫舍。初出场时有其简介,知其"能使两口双刀,虽无十分本事,却精通阵法,广有谋略……"。形象如何呢?赞诗中称"脸红双眼俊,面白细髯垂",这"脸红、面白"足见其健康,这"细髯、俊眼"应是相当标致的貌相,但似乎未显出什么英雄气息,而"无十分本事"一句使人不再对他有太高的期望,估计在他身上不会有太精彩的传奇演绎。

而所谓的"精通阵法,广有谋略"云云,我们也只能认其为"说说而已"的溢美之词。

且我们直接见识的朱武的谋略,第一桩即是一个有点可笑的"苦肉计"。跳涧虎陈达不听朱武、杨春之劝,冒犯了山下史家庄的史进史大郎,为大郎所擒,于是朱武携杨春至庄上跪拜涕乞,让大郎将他们一起捆绑送官。史进感其兄弟义气,将陈达放了,且与三位成了往来密切的朋友。应该说这一"苦肉计"还是成功的,但毕竟有点狼狈尴尬,若以此便许以为"广有谋略"的"神机军师",总让人感觉有点浮夸。

不过,话说回来,朱武于"谋略""阵法"还真可说颇有研究,

只是缺少表现机会而已。

细细寻绎起来，朱武的"阵法""谋略"还真可称是梁山上可数的。

首先，当初占少华山为基地时，为应付华阴县政府军可能的进攻、围剿。朱武提出主动出击，下山搞粮。这"广积粮"的策略应该说是极具眼光的。少华山地势险峻，如积有充分的军粮，是很能依仗天险，持久作战的。

而前述"苦肉计"，吃相是难看了点，但毕竟是成功之举，试想，舍此还有什么良策能使史大郎将陈达松绑？再说军事策略只讲究效果，从不计较操作起来在形式上有无美感。

可惜朱武名"武"，而殊少施展谋略的用"武"之地。

若不是鲁智深念叨起史大郎来，要请史进等人共上梁山聚义，那朱武与史进等人也许就一直是少华山的小股山寇。

朱武们融入梁山大部队时间已经相当晚，已是小说第五十九回"吴用赚金铃吊挂，宋江闹西岳华山"。时史进、鲁达被华州府贺太守监于牢中。宋江率三军来打华州，先与少华山朱武等人会师。时宋江、吴用们根本未把朱武放在眼中。且看此次相会情景：

> 宋江与吴用说道："怎地定计去救取史进、鲁智深？"朱武说道："华州城郭广阔，濠沟深远，急切难打；只除非得里应外合，方可取得。"吴学究道："明日且去城边看那城池如何，却再商量。"

朱武以自己是本地人，熟悉地貌、军情，满以为有发言权，而吴用则根本未放他在眼里。第二日看地形也只是与宋江、花荣、秦明、朱仝五骑同往，而根本未邀朱武前往。最后打华州是吴用定计智赚太尉宿元景的金铃吊挂，着人化装成宿太尉，混入城中，一举成功。当然吴加亮确有绝高的见机行事的智商，常在不按常理出牌的情况下获得极大的成功。但谁又能说朱武的形势分析就没有价值？而且此次与宿元景只是一见，朱武便看出宿是个好心的人，后宋江欲走"招安"之道，朱武提出还须联系宿元景，宋江彼时已感朱武是个心思细密之人，采纳了朱武之策，宿元景果然在其中施展了重大影响。

但此时的朱武也通过宋、吴的漠视，明白了自己的实际地位，上山后也不随便发表"高见"。

在排座次时，朱武被列为七十二地煞之首，具体职务是"同参赞军务头领"，也即担任"掌管机密军师"吴用和公孙胜的助手。但实际上是没有话语权且明显被边缘化的。不要说是他朱武，连入云龙公孙胜也明白自己的地位有点儿虚，因而常离山去他处云游。

朱武的"阵法""谋略"之长是要到很久之后方才露真容，让人拜识的。

小说第八十六回"宋公明大战独鹿山"为对辽作战中的一重大战役。辽军统军兀颜延寿率三军来犯幽州。这兀颜统军是个谙熟阵法、深知玄妙的军人，在与宋江军对阵之际摆出种种阵式。时吴用、朱武同在将台上，吴用对兀颜所摆阵式茫无所知，惊得一愣一愣的，而朱武则无一不晓，诸如什么"太乙三才阵"啊，"河洛四象阵"啊，"循环八卦阵"啊，他都能从容识破，让兀颜着实吃惊不小："俺这几个阵式，都是秘传来的，不期都被此人识破，宋兵之中，必有人物。"

而宋江只能在朱武的指点下，虚张声势地呵斥对方："汝小将年幼学浅，如井底之蛙，只知此等阵法，以为绝高。量这藏头八阵图法瞒谁？瞒吾大宋小儿也瞒不过。"

朱武此回真的是让宋江之军长脸了，宋江、吴用自此感到于朱武小觑不得。这倒也有点"墙里开花墙外香"的味道，让域外人士一赞，方才知道"哦！此人原来有才！"

确实，朱武是个谙熟阵法，能适应正规战的军事专家，严格说来，在梁山上真还无人能及呢！

在后来的经历中，朱武的状况有了很大的改观，能否说幽州一役是朱武生命历程中的春天呢？

此后，宋江与卢俊义每常分兵两路作战，而卢俊义那一路军的军师就由朱武来担任，卢对朱相当尊重，可谓言听计从，常谦恭地说："军师所言极是"，"军师高论极明"。

小说第一百零七回"朱武大破六花阵"也让朱大出风头。敌方奚胜也是熟习阵法的军事专家，以为宋阵无人识得其"药师六花阵法"，而朱武以诸葛武侯的八阵图法大破敌阵，让"六花阵"成了落花阵。

在征方腊过程中，卢朱大军颇打了些硬仗，尤其是昱岭关一役，正如现代战争史上的孟良崮战役。史进、石秀、陈达、杨春、李忠、薛永六人均在恶战中殉身，敌方将令庞万春有小养由基之称，智勇双全，十分善战。史进六人丧生后，卢俊义大惊，如痴似醉，呆了半响。而朱武却十分镇定，为陈达、杨春（两位旧友）垂泪毕，谏道："先锋且勿烦恼，有误大事，可以别商量一个计策，去夺关斩将，报此仇恨"。

朱武十分冷静地分析形势，最后派擅长飞檐走壁的鼓上蚤时迁去山中寻路，在探得路径后又让他携火炮、火刀、火石去敌寨后放号炮。让部队采取一路放火过去的办法，扫除敌方伏兵，最终果建奇功。时迁的特殊才能固是成功的重要因素。但作战方针、策略全由朱武所定。昱岭关之克全赖神机军师之指挥若定与善用人才。

朱武毕竟无愧于"神机"之称。

读朱武传殊让人感叹,有真才实学者未必永远有机会得以施展。但机会确也绝对只青睐于有准备者。

朱武征方腊后全身而归,无意名禄,功成身退,追随公孙先生去云游四方了。

虽然他早年的苦肉计有点狼狈,但那又何妨?韩信当年还有胯下之辱呢!

最挂错招牌的人——镇三山黄信

镇三山黄信在水泊中排名地煞第二，为马军十六小彪将之首。他是霹雳火秦明的徒弟。秦明任青州兵马统制时，黄信为其下属，任兵马都监。身为秦统制高足，武艺高强，在青州颇有声威，志高气盛，便发誓要将青州辖下清风山、二龙山、桃花山"三山"的强人全部捉尽。于是有了"镇三山"的绰号。

梁山好汉之号颇有十分夸张的，如"摸着天""摩云金翅"等，这"镇三山"之号也可归入夸张其事一类，甚至还很容易想到被鲁智深三拳砸开瓢的"镇关西"和被燕青从擂台上颠下的"擎天柱"。黄信当然未堕入郑屠和任原那样的厄运。但"镇三山"却始终是他的摆脱不掉的笑柄。

不必说二龙山上的武松、杨志、鲁智深。单是清风山上的锦毛虎燕顺、矮脚虎王英与白面郎君郑天寿三人已让黄信交手时狼狈败退。当然这交手有点不公平，因为对方是三人并力来战，他能奋力斗上十合，确可算是有点实力的，这也是他能名列小彪将之首的原因，但要剿灭三山，谈何容易。二龙山那几位就没一个是他能降伏的，彼等都是堪与其师傅抗衡的高手。

在任职政府军都监时，黄信竟然耍诡计将花荣拿下了，他与刘高将宋江、花荣押往青州时，半道上被青风山上锦毛虎、矮脚虎那伙人给劫了，也就是前述他与三人交手不敌的那个遭遇战。于是黄信紧急申报上司求援，他那位使狼牙棒的师傅霹雳火秦明亲自出马。结果本待拿了宋江、花荣的秦明让宋、花略施小计反而给对方拿了。于是在反了花荣、反了秦明的形势下，这黄信二话没说也跟着反了。

"镇三山"成了一个没有实现的梦，但是黄信似乎无意改号。

马幼垣先生在《水浒人物之最》中于此揶揄有加，称之为"最挂错招牌的人"。谓"打从读者认识他算起，镇三山之绰号的适用时间仅维持了三几天而已。自他放下吊桥，迎接清风山人马进城那一刹那开始，他就不能说威镇清风山了"。马幼垣先生说得挺逗的。

马先生并认为黄信应改号，并认为未改号这也是编写《水浒》者的疏失，而且建议可以"丧门剑"号黄信。

笔者觉得马先生有点太认真了，实际上不改也有不改的好处。再说梁山上已有"丧门神"鲍旭，复出"丧门剑"之号，实不见佳，且以此号黄信也有点贬之太甚。

说说不改的好处。

马先生担心"镇三山"之号会伤了原三山上人的感情。

实则不然，梁山上的朋友小肚鸡肠如王伦者不会太多。原三山上的朋友绝对不会计较黄信"镇三山"之号的。相信相聚之时，原三山上人必会调侃黄信的，"镇三山"之号应该是他们逗乐的资源。即使黄信改了号，武松们依然会唤他"镇三山"的，曾经拳打镇关西而又善谑的鲁智深肯定不会放弃这个涮人的机会。梁山上多的是嘻哈一族，"镇三山"整个是嘻哈的绝好材料。

我们应该记得晁盖等人在杨志上山时相顾笑谈当年"智取生辰纲"旧事时敞怀大笑的情境。

"渡尽劫波兄弟在，相逢一笑泯恩仇。"一旦共聚大义，往日的一切实质上已经改变了。"镇三山"是曾经的历史的见证，让它存着未尝不佳。

黄信敢于贻人笑柄，倒相反成了一种坦然与黑色幽默的表现。背着一个夸大而又荒唐的号，让大家逗乐，同时又证明着一个真理：没有永远的敌人。这于黄信不但表现了他的坦然，简直是一种睿智的闪光。

说到睿智、聪颖，黄信倒也属梁山上数得着的人。

别的不说。当青州知府慕容彦达得到清风寨主刘高告花荣与清风山强人通连的申状后，便委黄信以勘察重任。黄信奉命来清风寨勘察并处理案情时表现出来的机敏与老练就着实令人吃惊。

花荣是个相当聪明警觉之人，却被黄信瓮中捉鳖给拿下了。

黄信初到待花荣甚谦恭，花荣十分信任他："有劳都监下临草寨，花荣将何以为报？"黄信竟附耳低言道："知府只为足下一人，倘有些刀兵动时，他是文官（指刘高），做得何用？你只依着我行。"这种作假作得比真还真的水平真让人刮目相看。

花荣就是依着他行，懵里懵懂就入了彀。

后跟着秦明上山入伙时，黄信说"既然恩官在彼，黄信安敢不从？只是不曾听得说有宋公明在山上，今次却说及时雨宋公明，自何而来？"秦明笑道："便是你前日解去的郓城虎张三便是。……"黄信听了跌脚道："若是小弟得知是宋公明时，路上也自放了他；……"

瞧他见风转舵何其顺而快，想起他诱骗花荣时"附耳低言"的神态，真疑他这"跌脚"也有点秀的成分。

但有一点没错，黄信不傻，他极其乖巧。

不改号也是聪明之举。

我们常常说"名实相符",也就是要求"名"与实际情况须靠谱。名实不符,我们便会追究。但"号"是另一回事,"号称,号称"那就是号必定是夸大的,号不符实,那是正常的。

这应该也是"镇三山"之号可以沿用的一个理由,黄深知,他改了号,他依然是曾经的"镇三山",他不改号,也并不证明他仍以旧三山好汉为敌,他的聪明在于能判断出对方也能默会他的用意。

"别介,兄弟,叫着玩的。"这是一句黄信自嘲或他人嘲他时都可以用的话。

这就是"镇三山"之号可以不改的最根本的理由。

他们是在梁山上。

金石书法是当行——圣手书生萧让、玉臂匠金大坚

萧让,一个典型的知识分子的名字。古代诗词中本有"萧郎""谢娘"之谓。既有典故,后此两词也成书生、淑女的泛称。所以"萧"姓用以作为虚构的文学作品的男性文人最相宜。而"让"则显出谦谦君子之风仪。《水浒》作者给"圣手书生"以萧让之名应是有些讲究的。另一书生玉臂匠金大坚之姓名与其所擅专业也甚有缘,"金"可代指金文,"大坚"隐含"白石"之义,故金大坚即"金石篆刻"之意。萧让、金大坚这两位专工书法、篆刻的书生属梁山上的特殊人物,或曰水泊中的书法篆刻艺术家。

梁山上本来是不需要书生的,早期山头霸主王伦号称"白衣秀士",就是一个书生,因心胸狭窄,在晁盖等人上山时被林冲火并了。若不是特殊需要,萧让、金大坚这样以书法篆刻为长的书生在梁山是占不上位的。书法篆刻,即使在文人也自谓"雕虫篆刻,壮夫不为",有时颇为不屑,在绿林好汉眼中当然更无足称道。另外,一般书生也不会走进梁山,因为那毕竟是落草。

所以萧让、金大坚之与梁山正可谓是一种尴尬与无奈的邂逅。当宋江被蔡九知府与黄文炳擒囚,为救宋江,吴用欲将计就计,

借戴宗之手传递一份蔡京的假家书。这封假信的制作当然需借高手之技艺，于是嘱戴宗将圣手书生萧让及玉臂匠金大坚赚上山。

萧、金两位，身份是书生，却皆能使枪弄棒，舞剑抡刀。中国文人常不以操觚弄翰为满足，总希望"腹有诗书"之外，尚能身佩三尺利剑，"怨去吹箫，狂来说剑"，书剑飘零、游走天涯也常是文人怀揣的一种梦想。萧、金大概也有这种倾向吧，否则何必使枪弄棒？

《水浒》中写两位途遇清风山强人王矮虎时，两人焦躁起来，"倚仗各人胸中本事，便挺着杆棒，径奔王矮虎"。

然而明白自己被山寨看中，要请之入伙时，萧让却如此回复："山寨里要我们何用？我两个手无缚鸡之力，只好吃饭。"能挺着杆棒，该出手时便出手的人忽然自称"手无缚鸡之力"，当然不是谦虚，只是不愿与盗跖为伍的托辞而已。但显然萧、金两位并无选择权。

萧、金不愿上山的想法还是对的，因为那儿不是适于他们居栖的所在。

首先两人上山或曰水泊取其上山的目的是制作一封蔡京的假家书。而甫一完事，吴用就发现这是一件"脱卯"的事，也即一破绽明显、必为人识破的"作假"，当然主要责任还在吴用，但萧让与金大坚整个地白忙活了。倒腾许久，就是在错误的地点、错误的时间制作了一件拙劣的赝品。虽然不必承担责任，但绝对是无功之劳。

可悲的是两人连家小都上了山，也即无回头当良民的可能性了，通缉名单上有他们的大名。

他们无法再干自己的老行当。在山上，书法、篆刻不会吸引李逵、张横们的眼球的。当然水泊梁山的湖光山色驱遣岁月应还是不错的，但周遭大碗酒、大块肉的闹腾必会有扰清梦。

萧、金两位当然也不甘于无功受禄。他们总算有机会为山寨出点力了。这一次又是作假。这就是由萧让扮知府,金大坚等人扮巡检、都头、虞候等赚扑天雕李应上山的那场闹剧。

说来真是让萧、金感着尴尬,先是制作假信,再是假扮县官。所干勾当都与作假脱不了干系,一个志诚君子能宁静地安然地承受吗?

萧让后来在平王庆时,居然如诸葛武侯一样唱了一出空城计。这回不是被宋江、吴用们逼着作假,却是让小说作者搜着串演了一出不太真的模仿秀。

萧让在梁山排座次时位列地煞第十,金大坚则位列地煞三十。萧让所司为行文走檄调兵遣将,金大坚则负责专造兵符印信,倒还算专业对口。

但相信两人还是郁闷的。有宋一代,文官的待遇还是不错的,而徽宗本人又是书画艺术的行家,萧、金两位若不在山寨落草,凭其专长,在艺术上发展的空间应该是不小的。

因此,估摸着,梁山上,除宋江外,萧让与金大坚也许是最坚决的招安派。

招安后,金大坚调为御前听用,而萧让则被蔡京索走,当了他的门馆先生。一定程度上对两人来说,也算是得其所哉。两人的书法篆刻艺术有了知音和赏识者,并有了较好的创作环境。徽宗、蔡京均是通晓艺术的专家,得以"御前听用"或任"门馆先生"正可尽情施展其专长了。

不过曾经上过梁山的经历对两人来说可能还是一块心病,在官场中,他们依然会被认作是有"历史问题"或是节操有亏的。那不光彩的上山经历他们得藏着、掖着、遮着、捂着,提心吊胆,生怕别人抖搂出来,那种夹着尾巴做人的感觉不会太爽。

可能,对萧、金来讲最好的结果应该是如黑旋风所说的"杀去东京,夺了鸟位",由宋大哥做了大宋皇帝。那么在改朝换代的翰林院或画院里,萧让、金大坚们也许真的可称得其所哉。那曾经的梁山经历也可以是他们的光荣历史,而不是心病或污点了。他们将被戴上与皇上共打天下的元老的桂冠,潇洒地伸翰泼墨将龙飞凤舞的墨宝题遍天下名山大川、崇楼杰阁。

然则,这只是藏在萧、金心底的一缕梦影吧!

锦毛灵心——锦毛虎燕顺

锦毛虎燕顺是与矮脚虎王英、白面郎君郑天寿三人在清风山占山为王者，属于一个小山头的山大王。宋江在应花荣之邀赴清风寨时，曾被清风山小喽啰截获，用醉药麻翻，宋江差点被开膛剜心做了锦毛虎们的醒酒汤。这伙草寇简直有点食人生番的味道。

在梁山大汇聚之前，如清风山这样的小山头还有不少，二龙山可谓精英荟萃之处，鲁智深、杨志、武松等在此啸聚，是真正的藏龙卧虎之地。少华山史进为身手不凡者。芒砀山之八臂哪吒项充、飞天大圣李衮、混世魔王樊瑞似乎各有点独门邪功。而桃花山、白虎山、黄门山、饮马川等处则未见有真正的英豪俊杰之辈。清风山的燕顺即是这些凡庸之辈中殊不起眼的一位，他的知名度甚至远不如他手下的二大王矮脚虎，当然王英的知名度是建立在一种为梁山英雄所哂的毛病之上的。

可是燕顺在梁山排座次时，名位并不低，他排在地煞十四，星名也甚中听：地强星。

其排名已在赛仁贵郭盛、小温侯吕方、轰天雷凌振、锦豹子杨林之上。这几位论武艺或特长均非燕顺堪比。而与燕顺同出于清风山的两个同伴，王英则排名地煞二十二；郑天寿则落于三十八。一般出于

锦毛灵心——锦毛虎燕顺

同一山头之人,大都排名在相近位置。除非有独特擅长或超群功夫者,方能远迈同侪,出挑在前。锦毛虎既无特长、武艺又不出众,凭的什么呢?

有一件事颇值得注意。

在清风山下,王英抢得清风寨寨主刘高夫人,王欲强纳其做押寨夫人,而宋江得知刘高夫人身份后,便请求放她下山:"只是这个娘子,是小人友人同僚正官之妻,怎地做个人情,放了他则个。"王英是个急色鬼,正等着享用这个尤物,殊不愿将其放走:"哥哥管他则甚?胡乱容小弟这些个。"而燕顺见宋江坚意要救这妇人,因此不顾王矮虎肯与不肯,喝令轿夫抬了去。王矮虎对此极不满意,"又羞又闷,只不做声"。当然,在宋江许诺"日后好歹要与兄弟完娶一个,教你欢喜便了"的情况下总算忍住怒气没有发作。

后来那位被宋江搭救的刘高夫人恩将仇报,唆使丈夫将在小鳌山看灯的宋江作强人逮住,惹出许多事来,让宋江、花荣险些丢命。最后花荣大闹清风寨,最终刘高也被剜心。而宋江犹恨恨不已:"今日虽杀了这厮滥污匹夫,只有那个淫妇,不曾杀得,出那口大气。"

而那个刘高夫人,此番又被王英先下手为强,拿入房中,藏了起来,想圆那"押寨夫人"的初衷宿愿。

下面这场景,大家想必不会忘记。

燕顺问道:"刘高的妻,今在何处?"王矮虎答道:"今番须与小弟做个押寨夫人。"燕顺道:"与却与你,且唤他出来,我有一句话说。"宋江便道:"我正要问他。"王矮虎便唤到厅前,那婆娘哭着告饶。宋江喝道:"你这泼妇,我好意救你下山,念你是个命官的恭人,你如何反将冤报,今日擒来,有何理说!"燕顺跳起身来便道:"这个淫妇,问他则甚?"拔出腰刀,一刀挥为两段。王矮虎见砍了这妇人,心中大怒，夺过一把朴刀，便要和燕顺交并。……

王矮虎最终当然还是被众人按捺住了。

我们很为王英的好色愚蠢而鄙薄他。但仔细想想燕顺两次坏了他的好事。第一次是不管"肯与不肯"，将人放了。第二次是答应"与却与你"，实际上这样说时暗中已定了杀刘高妻的主意，这从后面未允刘高妻辩说搭腔便挥刀断之的情形即可知。王矮虎颇有一种被骗的感觉，被刘高妻两度惹起的欲火硬教燕顺给扑灭了，这火当然要向燕而烧了，这就是拔刀火并的原因。

燕顺对刘高妻的一"放"一"杀"，一方面是从"礼"与"义"的道德角度出发所施的一种断决；而另一方面，甚至可说更重要的是他要满足宋江的心愿。

这位有时喝喝人心"醒酒汤"的山大王还真不简单呢，那位白面郎君郑某人在这一切发生时也始终在场，可是毫无所为。

宋江什么人？燕顺的这些表现他当然会谙记在心。在答允将来完娶一个，让王英欢喜的同时，心下一定默许了个心愿：燕顺这小兄弟，更不能亏待了他。

燕顺排名之谜，循此以往，庶几得解。

让弟妇牵了鼻子的提辖——病尉迟孙立

病尉迟孙立，座次排位七十二地煞之第三，马军十六名小彪将之二。上梁山前为登州兵马提辖，身高八尺以上，"淡黄面皮，落腮胡须"。典型的魁伟粗豪而又兼儒雅气息的武将模样。梁山上绰号上冠以"病"字的还有病大虫、病关索，皆因"淡黄面皮"之故，确实与红润肤色相比，似有点病容，但这是华裔本色，有时儒雅气息还真是由"淡黄面皮"上散发出来的。孙立与祝家庄教师栾廷玉本为同门师兄弟，因此武艺甚不弱，所谓"射得硬弓，骑得劣马"。因其惯于使鞭，人比作唐将尉迟恭，即"病尉迟"之谓也。

在叙解氏兄弟时，笔者曾流露了对孙立身处地煞之列的不平之意。确实地煞诸好汉中，论武功孙立决计是无人堪比的。

在《水浒》中政府军官员上山的经历大致相同，先是奉命征剿水泊，而在交战之中被吴用使计捕获，然后由宋江松绑伏拜谢罪，以大义感动之，使之入伙，也即由梁山智赚而被动入伙。病尉迟孙立则是主动上山，而且携亲带故，一行八人，整个一家族支队，风风火火上山。

说是主动，也不确切，他实际也是被逼无奈，走此一着棋，只不过压力不是来自梁山而已。

让弟妇牵了鼻子的提辖——病尉迟孙立

还得从解氏兄弟说起,两人为毛太公夺虎并陷害入狱,命在旦夕,狱卒乐和与解氏稍沾亲戚关系,且为其遭陷而抱不平,起意救之。于是乐和联络了解氏姑表亲戚顾大嫂、孙新夫妇,又聚集了铁哥们邹渊、邹润叔侄,拟劫狱救解氏兄弟共上梁山,又深感此事成功概率极小,只有说动孙新同胞兄弟孙立共襄其事,方能胜券在握。但孙立官做得好好的,岂肯丢了乌纱去落草。于是软硬兼施,威逼与诱导双管齐下,其中的主角就是母大虫顾大嫂。小说第四十九回"解珍解宝双越狱,孙立孙新大劫牢"所叙即此事。

那白刃相逼一幕我们不妨在此重现一下,以确认病尉迟孙立的性格。

当顾大嫂劝其一起劫狱时,孙立道:"我却是登州的军官,怎地敢做这等事?"顾大嫂道:"既是伯伯不肯,我们今日先和伯伯并个你死我活。"顾大嫂身边便掣出两把刀子来……当然最后孙立只得叹了口气道:"你众人既是如此行了,我怎地推却得开,不成日后倒要替你们吃官司!罢!罢!罢!都做一处商议了行。"

可以看得出这位是"吃硬不吃软"的人。史进、武松那般的刚烈汉子,吃软不吃硬,所以朱武的苦肉计和施恩的眼泪皆是感化他们的有效策略。而孙立身上"温良恭俭让"的儒家风范似乎重了些,非得白刃相逼,他才会相从,当然亲情和道义也是促使其出马的原因。

劫狱的总指挥是孙立,当然马到成功。

而随着孙立出马,在祝家庄困于厄塞的宋江也有了转机。孙立仗着自己与栾廷玉的同门师兄弟关系,略施小计,里应外合,让宋公明三打祝家庄一举成功。孙立也以此为见面礼,率兄弟、弟妇、弟妇的表兄弟、自己的内舅……一行八人同上了梁山,为革命队伍增添了十三分之一的力量(八人约占一〇八的十三分之一)。

救二解、打祝家庄无孙立不行，这是明摆着的。

而被救的解珍解宝两位数来数去未见其功，却双双入了天罡之列。其功甚卓的孙立将军却入了地煞，还排在第三，想必这会令孙将军郁闷的。

不数功劳，凭武艺他也得进天罡啊！前已述他"射得硬弓，骑得劣马"，在沙场上绝对不是吃素的。

在三打祝家庄时，他作为内应与石秀大战五十合，并舒展猿臂将石秀拿下。此事虽有做秀的成分，但作为武术教师的栾廷玉和祝氏兄弟皆未窥出破绽，则孙立、石秀斗得甚真是必然的。

而当呼延灼裹挟着连环甲马来征梁山时，孙立已是梁山上人。孙呼之间曾有一场恶战，一个使竹节虎眼鞭，一个使水磨八棱钢鞭，各不相让。书中有诗赞曰："各跨乌骓健似龙，呼延赞对尉迟恭。"两人左盘右旋，战三十余合不分胜负，令宋江喝彩不已。这总该是真功夫了吧！

然而也无济于事，依然不能提升孙立脱离地煞之境。

在徒唤奈何之际，忽然似乎悟得了孙立天罡落榜的原因。

孙立的弃官是被母大虫白刃相逼成行的。梁山上那些大碗喝酒、大块吃肉在盛宴上狂欢，在血火中拼杀的爷们对娘们是不屑一顾的。被河东狮吼镇住的"气管炎"们已经不落眼中，一个八尺男儿，射得硬弓，骑得劣马，却让一个小弟妇拿捏得只能徒唤"罢！罢！罢！"这还成何体统？这样的人不入地煞，谁入地煞？

于是孙将军便嗫嚅着"唯女子与小人难养也"。然后一迭声地"罢！罢！罢！"一边只得愀然入座。

缺了点医德的神医——神医安道全

《水浒》第六十五回叙宋江攻打北京城，此前先后收伏了大刀关胜、急先锋索超，但攻城之事却久未见进展。晁盖又有不祥之梦托，劝其回兵。宋江在神思疲倦之际，忽又发起背疮来，且来势甚猛。浪里白条张顺想起昔年在浔阳时老母曾患背疮，百药不治，后请得建康府安道全，手到病除，便提议去请他来，因张顺与他尚有些往来，而晁天王之梦中也对宋言"百日之灾，则除江南地灵星可治"。于是便嘱张顺携黄金百两，星夜去请安道全。

读《水浒》至此，便想：水泊之中先后主动被动来聚之人已有书法家、篆刻家、屠宰匠、相马师、船舶设计师、武器专家、爆破手、卜卦者……各类专长者差堪齐备，独独少了个医术高明之医师。真该延请一名能妙手回春之良医，山上众兄弟的健康保险系数也可得以提高。

安道全出场前书中称他系祖传内外科尽皆医得，以此远方驰名，并有诗赞他：

> 肘后良方有百篇，金针玉刃得师传。
> 重生扁鹊应难比，万里传名安道全。

缺了点医德的神医——神医安道全

且安以"神医"为号,令人不能不肃然起敬。

说及神医,脑子里自然浮起扁鹊、华佗之形象。

出自《韩非子》一书的"扁鹊见蔡桓公"的故事,中国人几乎妇孺皆知。春秋时期的这位神医真有点"神",他能在蔡桓公本人毫无感觉的情况下察知其已患疾,并不断就对方病情的发展劝其接受治疗,结果一味霸悍、讳疾忌医的蔡桓公果然不治身亡。而扁鹊"疾在腠理""在肌肤""在肠胃""在骨髓"的理论让人深服中医理论的精深及扁鹊本人医道之精湛。

国人心目中另一位神医华佗的形象也是无法磨灭的。他的"五禽戏""麻沸散",他为关公刮骨疗毒,拟为曹孟德开颅治头风的传说虽出自小说却也让后人深信不疑。

所以一听安道全也有"神医"之号,且称其"扁鹊难比",真让人对此神医怀着极高的期望。

但他的亮相,真的让人大失所望。

张顺历尽周折,寻见安道全,历述来途艰险,并言及宋江病况之危急,请其出手援救。照理一个颇有交往的故人相请,且病家处于旦夕危亡之中,作为一个医家念及救死扶伤的医德底线应二话不说背起行囊即走。而安道全的反应却不痛不痒:"若说宋公明,天下义士,去走一遭最好;只是拙妇亡过,家中别无亲人,离远不得,以此难出。"这像话吗?在张顺再三乞求下,他也只是说"再作商议",直至百般哀告,安方才应允。老实说,这样的医家真该扇他耳括子或板砖侍候。

而书中交待安道全推诿的原因是他正与一个烟花娼妓李巧奴打得火热。李巧奴何许人也?并非秦淮八艳那般的名妓,而只是一个外号

"截江鬼"名唤张旺的在江上专干谋财害命勾当的歹徒的相好。瞧这位安大夫已经堕落到何等田地,竟然还敢称"神医",岂不是对扁鹊、华佗的亵渎?

宋元之际,医家大概确实殊轻医德,元杂剧《窦娥冤》中有个什么"赛卢医"的也是因赖债而干起谋财害命的勾当。

安道全医德殊欠,但医术上确可称有两下子,并非江湖骗子。宋江之背疾已发展至水米不进,奄奄一息。而安诊了脉息之后,以艾焙引出毒气,外使敷贴之饵,内用长托之剂,果然如他所言不到十日,宋江的背疾基本痊可。

更堪称绝的是当宋江意欲去东京观灯时,安道全竟然去掉了宋刺配时脸上刻下的金印。书中称"把毒药与他点去了,后用好药调治,起了红疤,再要良金美玉碾为细末,每日涂搽,自然消磨去了"。

这所谓"美玉灭斑"的绝活,在今日更可让安道全发财致富。必能使其成为美容大师,成为整容领域的领军人物,于自己的脸容有改造意愿者不必急急赶往韩国去了,没准五大洲的莺莺燕燕皆会奔安大夫而来。

可惜的是此术的受惠者只是及时雨宋江一人。

安道全上山后实际上只是成了宋江的私人护理医师,带有点准御医的味道。

梁山上脸刺金印的还颇有些人在。林冲、武松皆留有这劳什子。武松甚至是两度刺金,当初在十字坡,孙二娘让他扮成行者,就是让他披散额发,为了遮去金印。

似也未见安大夫为林、武两位消去金印之记述。

即使林、武两位既在山上,也不想再去掉金印,留着作个"酷"的印记。那么青面兽与赤发鬼,那一青一红两搭胎记总无酷可言吧,也未见安道全设法帮两位整治一下。多半也是他怕麻烦，再说施治也总得看看对象呀！

一句话，梁山上来了位"神医"，但兄弟们却未见享有实惠。

似乎双枪将董平曾经右臂中高俅部将项元镇的毒箭，安道全曾为其疗过伤。而其他人未曾有幸得其惠顾也。

而安道全自己倒是后被朝廷召去当了真正的御医，这于他个人来说正中下怀，可谓得其所哉。

还得回到医德这个话题上来。

如果安道全真的具有医家的责任心，那么在接到调用诏书后他应该上一份《陈情表》或《出师表》，请求随梁山兄弟一起出征。他应该明白征方腊虽不是深入不毛，但去的却是"江南瘴疠地"，弟兄们必定会有染病的可能性。而且出征能没有随军医师吗？再说，他即使随军出征也不必冲锋陷阵冒锋镝刀剑之险，只是在需要时为弟兄们解除伤病之痛。但是他却没有打报告随军出征，而是心安理得地留在京师，做他的御前牛马走，安享太医待遇，在京华烟云中度他醉生梦死的香艳岁月。比比古今许多医德高尚的名医，他不该羞愧吗？

而且，严格说来，不少兄弟的殒命应该是与他相关的。

金枪手徐宁、操刀鬼曹正、活闪婆王定六都是在征战中中毒箭身亡的。

张横、穆弘、孔明、朱贵、杨林、白胜都是在杭州染上瘟疫，不治身亡的。

丁得孙是为毒蛇咬伤毙命的，林冲是风瘫后拖了半年亡故的，杨雄是发背疮（与宋江相同的病）而未能逃脱死神的追索，时迁是因搅肠痧（盲肠炎？）而亡的。作为为梁山上"专治诸疾内外科医士"（安在梁山的职务）的安道全在听到这一个个噩耗时，难道无一点内疚不安?

用医德来考量安道全,他不能说是一个好医生。

不过,不管怎么说,他自己反正已走进了华丽的皇家宫苑,走上了他自己的人生安全道,毕竟他有个好名:安道全。

无语怨东风——一丈青扈三娘

《水浒》基本是个男人世界,当然这男人世界中也有女人,但多半被处理成反面角色。如潘金莲、潘巧云、阎婆惜、白秀英、刘高妻等,不是淫荡之妇便是奸刁促狭的恶婆,有时两者兼之。这些人物都逃不脱死于非命的厄运。"女人为祸水"的观念对作者确实影响不浅。当然这观念还未膨胀到绝对地步。梁山一百零八人中也列入了三名女将:顾大嫂、孙二娘、扈三娘。这三位似乎都隐去了名字,给人老大、老二、老三"姐儿仨"的感觉。那前两位的外号分别为"母大虫"和"母夜叉",闻其号颇有听得河东狮吼的感觉。作者显然意在表其凶泼和丑陋,所以贬意也不言自明。唯这老三有个雅致的诨号"一丈青",今独说说这位一丈青佳人。

这"一丈青"三字本不独为扈三娘专有。《宣和遗事》中记载:"宋江三十六人中有'一丈青李横'",龚圣与《燕青赞》则称:"太行春色,有一丈青"。而历史文献《三朝北盟会编》中也记载一武将马皋之妻也唤作一丈青。

可见这"一丈青"三字不限男女,专指身材颀长高挑特别有型者而言,且应是青春华年、充满生气的对象更有资格承受这气韵独特的赞词。

无语怨东风——一丈青扈三娘

一丈青扈三娘出场也较晚，小说第四十七回"宋公明一打祝家庄"中始提及。称祝家庄、扈家庄、李家庄三庄联盟，而扈家庄主扈太公"惟有一个女儿最英雄，名唤一丈青扈三娘，使两口日月双刀，马上如法了得"，而说及祝家庄弟兄三个中最了得的一个祝彪时，透出一信息："定着西村扈家庄一丈青为妻。"我们得知这三庄联盟还有个强强联合结为秦晋的十分美好的前景。

而一丈青扈三娘虽未直接亮相，我们却已有一些影影绰绰的印象，她虽不是千呼万唤始出来，却已让我们充满期待。

第四十八回回目即亮出"一丈青活捉王矮虎"。已预告有好戏看了。

瞧一丈青怎生装束：

蝉鬓金钗双压，凤鞋宝镫斜踏。
连环铠甲衬红纱，绣带柳腰端跨……

这是宋江打祝家庄时，扈三娘率兵来救援时跨马端立阵前的风姿。

引得宋江阵中好色之徒王矮虎恨不得一合把她捉将过来……不想这王英交手十合之后手颤脚麻，枪法也乱了，被一丈青轻舒猿臂捉将去了。

宋江阵中枪法精熟的欧鹏出马，也战扈三娘不过。真有巾帼压倒须眉之势。

战至最后，宋江被一丈青追逐得拍马落荒而逃。

扈三娘真是飒爽英姿，出尽风头。

当然梁山上毕竟有高手非三娘能敌，她最终为豹子头林冲所擒。

扈三娘在《水浒》女性形象中，堪称独绝者，形貌端丽，武艺高强，但细究起来命运却是殊塞悲惨的。

试想扈家庄庄主的掌上明珠与祝家庄才俊祝彪定为姻亲，本可谓美满姻缘一线牵。但顷刻之间却灰飞烟灭。祝家庄被宋江攻破后，几遭洗荡，扈家一门除扈成逃脱，皆成李逵斧下冤魂。而三娘在宋江的旨意下，强配给了手下败将王矮虎为妻。

王英，梁山上董平之外又一不堪之徒，曾掳清风寨主刘高妻欲做押寨夫人，色迷心窍，出乖露丑，表现极其恶俗卑污。即与三娘交战之际也是不二不三，方为三娘所擒。这样一个貌陋形磣，心存歹念的不良之徒，三娘岂甘以身相许？

梁山上有的是伟丈夫，别的不说，豹子头林冲即本应是三娘的佳偶。且三娘本也为林冲所擒，谁说这不是一种缘呢？可宋江偏要横插一杠子，偏将三娘嫁与王英。所以颇有人怀疑这是宋江自己得不到也不让三娘称意的一种恶搞。

这种诛心之论并非绝无道理，当初潘金莲的东家不就是私心不遂而硬将潘嫁与"三寸丁谷树皮"武大郎的吗？

反正倒楣的是扈三娘。

三娘一门皆死于梁山之手（除兄长外），包括未婚夫祝彪。因此，梁山是她的仇家。从传统道德而言，这样的血海深仇岂能不报？为董平所强占的穆太守之女，毕竟是个弱女子，不报弑父之仇人或许能恕之，而扈三娘却是功夫了得的女中豪杰，有仇不报，人无置言？三娘自己难道真于此血海深冤一无所动？想必这锥心之痛唯三娘自己方说得清。

倘若与林冲结为良俦，那倒是所嫁得人，且同是身怀深冤大仇之人，或许能互慰仇痛。且林冲亦一至诚君子，其与娘子曾伉俪情深，必也能善待三娘。

但今所嫁之人却是个下三滥的货色,后来随宋江出征田虎时,王矮虎与田虎手下靓丽女将琼英对阵时,又色心蠢动,想入非非,致被对方一戟刺中大腿,倒撞下马来。你说扈三娘冤也不冤?

人称婚姻不般配,尤其是靓女嫁了貌寝之夫为"一朵鲜花插在牛粪上",牛粪尚能提供养分,而扈王之配那简直是铿锵玫瑰在被屎壳螂啃啮。

隐忍着血海深仇,又承受着一桩最窝心的婚姻。扈三娘难道不是《水浒》中最具悲剧色彩的形象吗?

她的个案证明着封建社会中妇女被侮辱、被损害地位的不可动摇性,哪怕是在宣称"四海之内皆兄弟也"的梁山之上。

但这一内在的悲剧意味,却常常被高女人与矮丈夫的这一带点漫画色彩和谐谑意味的图像给遮掩和淡化了。

后世小说中,樊梨花麾下秦汉、窦一虎等矮将,皆有如花似玉、武艺高强的夫人相伴。《封神演义》中土行孙与邓蝉玉也是"高矮系列"中著名的一对,乃至当代小说还在继续演绎这"高女人与她的矮丈夫"的故事。

不过,我们不要在笑声中真的忘却了扈三娘的悲剧命运。在小说《水浒》中我们几乎没有看见扈三娘展露过笑容,甚至几乎没听她发声说过话。依稀记得梁山与呼延灼大战时,听扈三娘似乎对花荣说过一句:"花将军少歇,看我捉这厮。"也是在那一回中,呼延灼在与一丈青对阵中赞过一句"这个泼妇人在我手里斗了许多回合,倒恁地了得"。大部分时间我们只见一丈青默无声息地出马上阵。我们真的不能不把她和春秋时为楚文王所掳,终生不言的息夫人联想起来。

在小说第九十八回，即我们前面曾提及的扈三娘的不争气丈夫王英被琼英刺下马时，扈三娘曾激烈地骂道："贼泼贱小淫妇，焉敢无礼！"这一声斥骂表面上是对琼英而发，谁又能证明它不是一个处于强暴势力高压之下的弱女子内心积怨的一种抒泄呢？

花心色狼——矮脚虎王英

陆灏曾写过《梁山不好汉》的文章,并提出"一百零八人中,究竟有多少称得上是真正的英雄?"的问题。

确实,天罡地煞中并非真的全是好汉。这个小社会中也是各色人等皆有。如王英这个人物,虽非人人切齿痛恨,但绝对是个惹人厌的家伙,不管男性、女性读者,对此人必定有点鄙夷。

在写"一丈青"时,已涉及此位,本来他是一丈青的丈夫,似应该两人合写,但深心里感觉他与扈三娘不配共处一篇,故另立篇声讨他。"声讨"一词带点"文革"语色彩,但说到他,许多人必定不是"嘘!"就是"嗤!"那声息虽不必是讨伐,但接受者所感压力一定不下于面对千夫所指。

他的遭人厌不只因其好色,"寡人之疾"不一定就是坏毛病,"情圣"往往也是此疾患者。王矮虎为人所不齿首先在于他的重色轻义的行径。

他的出身也颇可疑,小说中称他"原是车家出身,为因半路里见财起意,就势劫了客人,事发到官,越狱走了,上清风山,和燕顺占住此山,打家劫舍"。上梁山的也多有犯事者,多为被官府所迫。但王矮虎本身是个车家,至少是个有职业的人,却对客人"见财起意",

可见其本质上是个居心非良之辈。

宋江往清风寨访花荣，与燕顺等在清风山"巧遇"，于是在山上盘桓数日。小说中叙及某日小喽啰报说大路上见有一乘去扫坟的轿子，王矮虎见报了，想此轿子必是一个妇人。点起三五十小喽啰下山去了，他人劝也劝不住。可见这头色狼有特别灵敏的嗅觉，而且这类"劫色"事件肯定于他不是首次作案。而且他驾轻就熟，手到擒来，并立马"抬在山后房中去了"。劫来的是清风寨主刘高的夫人，在宋江干预下，燕顺将之放了，未料宋江犯了东郭先生的错误，所救之刘高夫人下山后反以怨报德差点害了宋江与花荣之性命。当这个心如蛇蝎的妇人再次被擒上清风山，人人皆欲杀之，而王矮虎却念念不忘下山抢此妇人上山时的纳为"押寨夫人"的心愿，将其藏于屋中，欲偷偷行乐。当燕顺挥刀杀了这泼贱妇人时，王矮虎竟怒从心头起，恶向胆边生，夺过一把朴刀要与燕顺拼命。倘若那是个温良女子，那么为心爱的女人被杀拔刀而起倒是可歌可颂的骑士风度或侠义气节了。但谁都明白王矮虎拔刀实是为失去了一次纵欲的机会，连他自己也明白那女人的卑污与下流，而他拔刀相向的正是他越狱后收容他的兄弟。此一行径岂不令人齿寒！

此后，打下祝家庄后，宋江为兑现承诺，将一丈青扈三娘配了王矮虎。那真是天鹅落入了蛤蟆口。而王矮虎犹不改劣迹，每逢出征，遇着女将他必犯病，丑态毕露，甚令人感到恶心。

在中国古典文学中有两个好色者的形象是人所共知的。一个是宋玉《登徒子好色赋》中的登徒子。一个就是《水浒》中的矮脚虎王英。宋玉之《登徒子好色赋》一出，后人就将"登徒子"作为好色者的代称，将色狼的情态称为"登徒相"。但实际上登徒子的被攻击为好色是冤枉的。宋玉称登徒子之妻"蓬头挛耳，龋唇历齿，旁行踽偻，又疥且痔"，而"登徒子悦之，使有五子"。那意思是说登徒子的老婆不注意修治容颜，生着招风耳朵和大龅牙，又兼驼背且行走脚高脚低……而登徒子竟很喜欢她，和她一起生了五个儿子。这怎么是好色呢？这说明登徒子糟糠之妻不下堂，不以妻丑陋和疾病而弃之，夫妻敦穆。既符合中国人的道德观念，与西方人在教堂里举行婚礼时所誓"无论穷困、疾病，都不离不弃"的宗教精神也甚相契合。因此登徒子可称是个圣者。而王矮虎才是个铁定的好色者。善赋者不妨作《王矮虎好色赋》，不过，一个引车卖浆者流，且又如此卑污，为之作赋，实在倒是抬举他了。

屠牛宰羊烹小鲜　瞧我一手搞定——铁扇子宋清

梁山上兄弟同在寨中干者，大都排名次第相连，若同在天罡中之张横、张顺，解珍、解宝，阮氏三雄；同在地煞中之孔明、孔亮，童威、童猛，蔡福、蔡庆等皆如此。本为同胞兄弟而分列天地两域者唯宋江、宋清与穆弘、穆春两对。这特殊情况总让人起猜疑。尤其是宋氏昆仲。这大兄宋江若按黑旋风所想"杀去东京，夺了鸟位"得以兑现的话，岂不成了大宋的皇上了，宋清也即御弟，至少该是封王的主儿。怎么在梁山上这老大竟未给嫡亲兄弟一点面子，在地煞中让他排名那么靠后？这正是宋江政治素质高的表现，他并不以"举贤不避亲"为借口让胞弟在天罡中占一个位子，倒是偏要避一下亲，让兄弟在地煞中也只占中偏后的不显之位（第四十）。以显示他的公正、清明，他不叫宋公明么？

不过，幸得如此做了，不然，訾诽之议一定不会少。

这宋清，确是才智平平，在梁山英雄谱中很少再能找出其他人物像他那样没有故事。其所历之事也真乏善可陈。

我们只记得小说第十八回"宋公明私放晁天王"中，在大事渲染宋江之余顺便提到一句"下有一个兄弟，唤作铁扇子宋清，自和他父亲宋太公在村中务农，守些田园过活"。在我们的水泊谱系中留下了

一个老实巴交的锄地担水的农民形象。

也依稀记得宋江杀阎婆惜后为躲避官司曾逃往柴进庄上，是宋清陪他去的。后官司平息，宋清又返归与老父继续躬耕陇亩，担水灌园。

后宋江在清风山聚合一伙兄弟，准备投梁山去时，偶得石将军石勇携来宋清家书，知家父亡故，于是匆促奔丧，到得家中，见老父健在，于是冲着宋清兜头一通臭骂："你这忤逆畜生，是何道理？父亲见今在堂，如何却写书来戏弄我？教我两三遍自寻死处，一哭一个昏迷，你做这等不孝之子！"

原来宋太公思子心切，又怕宋江落草为寇，故出了这么个馊主意，于是宋清便当了宋江的出气筒。

在关于宋清的档案中，我们只翻检得两帧泛黄的旧照片。

一帧是头戴斗笠，担水浇禾的"农耕图"；一帧是垂手聆受家兄喝斥的"聆训图"。

如此说来，排名地煞四十不是辱没了他，反倒是他捡了个便宜。

宋清其人，一言以蔽之：凡庸、简约。

但是其绰号"铁扇子"，却是引动多人去猜射的谜。

《水浒》中人大多有号。尤其是一百零八将之绰号，探索其含意也是个颇有趣味的课题。水泊中人诨号，或取义相貌，如"赤发鬼""青面兽"之类；或取义性格，如"霹雳火""拼命三郎"之类；或取义独门技艺，如"神算子""操刀鬼"之类；或取义所擅兵器，如"金枪手""没羽箭"之类……或扬，或抑，或讽，或谑。皆有义可寻，且大都能释得"圆"。但"铁扇子"之号大有"哥德巴赫猜想"之玄，奥义所在，颇费人猜详。魏巽昌先生的《水浒黑白绰号谭》一书于"铁扇子"一号搜罗众说颇详，最终仍感叹"唯独宋清绰号属于难解范围，看来还可以探索下去"。

程穆衡是清代著名《水浒》注家，于"铁扇子"说过"扇子以铁为之，乃无用之废物"，似乎想说明"铁扇子"隐射宋清无用。

张恨水先生的《水浒人物论赞》于宋清也发了相似议论"扇子扇风，必须轻巧可携，以铁制之，何堪使用？于其绰号，以窥其人，可知矣。而梁山诸寇，每次分配工作之时，必以宋清司庖厨之事，殆故意使与饭桶为伍乎？"

我觉得皆未能说得圆通。

铁扇公主铁扇岂无用？那是宝物也，大小由之，可扇灭火焰山之连天大火。一扇在握，可兴风作雨，孙猴子为向铁扇公主借扇没少费周折。

且《水浒》人物之号，多有以"铁"为定语者，如"铁笛仙""铁叫子""铁面孔目""铁臂膊"，其"铁"皆非指器物之材质，而多赞其物之性或颂物主技艺之精。

故约略猜想，这"铁扇子"之"铁"也绝对有褒赞意，赞其运扇之功精湛娴熟也。

众所周知，宋清最终所司之职为"排设筵宴"。

梁山上吃饭大事端的全赖铁扇子也。

俗话称"巧妇难为无米之炊"。但有米无火也成不了炊，何以使煮炊之火常旺不息？鼓摇铁扇子也。

所以"铁扇子"之号既预示了也高度肯定了宋清于所司之职的称职与尽职。

试想，梁山偌大一个山寨，单头领就有一百零八个，加上喽啰、家族，据马幼垣先生估算少说也有四万人。

四万人的吃饭问题决计不是一个小问题。

山上人员来自五湖四海，所谓众口难调。虽然山中未必全是美食家，且常听大家嚷嚷道："大碗喝酒，大块吃肉。"但真让大伙每日三餐大碗酒、大块肉地猛吃海饮，准保到头来黑旋风、花和尚也会拍桌子斥骂："嘴里淡出鸟来。"

　　想想吧，连宋大哥在江州作囚犯时，还想着鲜鱼汤喝呢，让黑旋风去找鱼，结果被浪里白条灌了一肚子水。

　　像金枪手徐宁那般锦衣玉食惯了的人物，能陪着吃大块肉吗？人家曾常陪皇上共进晚餐，吃的可是御膳房的精馔佳肴啊！

　　可见宋清能将此事摆平，实属有本事者，只是他为人低调，不事显摆而已。铁扇子可并非如张恨水先生所说的是"饭桶"。

　　美学家李泽厚先生就十分率直地称自己的哲学是"吃饭哲学"，他说"吃饱了饭就有底气，就感觉自己不必俯仰因人……我想，任何高人雅士，任何伟大的宗教家、哲学家都得吃饭"。

　　梁山上的英雄好汉也只有吃饱了饭，才能替天行道。

　　不知铁扇子是如何将"吃饭问题"摆平的。

　　估计山上头领们不应该是散点式的各居别墅之中（如庐山那样山上散布着别墅），梁山是军营，头领们应该是有集中的生活居住区。估计一部分有家眷的高级将领可能有条件置备自己的厨师，单独开"火仓"。但大部分王老五、单身贵族应该是吃食堂的，也就是由宋清管理的（筵宴）大饭店供应膳食。

　　山上似乎还有东、西、南、北四个酒店，但那是有特殊任务的，实际上是对外的招待所或接待站，其本质实际上是联络站，如朱贵所掌管的其中一家是老字号的。

　　故基本可以肯定梁山上大部分的膳食问题是经由宋清安排解决的。

也许有人会说他安排的是筵宴,不是日常膳食。退一步说,即使只管筵宴,也未必是桩轻松活儿。

一年有多少节日?且这筵宴应包括头领们的生日吧?出征将领与外出执行任务者该不该饯行?得胜归来者该不该接风庆功?这筵宴的安排容易吗?它照样有个众口难调的问题。

所以不管怎么说,宋清担任的职司,听着不起眼,干起来可绝对需要水平。

书中未予详述,而出了个"铁扇子"的哑谜让我们猜度,笔者年轻时也是"射虎"迷,颇自信这"铁扇子"的谜面下所伏的谜底即是"筵宴大师"。这猜度应是八九不离十了。

金圣叹在评小说对宋江宋清兄弟的处理时说:"以无数说话描写大宋机械变诈,几于食少事烦;却只以一句话描写小宋百无一能,只图口腹。如此结构,先是锦心绣口。"在赞作者详略结构高明的同时,对小宋下了"百无一能,只图口腹"之评显然是误解了作者,也误解了小宋。

未展歌喉的男高音——铁叫子乐和

说不清铁叫子乐和为什么也给读者留下深刻印象的原因。因为他武艺平平，上山前未见其有何精彩表现，上山后更未见有甚突出贡献。

其"深刻"印象大概也是打名号上来。

解珍、解宝兄弟被毛太公父子陷害打入死囚牢时，乐和正是小牢子，与二解有点远亲关系，便策划营救，最后联络上顾大嫂并孙立、孙新、邹渊、邹润一帮亲友，劫狱一举成功，这一拨人就结伴上了梁山。这就是乐和可以彰显一下的事迹了。至于其他谈资，在他身上真的殊难发掘。

还是回到前叙的名号上来吧。

出场自报家门时，乐和曾谓："人见我唱得好，都叫我做铁叫子乐和。"

他这自我介绍颇有意思，职业是牢头禁子，看管着死囚犯人，而个人特长却是歌唱得好。《水浒》中凡有特长者皆得以展露，尤其如鼓上蚤时迁、浪里白条张顺的个人擅长在小说中皆展露得淋漓尽致。于是便惦着什么时候铁叫子能露一手，使俺们能一聆婉转入云霄的天上仙曲。

推敲起来，这位的姓名与音乐也关系密切，姓乐名和。"和"者，协调和谐也，这姓名不就明示着"谐和之音"么？

至于其号，也可稍说上几句。

宋人沈括《梦溪笔谈》说及"叫子"，谓："世人以竹木牙骨之类为叫子，置之喉中吹之，能作人言，谓之颡叫子。"据此知叫子可以各种材质制之，似乎主要用于类似口技表演的发声器具。清人程穆衡在《水浒传注略》中于叫子有另释："叫子，截竹为之，市井小儿所吹者，间有铁铸，其响甚厉。"这说法也许更易为我们大家所接受。这叫子似乎就是我们现在的哨子，上海人唤作"叫变"的即此物。体育训练中多用此物，间或耍猴驯兽者也用之。以前警察也用一种铜制的警笛，发生紧急情况时用以报警，那声音倒很可用程氏所谓的"其响甚厉"。所以笔者估摸这铁叫子应该与后世的警笛十分相像。而以铁叫子作为乐和的号，并且照乐和自叙是因为歌唱得好才被唤作"铁叫子"，那显然他是一个绝佳的堪发 Hi C 的男高音，一旦发声，必定响遏行云、声震林木，其穿透力堪与老帕媲美。

然而，他这一特长在小说中并未得以展露。上山后我们期待中的他的歌声始终没有响起。

阮氏兄弟出场时并未说他们善讴，但哥儿仨却几度摇着扁舟潇洒地轮流展示他们的歌唱才艺。燕青是出场时就介绍他能唱曲，后来果然以歌声让李师师芳心荡漾。连那个白日鼠白胜在智取生辰纲时，挑着担儿走上黄泥冈，边走边唱，那一曲"赤日炎炎似火烧"至今仍在耳畔回响。那船火儿张横也有腔有调地唱过"老爷生长在江边，不怕官司不怕天"的豪歌。偏这铁叫子应是梁山上的最佳歌手却未得机缘以歌声来显示他的丰采，岂不怪哉？

以他歌唱上的特殊才艺，上山后，他本应该组织一支小分队的，三阮、张横、燕青、白胜都是现成的队员。还可培养一些有歌唱基础的苗子。记得小霸王周通当初想强行入赘桃花庄时，为热闹气氛，让他的喽啰唱了"帽儿光光，今夜做个新郎，衣衫窄窄，今夜做个娇客"。虽是俗曲却见得其人也有些音乐细胞。

倘若乐和发挥得好，梁山好汉的业余生活应该更丰富多彩。

也许这责任还得由宋江、吴用们来负。他们应该重视乐和这样的特殊人才。实际上古来礼乐并重。作为头领是应该懂得宣传的作用的。

至少宋江或林冲这样的能诗词者该作个类似"梁山进行曲"之类的歌词，让乐和谱曲，令水泊中头领与士兵一齐学唱。如此，梁山好汉作战中士气将更昂扬，将更能一往无前，所向披靡。后世拍电视连续剧也有了现成的主题曲，无须刘欢费心谱唱《好汉歌》了。

这并非荒诞无稽之想。曾头市上的教师史文恭就懂得这一点。我们该记得他所作的那首儿歌吧？"摇动铁环铃，神鬼尽皆惊。铁车并铁锁，上下有尖钉。扫荡梁山清水泊，剿除晁盖上东京！生擒及时雨，活捉智多星！曾家生五虎，天下尽闻名！"小儿们喧唱起来，把晁盖气得怒火中烧，贸然出击，竟然出师未捷身先死，引来遗恨无穷。

即此而言，史文恭也正有高出宋、吴之处。

要说乐和一次也没唱过，倒也不合实情，在三打祝家庄时，乐和作为内应，当孙新在门楼上竖起旗号时，"乐和便提着枪，直唱将出来。邹渊、邹润听得乐和唱，便嗯哨了几声，抡动大斧，早把守监门的庄兵砍翻了数十个……"乐和这唱实际上并非才艺展示，他的发声只充当了一个信号，那是随便取一个什么叫子吹一下都可以替代的。

乐和在梁山上最终的人事安排是当了"军中走报机密步军头领"，

与鼓上蚤时迁、金毛犬段景住、白日鼠白胜为伍。这实在是一种错误的人事安排,可惜了这个男高音歌唱家。

乐和之始终未展歌喉,抑或是对这种安排的一种抗议?

小人物　大元老——摸着天杜迁　云里金刚宋万

摸着天杜迁和云里金刚宋万说来是梁山最早的头领。林冲在山神庙杀了差拨、陆谦、富安之后，避于柴进庄上，又恐自己是朝廷追索的重案犯，会连累了柴进，于是欲投他处亡命。柴进写了荐书让他上梁山，并介绍："如今有三个好汉，在那里扎寨，为头的唤做白衣秀士王伦，第二个唤做摸着天杜迁，第三个唤做云里金刚宋万。"可知杜、宋乃梁山开山基业的二把手和三把手。柴进未说杜、宋绰号之来历，小说中后来也未言及。估计这两位皆属身高马大，特魁伟的那种，故以"摸着天""云里金刚"为号。《宣和遗事》中有杜千其人。《水浒》作者有意改为杜迁。否则杜千、宋万，数是大了点，仍和"张三""李四"无异，比"群众丙"之类好不了多少。

杜、宋估计除了高大，略能使枪弄棒外，别无长技。所以林冲火并王伦，晁盖成为梁山寨主后，杜、宋的排位下降几至末尾，只是排于朱贵之前。随着梁山事业的日益壮大，杜、宋的名位却是每况愈下，直至最终排定座次时，宋万列为地煞之四十六，杜迁为四十七。在地煞中均属后列，梁山一百零八位若照集体照，那么杜、宋应在末排上最不显眼的位置上。两人星名也颇不雅，一名"地魔星"、一名"地妖星"，堕入妖魔之道。而且这兴许还是仗了两位毕竟是梁山元老，且又为人憨厚实诚的缘故。

杜、宋两位也几乎可称是《水浒》中无故事的人物。好像北京城攻陷后，宋江命这两位去诛杀梁中书的家人。

两人均在征方腊时先后阵亡。宋万是征方腊时与焦挺、陶宗旺等首批阵亡的将领。宋江曾亲自洒酒祭奠，并动情地致了悼词："想起宋万这人，虽然不曾立得奇功，当初梁山泊开创之时，多亏此人。今日竟作泉下之客。"大概算是不忘其"开创"之功的盖棺论定之词吧，这话也适合杜迁。

两人的身份有点特异，既是小人物，又是大元老。

说起他俩，当然也有抱不平的，认为他们没有获得立功的机会。但平心而论，两人即使有机会也难建奇功，因为梁山上确是不乏非杜宋可比的身手卓异者。再说即使建了奇功殊勋也未必就进入高位呀，时迁即是明显例子。宋老大的定评实也未太抹煞两位之贡献。

后世也有对此两位殊不客气的酷评（此"酷"非时下所用之含褒义之酷），笔者认为稍欠仁厚。

如张恨水先生在《水浒人物论赞》中于杜、宋两位对王伦的态度有如此评语："杜宋乃低首下心，甘受驱策，窥其言行，并无不平，此犹曰奴才性成，得一主事之即了也。"

杜、宋与王伦初占梁山为王时，杜、宋之尊王为老大不能责之为"奴才成性"。一则两人本领确属平庸，而王伦尽管是落第秀才，但在杜、宋看来毕竟是通文墨者。宋朝统治者以文治天下，加之诸如"万般皆下品，唯有读书高"的《劝学诗》在民间的广泛影响，一般人多少对知识有一定的尊重，哪怕在落草为寇的强人的潜意识里也有这种"崇文"的倾向，好些小山头的寨主在武艺上并不比其他兄弟高超，有时就凭着粗通文墨而占了优势。如少华山的朱武，论武艺并不比陈达、杨春高多少，但他识阵图，谙谋略，在"文"一端占了优势，就成了当然的寨主。甚至宋公明的主政梁山，也有这方面的因素。所以把杜迁、宋万初时对王伦的尊重说成是一种"奴性"，什么"得一主事之即了也"，甚欠允当。杜、宋两位并非一味唯唯诺诺之辈，当王伦对林冲入伙百般刁难之时，杜、宋皆表示了不满。杜迁道："山寨中那争他一个！哥哥若不收留，柴大官人知道时见怪，显的我们忘恩背义。日前多曾亏了他，今日荐个人来，便恁推却、发付他去？"宋万也劝道："柴大官人面上，可容他在这里做个头领也好；不然见得我们无义气，使江湖上好汉见笑。"倘是奴性十足之辈，只会趋奉，岂肯发此话语。王伦本欲发付林冲开路。在杜、宋等人这番议论下方才妥协，要林冲交一"投名状"，方可留于山寨，结果林冲连"投名状"也未交，还是留下了，这全是杜、宋两人坚持的结果，毫无疑问最终让步的还是王伦。

除了责杜、宋"奴才性成"，张先生还责难在林冲火并王伦事件中，两位未施援手，见死不救："秀才授首，晁盖就位，杜、宋丝毫不念旧交，纳头便拜新主，此岂好汉所为？""吾未知忠义堂上拖去尸首，洗盏更酌之间，杜、宋是何感想？"这话说得更难听了，简直有斥杜、宋为小人的意思。

以杜、宋之性格，显然不希望流血事件发生，但像对待林冲来投梁山一样，杜、宋肯定希望王伦能接纳晁盖等人，以壮大梁山声势实力。对于王伦这种妒贤嫉能之举他们必定不赞成的。而当矛盾冲突激化成火并之时，要求杜、宋站在王伦立场上与林冲相搏是否有欠合理？再说，这火并不是林冲与晁盖、吴用们相商筹划的，对于杜、宋而言，是未曾逆料的突发事件，在那种形势下，识时务是杜、宋唯一的选择。难道成为王伦的殉葬品方才显得杜、宋是好汉？

杜、宋毕竟是小人物，非大英雄。若杜、宋辈如林冲、武松那般英雄，则《水浒》又该另写矣。

再说，武松、林冲也有虎落平阳、低首下心之时呀，能以奴性称之乎？

知恩图报真君子——金眼彪施恩

施恩在梁山上排名甚靠后,在七十二地煞中排于四十九位。其武艺可说甚差,于是与一些略通棍棒之术的人混排在步军将校中。他出现在我们视野中时常是一个贴着膏药、缠着绷带或拄着拐杖的刚被人狠揍过一顿的角色,可怜巴巴地在那儿乞诉……于是我们也自然在记忆中把他给印上了。当然我们记住他的更重要的原因是他与《水浒》中重量级人物武松之间的那非同寻常的关系。而且醉打蒋门神的那一幕十分好看的戏中,他虽非主角,却是少不得的一个配角。

说及施恩,一种颇易被人接受的观点是:金眼彪施恩与蒋门神蒋忠争夺快活林的斗争实质上是流氓地痞恶势力之间狗咬狗的斗争,而武松介入其间,醉打蒋门神帮施恩夺回快活林是充当了一个傻瓜的角色。确实,这种看法有它的新颖之处,颇给人鞭辟入里、看问题深刻精到的感觉。可说是运用阶级分析法的一个佳例,或者可说是用阶级斗争分析方法分析古典作品中人物形象的方法论上的一个经典。

但有时细想又不免感到这将施恩与蒋忠划为同类人物的做法是否有点简单化?施、蒋真可以画等号吗?武松果真是傻不拉叽无头脑的人吗?

所以较具体地弄清施恩是个什么样的人物真的很有必要。尽管他

知恩图报真君子——金眼彪施恩

在《水浒》中算不上重要人物。

这施恩与其父为孟州府安平寨牢城营内老小管营。武松被解来此处后非但未吃惯例必打的杀威棒，且大受款待，每日有专人送来好酒好菜，盥梳沐浴也有专人侍候。住在虽不豪华但与一般牢房迥异的屋内，完全享受着上宾的待遇。这当然不是施家父子待囚犯特别仁厚。实际上武松初到之时，那差拨的一副吃相已让人感到此处牢城营与他处无异。那差拨吆五喝六的斥责"你敢来我这里？猫儿也不吃你打了！"的挖苦威胁，让人感到天下牢狱一般的阴森黑暗。尤其犯人中盛传的"盆吊"和"土布袋"那般虐杀犯人的行径，更让人感到安平寨较他处牢城营更令人可怖。施恩父子作为管营，不比他处管营更仁慈。

当施恩向武松摊牌后，我们才明了他是有求于武松，要依仗武松之力将原由自己经营后被蒋门神凭武力强抢去的快活林酒店夺回。这从表面看来确有点像是黑道上的地痞头子的权利之争。但实则不然。在这争端中施、蒋两造是有本质区别的。施恩是快活林酒店的投资开设者，他是一个头脑颇灵活，或说是一个有商业头脑的人，他发现快活林这一市井繁华处所是河北、山东客商云集之地，当地有不少大客店、赌坊和兑坊，独缺一大酒家，于是开设了一个酒店，专供客店、赌坊等处的酒类、食品，同时对来此讨生活的妓女进行管理。他在经营管理一些事务时收取的税款等也许具有非法性，但客观上他开设的快活林酒店及进行的一些管理活动是促进了地方上的繁荣，使发展有序，并维持了一定程度的地方治安。当然他自己从中也有可观的经济获益，这应归功于他善于发现商机。而蒋门神则是看着施恩所经营的快活林酒家竟这么红火，于是凭借自己颇有些武功，以暴力强行抢夺，这纯粹是一种劫掠行为，其行为中渗透着恶与邪。他与施恩之间两者可谓邪正分明。

另外，施、蒋在人品上的差异也极大。

施恩在武松被蒋门神、张团练、张都监等人联合起来设局陷害，投入监狱、命在旦夕之危境时，能不顾自己的伤病，冒着极大危险，出钱出力三入死囚牢，张罗营救武松之事。这种知恩图报的行为应说相当难得。而且施父也站在相同的立场上，叮嘱儿子："他是为你吃官司，你不去救他，更待何时？"足见父子均是深明大义之人。

特别是武松在施恩活动下，得以轻判，被解往恩州牢城时，施恩特来送行，那把臂挥泪场面尤其感人。

施恩讨两碗酒，叫武松吃了，把一个包裹拴在武松腰里，把两只熟鹅挂在武松行枷上。施恩附耳低言道："包裹里有两件绵衣，一帕子散碎银子，路上好做盘缠；也有两只八搭麻鞋在里面。只是要路上仔细提防，这两个贼男女，不怀好意。"武松点头道："不须分付，我已省得了。再着两个来，也不惧他。你自回去将息，且请放心，我自有措置。"施恩拜辞了武松，哭着去了。

《水浒》中武松与武大之别离，武松与宋江之两度洒泪挥别都写得真情动人。但相形之下，施恩之送别更催人泪下，直让人见着生死相许之恩义。金圣叹于此一段连连称好，评曰："写来竟是父子、夫妇、兄弟，不是朋友，故写得好。""重读之，觉实实写得好，我却写不出。"近人张恨水先生也独赏此送别一段："吾于施恩传，最取送武松一段……其言其事，觉字字动人心坎。最后一结，则'拜辞武松、哭着去了'。真兄弟亦不过如是也。"余亦赏此一段。觉唐诗中"劝君更尽一杯酒，西出阳关无故人"之句，宋词中"执手相看泪眼，竟无语凝噎"之句也无此震慑人心。

其动人全缘于施恩之至情至义。

由于施恩父子的明礼知义，每每想及狱中之"盆吊""土布袋"之刑，必为整治囚犯中之恶徒而设，不能设想重恩义知情理之人会将那般毒刑向一般刑徒而施。

以人性的标尺来衡度，则施恩与蒋忠为善恶判然不同之两类人也。

蒋忠与张团练、张都监那类口蜜腹剑、为财为利可不择手段干尽坏事者方属于一类人。

更有甚者，蒋忠形貌丑陋，其恶就写在他脸上。

《水浒》中颇有些知恩图报的小人物。如为鲁智深所救的金翠莲父女；在东京为林冲看顾救助，后转徙沧州开酒店的李小二，都是身份卑微而深明受人之恩必涌泉相报的人物。施恩是这类知恩图报者中的典型人物。即此一端，亦足不朽。

绣帐春意闹——小霸王周通

小霸王周通在梁山也属小人物。且在第五回"小霸王醉入销金帐"中一闪现后,也未曾见他怎么像样地露过脸。但这一回却十分好看,作为这一回中的主角当然也就令人难忘。

"小霸王醉入销金帐,花和尚大闹桃花村。""销金帐"对"桃花村",艳丽无比。而"醉入"和"大闹"则预示着必定情趣盎然。

事写鲁智深大闹五台山后无法再在此地久留,其师智真长老便荐他去东京城大相国寺栖身。鲁途经桃花村投宿,知庄主刘太公为桃花山上二大王周通已相中其女,硬要入赘为婿而犯愁。于是鲁智深决心为其排忧解难,让刘太公藏起女儿,自己钻进销金帐去等那小霸王。这周通先前曾"撒下二十两金子,一匹红锦为定礼",他料刘太公争执不得,乘龙快婿是做定了,于是兴兴头头地赶来。

这小说写入赘场面煞是热闹好看,是《水浒》一书中独特的风景。

约莫初更时分,只听得山边锣鸣鼓响,只见远远地四五十火把,照耀得如同白日,一簇人马飞奔庄上来。只见前遮后拥,明晃晃的都是器械旗枪,尽把绿绢帛缚着。小喽啰齐声贺道:"帽

儿光光，今夜做个新郎；衣衫窄窄，今夜做个娇客。"……

好一派吉庆气象。

色彩之浓艳堪与杨柳青或桃花坞年画媲美。而那小喽啰的贺歌也堪称风味十足，与本色民歌《小河淌水》或《半个月亮爬上来》之类如出一辙。

这绚烂之景愈衬得小霸王摸黑进入销金帐被鲁智深揪住拳打脚踢狼狈逃窜一幕戏的滑稽突兀与可笑。

这呆子号称小霸王，却丝毫没有"力拔山兮气盖世"的威猛，在鲁智深拳脚相加之下，连呼救命，跳上白马后竟忘了解开系在树上的缰绳，把折条鞭打那马，却跑不去，嘴中咕哝道："苦也！这马也来欺负我！"让人看了，不禁开怀大笑。

尤其，事后李忠向他介绍"这和尚便是我日常和你说的，三拳打死镇关西的便是他"，周通不禁把头摸一摸，叫声"啊呀！"心有余悸之际肯定在庆幸自己的脑壳还算结实耐打，没像郑屠那样开瓢成了油酱铺。

这周通不像梁山大部分好汉那般终日打熬气力，以色欲为戒。他瞧着桃花村中的佳人，就起了娶为押寨夫人的艳想。但他毕竟未像王矮虎那样色性甚重，在鲁智深的拳脚和好言相劝之下爽快地答应不再骚扰桃花村。

张恨水先生曾调侃道："夫以周通为桃花山上第二寨主，其欲得刘太公女为压寨夫人，正不难径拨数十喽啰掳而有之，而必纳金下聘，然后奏乐明灯，于'帽儿光光，今晚作个新郎'之彩唱声中，扶醉下马入门，则其人亦有情致……不失为趣盗也。"

真的，一山之王，抢个压寨夫人，实在轻而易举，王矮虎不就这么干的么？但周通不屑这么干，他得按礼数来，纳金下聘，并要把气氛烘托渲染得像模像样，这就是情趣，故"趣盗"之称宜也。

写李俊时，曾谓之为雅盗。这儿又有了趣盗。

确实盗也有道，甚至进而趣、雅兼之也。

小霸王周通论武艺，他连街头卖狗皮膏药的李忠也无法相敌，但是却以本色演员的身份在桃花村串演了一出十分逗人的丑角戏，意趣盎然，千载有余情，令人不能忘怀。

直性的好人——打虎将李忠

提起打虎将李忠，读过《水浒》的人大多会在嘴角浮起一丝不怀好意的微笑。他留在人们印象中的形象是卑微、可笑复可怜的。想起他会忍俊不禁地想笑。

首先他那大号"打虎将"有点张大其事，梁山上多的是真正的打虎英雄。武松的徒手搏虎，李逵的以朴刀、腰刀戳杀子母四虎，解氏兄弟以窝弓药箭射杀猛虎。各人以不同方式与虎PK，且都是赢家，均未曾以打虎事自夸，武松也只是在血溅鸳鸯楼后，为泄胸中恶气，蘸血书壁"杀人者打虎武松也"八字。平日里也未曾将打虎事挂在嘴上。而李忠只是略能摆弄摆弄枪棒，以拉场子卖狗皮膏药为生，却大大咧咧地称起"打虎将"来，却不可笑？论武艺，李忠实在叫人不敢恭维，而他竟又是史进的开手师父，这又是可笑之事。史大郎在他这一类口气很大力气可疑的师父指点下，在王进教头面前大出洋相，可见这类教师的误人。

李忠另有一丢面子的事是，鲁达与史进和他初次相遇，共饮酒家中。恰遇金翠莲父女哭诉遭郑屠凌侮事。鲁达为救金氏父女，身边取出五两银子，并向史进借十两银子，言明第二天送还。史进道："直甚么，要哥哥还？"鲁达又看着李忠道："你也借些出来与洒家。"李

忠去身边摸出二两银子，鲁达咕噜了一句："也是个不爽利的人。"最后还把二两银子丢还了李忠。这一"丢"一"咕噜"颇让李忠下不来台，也留给后世读者一个抹不去的悭吝的印象。

后鲁智深大闹五台山，在山寺中呆不下去了，智真长老荐他去东京大相国寺，途经桃花村又巧遇周通、李忠。盘桓数日后，分别之际，李、周特地下山去劫掠，准备将掠得财物"借花献佛"送鲁智深作礼品。鲁智深寻思道："这两个人好生悭吝，现放着有许多金银，却不送与俺，直等要去打劫得别人的，送与洒家，这个不是把官路当人情，只苦别人！洒家且教这厮吃一惊。"于是他将桌上金银酒器都踏扁了，打进包裹，不辞而别，卷个精光。

鲁智深是个"杀人须见血，救人须救彻"的血性汉子，救人时倾囊而出，甚至不顾身家性命。当然有理由对李忠的小器表示鄙夷，我们也很容易以鲁智深之是为是，于是由他两度对李忠下的"不爽利""悭吝"之评几乎成了铁案。这样，李忠除了给人虚夸无真本事的印象外，还几乎与葛朗台、阿巴贡、严监生一起成为文学画廊中的"吝啬鬼"典型了。

他的无真本领是客观事实，无可辩驳。但"悭吝"的判词，笔者倒想为他置一词。

须知李忠只是个走南闯北的江湖卖艺者，所到之处，圈地临时拉个场子，耍上一会儿枪棒，然后推销狗皮膏药之类的自制土药。类似的人物《水浒》中还有一个病大虫薛永。他们实际上属社会上地位十分低下的草根弱势群体。虽不能说是最底层的被侮辱与被损害者，但生活并无保障，浪迹天涯，前路茫茫，可能略胜于乞丐（或许还不如），隐忍着生命中不能承受之艰辛。

这种街头卖艺的景头是我们在影视剧与旧小说中常见的。《水浒》

中病大虫薛永在揭阳镇上耍枪棒卖膏药,掠了几遭盘子没人赏钱,结果宋江赏了五两白银,还引来了一场轩然大波。

类似薛永这样的遭遇李忠一定也碰得不少,人们看白戏,给白眼瞧的情景必是家常便饭。即使赏钱那也是小钱,所谓的"打发要饭的"小铜子儿。如宋江一出手给病大虫五两白银,那是及时雨在特殊情况下的赏钱,这样的机会必不多见。

所以当鲁达与史进邂逅之际,意气相投共赴酒家楼时,又巧遇史进的开手师父李忠在街头卖艺,便要拉着一起去喝酒,李忠便道:"待小子卖了膏药,讨了回钱,一同和提辖去。"他是珍惜每一次挣口食钱的机会的。正如他所说:"小人的衣饭,无计奈何。提辖先行,小人便寻将来……"这倒是实话。而当鲁达将观众打得一哄而散后,李忠也只是陪笑道:"好急性的人。"仔细想来,李忠也真是一位实诚的好说话的人。他的苦笑中不也含着几分酸楚么?倘使遇着李逵在卖药,你鲁达这样搅场,他不跟你急才怪呢!

回到前面所述酒店中鲁达赍金救金氏父女那一幕。史大郎拿出十两银子。他是史家庄庄主,本身就富有,且有少华山朱武等人平日里不时来孝敬一些财礼,从他手上掷出区区十两银子何足道哉!鲁达好歹是个提辖,拿出五两银子也不会太影响生活水平。而李忠当日耍棒后还未掠盘就让鲁达搅了场,平日里要要多少棒,拱多少次手,才能积攒几两银子啊!他能一下摸出二两银子,凭良心说已不少了。让一个本身是扶贫对象的人来捐款赈难是不是该允许他量力而行呵!

笔者常感到李忠与俄罗斯作家契诃夫笔下诚实善良而怯懦的小人物十分相似。

生活在底层,靠自己的一技之长安身立命。他尽管武艺不强,但毕竟能耍枪弄棒,但他不愿随便地走上劫掠为生的道路,不像王英、张青之类动辄即性起杀人,而且立马干起杀人越货的抢劫营生。

因此,对这样的人物我们得厚道些,给予点理解,给予点同情。

说实在的,李忠还真不怎么小器呢。当后来李忠与周通在桃花山上受到呼延灼率领的政府军围剿时,想向二龙山鲁智深、武松、杨志等人求援。周通有些顾虑:"小弟也多知他那里豪杰,只恐那和尚记当初之事,不肯来救。"李忠笑道:"他那时又打了你,又得了我们许多金银酒器,如何倒有见怪之心?他是个直性的好人,使人到彼,必然亲引军来救应。"可见他于人情世故颇谙熟,也极具相人识人之能。

"他是个直性的好人。"这一句话的两端端立着两个好人。所评之鲁达,我们本知其为好人,而由李忠下此评语,愈益显出鲁达的好。如前所述在渭州府鲁达曾驱散搅乱了李忠的卖艺场子,在酒店内又丢还银子哂笑他"不爽利",在桃花山上又卷走其金银器皿……然则李忠依然说他好,可见鲁达尽管有这般那般缺点,知他者依然认他为好,那是真好。而李忠尽管鲁达于他多少在感情上带来了一定的伤害,但毫不记恨,不往心里去,足见他毫不悭吝,而是大肚能容的仁者。

打虎将李忠端的也是个"直性的好人",打得了虎打不了虎并不重要。

霸超同行——铁臂膊蔡福、一枝花蔡庆

在《水浒》人物中从身份职业看,有一类人数量不在少数,即在政府司法机关中任职的人员。从县衙押司、巡捕都头、两院节级,到小押狱、小牢子,在小说中出现了二三十人。这些人有个共同的特点,他们作为司法、执法人员,很少有真正遵法的,几乎百分之百的枉法。当然枉法的原因各有不同,而且皇家所立之"法"的公正性本身确也存在问题。撇开执法的公正与否不谈,这批人中的大部分人素质大都低下,属品性恶劣者。尤其是一些牢子、押狱之类,由于身处底层,平时也颇受上司欺压,所以往往攥住手中有限之权屡屡地进行索贿、虐囚等恶行,甚至不惜铤而走险与黑道人物勾结,成为谋杀囚犯的罪人。读这些情事,每每感叹当时法治之混乱,人心之险恶,生发无限遐思。

这些枉法者中颇有些典型人物。如董超、薛霸两个曾经押解过林冲和卢俊义两位大名鼎鼎的梁山好汉,几度受贿妄图杀人,最后毙命于正义之箭的惩罚。

而也有行事或许还未到达董超、薛霸那般劣迹斑斑,却也坏事没少干过,最后却成了梁山英雄谱中的人物,戴宗、李逵之类是也。

此类人物中有兄弟两人也颇值得叙聊一番,那就是铁臂膊蔡福和

霸超同行——铁臂膊蔡福、一枝花蔡庆

一枝花蔡庆。

蔡氏兄弟，均在北京城衙府内任职，兄蔡福任两院押牢节级，兼充行刑刽子，长得颇魁伟，赞诗中有所谓"堂堂仪表气凌云"之句，刽子手大都粗壮蛮憨、龇牙咧嘴，能长得"仪表堂堂"倒也不易。而尤为不易的是"因为他手段高强，人称为铁臂膊"。这"手段高强"似乎是指他行刑时手下干净利索，所砍之首无论你脖子多粗，颈项骨骼强度多高，他都能一刀了断。旧称刽子手们行刑时若不能一刀解决问题是很要不得的，那不单是个业务不精的问题，而且因这让受刑者倍受痛苦的错失，行刑者死后是要下地狱的。所以称职的刽子手，或者从人性化的角度考虑，他必须膂力超群。这"铁臂膊"即夸他干此一行具绝艺。蔡福的嫡亲兄弟蔡庆在狱中任小押狱，平素有个习惯，爱在鬓边插"一枝花"，所以这贤昆仲以"福""庆"为名，以"铁臂膊""一枝花"为号，给阴森的死亡仪式（枭首）平添了一分喜庆气息和幽默色彩。

《水浒》中蔡氏兄弟的故事是围绕着卢俊义在北京被管家李固告官入狱的曲折经历展开的。

梁山上宋江、吴用等人欲赚"河北三绝"玉麒麟卢俊义上山，一则可借卢之名声提升梁山声誉，二则欲借卢之武艺去克曾头市之史文恭，三则如娶一个巨富之女一般让卢带来一笔可观的"嫁妆"。于是吴用扮作算命先生让卢俊义在自家壁上题了藏头反诗，又诱他至水泊中盘桓数日，给卢家中受其恩而内藏狼子野心的管家李固提供了告卢俊义与梁山合谋欲攻北京的借口。卢俊义果然被收系入狱，小人李固欲置之死地而后快，唯其如此他方能与主人的家主婆做长久夫妻，并享用其丰厚家资。李固是《水浒》中又一以怨报德的头上生疮脚底流脓的虫豸。

李固在酒店与蔡福交涉谈判的那一节是颇值得玩味的，可算是出钱买凶杀人者与受贿者讨价还价的经典镜头。

蔡福来到楼上看时，却是主管李固。各施礼罢，蔡福道："主管有何见教？"李固道："奸不厮瞒，俏不厮欺，小人的事，都在节级肚里。今夜晚间，只要光前绝后。无甚孝顺，五十两蒜条金在此，送与节级。厅上官吏，小人自去打点。"蔡福笑道："你不见正厅戒石上，刻着'下民易虐，上苍难欺。'你那瞒心昧己勾当，怕我不知！你又占了他家私，谋了他老婆，如今把五十两金子与我，结果了他性命；日后提刑官下马，我吃不的这等官司。"李固道："只是节级嫌少，小人再添五十两。"蔡福道："李固，你割猫儿尾，拌猫儿饭！北京有名恁地一个卢员外，只值得这一百两金子？你若要我倒地他，不是我诈你，只把五百两金子与我。"李固便道："金子有在这里，便都送与节级，只要今夜晚些成事。"蔡福收了金子，藏在身边，起身道："明日早来扛尸。"李固拜谢，欢喜去了。

李固之卑鄙无耻，不足道哉。只说蔡福，其与李固谈判时微笑镇定的神态，条理清晰的思路，顺畅的不乏调侃威胁的语言表达，反映出他是一个老吃老做、城府机谋深邃的索贿者。与其相比，董超、薛霸与陆谦之关于谋害林冲的谈判交涉就显然不在一个层次上。

董、薛虽也不无刁猾，也有红白脸配合表演的水平，但毕竟不堪与"铁臂膊"相比。陆虞候十两金子就把那两小歹徒给拿下了。

而蔡福不仅有"铁臂膊"的膂力，简直还有"神算子"的智商，瞧他先抬出"下民易虐，上苍难欺"的正理作前提，然后毫不客气直捣对方心病："你那瞒心昧己勾当，怕我不知！你又占了他家私，谋了他老婆……"蔡福明白无须转弯抹角，只有这样一剑封喉，才是绝招（如同行刑时一刀断首一样），然后开出"五百两金子"的不二价。因为他知道卢俊义的家底，也摸透了李固巴不得卢俊义顷刻在人间蒸发的心态。"铁臂膊"就这样三个手指捏田螺、笃悠悠地拿下了这场必赢的谈判，而且让对方满心欢喜地拜谢而去，简直又可算是双赢的结果了。

如果没有梁山方面的出面干涉，也许蔡氏兄弟就在月黑之夜干了那"瞒心昧己"的勾当，将卢员外给了结了。

这第二场的谈判发生在梁山上派出的代表柴大官人与蔡福之间。蔡福遭遇了一个更强有力的对手。既有动听的好话"久闻足下是个仗义全忠的好汉"，又有更坚实的经济实力作基础——"一千两黄金薄礼"，更有"但有半米儿差错，兵临城下，将至濠边，无贤无愚，无老无幼，打破城池，尽皆斩首"的威吓，要求的就是"留得卢员外性命在世"。

这回蔡福笑不出来了，倒是"吓得一身冷汗，半晌答应不的"。最后的结果当然是接受现实："且请壮士回步，小人自有措置。"铁臂膊也软了下来。

蔡福当然得找兄弟商量合计一下。而蔡庆的一番道白也见出这位簪花兄弟也真的不俗："哥哥生平最会断决，量这些小事有何难哉？常言道：'杀人须见血，救人须救彻！'既然有一千两金子在此，我和你替他上下使用。梁中书、张孔目都是好利之徒，接了贿赂，必然周全卢俊义性命。葫芦提配将出去，救得救不得，自有他梁山泊好汉，俺们干的事便了也。"这一段谦虚的以"哥哥最会断决"作开场白的鄙之无甚高论的办法，真显出两兄弟"伯仲之间"的水平。

真是在牢狱数米见方的天地间,竟也藏龙卧虎,隐有这样的贤昆仲。

他们知道李固那边是完全可以敷衍的,因为李奈何不得他们,所以蔡氏昆仲就如此在奈何不得他们的人面前毫不手软地敲足竹杠,在他们奈何不得的人前就低首下心,敛手作最好的保全自己的斡旋。他们永远进退有序,具有相当安全的保险系数,与董超、薛霸那般的冤鬼相去岂可以道里计?

但谁能保证他们不曾坏过好汉性命,不曾在牢中以"盆吊"或"土布袋"之类的办法坑害过囚徒?

鸣镝飞　扁舟来——旱地忽律朱贵

朱贵在《水浒》一百零八人中座次为九十二，地位之微末自不待言。金圣叹于月旦《水浒》人物之际有所谓"上上人物，上中人物……下下人物"之分，颇有九品评骘之意。其《读第五才子书法》中也至少评了三十余人，朱贵显然不在法眼注视之列。后世论《水浒》人物也少有及朱贵者。

笔者有点为朱贵抱不平，倒不是座次排列太后，而是感到他不应被太忽视的。

实际上施耐庵倒并不怎么太看轻朱贵。《水浒全传》一百二十回，回目上都有人物名（或号或字）出现，重要角色名号皆多次在回目中出现，如宋江、武松、林冲、鲁智深、李逵等人，宋江名号在回目中出现总数达五十余次。可以说在回目中得以显名的人物基本上是《水浒》的重要人物。这有点像今日一些赛事中，某些奖项被提名也是一种荣誉。《水浒》中得以在回目中显名的人物总数四十略有余，三十六天罡或多或少皆在回目中得以显名，因此七十二地煞中殊少人物得显名回目中，而朱贵是在小说第十一回中以大名直登回目："朱贵水亭施号箭，林冲雪夜上梁山"，而且伴随的是林教头，故笔者少小读《水浒》于朱贵留下殊深印象。

鸣镝飞　扁舟来——旱地忽律朱贵

林冲在山神庙逃过大火之劫，手刃仇家陆虞候等人之后，经柴大官人举荐，投梁山而来，在酒店中与朱贵相遇。

小说这样写朱贵的出场：林冲吃了三四碗酒，只见店里一个人背叉着手，走出来门前看雪，那人问酒保道："什么人吃酒？"林冲看那人时："头戴深檐暖帽，身穿貂鼠皮袄，脚着一双獐皮窄靿靴，身材长大，相貌魁宏，双拳骨脸，三丫黄髯，只把头来摸着看雪……"

着装虽说不上奢华，却也颇讲究，且两度写其看雪，见其雅致。其人身材魁伟，脸型却是瘦削的，透着一种精明。且十分谨慎矜持，未与林冲直接搭话，但冷眼里必然在打量着林冲。

当然林冲也不是一个"一见熟"的主，不似史大郎、鲁提辖一见之下便相邀赴饮。林冲也冷眼静观，只是为央求酒保设法找船，才邀酒保同吃一碗酒。当得知酒保帮不了忙，沮丧中借着酒兴去壁上题诗，并继续独饮闷酒。此时朱贵方将林冲劈腰揪住，并揭露了他的身份："你好大胆，你在沧州做下迷天大罪，却在这里！现今官司出三千贯信赏钱捉你，却是要怎地？"……

因此，朱贵不管是他的装束打扮也好，形象相貌也好，戏剧性的亮相动作也好，都给人非同寻常的印象。

当林冲得知其真实身份后，当然惊喜万分。

这一回中更令人记忆深刻的是乘船上山的情节。

睡到五更时分，朱贵自来叫林冲起来……此时天尚未明，朱贵把水亭上窗子开了，取出一张鹊画弓，搭上那一枝响箭，觑着对港败芦折苇里面射将去。……没多时，只见对过芦苇泊里，三五个小喽啰摇着一只快船过来，径到水亭下。……

少年时，读此文字，多少次被引动遐思，怀想自己也能到水亭上，在晨光熹微中，拉开鹊画弓，引来芦苇丛中的小舟。

朱贵也以他的这番表演给人留下了一个富有诗意的绝妙画面：蒹葭苍苍，白露为霜，鸣镝飞处，扁舟来兮……

想必林冲也会为这样的上山仪式而留下一个永志难忘的印象的。岂止是林冲，凡是以此方式走进聚义厅的好汉那个不把朱贵看作一个引领者呢？

而且仔细想来，朱贵不仅是一个施响箭的水亭执弓人，实际上他负责着一个十分重大的使命。他要审查投梁山而来的人物，不能让朝廷的奸细混入山中，所以他是一个肩负安全事务的把关者。

前述其形象"双拳骨脸，三丫黄髯"，所谓"双拳骨脸"应是颧骨高耸，下巴颏尖削坚毅有力的那种脸型，再添以三丫黄髯，令人脑中不禁浮现俄国十月革命后契卡的主要负责人捷尔任斯基的容貌。人们不会忘记这个人物在苏联红色系列影片中的一些经典镜头。尤其是他逼视着你神色凝重一字一顿地说出"看着我的眼睛"，哪怕你心中无鬼，也不免会哆嗦一下。我想，当年朱贵先是装作悠闲地赏雪，然后劈腰揪住林冲时，定然让林教头吃惊不小。

应该说朱贵是一个称职又尽责的梁山安全局首领。

顺便该说说他的绰号：旱地忽律。

忽律又作忽雷、骨雷，均指鳄鱼。而英语鳄鱼一词 crocodile 或 alligator 确与此发音相似。而这种两栖类动物在陆地时尤其保持着一种高度警觉的状态。

因此，"旱地忽律"作为朱贵的绰号正是再贴切不过。

在梁山上林冲也许是对朱贵永远怀着最深的感激之情的。当白衣秀士因忌贤妒能欲拒林冲于门外之时，是朱贵首先为林冲说情："哥哥在上，莫怪小弟多言。山寨中粮食虽少，近村远镇可以去借；山场水泊，木植广有，便要盖千间房屋无妨。这位是柴大官人力举荐来的人，如何教他别处去，抑且柴大官人自来与山上有恩，日后得知不纳此人，须不好看。这位又是有本事的人，他必然来出气力。"一篇谏词，充满逻辑力量，使王伦无法反驳。再加之杜迁、宋万的表态。王伦不得不作出让步，要林冲三日内交纳"投名状"方允接纳。

所以林冲得以在山寨中留下，朱贵的侠肝义胆在其中起了十分重要的作用。

后花荣、秦明等一批好汉拿着宋江书札来投梁山时，所乘船与林冲船相遇，林冲并未直接引众人上山，而是公事公办，说："既有宋公明哥哥书札，且请过前面到朱贵酒店里，先请书来看了，却来相请厮会。"这除了林冲素性办事谨慎之外，更重要的还是对朱贵的一种尊重。

戴宗上山之前曾为蔡九知府向蔡京投递家书，途经梁山，在朱贵酒店中被伙计麻翻搜出家书。朱贵知晓后忆及吴用曾说及与戴院长有交，方得以携戴上山，使其免成刀下之鬼，可见出旱地忽律之心思细密。

朱贵后随宋江征方腊，在杭州传染上瘟疫，与其弟朱富一起病殁。

那些当年在朱贵酒店中被接应上山的弟兄们必会在泪眼朦胧中追忆起那水亭中由朱贵射出的响箭，和芦苇丛中疾驰而至的快船吧。

人情练达好角色——母大虫顾大嫂

入梁山英雄谱的三个女性,如将各人情事编入戏剧,搬上舞台,则一丈青扈三娘属典型的刀马旦,其戏颇有看头;母夜叉孙二娘性悍泼,但其另类的滑稽突梯的故事亦足逗人笑逐颜开;而母大虫顾大嫂观其形象(依书中描绘)只能算作一个丑婆子,依其年龄及书中情事则只堪归入老旦了。原本的大嫂、二娘、三娘的"姐儿仨"登上舞台则化为老、中、青三代了。

上述表达大概也依稀符合一般读者对梁山三女杰的印象感觉。顾大嫂会落入"老"的行列不仅因她的容貌,可能还在于相比另两位,她总显得平淡,缺少光彩。

但这大概只能算是初读《水浒》的印象,若有时间略微仔细地重读顾大嫂的章节,也许会发现最初未读懂她。

对顾大嫂的误读、误解首先也来源于她的绰号"母大虫"。母大虫,直白地说就是雌老虎,一个外号"雌老虎"的女人怎么能引起人的好感呢?何况顾大嫂依书中描写:"眉粗眼大,胖面肥腰。插一头异样钗环,露两个时兴钏镯。有时怒起,提井栏便打老公头;忽地心焦,拿石锥敲翻庄客腿……"这个同孙二娘一样身份为酒店老板娘的大嫂确有点"河东狮"的味道。

但是这个酒店老板娘毕竟不同于十字坡的那位。十字坡的那位据说饷客的主要食品是人肉馒头，干的是杀人越货的营生。而顾大嫂开的是正常酒店，兼干"杀牛开赌"，也就是顺便做屠宰和肉类加工的营生，并在酒店旁搞个"棋牌室"之类的小型娱乐中心。因此大嫂和二娘经营的应是性质完全不同的酒店。

顾大嫂人是长得粗壮肥硕了点，打扮也是钗环钏镯叮当作响俗了点。外观不太有型，但观其言行却又完全可称是个内秀型的人物。

不信你瞧！

当铁叫子乐和这位从未谋面的远房亲戚来商议搭救顾大嫂的表弟解珍解宝时，顾大嫂的应对着实让人佩服。

> 乐和入进店内，看着顾大嫂，唱个喏道："此间姓孙么？"顾大嫂慌忙答道："便是，足下却要沽酒？却要买肉？如要赌钱，后面请坐。"乐和道："小人便是孙提辖妻弟乐和的便是。"顾大嫂笑道："原来却是乐和舅，可知尊颜和姆姆一般模样。且请里面拜茶。"乐和跟进里面客位里坐下，顾大嫂便动问道："闻知得舅舅在州里勾当，家下穷忙少闲，不曾相会，今日甚风吹得到此？"……

初只以为乐和是一般客人，即以和气生财的态度殷勤相对，及知是亲戚时，转为热络，且自然地不动声色地夸对方模样好，"尊颜和姆姆一般模样"，让人听来舒服惬意。接着又以"穷忙少闲"道出不曾相会的原因，其中委婉地表达了一丝歉意。又转入主题"今日甚风吹得到此？"这种得体妥帖的应对问答中显出人情练达的高水平。而这均出于一个"眉粗眼大，胖面肥腰"的大嫂之口，岂不让我们开眼，这哪是顾大嫂，简直是个阿庆嫂。

而当她得知表弟被陷害困于囹圄中时，更是"一片声叫起苦来，便叫火家快去寻得二哥家来说话"。显出她的豪爽、直率和义气。

当她丈夫孙新说及要救解珍解宝兄弟，只有劫牢，要劫牢必得拉他哥哥孙立入伙方能成功。而好端端在登州当官的孙立岂肯轻易入伙？而最终当然是成功了。而成功的关键，或者说劝说成功的主要担当者就是顾大嫂。

顾大嫂在劝说中的表现更展露了这位貌相平庸甚至有点陋俗的女子内在的惊人才智。

当孙立被顾大嫂夫妻骗至家中，她先以礼相待说明相请的情由，且分析了对方在事件中将面临的利害关系："伯伯在上，今日事急，只得直言拜禀……我如今和这两个好汉商量已定，要去城中劫牢，救出他两个兄弟，都投梁山泊入伙去，恐怕明日事发，先负累伯伯……伯伯尊意如何？"这算是软的，但绵里藏针，当对方表示为难："我却是登州的军官，怎么敢做这等事！"这当然是预先就料到的，于是顾大嫂便来硬的："既是伯伯不肯，我们今日先和伯伯并个你死我活。"顾大嫂身边便掣出两把刀来，邹渊、邹润各拔出短刀在手。……这是杀手锏，当然顾大嫂不会真的动手，她是胜券在握，知道到这一步上，对方必定就范。这就是她的高明之处。充分显示了她在临大事时的那种从容、那种折冲樽俎之间的大将风度，简直如头戴纶巾、手挥羽扇的诸葛先生。

谁说巾帼不能胜须眉呢！

最后率领这支登州八人家族小分队劫狱成功，并最后汇入梁山泊大营的军事指挥官当然是病尉迟孙立。但谁都明白其中真正的核心人物或曰灵魂人物却是顾大嫂。雷州半岛上指挥红色娘子军的是个男人洪常青。八百年前登州府中率领七个八尺男儿组成的小分队的实质首领倒了个个儿，是个能叱咤风云、作狮子吼的女人——顾大嫂。

能够亮出匕首，作丈夫气概表演只是顾大嫂刚毅与智勇的一面。

顾大嫂演技最高的还是本色派的表演。

她曾几度扮成苦老婆子入狱探视犯人，然后实施里应外合之计，每次都不负使命。

先是救二解劫狱一次，后是救史大郎的一次劫狱。她面对的是那些刁钻促狭、阅人多矣的牢头节级，稍不留神就会穿绷败露。而她能将分寸把握得十分到位，丝丝入扣，恰到好处。

每临大事，这位顾大嫂均能审慎、细致地去担当好她在其中扮演的重要角色。在她粗陋的外貌之下真的包容着一颗直爽、侠义，有时甚至十分温柔的同情之心。

回到本文开头的关于三个女人戏剧角色的话题。

我们可以说，无论演什么，顾大嫂都是个好角色。

坡上青草掩白骨——菜园子张青

《水浒》作者于女性颇存偏见，于所塑造女性形象多贬意而少许可意。即令揽入英雄谱的正面人物顾大嫂、孙二娘、扈三娘三位，也是或在形象上被丑诋，或在命运上被纳入悲剧。但有一点却出作者意料，在写此三女人时，都写成了强过其丈夫的角色。实际上却是揄扬了这三位巾帼压倒须眉的气概。于是三位的夫婿皆成了配角，矮人一截，脸上不甚有光，只有在提到三位女主人时，顺便才想起另三位，他们成了类似"家属"的角色。

那王英是因其人品之劣，把他作反面人物写上一笔的。孙新，倒可算是个模范丈夫，但此外却乏善可陈，不拟在他身上赘词废墨。菜园子张青，则思来想去还想写一写，因为人们容易误读他，至少本人也曾误读过他。

"菜园子"，一听这号，眼前就浮现一个挑着担子走在绿意葱葱的菜畦中的老实巴交的农民兄弟的形象。比挑着酒担上黄泥冈的白胜憨厚，比挑着柴禾进城的石秀和蔼。

菜园子，是宋人对管菜园、种菜园，甚至栽培经营蔬果者的一种专称。宋人笔记中多有记载这号人物的材料。

所以我们常会把被叫作"菜园子"的人和平静恬淡的农家联系起

来。想象丰富时，甚至把"菜园子"与"灌园叟"或"归隐东皋"的逸人联系起来。甚至会生发出王介甫诗中"茅檐长扫净无苔，花木成畦手自栽。一水护田将绿绕，两山排闼送青来"的意境。

因而张青在我们的视野中便变得和颜悦色起来。

其实这都是"菜园子"带来的幻觉。

而对于张青来说，"菜园子"只是他在填写履历表时可以在"职业"一栏中填写的项目。他的真实身份或职业实际上已不是菜园子，而是无执照营业的黑酒店的店主，经销的更是可怕的食品："人肉馒头"。

当初，武松在十字坡识破孙二娘的招数，反将她治服以后，张青曾向武松自招："小人姓张，名青，原是此间光明寺种菜园子，为因一时间争些小事，性起，把这光明寺僧行杀了，放把火烧做白地，……"原来他确是出身菜园子，却根性中便有"杀人放火"秉性的强盗胚子，这点与原本当板车夫，因小事一时性起杀人越货的王矮虎真可称无独有偶。这张青后来遇着一个资历更深、盗行更深的人——山夜叉孙元，视他为可教之才，作为接班人培养，并招他为东床快婿，于是他和强盗的女儿孙二娘经营起了十字坡夫妻老婆店。

人家顾大嫂、孙新夫妇的夫妻老婆店那是合法经营。

在顾大嫂那儿来的都是客，不妨大碗喝酒、大块吃肉。酒酣耳热之际也不妨一掷千金，豪赌一番。于是酒旗斜矗，竹林深锁之处也是个乐陶陶的场所。所以顾大嫂夫妇征方腊归来，宁可丢弃乌纱，依旧来登州开他们的酒家。

而张青夫妇可不然，挂着个"菜园子"的招牌忽悠人，实是个黑店买卖。"等客商过往，有那人眼的便把些蒙汗药与他吃了便死，将大块好肉切作黄牛肉卖；零碎小肉，做馅子包馒头。小人每日也挑些去村里卖，如此度日。"这是张青亲口向武松交待的。他倒也真是每日挑着担子走在乡间的小道上，但不是把菜园中的瓜果蔬菜等绿色食品贩向市井间，而是走庄串户去推销他的特色产品——人肉馒头。

可气的是明明经营着血淋淋的残杀人的勾当，却还要假慈悲订出伪善的所谓"三不杀"。

张青向武松道："小人多曾分付浑家道：'三等人不可坏他。第一是云游僧道：他又不曾受用过分了，又是出家的人。……第二等是江湖上行院妓女之人：他们是冲州撞府，逢场作戏，陪了多少小心得来的钱物；若结果了他，那厮们你我相传，去戏台上说得我等江湖上好汉不英雄。……这第三等是各处犯罪流配的人，中间多有好汉在里头，切不可坏他。'"

一、三两类人不杀，揣测起来其原因不外这张青当年初开杀戒杀寺僧的恐怖印象太深刻，在他总是个心结，于是不敢再杀僧道之众，恐罪孽太深重。另外自己作为一个杀人犯当年竟然躲过了追查，冥冥中觉得于罪犯应手下留情，也算是一种讲不清的对自己有前科的罪犯身份的一种宽恕吧。至于第二类人不杀，无非不想让自己的丑行传播得更远，也还是想既干丑行又不坏名声的小人的谨慎吧！

但这所谓"三不杀"却有些障眼作用，颇能迷惑一些人，认为这十字坡黑店中孙二娘是杀人不眨眼的夜叉恶魔，而张青却是有选择的理性地杀人的好汉。

万不要被张青的伪善蒙蔽，这十字坡馒头店的真正店主还是张青。

经营商品（人肉馒头）的选择绝对是张青说了算的，不要因为他挑着担子外卖就误认他为伙计了。他是大掌柜的，孙二娘只不过是喜欢招摇，在人前更惹眼一点而已。

十字坡大树下的绮梦——母夜叉孙二娘

梁山英雄谱中三个女性，顾大嫂、孙二娘、扈三娘，虽然只冠姓氏，几无实名，但分量着实还都不轻。至少在家中她们都压倒了自己的夫婿。前已述这大、二、三的排列颇有姐儿仨的味道。这老大、老三颇易定位，可说都是好人，而这老二就让人颇感犯难，难就难在她与丈夫张青所经营的那家酒店出售的是人肉馒头，这可不是闹着玩的。

于是对待这位孙二娘，在下只好依两种假设来写。

我们看过一些电影，在片首或end出现时，会郑重地提示：本片纯属虚构。

《水浒》第二十七回"母夜叉孟州道卖人肉，武都头十字坡遇张青"。我们没见到作者的这种"纯属虚构"的提示，但我相信后世读者不少人一定把这一回作"纯属虚构"来读了。理由很简单，《水浒》是部"英雄传奇"，这"传奇"当然含着相当量的虚构，且与《水浒》同列入四大奇书的《西游记》的神魔小说的手法，传统小说中魏晋"志怪"的手法偶为《水浒》作者借用一下，也未尝不可。这"人肉馒头"为什么就不可以是一种张大其词的荒诞一下的玩笑呢？笔者也愿意这样来看。

那样的话,这孙二娘便是个轻喜剧中的人物了。

这个强盗的女儿有点辣,有点刁蛮,也有点娇艳,简直有点卡门的劲儿。

武松在杀死潘金莲、西门庆后被刺配孟州道,炎炎夏日,在两个公人押解下来到了十字坡。

>(武松)自和两个公人一直奔到十字坡边看时,为头一株大树,四五个人抱不交,上面都是枯藤缠着。看看抹过大树边,早望见一个酒店,门前窗槛边坐着一个妇人,露出绿纱衫儿来,头上黄烘烘的插着一头钗环,鬓边插着些野花。见武松同两个公人来到门前,那妇人便走起身来迎接。下面系一条鲜红生绢裙,搽一脸胭脂铅粉,敞开胸脯,露出桃红纱主腰,上面一色金钮。……

妖艳、扎眼,又有点惹火,这就是孙二娘,十字坡酒店当垆的老板娘。她当然没有江南女子"垆边人似月,皓腕凝霜雪"的婉约与幽雅,但是以她的辣妹风格也曾引得不少土老帽入彀上钩。

武松岂是那么容易上当的"傻冒",反而将计就计、装疯卖傻说起疯话。而孙二娘自以为得计,笑着寻思道:"这贼配军,却不是作死,倒来戏弄老娘,正是'灯蛾扑火,惹焰烧身',不是我来寻你,我且先对付那厮。"

这两人各自肚里打着算盘,与对方周旋,在小说中写得煞是好看。

当武松装着被蒙汗药麻翻倒地时,孙二娘简直笑出声来:"着了!由你奸似鬼,吃了老娘的洗脚水!"

当然，最后是孙二娘狼狈地被武二郎结结实实耍了一把。读者诸君自不会忘了那一幕。

也算是不打不相识，干戈化为玉帛，武松还与十字坡酒店老板张青成了结义兄弟。

先前勾心斗角的两人互相道起歉来。

武松道："却才冲撞，嫂嫂休怪。"

二娘道："有眼不识好人，一时不是，望伯伯恕罪。且请伯伯里面坐地。"

夫妇俩热诚招待了武松及押解公人，并饮酒闲聊，说些江湖上好汉的勾当。真有"草草杯盘供笑语，昏昏灯火话平生"之概，并留武松盘桓了数日。

离别之际，张青和孙二娘送出门前，令武二大为感动。书中写道：武松忽然感激，只得洒泪别了，取路投孟州来。金圣叹于此有评：上东京时，嫂嫂不送出门前，还有哥哥送出门前……今忽然于路旁萍水之张青夫妇，反生受其双双送出门前，亲兄武大，灵魂不远，今竟何在哉！忽然感激，洒出泪来，武二天人，故感激洒泪也！

男儿有泪不轻弹，武二此番洒泪必也让张青夫妇心为之动也。

武松与张青夫妇再度重逢已是醉打蒋门神、大闹飞云浦、血溅鸳鸯楼之后。带着十九条人命的特大重案杀人罪在逃，醉卧在古庙中时，武松被张青夫妇经营的十字坡酒店连锁店中的伙计拿住了。张青夫妇可能心有灵犀吧，曾嘱下人，近些日子只要拿活的行货，所以不曾坏了武松性命。此番重逢，二娘已改口唤武松为叔叔了："只听得叔叔打了蒋门神，又是醉了赢他，那一个来往人不吃惊。有在快活林做买卖的客商常说到这里，却不知向后的事。叔叔困倦，且请去客房里将息，却再理会。"武松在张青家将息了三五日，因追捕风声甚紧。

张青夫妇便写书举荐武松去二龙山宝珠寺落脚,鲁智深与杨志正在那儿占山为王。

张青安排酒食,拟送武松上路。分别之际二娘的表现让人刮目相看。

只见母夜叉孙二娘指着张青说道:"你如何便只这等叫叔叔去,前面定吃人捉了。"武松道:"阿嫂,你且说我怎地去不得?如何便吃人捉了?"孙二娘道:"阿叔,如今官司遍处都有了文书,出三千贯信赏钱,画影图形,明写乡贯年甲,到处张挂,阿叔脸上,现今明明地两行金印,走到前路,须赖不过。"张青道:"脸上贴了两个膏药便了。"孙二娘笑道:"天下只有你乖,你说这痴话,这个如何瞒得过做公的?我却有个道理,只怕叔叔依不得。"武松道:"我既要逃灾避难,如何依不得?"孙二娘大笑道:"我说出来,阿叔却不要嗔怪。"武松道:"阿嫂但说的便依。"

于是孙二娘道出二年前放翻了一个头陀,用他的一套行头和两把雪花镔铁打成的戒刀正可把武松化装成一个行者。既可遮了脸上金印,又可将头陀的度牒做护身符(相当于通行证)。于是在孙二娘的细心拾掇下,武松从此便穿着皂布直裰,项挂念珠,手提戒刀,以行者为号,飘然走上了出世之道。

孙二娘端的精细,武二果然安全地逃过了官府追捕,走向二龙山,又走向梁山水泊。

但我们是否发现孙二娘提出这个妙着时,几度绽开的笑容有那么一些诡异?难道孙二娘对武松的从"伯伯"到"叔叔",进而口口声声的"阿叔"中不含着一丝温情?

武松从打虎到血溅鸳鸯楼的叱咤风云的传奇经历在孙二娘这个桀骜不驯的强盗的女儿的心头必然会引起极大的震动。她和武松之间的那种初识时互相斗智,最终败于对方,在玩笑中的那种亲密的接触难道不会在她这个貌似不拘小节、实则内心颇为精细的女人心中引起一波涟漪?引发一份绮思?武二刚毅的品质、伟岸勇武的外貌本就十分容易引起女性的钦慕。不只是潘金莲会对他爱慕,在孙二娘身上产生这种情感是正常而无可指责的。当然孙二娘虽是强盗的女儿,十字坡酒店的老板娘,有时也花枝招展地卖弄一下风骚,但她决不苟且,也不会轻易让情感泄露。她把对武松的钦慕深埋心底,又把武松整成一个出家行者,永远远离红尘中的风情,那不真是一种绝妙的高着么?她能不诡异地为自己的聪明而放声大笑么?

说孙二娘是武二郎风霜刀剑人生行程中的红粉知己大概不为过吧!

且慢,这是我们假设"人肉馒头"纯属虚构的条件下对孙二娘的感觉。

倘若这时孙二娘两手叉腰啐我们一口"呸!老娘开的就是人肉馒头店!咋的?"

是啊,这个背景如果不是"纯属虚构",而是如前所说,孙二娘亲口告知"假如我是真的"。在历史上食人肉之事屡见于史载。

《史记·项羽本纪》中"烹人","分一杯羹"之事众所熟知。唐代白居易《轻肥》诗中"是岁江南旱,衢州人食人"之句记载了自然灾害与统治者的骄奢淫逸使民间出现"人食人"的惨剧。韩愈《张中丞传后叙》一文记载安史之乱中守卫睢阳城的军事首领张巡、许远在弹尽粮绝之际也有"食其所爱之肉"的"人相食"惨状。……所以鲁迅先生早就说过翻开历史和典籍"满本都写着两个字'吃人'"。

如此，在十字坡上开酒店的孙二娘以人肉为馅做馒头完全有可能。

不管出于什么理由，如果孙二娘的店是如此这般的黑店，那我们只能说"母夜叉"不是她的号，而是她的真名了。

能丧心病狂到将人如动物般肢解，从骨头上剔下筋肉，又去砧板上剁成肉泥，拌入调料，作成馅，包入面团，放入蒸笼……然后端上餐桌。这还是人吗？

不必说张青订立的"三不杀"的规矩，曾经有过上述这种烹调程序的操作经历的人不是魔鬼化身，即是心理变态者。

退一步说，长期在畜类或禽类加工场工作的人也必须具备特殊的素质，得有相当坚强的神经忍受得那弥漫在空气中的血腥气息。

而孙二娘却能心安理得地将人肢解加工，且时不时谈笑风生，不是夜叉是什么？

如此，则梁山十恶之首非她莫属，连黑旋风也只能甘拜下风了。

看来，孙二娘真让人难于判断。是"外拙内秀的武二郎的红粉知己"，还是"狠毒的食人生番"？

我们得深入调查，她到底卖过"人肉馒头"没有？

黄泥冈上的歌声——白日鼠白胜

中国人对鼠的情感和心理颇为复杂，简而言之，可说具有两重性。"鼠目寸光""獐头鼠目"之类的词语足以表现人们对耗子的鄙夷。把小人一类称作鼠辈更是最明显的证明。人们也好以鼠来拟贼，因为两者都喜欢夜间行动，以鼠为号者，往往即指其为贼，著名的昆剧《十五贯》中的惯窃"娄阿鼠"即其典型。然鼠又是十二生肖中排于首位者，人们又不得不对其怀着一种尴尬的敬畏。再说小说《七侠五义》中的五位义士也皆以鼠为号，当然也给鼠的形象带来了正面意义。

如前所述，国人对鼠是敬忌参半、憎爱兼具的。

《水浒》中白日鼠白胜在人们心目中也处在类似的微妙状态中。以"白日鼠"为号，也是指其为贼，并似乎有夸其胆大之意，竟敢异于他鼠在白日采取行动。因此这号倒并不贬意十足。但大部分人对之多少有点鄙夷，因为他终究是个贼。鄙夷之外却又不无欣赏之意，他在《水浒》中，尤其在"智取生辰纲"一役中留给人们的印象是深刻的，他的表演是出彩的。但这种欣赏是有保留的，决不可能上升为敬仰钦佩。

在梁山上，白胜的地位是微末的。他排在地煞之七十，紧随其后的是鼓上蚤时迁,然后叨陪末座的是金毛犬段景住。这三位都是贼,是梁山排位的倒数幺、二、三。与大盗们相比,他们只能退居末位了,毕竟是鼠辈么。

这不难理解。首先,我们该记得杨雄、石秀上山之时,因言及时迁因偷鸡惹出的祸事,晁盖一怒之下差点连杨雄、石秀两位也给宰了。这反应是过激了点,但却反映了即使是梁山上也对偷鸡摸狗这类行径是十分厌恶的,认为那败坏了绿林好汉的令名。

强盗与小偷,我们一般人把他们视为一家。其行为我们笼统地称之为偷盗,其身份我们也不加区分地呼之为盗贼。可是这两家之间常是水火不相容的,盗们从不愿人们称之为贼,认为贼小偷小摸,小家败气,不成气候,太瘆人,称他为贼犹似侮辱。贼们虽然有时也佩服盗们的胆大,但在心底里实在不怎么瞧得起对方,认为他们的行为粗疏,不够细腻,缺少技术含量。

水泊梁山是盗薮,于是贼们就必然被边缘化了,哪怕时迁屡建奇功,也只能屈居下僚,相比起来,白胜似乎应该知足的了。

但读者们不管梁山上的排斥挤兑,依然喜欢时迁、白胜们。

高居天罡前列的一些绿林英豪时常被人们忘却了,白胜这个小贼却是"不思量自难忘"。

在黄泥冈上,白胜唱的那首歌实在是精彩:

赤日炎炎似火烧,野田禾稻半枯焦。
农夫心内如汤煮,公子王孙把扇摇。

此诗不仅在《水浒》中堪称拔取头筹属最佳之诗,宋江题于浔阳楼之反诗,林冲题于朱贵水亭中之反诗,远不及此诗之易上口而有意境。笔者甚至敢于斗胆说一句，它甚至堪与唐代李绅的悯农诗、白居易的《秦中吟》较一下劲。宋代范成大的《四时田园杂兴》中不乏佳作，但与之相比却也少了些原生态的神韵。

相信读《水浒》者永不会忘却此诗，当然也不会忘却此诗的歌者——白胜。

张恨水先生说："每忆此诗，则恍觉当日松林内卖酒夺瓢一神气活现的白胜，如在目前！"（《水浒人物论赞》）

我们都有相似的经验，往日记忆中的歌声一旦响起，可以重现很多往事，激活很多情感。

所以"赤日炎炎似火烧"激活的不止是黄泥冈上之事。它激活的还应该有类似"雪夜闭门读禁书"那样的早年读《水浒》的不可言传的丰富内涵。

对白胜，有一些读者于其骨头不够硬颇有訾言。认为他未能熬刑，供出了同党，不算好汉。

确实，作为平时闲散疏懒惯了的闲汉，小人物白胜与史进之类的硬汉是有距离的。史进在宋江攻打东平府时，曾作为探子入城侦察，结果被程太守和董平逮住，由他严刑拷打就是一言不发，不招实情。表现了其铮铮铁骨与凛然大气。

白胜确应为之惭愧。

但是对白胜招供之事尚有可说。实际上劫纲之事当初行动欠细密，晁盖等人住店的情景已被何观察之弟何清注意并引起了疑心。而白胜被抓后，书中这般写道：

> 却好五更天明时分，把白胜押到厅前，便将绳索子捆了。问他主情造意，白胜抵赖，死不肯招晁保正等七人。连打三四顿，

打的皮开肉绽,鲜血迸流。府尹喝道:"告的正主招了赃物,捕人已知是郓城县东溪村晁保正了,你这厮如何赖得过!你快说那六人是谁,便不打你了。"白胜又捱了一歇,打熬不过,只得招道:"为首的是晁保正。他自同六人来纠合白胜,与他挑酒,其实不认得那六人。"……

可见白胜并不是一个吃不住刑拷的软蛋。只是对狡猾的对方的诱供还缺少应付的经验。但是别忘了,他是只招对方已知的事,对于另六个伙伴,还是没说出实情。当然,他的骨头没有史大郎硬,这也是事实。说此几句,只是提请对白胜的招供状况得实事求是地评判,不要不加辨析地径直斥之为软骨头。

梁上行——鼓上蚤时迁

说"白日鼠"时颇发了一通关于鼠的刍议。此番要说鼓上蚤时迁了，则"贼"成了关键词，说说贼吧。

"贼头贼脑""贼眉鼠眼"这些词语足以证明贼在人们心目中被鄙夷的形象丑恶的感觉到达何种程度。当人们邂逅贼子，囊中财物被洗劫一空时，对贼的痛恨之情更为上升到唾之捶之的程度。

但艺术作品却也常常喜欢以贼做主角。从意大利新现实主义影片《警察与小偷》到美国大片《偷天陷阱》，从冯小刚的《天下无贼》到电影新人贾樟柯的毕业作品《小武》，都是以贼为主角的，这些贼片居然都成了吸引人眼球的佳作。稍有年纪的人都不会忘记印度电影《流浪者》的主角拉兹一面唱着"阿巴拉姆"，一边从他人兜中牵出钱包的谐谑镜头，我们常常是把它当魔术来欣赏的。

艺术作品中的贼常常成了可爱的形象。

这样的形象中有一个古老的、经典的、国人皆知的人物，那就是鼓上蚤时迁，本文开始时提到的那位。

鼓上蚤时迁，此位也是《水浒》中名号与形象贴切吻合的一个佳例。

"鼓上蚤"之号前人颇有些匪夷所思的解释。清人程穆衡是个颇

有影响的《水浒》注家。可是在解释"鼓上蚤"时却说"蚤"应是"皂",那是鼓皮上鞔皮处的铜钉,取其小而易入之意,真不知所云。

擅长考释的王利器先生,则解蚤为鏊,谓为晚间巡更所击之守鼓,上鏊,即上更,这种时候是时迁大显身手之时。

笔者觉得这也说得牵强。

汪曾祺先生所言最得笔者之心,他说:"跳蚤本来跳得就高,于鼓上跳,鼓有弹性,其高可知。……给时迁起这个绰号的人想象力实在令人佩服。"

这也正是笔者对"鼓上蚤"的直观理解,在此,还想稍作修正。

跳蚤是昆虫中弹跳力最高的一种,达本身高度的几十倍,而"鼓上蚤"即是一只在击动的鼓面上腾跃的跳蚤。它既要不被鼓槌击中,又要在起落之间始终不离鼓面这个范围,其所具备的不仅是跳跃力,还有超高水平的平衡控制力,和逃脱鼓槌击打的精确的判断力,因此鼓上蚤不啻是一种难度极高的马戏中可获金奖的绝艺表演。

因此载着这个绰号的时迁,飞檐走壁,做个梁上君子,那在体能和技术水平上应该是绰绰有余的。

而"时迁"这姓名,从字面理解有点"打一枪换一个地方"的意思,这应该是做贼最基本的游戏规则。

在《水浒》中,时迁出场也甚晚,在第四十六回,那是石秀与杨雄在翠屏山杀了潘巧云准备上梁山之际,而时迁本与杨雄有一面之缘,此时也流落在此,据他自称:"小人近日没甚道路,在这山里掘些古坟……只做得些偷鸡盗狗的勾当……"盗墓贼这身份不怎么体面,不过他本来就是一个小蟊贼,偷死人偷活人区别也不大。他也自知这般混日子不是要处,于是央求杨雄带挈上山。三人于是结伙而行。

在祝家店，时迁技痒难熬，偷了店家司晨报鸣之鸡。结果被祝家庄里人当贼抓了起来。引出了后来宋江三打祝家庄的故事。

时迁当然最终也成了水泊中人，但他在排座次时只落得一百零七名，险些名落孙山，被排除出局。

论列起来，这时迁与梁山其他人物相比颇具独异色彩，梁山人物哪怕上山前叱咤风云，颇有神奇传略，在融入梁山后却往往参与集体作战，个人神采就不易彰显，而作为小人物上山的时迁却时建殊勋。

当呼延灼的连环甲马给梁山造成巨大威胁，令梁山众头领无可奈何之际，汤隆献计，金枪手徐宁有钩连枪法可破得连环甲马，而欲赚得名将徐宁上山，必先盗得徐家祖传宝物金甲"赛唐猊"，于是时迁有了用武机会。《水浒》第五十六回"吴用使时迁偷甲，汤隆赚徐宁上山"中之精彩部分即是"盗甲"。徐宁那甲是传家珍宝，他秘不示人，藏于一皮匣之内，直挂在卧房梁上，因此要盗这金甲得梁上君子中之精英方有机会得手。时迁行动之前作了地形观察，从街坊处作探测，所谓的踩点。然后潜伏进徐府，伺机而动，整个盗甲过程中吹灯、学鼠叫等等无不显出时迁所具备的不仅是"鼓上蚤"轻盈善跳的技能，还包含了一整套随机应变的机敏反应与技巧。"赛唐猊"终于为时迁盗得，呼延灼的连环甲马当然也失去了威慑力，这当中时迁无疑是立了大功的。

在卢俊义、石秀被拘大名城，宋江欲攻打此城时，时迁又自告奋勇潜入城内，元宵之夜在翠云楼上举火为号，这又是一棘手的任务，因城中戒备森严，稍不慎便易败露，而时迁凭着他的机智又出色完成了任务。

攻打曾头市一役，时迁再度领吴用之命去打探消息，宋江急于取城，又使戴宗入城打听。神行太保快则快矣，但他的结论是城内情况复杂,"不知何路可进"。而稍晚回寨的时迁却已探知备细。市内分多少寨栅,何人守卫,兵丁多少,一一提供精确数据,显出其一流的侦察素质。曾头市之克与时迁所探得敌方军情有密切关系。取胜前,时迁还曾甘为人质,并最后去法华寺上撞钟,与攻城之军取得呼应。再度荣立一等功。

接踵而来的诸般奇功,梁山众将领中堪与比匹者实不甚多。但未几忠义堂排座次中时迁却几乎沦落末位。有人曾谓凭前述数功,时迁即入天罡之列也不为过。

时迁真是好样的,任劳任怨,不计名位。甚至在招安后随宋江南征北战中,继续发挥他的特长,不断地立新功,从不吃老本。

小说第一百十八回"卢俊义大战昱岭关"中,大军为方腊手下强将庞万春所阻,史进、石秀等六员大将为伏兵狙击,赍志身殁,时迁凭他的智慧与勇气,潜入深山,克服重重阻难,月夜攀上嵯峨绝壁,摸到关上,点着火炮,震天价响,乱了敌兵阵脚,取得了最后胜利。

在归途中,时迁感搅肠痧而亡。

没有显赫的声名,也没有衣锦荣归。

而他,曾经"独当一面,力挽山寨于困境、甚至绝境,何止一次!"(马幼垣先生语)

梁山的排位,他沦于末位,金圣叹那样的论家又赐他"下下人物"的恶评。以内外接应之法决定战役胜绩的时迁却始终被目为"下下人物",悲乎!

"四海之内皆兄弟也",似乎并未为梁山带来公平、公正。

"世胄蹑高位,英俊沉下僚。"梁山上也未能免此阴翳。

泊外篇

出师未捷身先死——托塔天王晁盖

托塔天王晁盖在梁山水泊中的地位容不得小觑。金圣叹称之为"提纲挈领之人"。他在小说第十四回中始现身，赤发鬼刘唐和入云龙公孙胜先后来到晁盖庄上，报知梁中书向丈人蔡京进呈价值十万贯的"生辰纲"之事，两人皆劝晁盖应取此不义之财。显然刘唐、公孙胜个人皆无能力独自取之，而在他们心目中唯晁盖才有能力组织人员使劫取生辰纲成为现实。

刘唐、公孙胜认晁盖为"劫纲"的首选领导人不是没有理由的。小说中曾如此介绍晁盖："原来那东溪村保正，姓晁名盖，祖是本县本乡富户，平生仗义疏财，专爱结识天下好汉，但有人来投奔他的，不论好歹，便留在庄上住；若要去时，又将银两赍助他起身。最爱刺枪使棒，亦自身强力壮，不娶妻室，终日只是打熬筋骨。"

"身强力壮""刺枪使棒"，这是个人身体素质，是"劫纲"的基本条件；"仗义疏财""结识天下好汉"，可见晁盖的社交关系中尚有可供挑选的"好汉"，可聚至麾下，共襄其事；"富户""银两赍助他人"，证明晁盖的经济实力雄厚，劫掠生辰纲实际也是一桩"买卖"，他投得起本钱。

显然刘唐、公孙胜未曾看错人，听完刘唐的叙说，晁盖立马响

应:"壮哉!且再计较……"可见已心动。当公孙胜再来劝说,而吴用又引来阮氏三雄,并同时献上智取妙计时,引得晁盖撅着脚道:"好妙计,不枉了称你做智多星,果然赛过诸葛亮!好计策!"于是晁盖、吴用、公孙胜、刘唐、三阮再加上白胜在黄泥冈上串演了一场智取的把戏,把个杨志气得七窍冒烟,几欲跳崖轻生。

这个胜仗着实漂亮,为梁山事业储下了第一桶金,那不是个小数,是十万贯巨款哪!

此智取一役计自吴出,吴用当然可居首功,但不能忘了在此次行动中,晁盖毕竟是灵魂人物,是他的个人魅力使八人聚于一处。吴用在劝说三阮撞筹入伙时,也是以晁盖为砝码的:"这等一个仗义疏财的好男子,如何不与他相见?"

所以,晁盖领导的"智取生辰纲"一役堪称梁山史诗的第一线曙光。

腰缠十万贯巨款,携着七位初露锋芒的青年英杰,晁盖一行走向梁山。在林冲火并王伦后,晁盖坐上了第一把交椅。

晁盖成为梁山寨主后改变了白衣秀士王伦小打小闹的作派,梁山事业逐渐兴旺,各路好汉慕名来聚者日多。

但就是这位梁山第二任寨主却没有走到梁山事业的辉煌之点,在小说第六十回中,晁天王曾头市中箭,迎来了他的末日。

梁山一百零八人无伤无病,在小说第七十一回"忠义堂石碣受天文,梁山泊英雄排座次"中荣登英雄谱,那是水泊山寨的一次典仪。这英雄谱还真有点汉唐"麒麟阁"或"凌烟阁"的味道,一些宵小无名之辈至少也入了地煞星录,但晁天王却无此荣幸,就此而言,他也算得一个不小的悲剧人物。

后世于晁天王似也不甚看重。明陈老莲《水浒叶子》选画四十人，当然无他影踪；现代画家戴敦邦、颜梅华等画《水浒》人物也不曾取他。黄永玉先生《大画水浒》取一百三十余人，连牛二、唐牛儿之类都在笔下展其姿仪，独不见晁天王影子。悲哉！晁盖！冥冥中似有那一层云障雾遮的阴霾欲将其掩埋。

笔者有一段与晁盖的情感纠葛倒也值得在此一叙，看看能否解构那段迷障。

国人有古训：少不看《水浒》，老不看《三国》。此所谓"少"指十七八岁血气方刚的青年时期，怕《水浒》中好勇斗狠之事影响青年的行为规范。但是，未及冠年，吾辈共和国同龄人在20世纪五六十年代童蒙初启，略识之无之时已开始了生命中第一段读图时代。彼时正是连环画创作红火时期。古典名著皆有绘制甚精的连环画本。《水浒》显然为吾辈之最爱。武松、林冲一一闯入了视野。凭着秀才识字读半边的经验，不少人名虽不中也不远，但"晁盖"之"晁"究竟读"táo"或"yáo"却无法定夺，其繁体更是曲里拐弯地碜人眼目，在小伙伴中神侃时"晁盖"常常成了一个坎，于是连带着对其本人也留下了一个不佳的第一印象，不似"武松""林冲""鲁达"等一见钟情，终生钦慕。

当然，随着年龄的增长，知"晁"即古"朝"字，而"盖"也非谓瓶儿盖儿之类，实在是"盖世""冠绝"，至少也是"盖了帽了"之谓。"晁盖"实际是一个十分响亮的英雄之名。然童年留下的疙疙瘩瘩的印象已无法抹去，不知古今读者有否这种童年魔影之障。

另者，随着文史知识与阅历的增长，知史上晁姓名人还颇有些个，但似乎都有些命途多舛的味道。若西汉之晁错，胸怀大才却在"清君侧"的动乱中丢了命。唐代有个日本诗人阿倍仲麻吕，久居长安，慕我神州泱泱风气，易名为"晁衡"，与大诗人李白颇有往还，但回日本时似是遭了海难,李白尚有《哭晁衡》的悼诗。汉唐盛世两晁姓名人皆属非正常死亡,而晁盖最终也中毒箭而殒命,莫非晁非吉姓?我几乎怀疑作者施耐庵先生笔下也隐含某种故意。

寻绎起来,晁盖之鲜克令终还是有其因缘的。

前已述,晁盖之名声在其"仗义疏财","义"是晁盖品性中最值得书上一笔的,林冲火并王伦之后,曾宣言:"今有晁兄仗义疏财,智勇足备,方今天下之人,闻其名,无有不伏,我今日以义气为重,立他为山寨之主,好么?"众人道:"头领言之极当。"尽管晁盖一再辞让,还是硬被推上了首席。

晁盖坐上首把交椅,除了重义之外,其外貌兴许也是个原因。书中于其外貌着墨未多,但吴用引见三阮与晁相会时书中曾有一笔点及:"阮家三弟兄见晁盖人物轩昂,语言洒落……好生欢喜。"

可见晁盖在仪表上是不乏领袖丰采的。

资历、容貌、人品都使晁盖坐在梁山首领之位上能压得住。但毕竟似乎还有欠缺,他似乎始终是个偶像式的人物,换言之,多少有点"傀儡"气,尤其是在宋江上山后。后世有宋江架空晁盖之论,甚至疑其有"弑晁"之诡计,这些实在是冤哉枉也。宋晁之间的关系没这么阴暗。尽管宋有点功高盖主,却一直是尊重晁盖的。在晁几度谦让时,宋都诚恳地推辞。

晁盖的缺陷是什么呢?

他还缺少审时度势的政治敏感,也无真正强有力的统揽大局的铁腕,在识人上面也未臻体察精微的境界。这些对于一个政治领袖来说,即使不是致命的,至少也是十分严重的缺点。

如初上梁山之时,吴用一眼窥透了王伦的想法,也把准了王伦、林冲之间的矛盾,而晁盖却丝毫未觉察。

晁盖也许也自觉到自己的第一把交椅坐得有点玄，于是常常想秀一下自己的水平。如石秀、杨雄上山之时，晁盖听说石、杨之同伙时迁因偷鸡惹祸之事，为严肃法纪竟怒而要将石、杨处斩，这一失当之举为其他首领所劝阻，令出不行当然其权威形象也必受损害。最晦气的是在宋江"智取无为军""三打祝家庄""大破连环马"等诸般骄人战绩之后，恰遇曾头市曾家府向梁山挑衅，唱出"扫荡梁山清水泊，剿除晁盖上东京"的儿歌，大大激怒了晁盖，率尔出征。吴用、宋江皆阻挡不住，而此次出征晁盖也有以此一搏来证明自己实力的用意。但天意难敌，也是晁盖的气数不佳吧，出师不利，遭曾家暗算，中了其教师史文恭之毒箭，回寨后水米不入，饮食不进，数日间便呜呼归天。临终前留下恨恨不已的遗言："若那个捉得射死我的，便教他做梁山泊主。"这遗嘱情理上尚可理解，但细推起来却也叫人感觉晁盖似乎有把山寨作个人一家之业之嫌，当然也减弱了他作为一个山寨首领的光彩。

晁盖不会嫉妒宋江，但心中也许不免有某种遗憾。弥留之际他是否会有"既生盖，何生江"之暗叹呢？不得而知。

他不曾有过荣登天罡之首的显赫辉煌的成功之感，也许在赤日炎炎的黄泥冈上劫得杨志押解的生辰纲，推着小车，打着嘌哨，飞身下冈去时，才是他生命中最灿烂的时刻吧！

王教头 你在哪里？——八十万禁军教头王进

《水浒》被称作英雄传奇，各路英雄走着不同的路或自动或被迫会聚梁山，走进天罡地煞的星录。

当然也有例外，已经走进梁山的如第一任、第二任寨主王伦和晁盖，一个在火并中丧生，一个在出征中殒命，都未能登上英雄谱。

另一个人，在小说第二回中就出现，也有了不得的本领，且同样受到奸佞的迫害，读《水浒》者也许都在心中期望他也会聚义水泊，但是他却没有走向梁山，并且如黄鹤远翔，杳然不知其所终。

此人就是王进。

小说第二回王进出场，时正是街头小混混高俅凭着能踢得一脚好毬，得徽宗青睐，平步青云坐上了殿帅府太尉之位。

高俅择吉日良辰到任，让属下公吏、衙将、都军、监军一应人等尽来参拜，好显摆一下威风，品味一下当太尉的良好感觉。不料八十万禁军教头王进恰在病中，未来参拜，这就恼了高俅那厮，当他得知王进原来是都军教头王升的儿子，就更怒不可遏。当年高俅身为帮闲泼皮之时，也爱刺枪使棒，曾被王升一棒打翻，三四个月将息不起，这一棒之仇今日正好可在其儿子王进身上施报。

王进是第一个撞在枪口上遭高俅欺压的正人君子，他心知肚明在高俅这个小人辖下难逃一劫，弄不好还会丢命。

王进是孝子，听从六旬老母之命，"三十六计，走为上"，子母相携，亡命天涯。当然是有个目的地的，那就是镇守延安府的老种经略相公门下。种师道当时口碑甚佳，当时为奸佞所迫害，走投无路者都愿跋山涉水投至门下。

小说中我们读到了王进母子二人晓行夜宿，风尘仆仆踏上征程的情节，感受到那种子孝母慈的人间温情。

《水浒》中曾多次写及孝义，如宋江之拳拳敬父之心；一清道人公孙胜回家探望老母之殷切心情；连只知挥动板斧向人丛中排头砍去的李逵也曾向宋江告假回乡，要带老母上山享福。《水浒》一书虽曾以《忠义水浒传》为名，但丝毫未忘孝道，一书之中三致意焉。但上述三位之孝义终不及王进母子间那种平淡而醇厚的情感动人。在王进身上透出的那一片孺慕的孝忱令人挥之不去，掩卷之后，方才悟出，作者要告诉我们的是：王进，天下第一孝子也！

王进身上似乎别无故事。关于他，尚可称有点故事意味的是，他与母亲逃亡途中曾借宿史家村，与九纹龙史进的那段邂逅。

少不更事的史进曾拜投过几个师父，能将棒"使得风车儿似转"，便自以为已使绝了，可打得天下了。而八十万禁军教头王进，家传加苦练，那才是棒中高手，早就瞧出大郎使的是花棒，有意点拨他，这中间史进由不伏到五体投地的大伏，是一个很有趣的故事，以至于后人因爱史大郎的率真而发"生子当如史大郎"之叹。但我们稍稍思索一下，会发现作者在这儿演绎的还是师道。你看后来史进父亲逝了，家也没了，他一心惦念着这个远走天涯的恩师，千里寻师，迤逦而行，让我们的心也悬在半空，惴惴不安。

"天地君亲师"。施老先生在王进这个着墨不多的人物身上竟点醒了"孝道""师道"两个大道理，微言大义，不着一字，尽得风流。

关于王进，还值得说上两句。

记不清是鲁迅还是其他什么人说过，小说开头写到了"墙上挂着支枪"，那么最后你总得让它"发火打出声来"。这似乎是小说结构的一条严谨法则。

那么在长篇小说第二回中出现的主要人物，那总该在小说演绎中逐渐发展成一个有一定分量的人物吧？

可是王进在离史家庄之后，再不见其影踪。史进后来寻师至渭州，与鲁智深一见如故，打听之下，揣测王进该在延安府老种经略相公处。可知作者实际并未忘记王教头。但出人意料的是第五回史进与鲁智深重逢时谈及至延州仍未寻着师傅。王进真是杳如黄鹤，一去无影，让人只能怅望白云作悠悠之叹。

后世多人曾称王进是神龙见首不见尾，此说于余心有戚戚焉。

作者处理王进这个人物，可谓是无法之法，获得的是一个韵外之致。

生活不就是这样么？自幼及长，我们曾经邂逅许多留给我们深刻印象的人物，他们未必逝去，却走出了我们的视野，走进了茫茫人海。

王进就是《水浒》中这样一个人物。他以退为进，走出了我们的视野，却走进了我们的心底，走进了历史。

笔者常常会如黯然神伤的史大郎一样轻轻呼唤：王教头，你在哪里？

遁迹江湖亦豪英——大隐许贯忠

《水浒》中梁山之外也多有英雄在，此处要表的是一位隐遁林下的英豪。

宋江率众兄弟征辽凯旋途中，经一处名双林镇。浪子燕青在此竟得与故旧许贯忠邂逅。许贯忠其人丰神俊爽，与小乙哥为旧年知交，一别十数个年头。宋江见其风仪也十分相敬："兄弟燕青，常道先生英雄肝胆，只恨宋某命薄，无缘得遇。"这位英雄肝胆的许先生此时已是隐居林下。书中许贯忠邀燕青至"敝庐略叙"。那一幕倒也是另一种风貌的英雄情怀，读之也令人襟怀洒脱：

两人上了马，离了双林镇，望西北小路而行。过了些村舍林冈，前面却是山僻曲折的路。两个说些旧日交情，胸中肝胆。出了山僻小路，转过一条大溪，约行了三十余里，许贯忠用手指道："兀那高峻的山中，方是小弟的敝庐在内"。又行了十数里，才到山中。那山峰峦秀拢，溪涧澄清。燕青正看山景，不觉天色已晚。但见：

落日带烟生碧雾，断霞映水散红光。

……许贯忠引了燕青转过几个山嘴，来到一个山凹里，却有三四里方圆平旷的所在。树木丛中，闪着两山处草舍。内中有几间向南傍溪的茅舍。门外竹篱围绕，柴扉半掩，修竹苍松，丹枫翠柏，森密前后。许贯忠指着说道："这个便是蜗居。"……贯忠携着燕青，同到靠东向西的草庐内。推开后窗，却临着一溪清水，两人就倚着窗槛坐地。

……数杯酒后，窗外月光如昼。燕青推窗看时，又是一般清致：云轻风静，月白溪清，水影山光，相映一室。燕青夸奖不已道："昔日在大名府，与兄最为莫逆。自从兄长应武举后，便不得相见。却寻这个好去处，何等幽雅！像劣弟恁地东征西逐，怎得一日清闲？"贯忠笑道："宋公明及各位将军，英雄盖世，上应罡星，今又威服强虏。像许某蜗伏荒山，哪里有分毫及得兄等。俺又有几分不合时宜处，每每见奸党专权，蒙蔽朝廷，因此无志进取，游荡江河，到几个去处，俺也颇颇留心。"说罢大笑，洗盏更酌。……

当燕青劝许先生回到京师讨个出身时，许叹道："今奸邪当道，妒贤嫉能……小弟的念头久灰，兄长到功成名就之日，也宜寻个退步。"

谁能说这退隐林下的许贯忠不是英雄呢？

这一次邂逅，小乙哥与许贯忠几日林下盘桓，山居小酌，推心置腹的对谈给小乙哥日后的人生选择产生了极大影响，平方腊归来，燕青也步了旧友的后尘，走向了林下。

梁山之外，在朝廷、在江湖、在林下、在草泽，甚至在异域，遍地都有英雄在。他们或叱咤风云，或悠游林下，但都是有丈夫意气的好男儿。

可惜了那武林正派高手——祝家庄教师栾廷玉

当我们从武艺水平与道德人品两方面来考量梁山中人时，不免遗憾其中颇有些人殊难称其为好汉。如列入天罡中之双枪将董平、神行太保戴宗、黑旋风李逵等人都是明显有问题的人物。而地煞中够格戴上好汉桂冠的更屈指可数。但我们若把视线在山寨之外巡视一番，却时不时会遇上一位实在堪称好汉的人物，如祝家庄的教师铁棒栾廷玉就是一位。

当宋江三打祝家庄获胜，祝氏父子都被杀后，宋江还曾感叹了一声："只可惜了栾廷玉那个好汉。"

即使在宋江眼中，栾廷玉也被看作一条好汉。在与梁山交争之间，官方军队或民营武装力量中也曾有过一些身手不凡的人物被戮，却未曾听见宋江有过如此慨惜。

于《水浒》颇有研究的马幼垣先生也曾称栾廷玉为"武林正派高手"。足见栾廷玉在马先生心目中也是一正气堂堂的好汉。

确实，栾廷玉无论从何方面说，足可称为好汉。

首先他授徒有方。

祝家庄庄主祝朝奉三个儿子被称作"祝氏三杰"。

"祝氏三杰"确实功夫个个了得，宋江在三打祝家庄时，三兄弟分别与梁山高手过过招，战绩皆不俗。

祝龙曾与霹雳火秦明斗过十合。似乎还超常发挥地与林冲斗过三十余合。

祝虎则与没遮拦穆弘战过三十余合。穆弘在梁山上属马军八虎骑之一（八虎骑其余七位为花荣、徐宁、杨志、索超、张清、朱仝、史进）。

书中称三杰中以祝彪为最勇猛（此位本是一丈青扈三娘的未婚夫）。

祝彪与花荣战十余合打成平手，后据他自称是五十余合。

从"三杰"的战绩可知颇具实力，而这技艺功夫无疑是得之师传，这位优秀的教师即是栾廷玉。

栾廷玉在与梁山人员过招中曾有过一出马即一锤将欧鹏打翻的纪录。他曾与秦明斗二十余合不分胜负。可见其身手之超卓。要不他也无法训育出"三杰"。祝氏三杰皆有点桀骜不驯，但对这位教师爷却执礼甚恭。

梁山上如林冲、徐宁个人武艺都相当精湛，但上梁山后未见其训育出如"三杰"这样的高足。倒是远蠹如黄鹤的王进曾点拨了史大郎这个高足。而栾廷玉却与王进相似，不仅自己武艺卓绝，且课徒授艺有一套绝招。

祝家庄曾让宋公明大伤脑筋，久攻不下，如不是出了个孙立，打入祝家庄内部，宋江决计拿不下祝家庄。

祝家庄之固若金汤，栾廷玉与"三杰"皆有高超武艺是原因之一，其次祝家庄防卫工事之修筑也出自栾廷玉之设计。庄中路径的扑朔迷离，竹签铁蒺藜陷阱的设置，以及作战时以红灯为号进行指挥，处处都体现了栾廷玉的军事理论素养与创新思路。

栾廷玉不但武艺高超，善于训育徒弟，且善谋擅略，是个能运筹帷幄的出色的将才。

当然，我们也可以说栾廷玉毕竟还是不甚精明，未能识透同门师兄弟孙立的计谋，或者说在"防人之心不可无"这一点上出了问题。

不过，这一点是否倒是可以作为栾廷玉人品纯正的一个证明呢？连"防人之心"都无，当然更不可能有害人之心。

孙立是他的同门师兄弟，又是官方将领，他当然不会设防。因此，当得知孙立由登州调防郓州，便喜出望外，"天幸今得贤弟来此间镇守，正如锦上添花，旱苗得雨"。这轻信让他付出了重大代价，功败垂成，丢了祝家庄，还送了自己的性命。

不过小说中写及祝朝奉为石秀一刀剁翻；祝虎被吕方、郭盛两戟齐举，和人连马搠翻在地；祝龙被李逵砍杀；祝彪在投扈家庄时被扈成叫庄客捉了，也死于李逵斧下。祝氏父子皆死得分明。只有栾廷玉，只听得宋江喟叹"只可惜了栾廷玉那个好汉"。但实际未见具体被杀的细节描述。如他这样一个武林高手，不是那么易于擒杀的。因此栾廷玉之死也成了《水浒》之一谜，引起种种猜测。抑或作者也敬他是个好汉，不忍见其死？

倒是清代陈忱在《水浒后传》中写栾廷玉与硕果仅存的几位梁山好汉成了莫逆之交，悠闲自在地讲武论剑。

陈忱对栾廷玉的处理是颇有些意思的。

栾廷玉因武艺高强，自祝家庄出逃后在登州府当了兵马统制。而孙立、孙新兄弟征辽凯旋后又重上登云山聚义，聚义者中尚有扈家庄逃出的扈成、孙新之妻顾大嫂及阮小七等。栾廷玉作为兵马统制本应率军征剿梁山旧部。但结果经过一番周折，栾廷玉竟上登云山做了寨主。也算是"渡尽劫波兄弟在，相逢一笑泯恩仇"吧，栾廷玉与孙立本是同门师兄弟,在祝家庄战役中各为其主,反目成仇。如今却又握手言欢,分别成了山寨的一、二把手。

这一情节中栾廷玉、扈成的加盟梁山余部似乎还隐含着《水浒后传》作者对《水浒》的一种补憾吧!在陈忱眼中栾廷玉、扈成应也是好汉一路人物。这兴许也满足和实现了众多《水浒》读者"惜英雄"的情结和梦想。

暗箭的代价——曾头市教师史文恭

当我们把栾廷玉目为梁山外的好汉时，自然会念及另一个身份与之相仿的人物，那就是曾头市的教师史文恭。

三打祝家庄之后，梁山又先后收降了双鞭呼延灼、金枪手徐宁等官军中实力雄强的高级将领；经三山聚义，武松、鲁智深、杨志等武艺超群之英雄亦皆加盟共襄大义；梁山的军事力量结结实实地上了个层次。可是却遇到了曾头市的挑战。

梁山头领晁盖率军出征，铩羽而归，且丢了性命。

这曾头市上曾家府富户曾长春有五个儿子，号为"曾家五虎"，比那祝氏三杰更强，而曾头市也如祝家庄延请栾廷玉为教师一样，聘有史文恭与苏定正副两名教师。

这史文恭与栾廷玉一般课徒有方，教出五虎，个个出色。而史在谋略上似也较栾更胜一筹。栾廷玉是中了孙立之计丢了祝家庄的，而史文恭却派出僧人诱晁盖等人深入其所布埋伏中将晁击败的。此前史文恭更以激将之法，教曾头市上小儿唱出"摇动铁环铃，神鬼尽皆惊……扫荡梁山清水泊，剿除晁盖上东京……"的歌谣来刺激梁山，而晁盖就是在被激怒后，贸然出师，招致不利的。可见史文恭之于政治宣传，于心理战皆是一流高手。

曾头市是比祝家庄更强硬的令梁山惊心伤神的劲敌。而曾头市的灵魂人物即是史文恭。

当梁山在经过周密酝酿再度兴兵来曾头市复仇时，戴宗、时迁几度入市侦探，发现市内分五个寨栅驻兵，且掘下无数陷坑专候梁山人马。可见史文恭与曾家五虎是严阵以待，欲与梁山决一雌雄的。

史文恭之武功也许堪称《水浒》人物之冠冕。

秦明与之接战，文中写道："二骑相交，军器并举，约斗二十余合，秦明力怯，望本阵便走，史文恭奋勇赶来，神枪到处，秦明后腿股上早着，倒撷下马来。"

霹雳火秦明乃梁山五虎将之一，且属五人中武艺水平较胜者，而只战二十合便力怯败走，且被追刺下马来。可知梁山上实际无人能敌史文恭。换言之，论武功，史文恭在《水浒》中就相当于《三国演义》中之吕布，人有"人中吕布，马中赤兔"之誉，那是就《三国》而言。

而移就《水浒》，说句"人中史文恭，马中照夜白"大概不算过分。

因此，论武功、韬略，史文恭当均在栾廷玉之上。

祝家庄破时，宋江叹曰："可惜了栾廷玉那个好汉。"但于史文恭却必欲诛之方休。所以惹得黄永玉先生在《大画水浒》中不禁发问："奇怪的是宋江为什么不赚他上山？"

答案很简单，梁山头领晁盖是死于史文恭之毒箭的，晁盖临终恨恨不已，立下遗言"若那个捉得射死我的，便教他做梁山泊主"。一个寨主死不瞑目憎咒的对象，谁敢将他引入贵宾席中，举杯言欢？这种动众怒、招骂名的事宋江决计不会干，他没那么傻。当初没羽箭张清被延上山，那批曾被张清之石击中脸面、脑壳的弟兄们就曾声势汹汹地给宋江以脸色看。宋江还是了解这帮兄弟的。

再说,史文恭以毒箭暗中伤人,这行为本身也殊为人所不齿。笔者百思不得其解,论武功,在《水浒》世界中史文恭可称无敌手,何故会出此胜之不武之招?

在古今中外很多尚武民族中多以使用暗器和背后打冷枪为下流之举。因此,这样的人就很难列入好汉名录。史文恭尽管武艺轶伦,智商谋略超人,却与好汉之号无缘。且当他拈弓搭箭向晁天王暗中射去时,也注定了他自己不赦的厄运。

梁山上神射手花荣多次显示他的射技,哪怕在实战中他也只以射落对方头盔上的红缨之类为警,点到即止。唯有打曾头市时,吕方、郭盛两小将双战曾家五虎之一曾涂,两支画戟上的豹尾搅在一起,夺扯不开,而曾涂掣枪望吕方项根搠来时,花荣为救战友性命,方发箭射向曾涂,且也是射其左臂,将其射落马下。论花荣神功,射其面门也不在话下。此即花将军之仁厚也,如此方堪称好汉。与之相比,史文恭当然只有汗颜了。

史文恭之暗箭伤人显其品性中有阴毒一面,另外对于照夜狮子白那马的贪恋也显其胸次之狭隘,故非好汉也。

史文恭最终在与梁山决战中为晁盖阴魂所缠,被玉麒麟卢俊义与浪子燕青合作之下活捉押回大寨,在忠义堂上被剖腹剜心,祭了晁天王之灵。

谁玷污了胜雪白衣——白衣秀士王伦

白衣秀士,这原本是个儒雅而富有诗意的好名号,让人联想及白衣胜雪、玉树临风的潇洒男儿。风日水滨,翩行于陌上;月朗星稀,微吟于林下……

如今这名号被一个腌臜之徒玷污了。它成了一种讽刺,一种万劫不复的恶谥。玷污者是谁呢?《水浒》中梁山第一任寨主——王伦。

即此一端,这个王伦也该剐。

《水浒》中第一次叙及梁山那是在第十一回"林冲雪夜上梁山"中,林冲经历种种劫难,在山神庙手刃三个仇家,在官府追捕之际,经大官人小旋风柴进修书举荐,让他去梁山入伙。柴进说彼处有几个好汉在扎寨,打家劫舍,为头的即白衣秀士王伦。多有做下逆天大罪的人,都投奔那里躲灾避难,他都收留在彼。于是林冲雪夜奔梁山而去。

梁山倒确是个好去处,八百里水泊,水明山清,关隘险峻。但寨主却不似柴大官人所言有来投者皆予收留。对林冲入伙百般阻挠。原因只有一个,听他自道(应是自忖)"我却是个不及第的秀才,因鸟气,合着杜迁来这里落草,续后宋万来,聚集这许多人马伴当。我又没十分本事,杜迁、宋万武艺也只平常。如今不争添了这个人,他是京师禁军教头，必然好武艺，倘若被他识破我们手段，他须占强，我们如何迎敌？"说白了便是妒贤嫉能，哪怕林冲反复表白心迹，他也坚拒不纳，以"山寨粮食缺少，屋宇不整"为由，请林冲"另寻个大寨安身歇马"。在山中其他头领朱贵、杜迁、宋万反复劝说下，方才以"三日内献一投名状（人头）"的促狭条件容再作计议，让失路英雄林冲仰天浩叹。几经周折林冲方得在山中权留。

此际，王伦宵小鄙陋之状已令人切齿。

至小说第十九回，晁盖一行因劫取生辰纲案发，慕梁山之名兴冲冲来投奔时，山上众人皆欢欣鼓舞，唯独王伦又犯了小肚鸡肠，故伎重演，搬出银两来谢绝晁盖等人入伙。他也太低估了这伙来客，须知这七八条猛汉可不是吃素的，再加上林冲也容不得他再一意孤行。机敏的吴用窥破了林、王之间的矛盾，轻摇羽扇，导演了一出紧张激烈的"水寨大并火"的好戏，实际上是策划了一场政变，王伦的小命也算是机关算尽玩完了。

这王伦要说他智商低吧，看他掐指盘算自己与林冲之间的情状时却也完全有自知之明。他不该"兀自弃文就武，来此落草"（王伦自述身世语）。如果科举不第，"且去填词"的话，虽不能与东坡、柳七争锋，却也不致命丧九泉。如果无奈落草，也不该企望做山大王，岂不闻"山中无老虎，猴子称大王"，倘若风云际会，云从龙，风生虎，猛地跳出一只吊睛白额大虫，你这样沐猴而冠者只有让贤，才是唯一出路。当初林冲上山，寻一安身立命之地，你倘能好生抚慰，宽容待之，人家感恩还来不及呢，他本不是来与你较量棍棒的。

因此小肚鸡肠，嫉能妒贤是王伦丢命的直接原因。

林冲斥骂王伦的话句句在理。

"此人只怀妒贤嫉能之心，但恐众豪杰势力相压"，"这是笑里藏刀，言清行浊的人！"

"言清行浊"一语中的。

一百二十回本《水浒全传》在林冲火并王伦后有一诗评曰：

> 独居梁山志可羞，嫉贤傲士少宽柔。
> 只将寨主为身有，却把英雄作寇仇。
> 酒席欢时生杀气，杯盘响处落人头。
> 胸怀褊狭真堪恨，不肯留贤命不留。

诗算不得十分工稳，但道理却甚平实，也算是对王伦其人的较确切的评点吧。

王伦的被杀也引起了一些怪评奇议。

在容与堂本《水浒传》中李卓吾在回末评曰"天下秀才都会嫉贤妒能，安得林教头一一杀之也"。

大概认为王伦还够不上死罪吧！但说"天下秀才都会嫉贤妒能"却是差矣。

鲍叔牙之于管仲，陶谦之于刘备，许远之于张巡……历史上让贤授能的佳话还少吗？

金（圣叹）批点《水浒》也有一段颇堪玩味的话：

> 嗟夫！怨毒之于人甚矣哉！当林冲奔首虎下，坐第四，志岂能须臾忘王伦耶？徒以势孤援绝，惧事不成，为世僇笑，故隐忍而止，一旦见晁盖者兄弟七人，无因以前，彼讵不心动乎？

这简直是在充当王伦的辩护律师，诬林冲为挟私泄愤者，何其荒谬。李、金两位殊有与白衣秀士灵犀相通之嫌。

近人张恨水在《水浒人物论赞》中也颇为王伦叹惜："人读《水浒》王伦传，每觉其狭窄可恶，吾则为之抚案长叹。及王之被杀，人每为拍案称快，吾又惜其糊涂可怜。"此话多少也有点酸气。

"王伦该不该死"常成为今之读《水浒》者喜论话题。

以今日之法律衡之，王伦当然不该死。而且实际上大家也知道方成先生有"武大郎开店"的漫画，讽刺的就是嫉贤妒能者。换言之"嫉贤妒能"在今日至多也只不过在漫画中被讽刺一下而已。

王伦们在今日比武松、林冲们活得滋润得多，在古时大抵也如此。也正缘于此，作者才会在小说中让林冲剐了他。后世的读者也常常会说一句"该"！

失败的政治家、成功的艺术家——宋徽宗赵佶

美国电影《罗马假日》中安妮公主对由派克饰演的记者谈到其父亲的身份时调侃地说:"他没有休假日,也不能退休。"是的,一个国王有他的许多别无选择之处。甚至连他坐上那个宝座成为国王这件事本身,也常常不是他可以自由选择的。

在中国历史上也颇有些皇帝大概也很不乐意接受自己那种无可选择的身份的。例如南唐后主李煜和宋徽宗赵佶。后人评述这两位,常称之为"失败的政治家,成功的艺术家"。所谓失败的政治家,指两人都是亡国之君;而成功的艺术家则指李煜大词人的身份和赵佶书画大家的身份。他们自己也一定不满意那个被历史推上的一国君主的身份,那失败的一面让他们蒙羞承垢多少年,并让成功的一面也沾染了不体面的色彩。这儿想说说宋徽宗,因为他在小说《水浒》中也是个不可忽视的人物。

小说中当然没有说他是个"失败的政治家",甚至连梁山头领宋江提到他时也说"今皇上至圣至明,只被奸臣闭塞,暂时昏昧"。

一个君主若是"昏昧"的,他就必然免不了走上失败之途。宋江只是不便把话挑得太明而已。

在小说中我们确实找不出能证明徽宗"至圣至明"的证据。在处

理许多重大事件时，几乎都是蔡京、高俅、童贯、杨戬那一帮人在拿主意，他只有无可选择地点头签署"同意"。赵佶不是什么没有做到"亲贤臣、远小人"的问题，而整个地是扎入小人堆中，唯奸佞言听计从的傀儡皇帝。一个真正睿智圣明的君主是决计不会长久受奸臣蒙蔽的。所谓睿智，即十分聪明，一个十分聪明的人必能识人，奸佞之徒再巧言令色也逃不过睿智者的目光，连识人的目力都不具备，岂能称圣明？再说，一个稍有理智的统治者至少应明白兼听则明之理，并且也完全可以通过微服私访等找到获取事实真相的途径。徽宗爷倒也没少微服私访，他却是稍得闲暇便钻入地道，直达李师师居处去幽会了，这岂是一圣明君主之所为？

在小说中我们倒是见识了太多徽宗必定成不了圣明君主的刻画描写。

当他还只是端王时，小说中如此介绍他："这端王乃是神宗天子第十一子，哲宗皇帝御弟……是个聪明俊俏人物，这浮浪子弟门风帮闲之事，无一般不晓，无一般不会，更无一般不爱。即如琴、棋、书、画，无所不通。踢毬打弹，品竹调丝，吹弹歌舞，自不必说。"

一句话，关于"玩"，他无所不精，他实在是个大玩家。当然此话也可以说成：他的综合艺术素质是极高的。

还是"大玩家"更贴近事实。

大凡精玩者，几乎都能成艺术大家。

元代关汉卿自谓："我玩的是梁园月，饮的是东京酒，赏的是洛阳花，攀的是章台柳。我也会吟诗，会篆籀；会弹丝，会品竹；我也会唱鹧鸪，舞垂手；会打围，会蹴鞠；会围棋，会双陆。……"(《不伏老》)。徽宗能玩的他也精通，也可谓无所不通。一玩玩成了元杂剧第一编剧大家。

明末张岱《自为墓志铭》中自述身世"少为纨袴子弟，极爱繁华。好精舍、好美婢、好娈童、好鲜衣、好美食、好骏马、好华灯、好烟火、好梨园、好鼓吹、好古董、好花鸟……"玩劲够足的，不下于关汉卿。他也一玩玩成了晚明小品第一写手，被黄裳先生称为"绝代的张宗子"。

今人王世襄先生更是玩葫芦器、蛐蛐罐、鸽哨、明代家具……玩成了当代文物鉴赏大家。

宋徽宗本来以他天生的善玩、精玩的素质，作为一个天潢贵胄就终生为王，倒兴许在艺术上能有更大的创获。但不幸的是哲宗英年早殒之后，向太后居然相中了这端王，称其"有福寿，且仁孝，不同于诸王"，而把他推上了帝位。换言之，历史错误地选择了赵佶，让他成了徽宗。

连当时的奸臣章惇都看出赵佶是当不了好皇帝的，说过"端王轻佻，不可君天下"的话。但历史就喜欢开玩笑。

有人说宋徽宗是南唐后主李煜的转世。这更是荒唐了，因为李后主本身已是投错了胎。再次投错胎岂不谬之又谬。人谓两度犯同样性质的错误是不可救药的愚昧，赵佶还不至于一愚至此吧！

不过章惇"端王轻佻，不可君天下"却不幸言中，这赵佶别的不说，单只因街头小混混高俅踢得一脚好毬，就擢升其为太尉，书中说："忽一日就抬举高俅做了殿帅府太尉。"这"忽一日"三字见出其何其心血来潮和轻率不稳。而蔡京单只因写得一手好字就被他任用为相。一国之文武最高领袖就如同游戏般地率尔而定。

清人王夫之在《宋论》中论徽宗"有财而不知所施，有兵而不知所用。无他，唯不知人而任之"，即指出了他"不知人"的最致命的毛病。

欧阳修所谓"忧劳可以兴国，逸豫可以亡身"，"祸患常积于忽微，智勇多困于所溺"，虽是对五代兴亡的总结，却也似为徽宗诊疾。

徽宗耽于"逸豫"，可谓甚矣，为营造艮岳，几度劳民伤财征发花石纲。

如果他无"君天下"之重任，那么他与李师师该算是一个"成功的艺术家"与一个"颇有艺术品位的艺妓"的意气相投的良缘，简直堪称"神仙伴侣"。

但他有万机须理，承担着"君天下"之责，却那样频频与李师师交往，就只能说是"困于所溺"了。

宋江、柴进、燕青在师师处饮茶，奶子来报："官家来了。"李师师只得丢下宋江等人去应付徽宗，揣度"来日驾幸上清宫，必然不来，却请诸位到此，少叙三杯"。而来日赵官家居然又从地道中来至后门。瞧他的打扮：头戴软纱唐巾，身穿滚龙袍。瞧着师师，所发"爱卿近前与朕攀话"也真有点花痴模样。

汉文帝召逐臣贾谊问鬼神之事，李义山不客气地讽之："可怜夜半虚前席，不问苍生问鬼神。"如徽宗这般时时从地道钻出，娇滴滴地"爱卿近前与朕攀话"耽于所溺，地下若逢李义山，不知要遭何等恶嘲呢！

但是，作为成功的艺术家，倒还须为他说上几句。

他刚健清劲的"瘦金书"，在书法史上有其独特地位。

他所绘《瑞鹤图》等工笔花鸟，在画史上被誉为神妙之作。

他完善了画院制度，将画院征召画家入院的考试列入科举考试，使美术教育趋向有序。在他努力下，画家的待遇得到改善，创作热情超过历代画家。这也算是他"知识分子政策"掌握得较好的一种体现吧。

他对于历代法书、绘画的收藏整理作出了极大的贡献，在他关注之下，内府藏品整理成了《宣和画谱》《宣和书谱》两大规范有序的著录型巨著，堪称经典。

一句话，没有赵佶，中国艺术史的发展也许会是另一种状况。

因此，作为一个失败的政治家，宋徽宗在靖康之耻的耻辱柱上受千古唾骂。

然而他又为艺术史添上了堪称辉煌的一笔。

真让人啼笑皆非。

鸳鸯拐踢出新天地——恶太尉高俅

那厮是《水浒》中最恶心的拙鸟!

"那厮是谁?"嗤!就高俅那毬!

对不起,不是不想讲文明。提起高俅这厮,粗口、骂口就禁不住冲嘴边来。

不过,这厮在《水浒》中还实在算是个有点分量的角色。

小说第二回"王教头私走延安府 九纹龙大闹史家村"中给了这厮不少篇幅,那不啻是一个浮浪子弟、街头混混的发迹史。

这厮出场时,书中只称:"一个浮浪破落户子弟,姓高,排行第二,自小不成家业,只好刺枪使棒,最是踢得好脚气毬,京师人口顺,不叫高二,却都叫他做高毬。后来发迹,便将气毬那字去了毛傍,添作立人,便作姓高,名俅。"可知这浮浪子弟潦倒到连名、字都无,只是踢得好毬,被人恶搞,唤作"高毬"(人皆知北方话"毬"之所指)。也只有在发迹后,才有机会洗刷耻辱,去毛作人。

出场时甚至连容貌也未表。我们只是在后来吴用对宋江评此人时才得一个"蜂目蛇身"的印象,蜂目蛇身之人,真有点恶形恶状。

外貌丑陋,居心险恶就是此人的特点。书中称他"若论仁、义、礼、智、信、行、忠、良却是不会"。一句话,他与嘉言良行毫不沾边，能干的事就是作恶。

但他不无点歪才，"吹弹歌舞、刺枪使棒、相扑顽耍"都拿得起，还胡乱学了些"诗、书、词、赋"。总之也大小是个玩家，要不赵佶也不会带他玩。

这厮的发迹史还真有点曲折。年轻时因只会"帮闲"的干活，引人子弟学坏，被一个王员外告官，后被脊杖二十逐出京城，发配他乡劳动教养。在淮西被一个开赌坊的柳大郎收留了数年。多年后因哲宗大赦天下，得归京城，算是他的"回城"吧，但犯有前科，人又没信行，人人都视他为一只烫手的烂山芋而不愿接纳他。最后算他走运，被驸马王晋卿收作亲随，因王晋卿喜养能玩的帮闲之辈，如当年的孟尝君。

因了王晋卿，偶然的机会高毬竟得以接近端王，而端王登基前也是个踢毬打弹、品竹调丝、吹弹歌舞，无所不玩的玩家。也是高毬的造化，合当发迹。当他替王晋卿给端王送呈玉玩进宫时，端王正在玩毬。高毬不敢搅兴，端立一旁侍候。而端王未接稳的气毬竟直向高毬身边滚来，高毬一时技痒，可能更准确地说应是条件反射吧，竟使了个鸳鸯拐，把毬踢还了端王。没想到这一脚鸳鸯拐竟踢出了一个新天地。端王惊艳之余，竟邀他下场踢毬。这厮还真不敢贸然下场，"小的是何等样人，敢与恩王下脚"。端王道："这是齐云社，名为'天下圆'，但踢何妨！"真是好名目，"齐云"，"圆天"，这厮便真的否极泰来，洪福齐天了。

下场后，高毬使出浑身解数奉承这位颇有"与民同乐"精神的端王，书中写道"那身份模样，这气毬一似鳔胶粘在身上的"。客观地说，这厮的球艺也真有国脚水平。

这厮便仿佛进了"皇马"，一直踢到端王继位成了徽宗，而他也一个华丽转身，登上了殿帅府太尉的尊位。

破落户的浮浪子弟却成了一个军政大权在握的重臣，岂不荒唐。但事实就是这样。在众多看似偶然的机缘背后自有它的必然性。高俅这厮的发迹再一次证明了一句人们常说的话：机会是为有准备的人而设的。似乎还可添上一句：哪怕那人是个无赖恶棍。

这厮的发迹从另一个角度来说，也是一个小人得志的经典。

这厮上任伊始，便干坏事。

品行端良、武艺高强的八十万禁军教头王进，只因其父王升当年把在东京帮闲的高毬一棒打翻（下手重了点，也怪高毬不经打），让他将息了数月。于是高俅便丧心病狂地在其儿子身上报复，责令养病在家的王进来殿帅府参见。我们只须瞧瞧这厮在接受王进参见时的恶相便可知其心术。

高俅喝道："这厮，你爷是街市上使花棒卖药的。你省的什么武艺？前官没眼，参你做个教头，如何敢小觑我，不伏俺点视！你托谁的势，要推病在家，安闲快乐！"王进告道："小人未敢，其实患病未痊。"高太尉骂道："贼配军，你既害病，如何来得？"王进又告道："太尉呼唤，安敢不来！"高殿帅大怒，喝令左右："拿下！加力与我打这厮！"

什么叫小人得志，瞧这就是！

王进这位武艺超群的英杰就叫这厮逼得携母远走他乡，走得无影无踪，甚至走出了《水浒》。

王进之父王升当年下手真该更重一点，一棒打瘸了这厮，使他成个脚高脚低的拐子，在端王那儿也踢不起"鸳鸯拐"，这恶棍也就不得咸鱼翻身，齐云登天了。

受这厮迫害最深的该数豹子头林冲了，又一位八十万禁军教头。只因这厮的干儿子看中了林冲妻子，这厮竟与陆谦等人设下陷阱，诱使林冲误入白虎节堂，构陷成罪，发配充军，并拟在途中坏其性命，林冲为鲁达救下，这厮们又生一计派凶追杀到沧州，火烧草料场，二度谋害忠良。算是林冲命大，逃过劫难，但父亡妻丧，带着血海深仇，被逼上梁山为寇。

再一个直接受高俅之害的梁山英雄便是杨志了。

杨志因失陷花石纲而在逃，后得赦宥，便准备财物，辗转进京，以谋重新上岗。不料竟因贿赂不到位，被高俅斥骂一通赶出殿帅府，那骂词杨志想也会铭记终生。"既是你等十个制使去运花石纲，九个回到京师交纳了，偏你这厮把花石纲失陷了；又不来首告，倒又在逃，许多时捉拿不着，今日再要勾当，虽然赦宥所犯罪名，难以委用。"斥骂时这厮必定翻着蜂目，为自己的振振有词而得意。

两个八十万禁军教头，一个名将之后，身上都有万夫不当之勇，胸中都有一腔忠诚热血，却一个个让这厮逼得无路可走。这厮明摆着是为与英雄俊杰作对而生的。如此恶贼，却滋润地在锦衣玉食中度日，权倾朝野，为所欲为。兀的不气煞人也么哥！

论理，这个蜂目蛇身的恶徒比那个黄蜂刺黄文炳更该被一刀刀凌迟剐割。然他却始终是个钟鸣鼎食的朝廷重臣。

在三度讨伐梁山三度败绩之际，高俅仍被梁山寨主宋江作为贵宾请入酒席，施以跪拜之礼。

高俅所遭的最大的不敬也无非是让浪里白条颠入水中，喝了几口水。那水喝得还不及李逵所喝的水多。在酒酣耳热之际，高俅那厮与燕青相扑为戏，算是让燕青颠了一跤，略失颜面而已。

在软褥上颠一跤,在水泊中喝几口水算什么呢?

无端被他臭骂一顿的杨志和被他残害得家破人亡的林冲也都在席间,却奈何他不得。只得忍气吞声,瞧着宋大哥奉上鲜衣美食,精金良玉。跪拜之后献上甘言蜜语。此何世道?

恶人未必得恶报,这也许是施耐庵先生塑造这个蜂目蛇身者的深意所在吧!

顺便提一笔。这高俅发迹本事来自宋人王明清的一部笔记《挥麈录》。据称高俅为苏东坡小史,笔札颇工。苏东坡从翰林调往他处为官时,将高俅推荐给了王晋卿。《水浒》中之小苏学士即东坡先生。

这样说来,高俅这厮竟也出自苏门?秦少游、黄鲁直辈必以此同门为耻。

一个知人善任的贪官——大名府留守梁中书

读《水浒》者必忘不了梁中书,蔡京的女婿,北京大名府留守司留守。人们记得他想必是因为他两度筹措孝敬泰山的寿礼,而两度未曾送达。那寿礼就是著名的生辰纲,其数额也是人们不易忘却的:十万贯。乖乖!老丈人过个生日,一出手就是十万贯的"薄礼",这家伙真他妈的有钱!于是不会不记得他。而且随即的反应是这家伙必贪无疑,敛财必有奇招。于是他常被划至高俅、蔡京那伙吮吸民脂民膏特甚的千夫指、万民骂的恶官之列。张恨水先生在《水浒人物论赞》中有言"梁中书无点金之术,似此源源为太师寿者,灭门破家之人不知有几矣",可谓一语中的。

他是个贪官毫无疑问,"生辰纲"就是铁证。

但他与高俅是同样的十恶不赦之人吗?我有点犹疑。

说及宋代,人们常有"冗官""冗政","积贫""积弱"之议。说穿了无非有宋一代为官者特贪。试想,连杨志这样一个名将之后,忠良之辈,为求重新上岗,都得挑一担财礼进京寻找行贿门路,即可知当时"贪"和"贿"的风气之厉,卖官鬻爵之风必特甚,当然会形成"冗官""冗政",而为官者尽把钱财揽入私囊,国家何得不"贫",不"弱"。宋之国情,一言以蔽之,官贪。或谓《水浒》中官,无官不贪。所以讨论梁中书是否贪官是无意义的，作为相爷的女婿，又在大名府留守的位上，他不必索，自有人贿上门。这也可说是他轻而易举能筹集十万贯生辰纲的原因吧。

还是想说说梁中书身上与高俅那样的人不一般的东西吧，也就是寻绎一下前述令人产生犹疑的原因吧！

也就是前面提到的杨志进京行贿，因技艺不精，遭高俅一顿斥骂，赶出殿帅府，结果沦落街头叫卖祖传宝刀，被泼皮牛二纠缠，性起杀了牛二，被发配至大名府。于是就有了杨志与梁中书之间的故事。

留守司梁中书原在东京时也曾认得杨志，当下见了，备问情由，听杨志所叙种种，竟当厅就开了枷，留在厅前听用。这梁中书一出场就给人一个不坏的印象，挺念旧，通情达理，不因对方是个犯人而鄙视他，因旧曾认识而备问情由，且当厅开枷，其做法不仅让杨志感动，读者也必由衷赞赏。

梁中书留用杨志后，见杨勤谨，有心要抬举他，欲要迁他做军中副牌，又希望能使众人眼里他是公平行事，便安排了教场比武，让杨志能在公平竞争中名正言顺地接受一份职衔。这正是杨志本来不惜挑着财货进京，孜孜以求却没有实现的梦，而现在却以戴罪之身在梁中书府中有望成真了。杨志感激涕零，欲效"衔环背鞍之报"是十分自然的。平心而论，梁中书之表现令人觉其在私德上不无可嘉许之处。

在整个演武场上比武过程中，梁中书的属下对杨志是有点鄙视的，包括急先锋索超，以及李成、闻达等人皆多少对杨存有偏见，有排挤之意。而梁中书一力要抬举杨志，显出他还是有识人目力的，且竭力相助，甚至叫人牵自己的战马借与杨志骑，并叮咛"好生披挂，小心在意，休觑得等闲"。

当索超与杨志大斗五十余合，不分胜败，打成平手后，梁中书立马将两人升做管军提辖使，并给了奖赏。

书中叙及，自东郭演武后，梁中书十分爱惜杨志，早晚与他并不相离。足见他在用人上殊少偏见，颇有惜才之心，且索超、李成、闻达辈也均可称人才，能竭诚为梁所用也可证此。这在《水浒》一书中所涉达官中尤属少见。

或许有人会说梁中书之提携杨志是为了一己私利，主要可借助杨志之武艺为自己押送生辰纲。这又是误会，因为后来委杨志以押送生辰纲的重任实际上是梁夫人的主意。梁中书安排演武比赛纯是看中杨志的志诚与武艺，当然也为了旧谊。

梁中书对于押解生辰纲，本有自己的一套方案，拟派十辆太平车子，拨十个厢禁军监押车，每辆车上各插一把黄旗，上书"献贺太师生辰纲"，每辆车子再派军健跟着。而杨志提出了完全相反的化装成客商脚夫挑担贩货的方式押送，越隐蔽越安全。梁中书听后十分赞赏："你甚说的是，我写书呈重重保你受道诰命回来。"见出其颇善倾听属下意见，择善而从的办事态度，对于一个官做到这个级别的人也殊为难得。

更为难得的是梁中书为维护杨志的权威性，甚至严告同行的两个虞候及谢都管"都要听他言语，不可和他别拗"。为杨志创造了必要的条件。并不是所有官员都能如此周到细心地与属下默契配合的。

由于谢都管等人的别拗拿大及厢禁军们的不配合，更由于晁盖吴用们劫纲计划的周密巧妙。杨志最终未能将生辰纲安全送达。而谢都管一伙又恶告诬陷杨志与贼人通同合伙劫走了生辰纲，使梁中书恨恨不已，大骂杨"不仁忘恩"，因为他听不到杨志的辩白，而二度失劫对他来说确是难于承受的打击，所以这怒斥于情于理似也未可厚责。

后卢俊义被管家李固告官，告其与梁山贼人相通，卢被收系在狱。梁中书与张孔目在审案时虽也下了刑，但最终却还是以"虽有原告，却无实迹"的结论了案。这当中柴进作为梁山方面代表也曾通过蔡福蔡庆用金钱下过贿赂，但那主要是针对李固欲置卢俊义于死地的阴谋而发的。在整个审案过程中似未见出梁中书有唯利是图、劣迹斑斑的恶行表现。

石秀劫法场后与卢俊义同被拘捕。在大名府厅下石秀曾千贼万贼价大骂梁中书。而梁中书听了只是沉吟半响，叫取大枷来，且把两人枷了，监放死囚牢里，休教有失。似乎也与一般官员在此情形下必会为卫护颜面而大声斥骂，或令属下将对方往死里毒打的表现不同。他却只是"沉吟半响"，不失一个官员处理事务时的冷静与审慎。

在守卫北京城时，梁中书常与部将李成、闻达、索超等聚众商议，始终未见其如大部分官员所显示的或飞扬跋扈，独断专行；或惊惶失措，一筹莫展。而是保持着理智、冷静与属下共度劫难。

在梁中书身上除了当时官员几乎无能幸免的受贿的通病外，作为一个官员，他的理事、待人似乎还遵循着某些信条，行为规范还有着某种底线。并不像高俅那样"仁、义、礼、智、信、行、忠、良却全不会"。

他当然不可能体恤民生疾苦，但也决非心术大坏的恶吏，无论如何与高俅一类人是有别的。

如果当时的大部分官员能如梁中书这般守着某些信条行事，水泊内大概就不会啸聚那么多被逼无奈、铤而走险之辈吧！

拉杂说来，颇有为梁中书辩护之嫌，不知会否归为"不懂阶级分析的谬说"。

笑里刀　凶于鳄——孟州兵马都监张蒙方

武松在古今不少读者心中都被尊为梁山第一号英雄。明人李贽赞曰："若武二郎者，正所谓动容周旋中礼者也，圣人，圣人！"金圣叹也称曰："一百八人中，定考武松上上"，"若武松直是天神"。甚至在血溅鸳鸯楼之后，武松以血字书墙"杀人者打虎武松也"，也引来两位由衷之赞。李曰："武二郎是个汉子，勿论其他，即杀人留姓名一节，已超出寻常万万矣。"金曰："掷地作金石声，看他'者'字，'也'字，何等用得好，只八个字，亦有打虎之力。"

即此动辄得人夸赞的武都头，血溅鸳鸯楼一事却也招来了一些訾议，人常责其一下杀人十九，有些残忍。连李贽于此也说过一句"该杀者只三人"的有点皮里阳秋意味的话。笔者虽也曾为武作辩护，却私底下也感底气不足，也未免有"是过了些"之叹。

一个好端端的几乎没有缺点的英雄，却沾上了有损英名的这样一件憾事，思来想去总认定这全怪张都监那厮设局忒险毒。如果不是他如此歹毒阴狠地设下陷阱，让武松备受痛苦与侮辱的折磨，怎会引来武松一发不可收拾的报复？

张都监在《水浒》中确可算第一险恶之徒。那蜂目蛇身的高俅陷害忠良算得阴狠的了，但与张都监相比，却仍显得逊色。如当初高衙内为林冲娘子害上相思病时，陆谦与富安设计陷害林冲之时，高俅还曾犹豫过，当然最终还是实施了。而张都监为了一个同姓结拜弟兄（张团练）的心腹（蒋门神）所呈的些许贿赂却亲自策划了那么一个阴险的陷阱。甚至他自己也知道此事的可恶与见不得人。在鸳鸯楼上张都监、张团练、蒋门神举杯欢饮（他们以为武松决计逃不脱谋杀之网）时，张都监不是对蒋门神如此说么："不是看我兄弟张团练的面上，谁肯干这等的事？"可见他也认这等事是不可干的无耻下流的勾当，然而他干了。

李贽评张都监设局陷害武松一回曰："看此回文字，乃知腹中剑,,世上无所不有。"

武松是个光明磊落的汉子，但心思却也颇为细密，善于鉴貌辨色，为兄长武大报仇过程中侦勘案情的前前后后，在十字坡酒店佯装被孙二娘蒙汗药麻翻的谐谑表演中都可见出其神勇仪表之下隐含的睿智，但却毫无知觉地陷入了张都监的圈套。无他，只能说张都监设局之精之绝无人能防。

蒋门神被武松痛殴之后，必定立马去找张团练，估计当晚便与张都监联络。

但张都监却沉住气，让施恩重霸孟州道快活林的局面稳定之后，待炎威渐退、金风去暑的深秋来临，人也火气消退之后，才派人来找武松。并且开口即问："那个是打虎的武都头？"打虎事毕竟是武松心中颇感自豪之事。因此这一"打虎的武都头"就让武松以为来者是对自己怀有敬意的朋友。这就麻痹了他的警惕性（待鸳鸯楼上愤书"杀人者打虎武松也"，也因此而发）。

而到了张都监房下，张又以"我闻知你是个大丈夫男子汉，英雄无敌，敢与人同死同生，我帐前现缺恁地一个人，不知你肯与我做亲随体己人么？"之语与武松拉关系，那话让武松感到果不出所料是有人欣赏自己的丈夫英雄气概来延请自己，而且那话就如同在赞扬武松为施恩打抱不平夺回快活林的义举。武松听之必十分受用，且张都监亲自赐酒叫武松吃得大醉，必也让武松误认张为爽利之人，快人快语。没准武松觉着张都监比施恩爽快多了。没几日，张又叫裁缝为武松彻里彻外裁做秋衣。武松也是个甚重仪表之人，后上鸳鸯楼复仇之前他还特地换了施恩所赠新衣，穿戴济楚了才进行痛快的复仇。故当张都监赐秋衣之时，可谓切中所好，书中写道："武松见了，也自欢喜，心内寻思道：'难得这个都监相公，一力要抬举我。'"

这张都监心思何等绵密，他深谙人物心理，每一言、每一行，皆经过严谨设计，一步一步有效地引之入彀。

武松在张都监宅里定居下来后，不断有人来求武松帮忙。书中写道："但是人有些公事来央浼他的，武松对都监相公说了，无有不依。外人俱送些金银、财帛、缎匹等件，武松买个柳藤箱子，把这送的东西，都锁在里面……"

这更是一个恶毒的步骤。张都监让武松这位好义的英雄不时有机会去感受助人为乐的爽快感觉，又让他觉着都监大人对自己十分买账，"无有不依"，更加深他对张的感恩之情，一切是那么有条不紊而自然地发展着。而武松一件件锁入柳藤箱中的金银财帛全是张都监准备的，他要让武松带着喜悦的心情去积攒有朝一日证明自己是个贼的赃物，让武松欣喜地自掘坟墓，而武松却懵而懂之，毫无察觉，用心何其毒也。

这一陷阱的高潮是中秋之夜，张都监将武松请入后堂深处鸳鸯楼下，安排筵宴，邀武松庆赏中秋。武松是识礼之人，称曰："夫人宅眷在此饮宴，小人理合回避。"张都监竟然大笑道："差了，我敬你是个义士,特地请将你来一处饮酒,如家人一般,何故却要回避?"张开口"大丈夫""男子汉",闭口"义士""英雄",这些称谓也皆是武松自许和追踪的身份,怎会不以对方为知己!

在节骨眼上,张都监又以"大丈夫饮酒,何用小杯?"劝酒,又是正中武松下怀之举。酒酣耳热之际,又令心爱的养娘玉兰唱曲,一曲"明月几时有,把酒问青天"把个英雄也唱得有点醺醺然了。玉兰敬酒之时,"武松那里敢抬头,起身远远地接过酒来……一饮而尽"。打虎武松此时约莫要有"红巾翠袖揾英雄泪"之感了。张都监趁热打铁,许以玉兰将来与武松做个妻室。武松感激地拜谢:"量小人何者之人,怎敢望恩相宅眷为妻?枉自折武松的草料。"

一个刚直不欺的英雄就这样一步步被一个毒夫有板有眼地用迷魂汤给灌晕了。

当晚,武松失眠了,"去房里脱了衣裳,除了巾帻,拿着哨棒来厅心里,月明下,使几回棒,打了几个轮头,仰面看天时,约莫三更时分……"武松沉在绮丽的憧憬中呢!

就在此时,后堂里一片声叫起有贼来,而那个已是武松"未婚妻"身份的玉兰,慌慌张张地走出来指道:"一个贼奔入后花园去了!"武松岂能不为自己的"恩相"舍命相搏,去捉拿贼人。这一搏却撞进了一个"黑洞",自己的身份转瞬成了窃贼。

灯烛荧煌之中,武松被一步一棍打到厅前,面对着柳藤箱中满满当当的金银器皿——赃物,毫无招架之力地聆听张都监狗血淋头的怒斥:"你这个贼配军,本是个强盗,贼心贼肝的人,我倒要抬举你一力成人,不曾负了你半点儿……你如何却做这等的勾当?……众生好度人难度,原来你这厮外貌像人,倒有这等贼心贼肝!"

士可杀而不可辱!谁人能受得这份羞辱?何况是一个刚正不阿的

打虎英雄！不仅是羞辱，更是受骗遭愚弄的强烈刺激。这生命中不能承受之羞辱与侮弄就是武松复仇的重要理由。

难怪押入死牢时，武松会如此寻思："叵耐张都监那厮，安排这般圈套坑陷我。我若能够挣得性命出去时，却又理会。"

这也就是在飞云浦武松正当自卫杀了两个解差、两个蒋门神的徒儿后：

> 他立在桥上看了一会，思量道"虽然杀了四个贼男女，不杀得张都监、张团练、蒋门神，如何出得这口恨气！"
> 他提着朴刀，踌躇了半晌，一个念头，竟奔回孟州城里来。

这一段话见于小说第三十回"武松大闹飞云浦"末尾。

而在第三十一回血溅鸳鸯楼的开首，那一段话改成了这样的说法：

当时武松立于桥上，寻思了半晌，踌躇起来，怨恨冲天："不杀得张都监，如何出得这口恨气！"

是么！最令武二郎不能释怀的还是张都监。

说着说着，又为武二的血溅鸳鸯楼辩护了一回，不过这回主要是揭示那张都监的阴恶！

记住这个恶棍，他的名字叫张蒙方。一个天生奸诈阴险堪称"原恶"的典型。其险恶叵测在《水浒》中无人堪比。人常说"防人之心不可无"。而张蒙方却是一个让人无法防，或者说让人自动地松懈了防范之心的深谙人之防范心理的阴谋家。他如同密林中以伪装色掩护自己等待捕取猎物的毒蛇，只有在被捕获时，猎物方才认识它，多可怕！

卖友求荣丧心狂——帮闲者陆谦

《水浒》中有一些身挂虚衔、手中并无实权的帮闲者，他们趋炎附势，专为权要者出谋划策，所奉常常是一些见不得人的害人诡计，以此来赢得权要的青睐，提携他们攀上高位。为了那虚幻的青云梯，他们可以绞尽脑汁，无所不用其极。陆谦即是这类帮闲恶棍中的一个典型。

陆谦即陆虞候，和林冲算是总角之交，但为了个人前程，卖友求荣，干下了人所共愤的下流无耻勾当。

当高衙内见了林冲娘子，怏怏不乐患上相思症之后，帮闲的"干鸟头"富安就劝衙内放心，他可以让门下陆谦去骗出林冲喝酒，而安排衙内躲在陆谦家，再着人谎称林冲喝酒一时气重闷倒在楼上，把林冲娘子骗来陆谦家，便可成衙内的好事了。这毒计虽是富安所出，而行骗的主角却是陆虞候，富安挺自信陆谦会接受这一特别任务。而陆谦也果然一口应允，"只要小衙内欢喜，却顾不得朋友交情"。一副无耻小人的谄媚之态。林冲遇陆谦来邀喝酒时，还以为他是出于朋友情义陪自己宽心解闷，便与之上了樊楼。直至使女锦儿匆匆来报妻子遭衙内逼挟，方知中了圈套，总算赶得及时，救出了妻子。于是怒火中烧，把陆谦家打得粉碎，骂道："叵耐这陆谦畜生！我和你如兄若弟,你也来骗我。……"

逃脱的陆谦竟不思悔改,更进一步为衙内效命,与富安两人向高衙内效忠:"衙内且宽心,只在小人两个身上,好歹要共那妇人完聚,只除她自缢死了便罢。"

陆虞候设计了更阴险的圈套,着人卖刀,让林冲买了宝刀,又让人传令高太尉要看他的宝刀,一直将林冲骗进白虎节堂,把他当刺客捉拿。最后判成脊杖二十,刺配沧州。这还是因为正直的当案孔目孙定从中斡旋之后才得到的轻罚。

陆虞候又担当起了买凶杀人的说客,带着高太尉的密令去酒店收买董超、薛霸两个差役:"望你两个领诺,不必远去,就前面僻静去处,把林冲结果了,就彼处讨纸回状,回来便了。……"并嘱咐:"明日到地了时,是必揭取林冲脸上金印回来做表征……"瞧他买凶杀人竟是如此从容轻松,而行凶对象还是自幼一起长大的如兄似弟的朋友,且要凶手从其脸上切剥下金印来,何其丧心病狂。

亏了鲁智深的细心与高情厚义,一路暗中护送,在野猪林将林冲救下。而鲁智深和林冲只是偶尔相识,且相交不久的一个朋友,相比之下,更显陆谦的卑劣与无耻。

陆谦们是必欲置林冲于死地而后快,竟然潜至沧州,策划火烧草料场的奸计,心想即使林冲不被烧死,也难逃大军草料场被烧的失职死罪。可见陆谦阴招一招接一招,一肚子的坏水。但他未料到自己伤天害理的事已做得太出格了,到了天理难容的地步。当富安、陆谦自以为得计,已将林冲烧死,不料林冲因草屋倒塌,在山神庙中避风雪,听得了陆虞候们的庆祝诡计得逞的狞笑狂语,以复仇之神的面目闪现在这批恶徒之前。

当林冲用脚踏着陆谦胸脯,取出剜刀,搁在陆谦脸上,怒斥其

"情理难容"。陆虞候妄图狡辩,林冲骂道:"奸贼,我与你自幼相交,今日倒来害我,怎不干你事?且吃我一刀!"尖刀向其心窝里剜去,这恶贯满盈的陆虞候七窍迸出血来……镜头有些惨烈,但见者许都会说一声"报应!""活该!"

侦缉高手——无为军通判黄文炳

宋江因杀阎婆惜作为罪犯被押往江州，在江州得牢城营内戴宗、李逵的看顾，倒生活得十分悠悠自在。不想在浔阳楼醉后题诗被人抓住把柄，事发后差点丢命，幸得晁天王率梁山人马与黑旋风李逵一起劫法场将他救下，众好汉在白龙山聚会，并回马枪将江州杀得个人仰马翻。晁盖拟率众好汉凯旋回山。宋江却因心头有桩恨恨不已之事，恳请弟兄们帮忙："小人宋江，若无众好汉相救时，和戴院长皆死于非命。今日之恩，深于沧海，如何报答得众位？只恨黄文炳那厮搜根剔齿，几番唆毒，要害我们。这冤仇如何不报？怎地启请众位好汉，再做个天大人情，去打了无为军，杀得黄文炳那厮，也与宋江消了这口无穷之恨。"当晁盖提出偷袭只能行一次（指回马枪杀回江州事），再去，对方已有准备，不如回山寨，聚起大队人马再来。宋江以回去后再不能得来为由，坚持要去打无为军。宋江如此执意要除去黄文炳，原因很简单，黄文炳之于宋江就如同张都监之于武松。如此仇敌，不去一刻，一刻不得宁心。此即不共戴天之意。

黄文炳最终被擒，并由李逵执刀将其凌剐，且黄求速死，而黑旋风偏让他"慢死"，让宋江出气。这一幕由宋江看来，确是快意解气，且认为拔掉这"黄蜂刺"甚至是替江州除了一害。

这是在宋江的角度看此问题。

此事也颇可换个角度来看。

那黄文炳，书中称其虽读经书，却是阿谀谄佞之徒，心地褊窄，只是嫉贤妒能，胜如己者害之，不如己者弄之，专在乡里害人。但这些劣迹书中实际未予描写。估计人品确有些问题。

书中着重所写为黄文炳告发宋江浔阳楼题反诗之事。此告却并非诬陷不实之词，宋之诗词题于壁上，其中"他年若得报冤仇，血染浔阳江口"，以及"他时若遂凌云志，敢笑黄巢不丈夫"，旨意之明显不待人说。"诗言志"，明眼人都读得懂宋江之志，反意昭然。但宋江诗词是混杂在浔阳楼上满壁题咏之中的，黄能发现足见其是个精细之人。而且他立刻向酒保询问题诗者模样，并借笔墨抄下了诗词，且嘱咐酒保休要刮去壁上诗词，进行了现场保护。这一切可说是多事，但谁又能否认他是一个警觉性敏锐，且理事颇有条理与经验的官吏呢？他让我想到雨果小说《悲惨世界》中的那个沙威警长。黄文炳不是警长，却胜似警长。

在蔡九知府衙内，黄与蔡交谈之间，听得京中童谣："耗国因家木，刀兵点水工，纵横三十六，播乱在山东"。立即从"家木""水工"之所隐含"宋江"两字与题诗之事联想起来。因他录下反诗之际，已探得题诗者约略情况。这种联想之敏捷也反映出其政治警觉与敏感。当然，这是一种综合素质。

蔡九知府对其分析十分佩服，赞其"通判高见极明"，并着属下戴宗去捉拿宋江。

时戴宗已与宋江成一党，于是嘱宋江披头散发，倒在尿屎坑中装疯卖傻，以便蒙混过关。

又是黄文炳识破其中之诈。黄判断真假之理由极简单，"且唤本营差拨并牌头来问,这人来时有风,近日却才风?若是来时风,便是真症候,若是近日才风,必是诈风"。这种严密的逻辑推理不能不让人服其善断之力。宋江屎尿淋头,弄得一身秽气,算是白忙活了,且显出了愚不可及的蠢相。

在一顿棍棒之后,宋江不得不招,"自不合一时酒后,误写反诗"。

蔡九知府修书向其父蔡京请示如何处置宋江。书信被梁山截获,吴用让圣手书生萧让与玉臂匠金大坚合作仿蔡京书迹、印章制作了几可乱真的假家书。粗心的蔡九知府已被蒙骗过了,却又难逃黄文炳法眼。吴用在假信送出后惊觉用"翰林蔡京"的印章是不合理的,因为这是给儿子的家书。儿子倒是骗过了,却骗不了精明过人的黄文炳。

黄文炳确是宋江的克星,难怪宋江恨其"搜根剔齿",非拔去这黄蜂刺不可。

这也不能怪宋江。若不是劫法场的成功,宋江、戴宗确已成了刀下之鬼。

这黄泉路上的惊魂之旅当然让宋必欲置黄于死地方解恨气。但实在说来,黄文炳难道不是一个恪尽职守的能吏吗?

他精细及时地发现了题于浔阳楼上的反诗,认真地查出了题诗者,有条有理地协助知府大人审理了案件,并有效地防范了同案犯的搅扰。从朝廷和官府的立场看,黄文炳不正是一个智商极高、断案办事能力极强的能吏吗?

在《水浒》中这样的能吏还真不多。

如此人材,朝廷也并不识货,这也是大宋的不幸。

黄文炳此前被投闲置散,身上只有个在闲通判的芝麻衔。他那么认真、那么投入地为大宋王朝卖命,结果升迁也只是成了一场黄粱梦,自己被人当作黄蜂刺就那么一拔给拔除了。

大宋的不幸,却是水泊之幸,若官中多有黄文炳这样的能吏,水泊中人的日子不就难过了?

躲过和尚杖　难逃小乙箭——
歹毒差役董超、薛霸

　　《水浒》读者,能记全一百零八梁山好汉者大概不多,一般能报上三十余名好汉之名者已可谓熟悉《水浒》了。但估计只要读过《水浒》的人恐怕不太会忘记董超、薛霸这两个名字。这两人论地位只是押解犯人的差役而已,却何以留给人们那么深刻的印象,无他,首先这两个曾押解的犯人正好都是大腕,第一位有分量的上梁山的人物豹子头林冲和排座次前最末一位入山的重量级人物玉麒麟卢俊义。而且董、薛两人在执行公务前都受了林、卢两人仇家的贿金准备于途中谋害两被押者,被押者的身份和他们所负的特殊使命都使得其成为令人关注的人物了。其次,这两个差役在整个押解并谋害林、卢过程中的种种表演让人们充分领略了卑污、奸刁恶徒的丑恶嘴脸,要忘却也难。并非只有爱人和恩人才让人"不思量、自难忘"的。

　　林冲被高俅父子陷害,刺配沧州的押解人就是董、薛两个。小说第八回"林教头刺配沧州道　鲁智深大闹野猪林"即叙此事,后世以"野猪林"为名的戏剧、影视作品颇受人青睐,因这一回的情节甚为吸引人,这两个恶徒的歹毒表演也实在令人愤慨。

　　董超、薛霸行前,陆谦自称是高太尉心腹,将两人请入酒店,以十两金子为贿,让两人"不必远去,只就前面僻静去处把林冲结果了",并扬言其他一应干系太尉自会摆平搞定。对此,董超以"却怕使不得……恐不方便"之态度应之,而薛霸却一口应承。让人觉着董似乎良心未泯、尚存怜悯之心或有法制观念之感。上路两三日后,林冲因棒疮发,走不快,薛霸就骂骂咧咧地斥责,而董超却道:"你自慢慢的走,休听咭咶。"也给人以恻隐之心尚存之感。

待到又在村中客店宿下,董、薛两人将林冲灌醉,烧了一锅百沸滚汤,谎称帮林洗脚,将其双脚烫得红肿,脚面布满燎浆泡时,我们才知这两个鸟人有多促狭、歹毒。薛霸那厮竟还满嘴皆理:"只见罪人伏侍公人,那曾有公人伏侍罪人!好意叫他洗脚,颠倒嫌冷嫌热,却不是好心不得好报。"而作为八十万禁军教头的林冲却只能打落牙齿往肚里咽,哪里敢回话,自去倒在一边。读至此处,想必人人皆会怒火中烧,骂那两贼该杀。

第二天行路,董超更"去腰里解下一双新草鞋,耳朵并索儿却是麻编的,叫林冲穿",让林冲脚上泡被新草鞋磨得鲜血淋漓。我们这才知道先前并不恶声恶气说话,给人"良知未泯"印象的家伙是个惯装红脸实则心思更歹毒的杀才。

行未两三里,便是野猪林,也就是董、薛两人准备结果林冲性命的猛恶林子。

我们不禁愕然,林冲是一个即将被他们结果的无辜者,在取其性命之前,为何要施行如此恶毒的折磨?究竟是一种什么心理?

后来,押解卢俊义时,两人又如法炮制,重演了一幕沸汤泡脚的恶作剧,这是两人惯玩的游戏,从中他们可以获得一种满足。

仔细想来,这实则上是两个地位微末的小人嫉妒心膨胀的一种表现。当陆谦在酒店贿赂两人时,两人曾喏喏连声:"小人何等样人,敢共对席。"可见两贼也深知自己地位微末，平日里只有唯唯诺诺听差遣的份。而今日里昔日威风凛凛的八十万禁军教头，大名府金玉满堂、锦簇珠围的豪绅，竟然都成了自己棒下押解的囚犯，岂不是天开眼！押解卢俊义时，董超不是曾骂道："你这财主们，闲常一毛不拔，今日天开眼，报应得快……"他们把这看作泄愤施虐的好机会。哪怕你往日八面威风，眼角里不会觑咱一眼，今日里叫你入我洗脚盆中，让你备受痛苦煎熬还叫你噤声不得，完了还得听老子喝斥！瞧！小人一旦整治起人来也真他妈的有招。

两恶徒之可恶还在于先后诳骗得林冲和卢俊义被紧缚在树上，由他们安全下手。林、卢皆武林高手，若不缚起来，这两恶徒还真无法下手，武松在飞云浦不就带枷力搏四个公差？

董、薛两恶在杀人前还要撇清自己罪孽："不是俺要结果你，自是前日来时，有那……教我两个到这里结果你。""你休得要怨我弟兄两个……你要精细着，明年今日是你周年……"两度杀人是同一腔调的辩词，只是将贿者姓名填入"……"处，前者是"陆谦"，后者是"李固"。

两恶在取人性命前似乎也还有那么一点惧怕，毕竟被害者是不该屈死的无辜者。但说到后来，卖乖小人的腔调和嘴脸又来了："明年今日是你周年。"恶谑中含着小人的刁诡。

当然，像林冲和卢俊义那样的人物岂是董超、薛霸这等小人举起水火棍就能取命的！

野猪林中，鲁智深救下了林冲。而燕青在救下主人卢俊义时，使得这一天又成了董、薛两恶的周年忌日。

于《水浒》颇有研究的聂绀弩先生平素也甚喜欢用旧体诗抒情写志，其《散宜生诗》中有一诗是写董、薛两人的，甚有意味，录于下：

> 解罢林冲又解卢，英雄天下尽归吾。
> 谁家旅店无开水，何处山林不野猪。
> 鲁达慈悲齐幸免，燕青义愤乃骈诛。
> 佶京俅贯江山里，超霸二公可小乎？

诗之前半首易解，后半首略说几句。"鲁达"句言两人在野猪林中虽欲害林冲，鲁达救下林冲后，听了林冲的劝言，慈悲为怀，未曾杀二恶，即两人皆幸免一死。但在二度犯罪，欲杀卢俊义时，却被燕青用弩箭射杀，双双毙命，即"骈诛"之意。实际上可说是恶有恶报吧！野猪林中只是时候未到吧！

"佶京俅贯"即赵佶、蔡京、高俅、童贯，代表了那个北宋封建社会。而"超、霸二公"虽身处下层，却也是那个社会中黑暗的不可或缺的帮凶！

永远的倒霉蛋——武大郎

20世纪80年代,随着思想解放浪潮的扩展,艺术创作领域中也出现了不少富有创新精神的佳作。魏明伦先生的荒诞川剧《潘金莲》颇有为潘金莲翻案的味道。潘在耻辱柱上松绑了。无独有偶,在《水浒》中那位被潘金莲毒杀的丈夫武大郎也差不多在这一时期重新走进中国人的视野,这回他不再卖炊饼,但依然留在商业圈子里,他成了一个饭店的老板。漫画家方成先生画了"武大郎开店"的漫画,画面上穿梭于店堂饭桌间的服务员都比他三寸丁谷树皮还要矮半个头。此画一出,好评如潮。那当然是幅极其成功的不可多得的好画。但武大郎却成了嫉贤妒能的单位领导的代言人。因此,对武大郎而言,他依然是个倒霉蛋,他是够冤的。

在《水浒》中武大郎无疑是个最背运的倒霉蛋。我们把处于社会弱势阶层中的一些人物称作"被侮辱与被损害的人"。而武大郎远不止是"被侮辱与被损害"。

《水浒》第二十四回中武大始出场,那时,武松成为打虎英雄在阳谷县当了都头,而武大在清河县遭人欺侮,迁来阳谷,哥儿俩在街头邂逅相遇。

小说中这样写武大:"这武大郎,身不满五尺,面目丑陋,头脑可笑,清河县人见他生得短矮,起他一个诨名,叫做三寸丁谷树皮。"三寸丁,应该是形容其矮,而谷树皮,一说"古树皮",初不解何意,细忖之下,感觉即指其丑陋,有一类儿童长着老人的容貌,满脸皱褶,如苍老的树皮,约莫武大也是这种早衰症的患者。又矮、又丑、又傻,那是连卡西莫多都不如了,这武大真是够惨的。

但武大却有一个娇美的妻子,那是一个大户财主"倒赔些房奁,不要武大一文钱,白白地嫁与他"的,这不是天上掉下一大馅饼么?

说真的,武大本该吃自己所做的炊饼,而不该吃这天上掉下的馅饼,因为那饼有毒。张恨水先生说过:"今无弄蛇之技,而玩蛇于股掌之上,其终必被噬,宁有疑义?"(《水浒人物论赞》)张先生是指武大"当视此妇人(潘金莲)为蛇蝎而远避之",也即笔者之不食那馅饼之意。

事实即如此,武大自娶了潘金莲之后,清河县里的浮浪子弟便常来恶闹,并公然在门前叫道:"好一块羊肉倒落在狗口里。"如果他不娶潘金莲,又丑、又矮、又傻的武大挑着炊饼担,人们或许还存着丝怜悯,即浮浪子弟也不一定会把这样一个可怜虫作为侮、损对象。而他竟白得了个如花似玉的妻子,那招来的可能不仅仅是嫉妒了。

这就是"福兮祸所伏"吧。

武大在清河县住不下去,搬来阳谷县赁房居住。而撞进了更不堪的要命的黑洞。在清河小县尚有浮浪子弟堵门嘲侮,至阳谷大县,花枝招展的潘金莲岂不更惹人注目,有招蜂引蝶之麻烦?这就是武大的不智。

在阳谷县与恶婆娘王婆为邻,那又是一个失策,最终王婆与西门庆设计诱引潘金莲,并导致了武大被毒杀的惨剧发生,这是《水浒》第二十四、二十五两回所演绎的故事,此不赘。

我们说武大成为这一出悲剧中的冤鬼,最令人痛心难受的是他本身的天性纯良,或说他的善良。他的善良首先是对兄弟武松的至情之爱。在街头初见武松时一声"二哥,你去了多时,如何不寄封书来与我?我又怨你,又想你"。武松当时是在县里惹出了些麻烦出逃在外的,所以武大有"怨你"之说,但毕竟是手足兄弟,所以"又想你"。这种至诚的无华的表白真让人动容。后武松须出差,兄弟分别之际,武大道:"兄弟去了,早早回来和你相见。"口里说,不觉眼中堕泪。那情景也让人喉头哽哽的,特别是那一声"兄弟去了",必定萦绕在许多读者心头,无法释然。

武大的善良还表现在他的忍让上。在清河县呆不下去,迁至阳谷,这是忍让。甚至当潘金莲与西门庆的奸情被他亲自抓获,并被西门庆踢伤后,他依然表示只要潘能照应他把病治好,他仍可不把此事告知武松,以免武松激烈的惩治。可见其善之程度。

但这颗善良的心依然逃脱不了砒霜毒计的泼溅。他可称是《水浒》中最不幸最痛苦的灵魂了。

武松的快意复仇,血祭灵台当然对他是一种安慰。

但他在人们心中依然是一个背运的可怜人。据说山东习俗遇人每呼二哥,因为武二威猛勇武,令人敬畏。而"大哥"则令人想起三寸丁的苦命,所以要避忌这个称呼。

因此,当武大再次在漫画中被定位为"忌贤妒能者"时,武大兴许要鸣冤叫屈的,他会声辩,我是那样地自惭形秽、忍辱避让,哪有资本去忌贤妒能啊!再说,我若有资本开店,何须冒着寒风、挑着担子、伫立街头去吆喝炊饼呢?而且,真当了个小老板,我家娘子也无须去亲自收挂门帘,西门庆那厮也无从乘机动歪脑筋了。我家娘子当垆卖酒应该还是会比蒋门神家婆娘干得要好的。

谁知道呢!

狮子楼高　蹇驴命夭——浮浪子弟西门庆

起意将西门庆也列入《水浒》人物，写上一笔，倒不是要为其翻案。西门庆与潘金莲，就像冯巩相声中所言"这俩可不是好鸟"，是早已定了性的。且武松将两人之头祭于兄长之灵位前，也属无可非议的正当复仇义举。想说一说的是这两鸟实际上也可称皆为王婆那个"老咬虫"所害，若不是王婆在这桩杀人案中一个劲地撺掇使坏，也许西门庆与潘金莲之间至多是一桩风化案，而不会演变成一桩惨烈的多人毙命的谋杀与复仇大案。

当潘金莲不慎在收竹帘时将叉竿滑落打在西门庆头上时，潘金莲为此道歉是正常行为。而西门庆在发现失手落竿者是个美艳少妇时，转怒为喜，搭讪起来，这在一个行为有点浮浪的富家子弟，也不属出格行为。说实在的，他与高衙内那种见了林冲娘子就放肆地动手动脚，并与狐朋狗友串通骗林冲娘子入陆谦屋内欲行凌辱相比，性质迥然不同。至少，西门庆还属于一种彬彬有礼的调笑吧，甚至连调笑一词似也重了点。

而"叉竿砸人"事件被王婆瞧在眼里，便不失时机地掺和进来挑逗。说笑一通本也未尝不可，但王婆若稍有良知，或稍通情理，那么在西门庆踅回她茶坊里来时，她便应该正色告诫西门庆，玩笑管玩笑，不该动真格的，因为武大有个十分了得的兄弟武松，恐你西门庆惹不起。想必西门庆也会知难而退。从后来武大捉奸时，面对这个三寸丁，西门庆竟钻入床底下躲去，在潘金莲提醒下，西门庆才将门拔开，还要叫声"不要打"。待武大要揪他时，他才飞脚将武大踢倒，夺门而走。可知西门庆虽武功不弱，但实际上也是个怕事者。

但王婆在西门庆踅回茶坊时，却未曾正言相告，相反却是使出浑身解数将西门庆心中的一点火星煽成扑不灭的烈焰。原因就是她王婆可以从中索取贿赂。小说第二十四回回目"王婆贪贿说风情"十分准确地点明了王婆的动机。

在王婆的安排下，西门庆与潘金莲最终勾搭成奸。如果即此打住，如前所述，这至多也只是一桩风化案。武松归来，也只是劝兄长休了潘而已，或是寻西门庆饷以一顿老拳。决不致酿成一桩惨烈的毒药鸩夫谋杀案，引得武松非以人头祭兄亡灵不可。

从"风化案"向"谋杀"演变的导演就是王婆这生性歹毒的"老咬虫"。这一切是小说中写得极为明白的。西门庆、潘金莲就是在王婆一手策划控制下一步步走上不归路的。

因此，西门庆、潘金莲在作恶犯罪的同时，也是受害者。

在卫道者看来，这样说颇有为西、潘辩护之嫌。

西门庆和潘金莲已堕为谋杀案犯，若不是武松动手，两人也难逃斧钺之罚，这一切都是既定之案。如此一说，只不过想给他俩一切实的判词。

但倘若事情只停留在风化案形态，这位西门大官人同那个与潘巧云勾搭成奸的海阇黎似乎都只是犯了"生活问题"的错误。

而梁山之上小霸王周通之拟强行入赘桃花村，矮脚虎王英之公然抢刘知寨夫人上山（虽然那是个该死的婆娘），以及双枪将董平之杀尽丈人一家，掳其女为妻，问题不是一个比一个严重吗？

记得某高校向留学生讲授中国古代小说的教师曾说及，当向学生问及最喜欢《水浒》中的什么人物时，竟有不少学生坦承最喜欢潘金莲，没准他们把潘金莲看成一卡门似的人物呢！

似乎几年前《参考消息》上曾披露一趣闻，好莱坞拟拍"武松"影片，硬派动作巨星施瓦辛格与史泰龙争演的不是武松，而是西门庆一角。颇堪令人发噱！

西方人对《水浒》中潘金莲、西门庆这样的人物形象如此感兴趣，中西文化背景不同当然是一原因，是否还有其他值得探索的因素呢？

"曲线招安"的通道——皇帝宠妓李师师

梁山一百零八天罡地煞排定座次后，宋江颇有将招安之事付诸实施的意思。重阳菊花酒会上，马麟品箫，燕青弹筝，乐和唱曲，一片融融乐乐气象。宋江填《满江红》词一阕，卒章显志，就有"望天王降诏，早招安，心方足"。尽管武松、鲁智深对此表示不满，李逵甚至大叫"招安，招安，招甚鸟安！"却无法改变宋江的既定方针。

其实，招安并非易事，宋江两赢童贯，三败高太尉，甚至将高俅那厮捉将上山来，想以武力震慑与财货贿赂并举以促使高俅从中搭桥牵线，实现招安，结果却仍是竹篮打水一场空。高俅那样的佞臣怎会让自己的仇人一起上殿参拜徽宗？

于是只能采取"曲线招安"的策略，通过宋徽宗所专宠的妓女李师师来将梁山众人的冤屈与忠忱传达圣听。招安最终确是在师师的襄助下得以实现。

李师师当然成了《水浒》中一个即使算不上重量级的，但也决计不可小觑的特殊人物，哪怕作者于女性多有鄙薄，但不得不给师师以客观的地位。

在小说第七十二回"柴进簪花入禁苑 李逵元夜闹东京"与第八十一回"燕青月夜遇道君 戴宗定计出乐和"两章中李师师无疑是

女一号人物,虽然她的名字未在回目中出现。

在第七十二回中,宋江一行进京观灯,于热闹街市,瞥见"歌舞神仙女,风流花月魁"的烟月牌,打听之下,知是李师师居宅。而素闻师师"与今上打得火热"的关系,宋江便动了见师师一面,"暗里取事"的曲线招安的念头。在燕青的张罗下,宋江一行成了李师师的座上宾。燕青确是有办法,他谎称宋江是燕南河北第一有名财主,虔婆好利,便答允李师师与之见面,这情景倒有点像《李师师外传》中宋徽宗首次访李乔装为客商的那一幕。

李师师确是个人物,应对之间,十分得体,自然亲和之中又不无一分矜持。款谈之间,却报"官家"(徽宗)来到,师师只得致歉:"其实不敢相留,来日驾幸上清宫,必然不来,却请诸位到此,少叙三杯。"

隔日燕青携来厚礼,宋江一行再度登门入席。席间又闯入李逵,宋江介绍"这个是家生的孩儿小李"。还引来师师的打趣"我倒不打紧,辱莫了太白学士"。可见其机智敏捷、从容自如的调侃水平。席间师师还唱了东坡的"大江东去"词,而宋江也乘兴挥洒乐府一阕,曲折申诉梁山义士之忠肝义胆,宋江正待将招安事提出,不意"官家"又从地道中来访,宋江们不得不再度规避,而李逵又乘醉闹事,将曲线招安彻底搅黄。

待到再度动议通过李师师的"枕边风"去实施曲线招安,已是小说第八十一回了。这次是燕青独当使命来会师师。前回于李师师只有一小诗赞其玉貌花颜。这回是颇费了些笔墨来渲染其风韵:容貌似海棠滋晓露,腰肢如杨柳袅东风,浑如阆苑琼姬,绝胜桂宫仙姊……描写虽有点俗套,但仍见出师师姝丽之姿。当燕青言明"俺哥哥要见尊颜,非图买笑迎欢,只是久闻娘子遭际今上,以此特来告诉衷曲,指望将替天行道、保国安民之心，上达天听。早得招安，免招生灵受苦……"李师师的回应是让人刮目相看的："你这一班义士，久闻大名，只是奈缘中间无有好人，与汝们众位作成，因此上屈沉水泊。"笔者读至此甚为感慨，这一番话无丝毫做作与虚与委蛇之态，纯是肺腑之语，于中可见李师师的眼光与胸襟，话中实也透露了这位青楼佳丽与梁山泊人"同是天涯沦落人"的感慨。

这也就是她一力促成燕青与徽宗见面并十分卖力地从中斡旋的原因，最后终于让徽宗明白了一切就里，知道了童贯、高俅的所作所为，以及梁山泊中人的赤胆忠忱，徽宗嗟叹不已，使招安之事终于走上顺途。

所以《靖康野史》上所谓"候蒙上书未若师师进言"非虚语也。师师之功，可谓大矣。

小说这一回中写及师师与燕青通过吹箫唱曲互相间有了更深的了解。师师也明显流露了对燕青的爱慕之意。这本来应是情理中事。师师之接纳徽宗，一者对方也是个文采翩翩的艺术家，再者他是万岁爷，你违拗不得。而对燕青，师师首先应是仰慕其侠义气概，知其是屈沉水泊的英雄；其次，燕青原是个多才多艺的帅哥，好男儿。李师师对燕青的爱慕是意气相投的自由选择，于情于理均无可訾议。

小说作者明知这一切，却还是丢不了卫道者的方巾气，叙议中对师师不无鄙薄之意，什么"原来这李师师是个风尘妓女，水性的人，见了燕青这表人物，能言快说，口舌利便，倒有心看上他"；什么"燕青便起身，推金山，倒玉柱，拜了八拜，这八拜是拜住了那妇人的一点邪心"。

李师师作派正当，何邪之有！

宋人佚名者《李师师外传》笔下之师师更是令人肃然起敬。

小说中写到:"金人破汴,主帅闼懒索师师,云:'金主知其名,必欲生得之。'乃索之累日不得。张邦昌等为踪迹之,以献金营。师师骂曰:'吾以贱妓,蒙皇帝眷,宁一死无他志,若辈高爵厚禄,朝廷何负于汝?乃事事为斩灭宗社计?今又北面事丑虏,冀得一当,为呈身之地。吾岂作若辈羔雁贽耶?'乃脱金簪自刺其喉,不死,折而吞之,乃死。"

师师怒斥张邦昌慷慨就死之气概真堪泣天地,动鬼神。《李师师外传》作者也赞曰"观其晚节,烈烈有侠士风"。

明清之际李香君、柳如是辈身上所展现的侠士风气,笔者一直觉着是从师师身上承传来的。

《李师师外传》中有一节文字也颇值一引:

> 帝尝于宫中集宫眷等谳坐,韦妃私问曰:"何物李家儿,陛下悦之如此?"帝曰:"无他,但令尔等百人,改艳妆,服玄素,令此娃杂处其中,迥然自别。其一种幽姿逸韵,要在色容之外耳。"

李师师就是以她素面朝天的幽姿逸韵令"六宫粉黛无颜色"的,而这样一位女子,又能为义而视死如归,岂不令人景仰!

走下耻辱柱的女人——争议人物潘金莲

在《水浒》中，施耐庵在潘金莲这个人物身上浓墨重彩，颇下了些功夫，因此她给人们留下的印象是极其深刻的。小说第二十四至二十六回中潘金莲可称是个核心人物，她由财主家的使女而成为卖炊饼者武大郎的妻子，又与恶霸西门庆勾搭成奸，并以砒霜毒死了武大，最后又死于武松替兄复仇的尖刀下。她的角色定位是谋死亲夫的淫妇，由于作者的精心刻画，潘金莲几乎成了整部小说中的一号女性反角。

后来，在另一部小说《金瓶梅》中潘金莲成了一个更重要的主角，这从小说的命名即可看出。

明代四大奇书中的两种都选择了她为主角，且渲染了她的恶行，于是她被钉上了耻辱柱，不断受人唾骂。

据传有个秦姓文人来到西湖边的岳坟，曾吟出"人从宋后少名桧，我来坟前愧姓秦"的诗句，因岳坟旁跪着陷害岳飞的秦桧的铁俑。《水浒》《金瓶梅》问世后潘姓人家若有千金是断断不肯再以"金莲"为名的。"潘金莲"三字已成为一个符号与象征，成为"淫荡"与"歹毒"的代名词。

李卓吾与金圣叹是两位颇有些叛逆精神的文人，在点评《水浒》

时，时有大胆之议，然对潘金莲却异口同声"淫妇""淫妇"地斥骂。

直至 20 世纪初，西风东渐，欧美小说中的什么什么"娃"呀、"丝"呀、"娜"呀等女性人物争取个性自由的故事开了国人的眼界，思想观念方始发生变化，于是想到钉在耻辱柱上的潘金莲，该为她松松绑了。

"五四"之后，20 世纪 20 年代，著名剧作家欧阳予倩创作有五幕话剧《潘金莲》，剧中潘金莲的身上已具反封建礼教的色彩。

20 年代末，小说家张恨水在北京《世界晚报》上撰写《水浒人物论赞》专栏时，于潘金莲也颇流露了同情。说"潘之淫恶"，"一半亦由于环境逼促"。张先生如此为潘辩解："今潘不得才子而嫁之，不得英雄而嫁之，不得达官贵人而嫁之，亦不得风流浪子而嫁之，而月夕花晨，明镜青灯之间，惟与一卖炊饼之三寸丁谷树皮相伴，彼初未知何者为礼教，何者为妇道，则其顾影自怜，则生外心，又焉得不为人情中事耶？"

这说法应该是有道理的。

20 世纪 80 年代巴蜀鬼才魏明伦创作荒诞川剧《潘金莲》也意在为潘翻案，剧中借武则天之口说出："我武媚娘玩了三千面首，潘金莲又何尝不可自谋出路，寻找另一个男人呢？"虽属恶搞谐谑，却也理在其中。

黄永玉先生也是幽默高手，而且他往往以"力求严肃认真思考"的态度出之（黄有名作《力求严肃认真思考的札记》），其《大画水浒》直接向潘表怜悯：

> 写书的施耐庵也不饶你，一个宋朝的小女子怎么活得了！

近年所见的关于《水浒》的文章中，同情潘金莲的倾向甚是普遍。

新编《水浒》电视连续剧中，王思懿所饰演的潘金莲更博得了不少同情。我不能忘记，在被武松刺杀之前，她愤愤地啐了王婆一口，这应该是真的，潘之走上那不归路，诚如恨水先生所言，一半是环境逼促的，而其中王婆无疑是最可诅咒啐唾的首恶。这一点我们即使回到小说中去也能寻绎到相关依据。

我们应该记得小说中潘金莲出场时的那段介绍：那清河县里有一个大户人家，有个使女，小名唤做潘金莲，年方二十余岁，颇有些颜色，因为那个大户要缠他，这女使只是去告主人婆，意下不肯依从。这个大户从此记恨于心，却倒赔些房奁，不要武大一文钱，白白地嫁与他。

单这一段话就使我们有充分的理由同情潘金莲，不，她的表现甚至应该是让人向她致敬的。

一个出身卑下的使女，在自己的主人骚扰时敢于说"不"，这是需要点勇气的。也表明了潘金莲是颇知自尊自爱的。财主出于恶毒的报复，将她嫁给了丑陋矮小的武大郎，她也接受了，这中间似还颇有点宁折不屈的意味在。

倘不是一些浮浪子弟经日来骚扰，也许她也就嫁鸡嫁狗认命了。

当然，从清河迁往阳谷之后，实际上武大、潘金莲都面临着更大的诱惑和挑战。

当英俊威武的武松出现时，引起潘金莲的爱慕似也无可厚责，三寸丁谷树皮毕竟不是潘甘心嫁与的般配的对象，那婚姻没有感情基础。因此，面对武松，心中泛起波澜实属正常。唐末词人韦庄《思帝乡》词中"陌上谁家年少，足风流，妾拟将身嫁与，一生休"。不是因其大胆热烈的追求爱情的自由精神为我们所激赏么？

难道潘金莲因为他人的强行安排而必须承受，再也不能有追求自由爱情的机会？

我们也不该忘记，潘金莲在引诱武松遭拒后，虽羞恼、愤慨，但还是在规规矩矩过日子。武松临出差前嘱咐其兄每日早收炊饼摊回家，武大照做了，而潘金莲虽不满武大那么认真地照办（因为这显然是对她的一种不信任），但也还是作了很好的配合，书中写道："自此这妇人约莫到武大归时，先自去收了帘子，关上大门。武大见了，自心里也喜，寻思道：'恁地时却好！'"可见潘金莲在本质上仍是个循规蹈矩的女人。

至于她后来终于与西门庆勾搭成奸，并走上杀夫之路，这也是事实。杀人之罪是无可恕的，她毕竟是下毒的主犯，且下毒之后种种行径是残忍且可称丧心病狂的，那时，潘金莲确实成了一个恶魔，这也是她必须受惩罚的理由。所以尽管有值得同情之处，却依然是个不可恕的杀人犯。

当然，在走上不归路的过程中，潘金莲面对的是王婆那样集"媒婆"与"马泊六"于一身的老刁婆，面对她的圈套，潘是不可能不就范的。人性的弱点，加上恋爱中女人的最低智商，能挡得住王婆和西门庆设计周全的双簧表演吗？何况，潘金莲又正处在追求武松的幻梦刚刚破灭之后，对于爱情破灭的女人，随便找个人将身嫁与这样的故事还少吗？

所以，潘金莲的悲剧命运有她的必然性。

但是，如果她先前嫁给了一个英雄，嫁给了一个风流儒雅的才子，难道她就不能成为一个可以为英雄揾泪，可以举案齐眉，可以红袖添香的好女人吗？她原本是个美丽的、心地不坏的女人啊！

"马泊六"的末日——恶虔婆王婆

《水浒》中之女性多半被刻画得有些不堪,大多被写成了性淫情泼的坏女人,下场也多半凄惨,让人觉着有些过分。但有一个人物,虽本身不曾被作者写成淫荡者,但最终却遭了凌迟之罚,而人们也许犹嫌罚之不足,因为她太可恨了,此人就是王婆。

《水浒》第二十四回"王婆贪贿说风情 郓哥不忿闹茶肆",第二十五回"王婆计啜西门庆 淫妇药鸩武大郎"两回写的就是西门庆、潘金莲如何在王婆的摆布下勾搭成奸,又联手毒死武大郎的一桩情杀惨案。这故事写得既艳惑炫目又阴凄瘆人,可称扣人心弦。一般人们易被故事情节吸引,只以西门庆、潘金莲为主角而忽略了王婆,但小说作者在题目上还是突出了她,两回都冠以"王婆"之名,意在提示我们别忘了她。

说得准确点,王婆实际上是这幕情杀惨剧的导演和制作人。

当西门庆打武大门前走过,被潘金莲滑落的叉竿不慎打了头,本待发作,但发现对方是个年轻貌美的女子时,收敛了怒气,展出了笑容,于是一个道歉,一个说不妨事。这是文明礼貌的表现,于两造都合宜得体。当然于西门大官人有点"惊艳",但也顶多是个逢场一笑的普通生活场景。

但这一切却被间壁茶局子里水帘底下的王婆瞧见了，瞧她多善于捕捉镜头，且笑着嚷起来："兀谁教大官人打这屋檐边过，打得正好！"她是有意将一桩已经平息了的小事赋予特殊的意义，展开她说风情的拿手好戏。金圣叹在此话下评曰："积世老虔婆语，使读者肉飞眉舞"。她倒不是要使读者肉飞眉舞，她是要让西门庆这花花公子和潘金莲这婚姻爱情的不幸者都把这个"落叉事件"当作一种非寻常事件来看待，把它渲染成一种"缘"。所以"积世老虔婆"真是一针见血为王婆定了位。

此后，这积世虔婆就调动一切手段来撩拨西门庆。西门庆本身当然也是个喜欢渔色猎艳的浮浪子弟，但无疑没有王婆风言风语的撩拨，西门庆也许不至于那般按捺不住。你看王婆的自白："你看我着些甜糖，抹在这厮鼻子上，只叫他舐不着……"连西门庆也对老虔婆的风话有过火之感："你看这婆子，只是风。"

这积世虔婆的风话有些确是够下流的，实际上这些风话一则撩拨西门庆，另外也含有她这个寡老虔婆的精神自慰在其间。所以本文开首称其"非淫荡者"，并不确切，她是闷于内的那种淫荡者。

她的能耐十分了得，瞧她得意的自夸："老身为头是做媒，又会做牙婆，也会抱腰，也会收小的，也会说风情，也会做马泊六。"真可谓无所不能。

所以黄永玉《大画水浒》中称王婆"王婆才能，做啥都行"。

张恨水先生也曾说过："夫以西门庆之奸猾，潘金莲之精明，均非易与之流，而王婆指挥若定，如是傀儡而舞，是其人奸猾精明，固有在此一对男女之上者。"

王婆智商绝对在西、潘之上。

她做着无本买卖，如一个老鸨，控制着潘金莲，从西门庆处又尽量搜刮,大大地捞了一票。当西、潘"云雨才罢,正欲各整衣襟,只见王婆推开房门入来,怒道……"又出新招,软硬兼施,让两人进一步听其摆布。而那种突然闯入,足证其一直在窥伺,也可见其变态心理之一端。

当武大捉奸不成,反被西门庆踢伤,卧床养病期间,西、潘虽依然厮混,却并未有毒杀武大之心。又是王婆撺掇两人下毒手:"如今这捣子病得重,趁他狼狈里,便好下手。大官人家里取些砒霜来,却教大娘子自去赎一帖心疼的药来,把这砒霜下在里面,把这矮子结果了。一把火烧得干干净净的,没了踪迹,便是武二回来,待敢怎地?……"教唆人干杀人勾当,竟如此冷静,不打格棱,其心之毒,可以想见。连西门庆也对此不无惧怕,说道:"干娘,只怕罪过!……罢!罢!罢!一不做,二不休!"西门庆虽奸猾,仗势欺人,但他"只怕罪过"之话倒也不是矫情作态。而王婆接着说的是:"可知好哩,这是斩草除根,萌芽不发……"真正令人发指。

说服了西门庆之后,她又教授潘金莲所谓下毒的"法度"。那口吻与叙说的熟练直如一个亲历者,真怀疑是个曾经下过毒的惯犯。谁能证明她不是呢!

也颇怀疑她将西、潘引向死亡陷阱也是她周密的杀人灭口的一环。因为武大不死,当然会将她一起向兄弟武松告发。武大死后,若追索起来,犯事者是潘金莲和西门庆,她尚有抵赖摆脱干系的可能。

老咬虫!你真是太奸猾了。

这积世虔婆的智商真不下于智多星,她所策划的也真可谓是那时代的高智商犯罪了。

但她机关算尽太聪明,唯一失算的是武大死得毕竟太蹊跷,而且西、潘之绯闻也早已传得沸沸扬扬,武松归来能不追究吗?

张恨水先生在水浒"论赞"中有一段精评很有见地，他说："西门庆是色胆天大，王婆是利令智昏。色字头上有把刀，人多能言之矣；利字旁边一把刀，举世昧昧焉。"

这一把刀凌迟碎剐了那积世虔婆，因为是积世，故该一刀刀见血，活该！

顺便说一句，《水浒》电视剧中王婆一角演得十分到位，不下于陈强当年在《白毛女》中所演之黄世仁。陈强当年演得太神了，以致观众中有一战士竟拉动枪栓瞄准他，要崩了他。估计王婆一角若也似《白毛女》那般演出，必有人上前扇她耳刮子。

一头中山母狼——清风寨知寨刘高之妻

在人与人交往之际，有时会受人惠，有时会遭人损。受人之惠，当知恩图报，古人所谓"滴水之恩，当涌泉相报"。被人损着牙眼，则有人主张"睚眦必报"，甚至说"有仇不报非君子"。也有人主张以德报怨，那似乎是宗教的境界了，恐非常人所能企及；睚眦必报，好像又小器了点。但怨怨相报，虽非上策，却也常被人所理解。

在恩怨关系中最不为人所容者是"以怨报德"，受人恩惠，不思报效，反心心念念加害于恩人，甚至必欲置于死地而后快。这样的人该是"众人皆曰杀"的人了。《水浒》中就有这样一个人，那就是清风寨知寨刘高的妻子。

小说第三十二回至三十四回"锦毛虎义释宋江""花荣大闹清风寨""镇三山大闹青州道"等故事中矛盾的焦点、冲突的导火索即是这个刘高夫人，所以她虽不属主角，却是绾结故事的重要枢纽。

这刘高妻也许还存着些许孝心，也许久在闺阁想出来呼吸一下新鲜空气，竟然打点仆役，乘轿上山去母亲坟上化纸。不想被清风山上强人矮脚虎王英掳上山去，欲纳为押寨夫人。时宋江欲投清风寨花荣处去，正好也盘桓于山上，得知被劫妇人为"清风寨知寨的浑家"，初以为是花荣夫人，便执意相救，后虽从妇人处得知清风寨有文武两知寨,被劫者乃文官刘高之妻,也仍然不惜对王英下跪,一意救下了刘高之妻,理由是"她丈夫既是花荣同僚,我不救时,明日到那里须不好看"。

另外,那妇人在当时也曾求宋江施援手相救。书中写道:"那妇人含羞向前,深深地道了三个万福,便答道:'侍儿是清风寨知寨的浑家,为母亲弃世,今得小祥,特来坟前化纸……告大王垂救性命。'"应答之间似也深通礼数。这应该也是宋江竭力相救的一个原因吧。

然而宋江所救的却是一条冻僵的蛇,和一头受伤的中山狼。

得救以后,那妇人"插烛也似拜谢宋江,一口一声叫道'谢大王'。宋江道:'恭人,你休谢我,我不是山寨里大王,我自是郓城县客人'"。在宋江,这大概也算是一点身份辩白吧。

当刘高得讯教手下来救夫人时,下人问及"怎地能够下山?"刘高妻竟如此回答:"那厮捉我到山寨里,见我说道是刘知寨的夫人,谎得他慌忙拜我,便叫轿夫送我下山来。"

这一番话让人不得不对之刮目相看,这个女人不寻常!当然堂堂知寨夫人总不能将自己在山中受王矮虎羞辱,并自己乞救的丑态对下人和盘托出吧,从情理上说她这样作也可以理解。再说,也确是宋江知她是刘知寨夫人后,嘱轿夫送之下山的,也可说基本属实。

见了刘高,这妇人又编了一套很见水平的谎话:"便是那厮们掳我去,不从奸骗,正要杀我,见我说是知寨的恭人,不敢下手,慌忙拜我。却得这许多人来抢夺得我回来。"可说谎话编得很圆,滴水不漏。

宋江见花荣后言及此事,方从花荣处得知"这婆娘极不贤,只是调拨他丈夫行不仁的事……"但两人均未料几乎让这个女人折腾得把命差点搭上。

元宵夜，宋江在清风寨大王庙小鳌山花灯前赏灯玩耍，不意撞上了刘知寨夫妇。那妇人"于灯下却认的宋江，便指与丈夫道：'兀那个黑矮汉子，便是前日清风山抢掳下我的贼头'"。

宋江被拿下后，在厅前刘知寨审问时，刘高妻一再在旁恶声恶气地指证宋江为强贼，什么"你这厮兀自赖哩！你记得教我叫你大王时？"什么"你这厮在山上时，大大剌剌的坐在中间交椅上，由我叫大王，哪里睬人？"当宋江责问："恭人全不记得我一力救你下山？如何今日倒把我强扭作贼？"那妇人便怒骂"这等赖皮赖骨，不打如何肯招？"直打得宋江皮开肉绽，鲜血直流，并被锁入囚车，解往州里。

刘高妻这等以怨报德，恶做宋江的行径着实令人费解。

古往今来，也颇有些人曾费尽猜疑，去探索寻觅刘高妻这一行为背后的原因。

张恨水先生以其下山时，对手下军汉说的话作推论："此其言，便以求人释放为耻矣，何为不忍缚宋江耶？"（《水浒人物论赞》）多年执教美国诸大学的《水浒》研究专家马幼垣先生似乎未能赞同张先生意见，谓"但刘高妻根本不知道宋江是谁，况且求助之事未尝外泄，何耻之有？因何反要自我宣扬？"（《水浒人物之最》）

笔者之意，恨水先生之说还是触着了痒处。刘高妻确实认山上之事为耻，这从她对下人和对丈夫所述即可看出。王矮虎曾经轻侮过她，这一切宋江全知晓，而且她乞命的丑态，那山上的整个过程，宋江是一个最真实的见证人。她一见宋江，那山上一幕必然强烈地闪回。或者可以说她希望忘却，或者已然忘却的清风山之辱，全因宋江的出现而变得清晰不可忘却。甚至她感到于她的假话威胁最大的、最容易揭穿她谎言的证人就是宋江。她也应该记得在救她过程中宋江提及与花荣是朋友，眼下他已在乐呵呵地观灯，说不定已然将事情向花荣说过，她倒不是怕花荣知此事，而是怕花荣向刘知寨提起此事，所以为证明自己未说谎，那么就得除掉宋江。她并非如马幼垣先生所言不知宋江是谁，她全然了解宋江实际并非王矮虎一伙，否则不必跪求。从这女人下山之际对下人所言，逢刘知寨时所言，及灯下见宋江时所表现，可知其人心思十分周密，善逻辑推理，并阴狠险毒到为维护自己在丈夫前的脸面，可以不动声色，"一不做，二不休"地将救命恩人一口咬定为贼首。

俗谓"最毒妇人心"，说的就是刘高妻这样的女人。

她当然逃脱不了被腰斩的结局，死前她又故伎重演，哭着告饶，但鳄鱼的眼泪不再有效。

"贱人"这个词施于女人时，是一个很难听很毒辣的骂詈之词，但用在刘高妻身上，犹嫌不够劲。

谐趣篇

《水浒》人物绰号趣话

中国人的传统是很重视自己的名与字，但是文人与艺人又常常嫌名字不足显其性情，于是便纷纷自设各种雅号。这风气唐宋以还渐盛，明清愈趋鼎盛。有些名画家如石涛等人，一人竟可占十几个名号，让人数不过来。甚至到后来人们反而只知有些人的号而忘了其本名。这是个有趣的文化现象。

号有自号，也有他人所赐者。以号名世者，文人、艺人居多，但也并非尽然。

我们都有这样的经验，许多阅读过的小说，观看过的影戏，其中不少让我们铭记不忘的人物，常常不是他的本名，而是他的鲜明有趣的绰号。

而在小说创作中，将绰号艺术发挥至极致水平的大概就数《水浒》一书了。

《水浒》的绰号艺术真的堪称一绝。

前清及近代以来曾盛行各种点将录，说到底这些点将录看中的还是《水浒》人物的绰号。而近代以来还有不少学人甚至专以《水浒》人物绰号为题作文著书、阐发奥义呢，这是严肃的一面；另有喜欢猜谜者，还专辟了一种名曰"泊诨"的特殊谜种，以《水浒》人物绰号为对象来制谜、猜谜,乐乎淘淘,这则是游戏的一面了。

严肃阐述也好、游戏谐谑也好,《水浒》人物绰号是个说不完的话题,一路散漫说去也许显得太离谱,想起古人论画有所谓"气韵生动、因物象形、随类赋彩"等说法,倒也可借来使话题有所约束。

因物象形

《水浒》人物绰号最基本的一类是以人物体貌特征为据而设的。民间亦多有以体貌特征为人取绰号的,耳熟能详的诸如"大头""扁头""长豇头""鹰钩鼻头""招风耳","长脚鹭鸶""水泡眼"。显然有点俗陋,缺乏文采和诗意。

《水浒》中以人物体貌特征为据所设的绰号或则俗能见雅,蕴有内涵;或则刻描生动,神采飞扬。

这类绰号较精彩的如:

青面兽杨志、赤发鬼刘唐、紫髯伯皇甫端、矮脚虎王英、通臂猿侯健、玉幡竿孟康、火眼狻猊邓飞、云里金刚宋万、鬼脸儿杜兴、没面目焦挺等。

杨志因面带青色胎记,且呈凶相,故有"青面兽"之称;而刘唐却因生着一头红发且脸相丑陋而被赐"赤发鬼"恶号。杨、刘两人之号堪称绰号中绝配的"对仗"。虽有点凶相,但也别具佳趣。

皇甫端紫须飘飘,与三国孙权相似,赐予"紫髯伯"绰号,雅仪翩翩,若与刘唐、杨志放在一起,倒也构成"人、兽、鬼"三角佳对。

宋万、杜迁皆因身高马大的魁伟身材而被夸张地形容为"云里金刚""摸着天",这种张扬也颇逗人,有点民间所说的"丈二和尚"的感觉。同样高大的孟康因肤色白皙而被誉为"玉幡杆",则挺富诗意。

侯健显然手臂特长,而王英必定腿脚特短。至于杜兴、焦挺则肯定是五官不整的歪瓜裂枣之辈。

这些生动的绰号或素描、或重彩、或写意,均能得其神采,这是因物造形中的高手方能臻此境界。

此处还不能忘了那个武大郎。

既然身形巨高者可以"云里金刚""摸着天"来形容,那么特别矮小的侏儒也当以夸张手法象其形,于是武大郎有了"三寸丁谷树皮"之号。

"丁"指成年男子,"三寸丁"应是畸形超矮男子。"谷树皮"何谓?"谷树皮"一作"古树皮",也即历经岁月的老树之皮。我们应该都见过皱褶嶙峋的古松苍柏的树皮。估摸武大不仅矮小,还是那种未老先衰满脸皱裥的那种形象。有一种儿童而生着老人容貌的怪疾,武大似应患此怪疾。所以这六个字毕肖入神地刻画出了武大丑陋可怜的体貌特征。

也有学者把"丁谷"看成一词,说"丁谷"是外族语词的汉语音译。这虽也属一种探索,但似有点曲意求深的味道。因为《水浒》本只是一部白话通俗小说,再说"三寸丁谷树皮"似也并不特别难于理解。

随类赋彩

《水浒》中借古拟今,以古代名人作譬的绰号似也颇有一些。

如小李广花荣、病关索杨雄、病尉迟孙立、小尉迟孙新、小温侯吕方、赛仁贵郭盛、八臂哪吒项充、小霸王周通。

其中哪吒为神话传说人物，归之古代名人，略欠允当，但约略近之。

关索，传为关羽之子，虽不见于《三国志》及《三国演义》，但民间却盛传关云长有此子裔。西南地区有地名"关索岭"者，也有祭祀纪念其人的关索庙多处。宋元戏曲小说中也多有写及关索的作品。所以杨雄便得了"病关索"之号。

花荣被誉为神射手，以汉代神射手飞将军李广作比，十分恰当。

吕方，使一柄画戟，与三国名将吕布不但同姓，使用兵器也一样，也同样英勇气盛，所以与吕布作比，也甚贴切，吕布封温侯，吕方便以小居之。

郭盛与唐代名将薛仁贵作比也不无因缘。

尉迟为唐代名将尉迟恭，民间敬之，甚至以之为门神，也是一位享盛名的古人。孙立武艺高超，且也如尉迟恭一般，以鞭为兵器，因此两人相比也甚匹配。而孙新也与尉迟作比，那是沾了其兄之光。

周通武艺平平，竟称"小霸王"，欲与楚霸王项羽叫板，那是有点不知天高地厚的表现，只能显其蠢陋，但也不无黑色幽默味。周通在《水浒》中本也是个被调侃、耍玩的丑角，安上个不着调的号也允当。

在与古代名人相比时或称"小"，或曰"赛"，或谦虚，或矜夸。另有一字为"病"，即"病关索""病尉迟"。《水浒》中，绰号带"病"字者，还有个病大虫薛勇。三人绰号中置一"病"字，此事颇值一说。

小说四十四回"病关索长街遇石秀"中介绍杨雄时说其"两眉长鬓，凤眼朝天"但言其肤色时称"淡黄面皮"。

小说第四十九回"孙立孙新大劫牢"写孙立容貌时如此着笔"淡

黄面皮，络腮胡须，八尺以上身材"。

杨雄、孙立都是"淡黄面皮"者。有人解释"病"字即由此来，国人以朱颜红润为健康，"淡黄面皮"不算健康，瞧去有病夫貌，此说似乎不无道理。

那么"病大虫"就是一只瘟老虎了，所以这绰号上着一"病"字到底是夸赞吗？令人顿生疑惑。

有学者查了一些宋、元小说戏曲中病字的用法，说"病"字在南宋杭州口语中有"赛""竞"的意义，即比得上、赛得过之意。这倒是一种颇值得注意的说法，因为这样一来，"病关索""病尉迟""病大虫"都得到了合理的解释。

不过在揭橥这一说法时，未见说出何以"病"字有此解的原因，终令人有不踏实之感。

"病"字何以可作"赛"用呢？笔者思忖再三，寻得一解释，不知能否为大家接受。

实际上可从古汉语语法角度去考虑这一现象，上述三绰号皆用了一种古汉语的使动用法，"病"不是作为修饰词来形容后面的中心词"关索""尉迟""大虫"，而是把后者作为宾语，使之成"病"，而"病"本身有"不足、短缺"的含义。如"病关索"即是使关索也相形见绌。

但愿此种诠释不致也坠入我前面所说的曲意求深的陷阱。

兵器十八般

《水浒》中梁山好汉的绰号仅以所用兵器为标志者也不乏其人，毫不夸饰，但个顶个的是此项兵器的绝对高手。

如大刀关胜、双鞭呼延灼、双枪将董平、没羽箭张清、金枪手徐宁。

这几位都是天罡中排名甚前的武林高手，其所使兵器虽非奇特，但于此兵器的运用常是独此一家，无出其右的。

山上使大刀者也还有几个，但谁敢如关胜那般以"大刀"为号？山外倒是有个大刀闻达，应该也是个刀艺精湛的高手。

这绰号或可曰招牌是硬碰硬的，货真价实的名牌。

本来小李广花荣、轰天雷凌振倒也可入此列，因为花荣之比李广也取其射艺，但毕竟还是绕了个圈。

绰号以此方式命名的山外还有一个，祝家庄教师唤作铁棒栾廷玉。

这种凸显本质的素朴绰号充分地表现了以此为绰号者的自信或众望所归的仰慕。

这种绰号的最大的特点就是力度，就像那些兵器一样，紫电青霜，锋锐冷峻。多么有力！大刀！铁棒！

三十六行

梁山上还有一批好汉是凭着身份职业或一技特长而获绰号者，观之令人有三十六行，行行出状元之感，也让人惊叹水泊真乃藏龙卧虎之地。

看看这批以"职""技"为能的绰号吧！

神机军师朱武、圣水将军单廷珪、神火将军魏定国、神算子蒋敬、神医安道全、圣手书生萧让、玉臂匠金大坚、铁笛仙马麟、铁叫子乐和、操刀鬼曹正、铁臂膊蔡福、菜园子张青、轰天雷凌振。

他们或精谋略（朱武），或善布阵，用火、用水、用炮作战（单廷珪、魏定国、凌振），或擅算术会计（蒋敬），或谙医道（安道全），或精金石书法（金大坚、萧让），或擅吹拉弹唱（马麟、乐和），或操牛羊屠宰之术（曹正），或执刑场斩首之任（蔡福），或灌园浇蔬（张青）……巫医乐师，百工俱全。大都毫不客气地以"神""圣"自诩。"菜园子"算是较平实的，"子"即"人"也，自谓种菜人，总算以本色为号。

这路神仙也确实各有自家一套路数，至少在"职""技"上是行家里手，各自出招时绝对令观者买账。如神医安道全在宋江米粒不进、奄奄一息之际经他下药调治，竟然妙手回春，毫无含糊。

当然，这些人由于绰号有点张扬，神呀仙呀的，有时难免让人感到不够踏实，如遇着走江湖者似的，当然他们实际上倒也确是行走江湖出身的，总带点江湖气。

虎啸龙吟

与上述将自己饰成"神""仙"者异曲同工的是借重于凶禽猛兽或灵兽珍禽为自己装点门面者，目的是显其卓尔不群的异秉或勇武威猛的气质。

此类绰号甚多，有所谓"五龙九虎三豹子"之称。

五龙者：入云龙公孙胜、九纹龙史进、混江龙李俊、独角龙邹润、出林龙邹渊。

九虎者：插翅虎雷横、锦毛虎燕顺、矮脚虎王英、跳涧虎陈达、青眼虎李云、笑面虎朱富、花项虎龚旺、中箭虎丁得孙、金眼彪施恩。

三豹子：豹子头林冲、锦豹子杨林、金钱豹子汤隆。

实际上以虎为号者尚可增二人：病大虫薛勇和母大虫顾大嫂。

虎啸龙吟，甚是闹猛，但这批人中除入云龙公孙胜、豹子头林冲、九纹龙史进外余皆未见十分出色。俗语说："拉大旗作虎皮"。这些以虎为号者倒有"拉虎皮，扯大旗"之嫌。与前面朴素平实不事张扬而具实力的"大刀""铁棒"之类的精英相比，这些"龙""虎"大都该为自己的浮夸而赧颜吧！

至于锦毛犬、九尾龟之类的更属等而下之辈也。

气韵生动

古人论画，以气韵生动者为胜绝。《水浒》人物绰号也有数人堪称入"气韵生动"境界者。

如霹雳火秦明、黑旋风李逵、花和尚鲁智深、浪里白条张顺、拼命三郎石秀、浪子燕青、一丈青扈三娘，以及阮氏三雄的绰号（立地太岁阮小二、短命二郎阮小五、活阎罗阮小七），均属脱略形体，写意入神的佳号。

秦明火暴性子，用天上闪电引发的大火作比真是神来之笔，"霹雳火"之号，音、形、义均臻佳境。

旋风，即盘旋而上之风，大者即所谓"扶摇羊角"的龙卷风，席卷而来，呼啸而上，裹挟着尘埃、石砾，涡卷而上直冲霄汉，这就是"黑旋风"。

李逵生得黑，体形硕大，行动迅速猛烈，用"黑旋风"形之，再贴切也没有了。

另一人物柴进，天潢贵胄，柴世宗后裔，喜散财济人，有孟尝君之风,于是号"小旋风",旋风之取义与前同,但着一小字,则表达了号主温顺、和穆的特点,故也十分贴切。

"黑旋风"之号好就好在人皆知此物,一见此三字,那风就扶摇呼啸起来,李逵也就抡着板斧扑面而来了。

石秀是个该出手时就出手,干脆利落的硬汉。其在江州劫法场时,凌空跃下,威震敌胆,而其号为"拼命三郎",也堪称神来之笔。汪曾祺先生曾认为拼命和三郎放一起是一种绝配,因为民间通常认为"大哥笨,二哥憨,只有老三最聪明",这解释极有意思。

花和尚鲁智深和浪子燕青。这两人之号是取贬义词赋予新义。具有颠覆性的醒豁效果。

鲁智深身刺一身花纹,又在五台山寺院落发为僧,于是有了"花和尚"之号。民间"花和尚"之谓人皆知之,那是给纵情酒色的僧人的恶谥。而鲁智深一生曾帮过好几位受迫害的女子,其貌均姣好,而"花和尚"却无一丝花心,纯是一活菩萨,因此其号反有了一种妙趣。

浪子本是浮浪子弟之谓,其人多不务正业,败家生事,寻衅作歹,"浪子"基本上是个贬义词,而只有对自己不端行为深自忏悔,痛改前非者,才会被人接纳,勉励有加地称为"浪子回头金不换"。而燕青这位"浪子"却颠覆旧义,标立了"浪迹天涯,放荡不羁地追逐自由精神的豪客"这样的新义。不必回头,足可睥睨世界!

谁能不叹服"花和尚""浪子"之号的别出心裁呢?

"浪里白条"也属号中精品。水军人物也颇见佳号,如混江龙李俊、出洞蛟童威、翻江蜃童猛、船火儿张横……以水族为喻配着他们名字中的俊、猛、威、横着实有一种翻江倒海的生猛之气。但在"浪里白条"一号前都有些黯然,因为"浪里白条"在白描中显示了诗的神韵。此号一作"浪里白跳"或"浪里白鲦",亦佳,澄碧的水中翻卷着白色的浪花，浪花中穿梭着白色条状的鱼或人影，搏浪戏水，岂不美哉！

水军中三阮的绰号亦有叱咤惊人之气。

阮小二"立地太岁"，"太岁"为凶煞，触之者亡，若犯之，顷刻遭殃，"立地太岁"是惹不起的凶神。

阮小五"短命二郎"，"短命"为咒人薄情寡义之词，"二郎"为"二郎神"的简称，这"短命二郎"似是憎之者所赐的恶谥。而阮小五公然以之为号也正是要表达"咒骂任其咒骂，爷即'短命二郎'"这种蛮劲，"我是流氓我怕谁"！

阮小七"活阎罗"也相似，"阎罗"为冥府魔王，活阎罗就是主宰生死的地上魔王了。

所以三兄弟都以人所加之恶号公然受之，以表示威。

当兄弟三人一起亮出这些凶神恶煞似的绰号时，真有一种慑人的力量。

梁山三女杰，顾大嫂、孙二娘号"母大虫"、"母夜叉"，显然属贬义十足的恶号。也可与三阮之号同观。"一丈青"无疑是个佳号，"一丈青"在宋时是一个很时髦的雅号，一般赐予身材高挑颀长者，当然还得是青春年华又帅气的人，男女倒是不限。而扈三娘无论从哪个角度说，都足以承当这个雅号。而扈三娘带着"一丈青"的雅号与矮脚虎王英配成姻缘，这"高女人和她的矮丈夫"倒也有了黑色幽默的谐趣。

费猜疑的号中玄机

水泊中人，其号亦有费人猜疑者，历来众说纷纭，却终无确解者，今试予一一解之。

猎户解氏兄弟之号为"两头蛇""双尾蝎"。

人们喻人心歹毒常说"心如蛇蝎"或"蛇蝎之心"。兄弟两人之号一蛇、一蝎。见之，第一反应就是"毒"。而旧注此两号时，也明确说"两头蛇""双尾蝎"为蛇蝎中之剧毒者。

解氏兄弟实为农户，行猎为生，所猎虎落入财主毛太公庄园中。本欲取回虎向官府交差，被毛太公陷害入狱。要说歹毒，那是毛太公父子歹毒，解氏兄弟憨厚老实才会受陷害入圈套。如此至诚至朴无心机城府之人何以以蛇蝎号之？

张恨水先生以解氏兄弟长得魁梧，且以猎虎为世人不敢得罪之，其亲戚顾大嫂夫妇称霸一方，故得"蛇""蝎"之号，这解释颇勉强。

笔者于解氏绰号也费过些猜疑，看看能否释疑。

解氏兄弟不是一般猎户，而是猎虎专业户，虎为山中之王，擒虎、克虎岂是易事，凶于虎者鲜矣，但蛇蝎之毒，哪怕猛虎也得退避三舍，这就是解氏兄弟以蛇蝎为号的原因吧！他们渴望压住虎威，把号往凶里、猛里、毒里起，以壮胆气。

另外，兄弟俩都使浑铁点钢叉，那钢叉的尖利锋锐的两个叉刺不真与两头蛇的信子、双尾蝎的尾螯在外形上十分相似么？

这揣测从形和神两方面进行，该有点道理吧？

费猜疑的泊号之二为"旱地忽律"，这是朱贵的号。

忽律，又作忽雷或骨雷，《尔雅》等古辞典解作鳄鱼，那么"旱地忽律"应是指上岸的鳄鱼，鳄为两栖动物，应有上岸爬行的功能。但何以以此为朱贵号，无人作过阐释。

鄙意以为这可以从朱贵的身份来寻解，朱贵在山下开酒店，接纳投奔梁山的好汉，但他又是一个对上山人员持着特别警惕性的安保人员,从他接纳林冲的过程即可知他的特殊身份。而酒店又是开在水边。上岸的鳄鱼也是保持着最高警觉状态的,这岂不就是朱贵。故仔细想来这号于朱贵是再贴切也没有了。

费猜疑的泊号之三为"铁扇子",这是宋江胞弟宋清之号。

前人于"铁扇子"此号颇有误解。《水浒》注家程穆衡说:"扇子以铁为之,乃无用之物",似乎想说明"铁扇子"影射宋清乃无用之辈。

张恨水先生也持相似看法:"扇子扇风,必须轻巧可携,以铁制之,何堪使用?而梁山诸寇,每次分配工作之时,必以宋清司庖厨之事,殆故意使与饭桶为伍乎?"(《水浒人物论赞》)

此说也未能圆通。

铁扇公主之扇,宝物也,大小由之,可扇灭火焰山之漫天大火。

《水浒》人物之号,多有冠以"铁"字者,如"铁笛仙""铁叫子""铁臂膊",其"铁"有明显颂扬意。

故"铁扇子"也必是褒赞颂扬之意,赞其运扇之功非凡也。

张恨水先生也说了"每次分配工作必以宋清司庖厨之事"。梁山最后给宋清的职务是"排设筵宴"。也即梁山上的吃饭大事端的全赖铁扇子也。说是总司务长也好,说是餐饮业总裁也好。梁山的吃喝拉撒,"吃喝"一端离不了宋老板。梁山好汉并非只是"大块肉""大碗酒"就能满足的,不然,鲁智深、李逵会大嚷"嘴里淡出鸟来"的。

俗话说"巧妇难为无米之炊"。但有米无火也成不了炊,何以使煮炊之火常旺不息?何以使百八好汉的口味与肠胃得到满足?没有铁扇子行吗?

"铁扇子"就是梁山对宋清一手搞定山上餐饮的高度肯定。

费猜疑泊号之四为"鼓上蚤",此为时迁之号。

此号本不甚难解,但一经考据家探幽索玄,反而复杂化了,陷入曲意求深之阱。

程穆衡称"蚤"应是"皂",那是鼓皮上鞔皮处的铜钉,取其小而易人之意。

擅长考释的王利器先生则解"蚤"为"鼛",谓为晚间巡更所击之守鼓,上鼛即上更,这种时候是时迁大显身手之时。

汪曾祺先生所言最得笔者之心,他说:"跳蚤本来跳得就高,于鼓上跳,鼓有弹性,其高可知。……"

这也正是笔者对"鼓上蚤"的直观理解。

跳蚤是昆虫中弹跳力最高的一种,可达本身高度的一百多倍,而"鼓上蚤"则是一只在击动的鼓面上腾跃的跳蚤。既要避开鼓槌,又须控制在鼓面跳跃,实需超常的技能技巧。

"时迁"从字面上解有点"打一枪换一个地方"之意,那也是贼家最基本的游戏规则呀!

费人猜疑的四个泊号,参透了个中玄机,我们会发现,此数号也完全有资格跻身"气韵生动"之列。

"镇三山"之号该改吗?

还想说一说泊号中的另一趣事。

原本任青州兵马都监的黄信,当年曾志高气盛地宣称要将青州辖下的"清风山、二龙山、桃花山"三山的强人全部捉尽,于是有了"镇三山"之号。

那桃花山上的李忠、周通,清风山上的燕顺、王英、郑天寿也许不是黄信的对手,而二龙山上雄踞着的却是武松、杨志、鲁智深,其中任一位都可以轻易将黄信摆平的。所以"镇三山"实在是昏了头的白日梦。当然，后来黄信自己也随秦明上了梁山。"镇三山"于是成了笑柄。

马幼垣先生揶揄他为"最挂错招牌的人"，并认为他应该改号。

鄙意以为不必改。

马先生担心"镇三山"之号会伤了原三山之人的感情。实则不然，武松、鲁智深辈岂是小肚鸡肠者？"镇三山"之号反会成为他们逗乐的资源，继续唤黄信为"镇三山"，可以让梁山上的嘻哈一族有了"涮"人的机会，何乐不为？

而继续背着此号，实质上也让黄信本人有了自嘲和幽默的意味。他要改了，反而显得太认真，而且改了，难道就能让人忘了？他是聪明人，当然不改好，敢于贻人笑柄，有时反能提升一个人的幽默质性，背着一个荒唐而夸大的绰号，让大伙能融融乐乐，这难道不是一种宽阔胸襟的表现么？

梁山座次排定潜规则

《水浒》七十一回是全书极重要的一回。故事至此可说到达全书的高潮，梁山事业也趋至峰巅。回目"忠义堂石碣受天文，梁山泊英雄排座次"也显示小说至此回发生了重大历史事件，那就是全部上山好汉以排定座次，获得了一个个人的"定评"。其意义不下于唐代功臣进入凌烟阁。因此，这一座次名录引来了极大的关注。或者说这一名录招来了读者各种不同的议论。甚至可说它也几乎成了《水浒》研究者所关心的一个课题。

后世甚至流行起种种"点将录"。各种排行榜也常常制成一百零八人的形式，设有"天罡""地煞"之类。而各种"点将录"就以《水浒》中梁山一百零八人作比。可知这份名录产生了何等巨大的影响。

这份名录的出现在小说中被渲染成了一种天意的显示，当然实际上还是人的意志作用的结果，或说人为的某些规则或隐或显地在其中起着制衡作用。

这份极其重要的名录的出现当然不是偶然的，它是梁山事业发展至此的一个必然结果。事实上，梁山从发轫到走向辉煌，其间各个时期实际上都产生过类似的座次排定和名录。

梁山七次排名

梁山的座次排列先后有过七次。

第一次即是林冲雪夜上梁山之时。其时，梁山发轫之初，落第书生白衣秀士王伦在小旋风柴进的帮助下，与几个略通武艺的潦倒者杜迁、宋万、朱贵等人占下了梁山。柴进举荐林冲来梁山，一来可让林冲有了落脚地，二者也可加强梁山力量。不意王伦是个心胸狭窄之徒，容不得像林冲这样的能人，说到底他还是觉着难于安排林冲之位，让贤吧，他无此雅量，不让吧，排林冲于什么位置上都显得不公正，当然他更担心自己无能耐控御林冲。在万般无奈中勉强留下了林冲，让他坐了第四把交椅。座次为王伦、杜迁、宋万、林冲、朱贵。这似乎在循着一个"先来后到"的规则。朱贵置末，因为他毕竟在山下负责接纳事宜，常务坐镇山寨头目之次序基本循到山顺序而排，虽不公正，也算是有据可依吧！

所谓的第二次排序，严格说来有点名不符实，因为这是一批还未上山，但却是不久之后即会上山的重要人物在一次重要军事行动之前聚义中的一次座次拟定。那就是晁盖、吴用等人智取生辰纲之前的"七星聚义"。

古人聚会，甚讲究座次。七人聚时，均请晁盖正面而坐。晁盖道："量小人是个穷主人，怎教占上！"吴用道："保正哥哥年长，依着小生，且请坐了。"晁盖只得坐了第一位，吴用坐了第二位，公孙胜坐了第三位，刘唐坐了第四位，阮氏兄弟、小二、小五、小七分别坐了五、六、七位。依吴用的"年长上座"的理由，七人的排座是依了年龄的。这似乎也不失为一种公平，说来都能接受。

而实际上这次排座还表现了主客身份，也有能力水平因素的考虑。但这一点没有挑明，而采用了"年龄"这个大家都能接受的理由，这便是吴用的智慧。

劫生辰纲的想法是刘唐、公孙胜想到的，两人不约而同都来找晁盖请他做主，明显可见晁盖的号召力和核心人物的重量。因此，即使不论年龄，晁盖显然也是首座。三阮是吴用说动过来的，而且这智取的策略也自吴用出，他居老二也是铁定的。公孙胜作为一个道人，有一技之长，应在刘唐、三阮之上。而刘唐是最先获取生辰纲信息即时来报的人物，位在三阮之前理所当然。因此这一座次排定既以年龄长幼的次序为说法，而实际上也未让能者有受屈之感，可称十分得当合理。

第三次的座次排定实际上即是上述两次排名的一次汇并融合。

晁盖等人劫获了生辰纲，后因事发受官府追捕，于是选择了梁山为目的地。一个林冲已让王伦坐卧不安，一批英雄来入伙，更令他心生惶恐，于是他故技重演，欲将来者拒斥，显见得他不是一个有远见的、能与时俱进的人物。革命的原则是不合格者须出局，林冲火并了王伦，梁山原班人马与新生力量组合产生了一个新的头领班子。排定的座次序列为晁盖、吴用、公孙胜、林冲、刘唐、阮小二、阮小五、阮小七、杜迁、宋万、朱贵。排位中晁盖等人虽欲立林冲为主，但林冲说出了充分的理由拥晁盖为主，理由为"仗义疏财，智勇足备，天下闻名，无有不伏"；又以吴用是军师，"执掌兵权，调用将校，须坐第二位"；而公孙先生"名闻江湖，善能用兵，有鬼神不测之机，呼风唤雨之法"，且"鼎分三足，缺一不可"，宜居第三。林冲推晁、吴、公孙三人，构建了"三驾马车"的核心领导。

在这一次的排座中，充分表现出林冲不仅是一个武艺高强的教头,且是个识见洞明,在关键时刻能起特殊作用,有定鼎能力的人物。

这第三次的座次排定基本定下了梁山领导班子的组建原则,也基本摸索出并确立了衡人标准:有一定政治影响力,即权威性;有睿智机敏的头脑,即策划应变能力;武艺或其他能显示战斗力的特殊技艺,这些成为考量头领水平的标尺。

三驾马车:晁盖,显然是有号召力的旗帜性人物;吴用,则是善施谋略的常规战中的军师;公孙胜,则是特殊环境中解决难题的专家。

随着梁山队伍的不断壮大,迎来了第四次排座次。

这第四次排座次是在花荣大闹清风寨之后,引起连锁反应,官军中的秦明、黄信随之反正,并与清风山燕顺、王英、郑天寿三头领汇合,在宋江带领下投梁山而去。途中又收编了小温侯吕方与赛仁贵郭盛。一行九人将融入梁山大本营中。宋江临上山前得知家中噩耗,急于奔丧,写下书札荐花荣等九人(新增石将军石勇)上山。此时山上已有十二人(白日鼠白胜也越狱来投梁山)。两组人马很快融合。

聚义厅中分左右两列入座。左边一列交椅上为晁盖、吴用、公孙胜、林冲、刘唐、三阮、杜迁、宋万、朱贵、白胜。(基本为第三次排列座序,白胜后到,叨陪末座)

右边一列交椅上则为花荣、秦明、黄信、燕顺、王英、郑天寿、吕方、郭盛、石勇。花、秦、黄三位是反正军官,以造反先后为序;下接燕、王、郑三人按清风山上座次续上;吕、郭、石是途中收容者,也有先来后到意味。

二十一位头领左右分座还未见明显的座次出炉,显然未能算真正的融合。在一次聚会中，花荣获得了长空射雁以展示神技的机会，这也是一次武艺实力的显示，它促成了新、老两组人马的迅速融合，晁盖、吴用高度肯定了花荣的射艺，次日山寨中再备筵席，在欢快的气氛中议定座次。前四位仍是晁、吴、公孙、林，众人推花荣在林冲肩下坐了第五位，秦明第六位，刘唐第七位，黄信第八位，然后是三阮，再下便是燕顺、王英、吕方、郭盛、郑天寿、石勇、杜迁、宋万、朱贵、白胜，共二十一人。

此次排位有一点很明显，军阶、武艺较高之军人，得到了高度重视。花荣、秦明一下就排在了刘唐之前。黄信也置于三阮之前，因为他也有相当的军阶，虽然武艺不算特强。而白面郎君本与燕顺、王英连在一起，也被吕方、郭盛两个虽年轻但武艺不弱的新进插在了前面。梁山最早的元老杜迁、宋万、朱贵已属每况愈下，先来后到已不成为排座原则。白胜之叨陪末座与其身份有关，其出身为贼，偷鸡摸狗之举为人们所不屑，且劫纲事发后白胜在官府拷打中有点吃打不住经不起考验的表现。

但不管怎么说，重视武功的原则还是有道理的，因为大部分英雄好汉互相之间的敬慕都源于武功之水平，过硬的武艺实力常是绿林中人论列位次的基准。

第五次排位是在宋江和戴宗被梁山好汉从法场上劫下之后。梁山几乎倾巢而出，下山十七人参与劫法场。而浔阳江上也有张顺、张横、李俊、李立、穆弘、穆春、童威、童猛、薛永等九人接应山上好汉。这浔阳江上九人全属宋江来江州后结识的朋友，再加上李逵、戴宗。在打无为军时加入的侯健，回梁山途中又接纳欧鹏、蒋敬、马麟、陶宗旺等人，再在梁山聚义厅中会合时人数已达四十，梁山每一次新聚，人数都有翻番的趋势。

聚义厅中，晁盖欲让宋江为主，宋江依然以晁盖长己十岁而尊他为主。在谦让中梁山的一至四位核心人物得以确定，即晁盖、宋江、吴用、公孙胜。此后未往下排。宋江提议："休分功劳高下，梁山泊一行旧头领去左边主位上坐，新到头领去右边客位上坐，待日后出力多寡，那时另行定夺。"

左边一带是林冲、刘唐、阮氏三兄弟、杜迁、宋万、朱贵、白胜。右边一带论年甲次序，互相推让，排列为花荣、秦明、黄信、戴宗、李逵、李俊、穆弘、张横、张顺、燕顺、吕方、郭盛、萧让、王英、薛永、金大坚、穆春、李立、欧鹏、蒋敬、童威、童猛、石勇、侯健、郑天寿、陶宗旺。

这次在左边入座的旧头领，仍以第三次排座次为准。实际上这第五次暂定座次是宋江所为，几乎将第四次排座给推反了。

"待日后出力多寡再作定夺"。这话是不错的，但由他这位刚上山的二把手来说颇有点僭越的味道。所以后人有宋江要架空晁盖的说法，可能也由此而发。不过宋江可能确实不知第四次排座之事，因为那次他因奔丧未上山，但他心目中花荣、秦明等均属自己带来的新人，与此次江州诸兄弟同属新入伙者，他或许认为新入伙者不该反客为主，掺入并打乱原先的排位，待有所作为以后再考量酌定，也许更合理。如此，则推测宋江有驾空晁盖、取而代之之心是冤枉他了。

从实际情况来看，此时要排定四十人的座次确实不易。但如上述那种左右不对称的坐法确也别扭而滑稽。这是亟须解决的一个问题。

第六次排座次是在晁盖出征曾头市中箭身亡之后，山寨不能无主，所以林冲与公孙胜、吴用并众头领商议立宋江为梁山泊主。而宋江初以晁盖有遗言"捉得射死我者为山寨之主"而不就，最终应允权居主位。改聚义厅为忠义堂，且分山中为六寨，分众人为六组，分驻六寨中。忠义堂中驻宋江、吴用、公孙胜、花荣、秦明、吕方、郭盛七人。左军寨驻七人，以林冲为首；右军寨七人，以呼延灼为首；前军寨七人，以李应为首；后军寨七人，以柴进为首；另设水军寨一座，共八人，以李俊为首。六寨共四十三人。这是山内六大寨，山前设三关，每关有两头领把守。金沙滩、鸭嘴滩立两小寨，分派四人把守一寨。忠义堂内左右一带房中有专司文卷、印信、钱粮、造船的头领居住。此时梁山头领已近百人，卢俊义、关胜、索超、董平、张清、燕青等近十人不日亦将来归。

这第六次的人事安排虽未排出严格的座次序列，但可称是一次预演。忠义堂中聚集的基本上是核心人物，而各大寨居首的也是日后山寨的上层中坚人物，各司其职之后，也便于考量各人水平。

这样的一种安排可见出宋江的政治管理素质要高于原寨主晁盖。这第五、第六次的安排维持了原有的排位状态，又让人觉着有发展的机会。所以虽未最终定夺，整个山寨却是气象一新。书中称："梁山泊水浒寨内，大小头领，自从宋公明为寨主，尽皆欢喜，恭听约束。"

在接下来为晁盖复仇的过程中，卢俊义、关胜等人也为梁山所得。最终打下曾头市，活捉史文恭。宋江再一次被众人推上寨主宝座，梁山头领已至一百零八人，梁山事业也处在蓬蓬勃勃的势头上。宋江大概觉着时机已到，座次排名可以推出了。于是，第七次排名便出炉了。

这就是终结的排名。事情是在隆重而又神秘的氛围中发生的。

宋江提出要作一罗天大醮，报答天地神明眷佑之恩。理由十分充足：一则祈保众弟兄身心安乐；二则惟原朝廷早降恩光，赦免大罪；三则上荐晁天王早升天界。这样的善果好事当然一百零八人全体通过。于是由入云龙公孙胜主持典仪。

忠义堂上的祭典行至第七日,三更时分,天上一声巨响,如裂帛相似,滚下团火球来,入正南土地而去。掘地三尺,得一石碣,书有天书文字,龙章凤篆蝌蚪之天书。

这石碣正面书梁山泊天罡星三十六名。

石碣背面,书地煞星七十二名。正是忠义堂上一百零八人,宋江命圣手书生萧让用黄纸誊写过录。

这第七次所排之座次,乃是天意。

有人说,这是宋江一个人的排行榜,这倒未必,但至少是梁山泊高层人物宋江、吴用、公孙胜等人所协商的产物。

公孙胜善识天文,诸葛孔明可借东风,他预测闪电震雷三日应也不难。萧让、金大坚等制一块石碑也是小菜一碟。

农民起义多用借天意的办法,陈胜在鱼肚内塞"陈胜王"帛书之事,黄巾军先传"苍天已死,黄天当立"之号,皆有此意味。

宋江在江州时因反诗被拘,时已有"耗国因家木,刀兵点水工"偈语盛传。宋江在聚义厅上也借诉说黄文炳陷害之事而搬出此事渲染一番,李逵不是高叫着"这是天意"而应和吗?

所以石碣一事颇可相信是人设而非天降。

众人见石碣先是惊异,然后皆道:"天地之意,物理数定,谁敢违拗?"

一百零八将于是鱼贯入座,循天意而"替天行道"。

梁山核心人物

石碣名录分正反两面,即天罡、地煞,这两者之间当然是两个阶层的差别，名分上就标明了一"天"，一"地"。

即使三十六天罡，前后序列之间也显示着地位之间的明显区别。

这三十六天罡的前六名显然是一个特殊阶层，在梁山意味着这些人是最高核心成员。

看一下核心人员的阵容，即可推知某些排名规则。进入核心层的人员如其基本资历够格，则名录的总体也不会有太大的不妥和纰漏。

这前六名为宋江、卢俊义、吴用、公孙胜、关胜、林冲。

宋江，自其上山后之表现看，他在梁山众好汉中的寨主地位是日渐巩固。即使在晁盖未逝前，也已有推他为主的倾向。晁盖死后，他是当然的寨主。尽管晁盖留有"捉得射死我者为山寨之主"的遗言，众人也尊重晁，但这遗言却没人认同。所以宋江成为寨主，梁山座次的首位，无人会质疑。

卢俊义坐第二把交椅，可能就有相当多的人不认同。卢上山甚晚，为吴用设计智赚上山，在中圈套的过程中显得不怎么精明。断事颇易失误，对义仆燕青的态度又过于粗鲁，他留给人们的印象不甚佳。坐在第二把交椅上，应该是众人对晁盖的遗言还不得不有一定的尊重的缘故吧！而且，梁山在晁盖亡后，一度对曾头市茫然无策，因为山上无人能克史文恭那样的强手。而当时为克制史文恭就选定了"河北三绝"玉麒麟卢俊义，要赚他上山。最终也确是卢俊义与燕青合作捉获史文恭，实现了山寨的复仇目的。宋江在谦让寨主之位时，曾称卢俊义有三处胜于自己。卢堂堂一表、凛凛一躯，有贵人之相；生于富贵之家，长有豪杰之誉；武艺出众，力敌万人，且博古通今。山寨确实需要这样有头有脸的人为其增彩。何况卢俊义为山寨带来的家产也一定不下于晁盖们当年所劫得的生辰纲。山寨座次排位的基本旨意应该是宋江的。难道宋江占了先，还能让卢更落于他人之后么？

所以卢排老二，实际上是必然的。于是，山寨之上，除了"替天行道"的杏黄旗外，左右还扯起了"山东呼保义"和"河北玉麒麟"的两面大旗。作为山寨的一面旗帜玉麒麟确乎合适。

吴用作为军师无疑也是无可替代的，自第二次排位起，吴用最高军事行动决策人的位置始终未动摇过，几乎梁山所有的军事行动离不开吴的"智谋"。俗谓吴用即"无用"，那当然是一种恶搞、戏谑。

公孙胜居第四也如吴用一般，是个稳固的地位，吴是常规军事行动的决策人，而公孙先生是特殊战争的技术问题解决人，梁山逢着一些特殊问题则非公孙不解。虽然这样的难题不常遇，一清道人出手的机会不是太多，但他在梁山依然是唯一的。一定程度上他还是神的意旨的代言人，罗天大醮就必得公孙先生主持不可。

排位第五的关胜也是有争议的，上山甚晚，也未见特殊贡献，他居然插到了林冲之前。如果卢俊义作为旗帜，作为"有头有脸"为梁山争彩的人物这一理由成立，那么关胜之占位也可从这一角度去理解。三国人物关羽，至宋已走向神化，当时已有关帝庙，关云长已是堪与孔夫子对垒的"武圣"了。武圣的后裔在山寨内岂能排名太后？除了必不可动的几位，他的座次必须能提前则尽量提前。让林冲委屈一下，应不成问题。林冲本是个弥天大仇尚能隐忍的人物。当初王伦为寨主时，屈居第四他也接受了，一个关圣的后裔坐在自己前一个位置上有何难容的？

林冲虽然位居第六，却依然是高层决策人物。三十六天罡的前六名是梁山的决策中心，水泊大寨的常委。林教头自火并王伦后，历次排位中他都发挥了重要的作用，他是核心中颇有影响的人物，而其本身的资历、武功也确保了他的地位。一定程度上作为整个梁山的代言人，他也是最合格的。"逼上梁山"就是他的名片。

从前六名核心领导的位次排列来看，可说是得当合理的。

山寨中坚人物

天罡的第七名至第十八名共十二位可视作梁山领导层的中坚力量。这也是一个重要阶层，非特殊卓越者不易跻身这一阶层。

七、八、九名为秦明、呼延灼、花荣。三人本来都是政府军中的高级军官，均可称武林高手。梁山于政府军中高官素来给予极大尊重，来投人员一般都会安排在较高座次上。这从第四次排座时即可看出。这一原则实际上一直被遵循着。这是合理的，因为这些人不仅武艺高强，而且作战经验丰富。梁山的作战对象基本上是政府军。这些从政府军中来投的人员是对付政府军的撒手锏。另外，给予优渥待遇也便于策反其他的政府军将领。无疑这是一条睿智而有效的人事安排良策。

花荣之后为小旋风柴进和扑天雕李应。这两位都是庄园主。名声大、家产厚。而柴进更是后周柴世宗后人，地位荣崇。两人安排于第十、十一的位置上甚为得当，所司又是经济管理或外交事务，与他们本来的庄园主身份也相契配。

也有人认为柴进居第十无不当，李应无甚本事，单凭一庄园主地位进入天罡十一之位似安排得高了些。这有点误解，实际上李应本事并不弱，在与祝家庄交恶之后，李应与祝氏三杰中本领最强的祝彪交过手，斗了十七八合就让祝彪不敌而败走。而这祝彪曾与花荣战成平手。我们略作推理就能算清这笔账。李应只不过甚是低调，不事张扬而已。

排名十二的美髯公朱仝也让人有所不解，他出身都头，本领也算不得十分出色，何以居如此高位，连鲁智深、武松都屈居其后？

这儿得说及朱仝的特殊性。当初晁盖、吴用等劫了生辰纲后，未几事发，官府索捕。其时虽有宋江稳住了何涛带来的官兵，并向东溪村的晁盖报了信，但是担任巡捕的朱仝、雷横如果较起真来，晁盖一行是逃不脱的。朱仝、雷横都是有心要放晁盖，故意声东击西、嚷嚷咧咧，演了一场放晁闹剧，这是义释七星之功。

其后宋江杀惜，犯了命案。宋江时为郓城押司，捕捉宋江的任务落在了本县都头朱仝、雷横身上，两人故技重演，又放走了宋江。

所以朱仝、雷横对于天罡中重量级人物吴用、公孙胜、刘唐、三阮以及山寨的两任寨主晁盖、宋江都有救命之恩。

宋江于这样的老同事、老部下，又且于山寨有特殊贡献之人能不予特殊看顾回报么？故朱仝、雷横均入天罡。而朱仝在人品上又高出雷横多多，朱仝以"义"著称，为了沧洲知府的小衙内被李逵斧劈，他几乎要与李逵搏命。雷横犯命案后朱仝也是冒着自己被囚的危险而放雷横逃亡。这样一个义士当然也是梁山要标榜的。梁山聚会处，从"聚义厅"到"忠义堂"，都不离"义"字，"义"是梁山的魂，一个以高义著称的人，当然得给以高位。

鲁达、武松居十三、十四，那是无需说理由的，再往前提，凭他们的资历也无问题。

随后四位董平、张清、杨志、徐宁。均是良将之才，武艺出众之人，也都是政府军中有一定职位之人，从各方面看列于其位都可无愧色。

徐宁以上十二位可称梁山中坚，一个个均以自己的独特资历荣登其位，考其背景，均有来头。

罡星中线下人物悬测

徐宁为天罡第十八位，处于中线上。徐宁以下为又一层列。

天罡十九为索超，从武艺水准看，也属高者，然个人贡献平平，所以自索超而下作为天罡而言均属中线以下人物，与前述核心、中坚显见不属同一论列对象，但与地煞星相比，却毫无疑问仍是一种荣显。

索超之后为戴宗，神行太保当然不是单凭日行八百的跑步速度进入天罡。他也是因宋江发配江州时期充当了宋的保护人，宋不忘旧恩才安置其入天罡的。

凡在宋江上山前曾给以助力之人，宋皆未予亏待。与宋私交甚厚，或换一种说法，凡属宋江这一条线上的亲信，宋江一般均给予了优渥照应。这也可以看作座次排序中的一条潜规则吧。李逵、雷横、李俊、张顺等人均可看成与宋交厚之亲信。穆弘、张横则也可视作江州地区借了李俊之光而归入这亲信一线的吧。当然这些人一般也具一定的个人实力。如张顺更可说是既立殊勋，又属亲信的人物，故在天罡中排名虽未在中线之上，但殁后却得宋江动情的悼词。

天罡中线以下人物中如三阮、石秀、燕青诸人从个人表现来看均相当出色，但排名却只能居后压阵了。考其原因，一者不属宋江亲信，另外，上山前出身地位都不高，三阮属渔家出身，石秀是樵夫，渔樵显为下层人等。而燕青只是卢俊义的仆人，所以尽管他本领出色，且属卢俊义的救命恩人，却未能因卢而提升自己的排名次序。因为最基本的排名原则或一些潜规则还是在宋老大手中捏着的。

天罡中之解珍、解宝均出身低微，被毛太公陷害入狱，为孙立等解救出来，本事平平，贡献也只一般，而居然入了天罡，与宋江也没有亲信关系，历来颇让人费猜疑。

或许梁山上除了需"有头有脸"人物作象征，还需出身低微的平民代表列席以显平等，体现"四海之内皆兄弟也"的原则？

抑或，这种出其不意的不该入列者的入列倒可以让名榜真的让人感觉是"天意"？

潜于此后的因缘尚可探索。

但天罡中人物基本上可说是列名次序大致得当的。

地煞名序

在为那些不该入天罡而侥幸被采入者质疑之时，也颇有为不该入地煞或排名过于偏下的地煞星抱不平之议产生。

首先是病尉迟孙立，为其抱不平者甚多。在小说《水浒》出现之前就有"石头孙立"颇有盛名，名之大与杨志、武松相似。论武艺孙立也属强手，他本与祝家庄教师栾廷玉是师兄弟。上山前又是登州府军马提辖，军阶也不低。书中称他"射得硬弓，骑得劣马，八尺以上身材，络腮胡须"。可说仪表也属堂堂凛凛一类。若论功勋，没有孙立，祝家庄还真攻打不下，且祝家庄攻克后，孙立孙新兄弟加上一拨劫解氏兄弟出狱的亲朋，总共有八九人上了梁山。因此论列起来孙立即使入天罡排于鲁达、武松相类的榜次也有资格，但他却落入了地煞第三，岂不怨煞？

有猜测说，打祝家庄时，他孙立以师兄身份骗取了栾廷玉信任，得以将人马安插于祝家庄内部，才使宋江一举拿下了祝家庄。从道义上说，他是出卖了朋友栾廷玉，属不义之举。这似乎有一定道理，但入天罡者有不义之举者也不在少数，若双枪将董平杀丈人夺妻的行为不是更加不义么？

《水浒》作者以及梁山上人，对于女性的蔑视是根深蒂固的。而孙立参与劫狱等活动的全过程可说是在弟妇顾大嫂的一手掌控之下。这样一个被弟妇牵着鼻子走的提辖在梁山人瞧来是少了点英雄气的，于是只得捋到地煞中去了。

女性遭歧视在座次排列上是最明显不过的，顾大嫂、孙二娘均落到地煞末段，连女中豪杰一丈青扈三娘也只在地煞中段，且三个女人无一例外被排在显然不及自己的丈夫之后。

排于孙立之前的朱武、黄信亦值得一提。

朱武是梁山上真正懂得正规阵地战技术的军人，识得阵图，精谙谋略，在征辽过程中显出了他的真实水平，但梁山在发展壮大中确是靠非正规作战的方案取胜的，在游击战上，吴用堪称天才。这就使得同为军师的朱武落入了地煞。因为他生不当其时，既生亮，何生瑜？

黄信是秦明、花荣一伙的，但显然武艺不在花、秦同一档次上。口气大了点，取了个"镇三山"的外号，牛皮吹得太大。但他头脑极其活络，智商甚高，当初花荣被他花得团团转，入了圈套还摸不着头脑，他当然最终不可能与花、秦同列，且也非宋江亲信，入地煞前列已属幸运。

地煞的一、二、三名是较显要的位置，其后只须看在中段或末段，至于名次上的一二位甚或十余位之差实质上已无甚紧要。

不过有一事尚待一说，亦可见证前述的潜规则。《水浒》中上山时同为一伙的，如夫妻档、兄弟档，或同一山头的，一般在座次排列中会排于一处。如若不然，必有因缘。如锦毛虎燕顺、矮脚虎王英、白面郎君郑天寿三人同为清风山头领。排座次时三人被分开了，燕顺明显领先于王、郑两人许多。燕顺论武艺似乎还不及王英，总不会王英因好色而排名置后吧？琢磨后总算得窥其中因由。

当初宋江来到清风山时，王英抢得刘高妻欲做压寨夫人，宋江因刘高是花荣同僚，为顾全面子，坚劝王英放回刘高妻，王甚不愿。燕顺见宋江意向便不顾王英肯与不肯，强作主张放了刘高妻。不意刘高妻恩将仇报，让宋江吃尽苦头，险些丢了命，宋恨恨不已，后刘高妻竟又落王矮虎之手，这回宋江欲报前仇，而王矮虎却意图再续前缘，又是燕顺使了手段对王英说："与却与你，且唤他出来，我有一句话说。"当刘妻出来告饶时，宋江喝斥之余问之："今日擒来，有何理说？"燕顺跳起身便道："这个淫妇，问他则甚？"拔出腰刀，一刀挥为两段。惹得王矮虎几欲与燕顺拼命。

燕顺对刘高妻的一"放"一"杀"，一方面是从"礼"与"义"的角度所施的一种断决，而另一方面，甚至更重要的是他要满足宋江的心愿。

宋江是什么人？燕顺的这些表现他当然会谙记在心，在答应王英将来为他娶一房妻室的同时，必也默许心愿：燕顺这小兄弟，他日更不能亏待之。

燕顺排名远在王英之前，谜底即在此。

当我们将目光移到地煞末端时，倒数三名：金毛犬段景住，鼓上蚤时迁，白日鼠白胜。发现三人全是梁上君子。那段景住是"盗马贼"，"白日鼠"之号已表明其身份是贼。而时迁则是以偷徐宁金甲著名的神偷。

三个贼被压到了地煞最底层。于是我们明白梁山上人除了看不起女人，还很瞧不起贼。

当初时迁因偷鸡事发与祝家庄发生冲突，晁盖几乎要斩了杨雄与石秀，原因就是"把梁山好汉的名目去偷鸡吃"坏了梁山形象。梁山人鄙视"偷鸡摸狗"之辈的态度是明摆着的。

常人观念中也往往将盗贼分为两类，有称盗为侠盗者，把他往绿林好汉边靠，甚至有"盗亦有道来夸盗之有义"；而"贼头贼脑""贼眉鼠眼"形象上就让其堕入不堪之境。

确实盗打劫、贼偷摸，行为方式不一样。盗号大盗，贼称小贼，确乎大小有异。

梁山是水泊盗薮，贼们当去一边蹲着，不排出局外，已是客气。于是三个小贼成了鼠辈，叨陪末座，哪怕你是神偷。

武林英雄谁与敌

幼读《说唐》，对于书中第一条好汉、第二条好汉那样的排行榜甚感兴趣，什么李元霸、宇文成都、裴元庆、雄润海……也常成为小伙伴间津津乐道的谈资。因此读《水浒》时对于天罡、地煞的座次排列总还有些遗憾，因为那不是武艺水平高下的排名。而且，水泊之外，尚有许多武艺高超之人。于是，总揣想有人能给《水浒》也来个纯以武艺实力论次的排行榜。

岁月荏苒，年华老去，在阅读与《水浒》相关的一些书籍时，倒也常见人对具体人物的武艺水平的论议，或也有进行某某与某某水平高下的论列，但"排行榜"却是未见过。幼时悬想该有个排行榜的想头却渐趋强烈，于是想不妨自己来试试吧，人物不宜太多，十位左右，当然不应该只局限在梁山上。

这想法也许会遭"幼稚、浅薄"的讥嘲，但我相信读《水浒》者有此想法的大概不在少数。

英雄好汉或武林高手在遇到名闻遐迩的高手时，常常愿意与之交手切磋，一决高下，这在古今中外颇多佳例。《三国演义》中张飞之先后挑战许褚，大战马超都属这种性质。甚至马超归顺刘备后，关云长在千里之外尚有意来与马超交一下手，因为他听说张飞、马超大战数百合未分高下。关羽之意向惹得刘备也紧张起来，在诸葛亮一封措辞巧妙的书信安抚下，云长才放弃了比拼之意。孔明的信大意如下："马孟起固然勇猛，但只堪与翼德争雄，岂比足下超群轶伦！"

这样的例子甚至在现代战争史上也不乏其例。

第二次世界大战时，德军装甲部队名将隆梅尔在北非战场展示了他坦克战的天赋，赢得了"沙漠之狐"的美誉，英军将领奥吉莱克在与之对决之际，也极其兴奋，首先想到的是与之一决军事指挥才能是一种军人的荣誉。据其回忆录称，当时对决之际互相之间的尊敬甚至超过了敌意。

这也是一种超越了政治意识形态的"武艺的较量"。

在一定时间或空间内，诸多英雄好汉同时出现，那么他们本身必定很想给自己一个地位认定。而这个领域之外的观者对于他们地位的排次所怀的热望常常不下于他们本人。

"关公战秦琼"是个笑话，但也是这种热望的一种表现。

闲话休絮，直接排我的"水浒武林高手排行榜"吧！

先排名榜，次叙入榜理由。

水浒武林高手排行榜：

  兀颜光　　辽国都统军

  石　宝　　方腊军元帅

  卞　祥　　田虎军统帅

  史文恭　　曾头市教师

  卢俊义　　梁山泊总兵部头领

  关　胜　　梁山泊马军五虎将

  林　冲　　梁山泊马军五虎将

秦　明	梁山泊马军五虎将
李　应	梁山泊掌管钱粮头领
栾廷玉	祝家庄教师
呼延灼	梁山泊马军五虎将
花　荣	梁山泊马军八虎骑之首

兀颜光都统军是辽国第一员上将，十八般武艺无有不通，兵书战策尽皆熟娴，仪表堂堂，上阵时使条浑铁点钢枪，且不时掣出腰间铁锏，使得铮铮有声，端的功夫了得。兀颜光与宋江部将交手不多，其副统军贺重宝认为"杀鸡焉用牛刀"不须正统军出马。而贺重宝堪与关胜斗三十合，而一人能与花荣、秦明两人抵挡一阵，足见其实力，当然"牛刀"之功力应远在其上。兀颜光统军是在关胜、花荣、张清的弓箭、石子、大刀夹击之下殒命的，单挑独斗，《水浒》中堪称无敌，故置榜首。

石宝，方腊军中四元帅之一，惯使一个流星锤，百发百中，又能使一口宝刀，名为劈风刀，可以裁铁截钢，遮莫三层铠甲如劈风一般过去。其战绩如下：曾与关胜大战二十余合，拨马便走，关胜不敢追赶，关胜自道缘由："石宝刀法，不在关胜之下，虽然回马，必定有计。"关胜深谙其先人关云长的"拖刀计"，知未败而回马必有诈在其中，石宝虽未必用拖刀计，但流星锤杀伤力极大，索超便是为流星锤击中毙命的，邓飞为其劈风刀所砍，鲍旭、马麟、燕顺皆死于石宝之手。石宝最终兵败之际，自刎而亡。论武艺功力，堪居兀颜光之下，众英之上。

卞祥，田虎军中上将，身高九尺，面方肩阔，力大赛牛。史进与之战三十合，花荣助战，卞力敌二将，斗三十合而不怯，使一把开山大斧和长枪，武艺精湛。后归顺宋江，征讨淮西楚王王庆时屡立战功，斩杀淮西猛将酆泰，只一声喝，便枪刺对方于马下，直如三国中关公斩颜良之威猛。论武功，在《水浒》中，庶莫可居第三。

史文恭，曾头市教师，教出曾家五虎，个个不弱，堪与梁山上将交手。史因射杀晁盖成梁山不赦之仇敌。其武功甚高。秦明与之战，斗二十余合，力怯而退，史文恭追击中秦明腿股着枪。史最终在卢俊义、燕青夹击之下被擒，其武功显在梁山众人之上。

卢俊义，未上梁山前号称"河北三绝"，其一即棍棒无敌，而未负众望擒得史文恭的也是卢，差点因此而成了梁山一把手，虽然擒史之功由燕青共襄而成，但能奏此功者，梁山上舍卢其谁？卢俊义堪称梁山上功夫第一，走出山外，可列第五。

关胜，梁山五虎将之首，山上卢俊义之下，论功夫便数关胜。他曾与林冲、秦明二将战。虽依他自称"我力斗二将不过，看看输与他，宋江倒收了军马……"斗不过林冲、秦明不算耻辱，因为他是一斗二呀，对方可均是山中的虎将。关大刀毕竟还有与花荣、张清共诛完颜光的战绩。列关胜为第六应也属允当。

林冲，本为八十万禁军教头。禁军教头未必全是武林高手，如王文斌也曾任过禁军教头，功夫却未必见高。但林冲却是具实力的教头，曾与多名高手交战，虽未赢，却也不败。林冲武艺之高强在打祝家庄时最令众将吃惊，时一丈青扈三娘曾生擒王矮虎、挫败欧鹏，而林冲出马，斗不十合，轻舒猿臂，款扭狼腰，把一丈青活挟过来，这可不是一般功夫。五虎将中，关胜之下本就是林冲，排位第七，应不辱其位。

秦明，梁山五虎将之第三，山外高人前已排四，山中名次，卢、关、林之下接秦，实至名归。打祝家庄时秦明与祝家庄教师栾廷玉有过二十合无胜败的战绩。上山前曾与花荣有五十合无胜败的战绩。他的战绩常是无胜负,但所交多是高手,这也是实力的一种证明。他曾与史文恭战二十合而败走,这毕竟是更高层次的强手,他能战二十合后方退,无疑也是一种实力。故允列第八。

李应,梁山掌管钱粮头领,上山前为庄园主。对于他进入武林高手排行榜可能会遭质疑。李应进入天罡已受非议,有称其本事平平,无资格入天罡。此系误解,李应实际本事甚高,但此人毫不张扬,甚为低调。李应与祝家庄祝氏三杰中武艺最强的祝彪交过手,祝彪曾与花荣有过打平战绩,但接战李应时,"一来一往,一上一下,斗了十七八合,祝彪战李应不过,拨回马便走……"不难看出,李应之功夫应在花荣之上,且李应能使飞刀,百步取人,神出鬼没。这样一个实力颇强的人物,不能因其生活态度散淡而在武功实力排行榜中忘了他。排名第九。

栾廷玉,祝家庄教师,教出祝氏三杰三个身手不凡的学生。本人也被宋江赞为"好汉",宋江打祝家庄时,栾廷玉与秦明战二十合,卖个破绽而走,秦明赶来,却中了他的绊马索之计。宋江阵中欧鹏曾被栾廷玉一飞锤打下马来。栾还有"铁棒"之称,从诸般表现看来,排名第十兴许还有点亏待了他。

呼延灼,梁山五虎将之第四,宋开国名将铁臂呼延赞之后,使两条水磨八棱钢鞭,有先祖神勇风采,曾与林冲大战五十合未分胜败。名列十二,决非虚占。

花荣,梁山马军八虎骑之首。虽未跻身五虎将之列,但身手并不弱,曾与秦明斗五十合不分胜负。五虎将中董平在武艺上未必高于花荣。而花荣神射之功在《水浒》中几可占魁,故入列高手榜,居榜末十二。

此榜以十二名为限，十二亦一吉数，生肖、年月皆以十二为轮转。

不无遗憾的是徐宁、董平、杨志、索超、武松、鲁智深等水泊中人也均堪称武林高手，只是榜额限于十二，未能入列。故将此六人作为候补者提名于此，算是"又副册"吧。

梁山才俊多绝艺

浏览梁山一百零八人的座次名录时，我们不得不承认这聚义厅中啸聚的真是一批精英。这一群体中不仅武林高手云集，且巫医乐工身怀绝艺者也济济衮衮令人吃惊。约略分之，这些身怀绝艺者可归入体育健儿、演艺天才与诗赋妙手三大类。我们不妨来检阅一下他们绚烂多姿的才艺绝秀吧！

运动健将的大本营

观赏现代游泳赛事，当我们望着菲尔普斯、孙杨们拨浪穿波的情景，怎能不想到《水浒》中的那批水军头领呢？

实际上，读《水浒》中"黑旋风斗浪里白条"一章时，见书中所写张顺"两条腿踏着水浪，如行平地，那水浸不过他的肚皮，淹着脐下……"的神技时，即为之惊艳。常会联想到宋人潘阆《酒泉子》词中的弄潮儿："弄潮儿向涛头立，手把红旗旗不湿……"

始终觉着，那向涛头而立的便是浪里白条张顺。

当然随之而闪现的念头就是：嗨！这样的弄潮儿，如果进入游泳赛场、冲浪赛场……而且那些花样游泳比赛，如今也有男选手参加，张顺们怎就不行呢？

我想，有此想法的人必定不少，尤其是在《水浒》的读者中。

而《水浒》中有资格去奥运泳场一显身手的岂止是浪里白条。水泊中八大水军头领个个都是水上英豪。张顺之外，混江龙李俊、出洞蛟童威、翻江蜃童猛、船火儿张横、阮氏三雄，哪个不是水中蛟龙？在水中比在陆地威猛，所谓的如鱼得水，"水立方"才是他们的自由世界。

他们或戏水浔阳江头，或搏浪鄱阳湖中。在小说《水浒》中宋江奔江州而来时，这些水上英雄纷纷浮出水面，踏浪而至，最后汇聚水泊，掌管水军。

真可惜，宋时没有"水上俱乐部"，也没有游泳、跳水等水上体育赛事，要不，他们何须落草成寇呢？那街头混子高俅不就一个"鸳鸯拐"踢出了一个新天地，俨然登上陆军统帅的宝座了吗？

水军头领们生当今日，有的是他们领奖牌的机会。不仅游泳，跳水他们也准是好手。

阮氏三雄还善驾船，凭其驾船技艺，略事培训，帆板、赛艇的夺牌应也是轻而易举的。

山寨水泊潜藏着一支最强劲的水上运动生力军，堪称国手者多矣。不仅水军头领，马步军中也有水性熟稔者。刘唐属步军头领，在济州团练使黄安率军来犯梁山时，刘唐曾率水军打了个漂亮的胜仗，他在水中照样如蛟龙般腾跃自如。八大水军头领添一刘唐足可组成一支实力强劲的水球队，必能所向披靡。

不要以为水泊中只有水上运动是强项，其他运动项目山寨内也多的是夺标健儿。

中国举重队在北京奥运中曾出尽风头。梁山上爆发力大的英雄多着呢。

大力神武松"害了三个月疟疾，景阳冈上，酒醉里打翻了一只大虫"。在醉打蒋门神之前，为消除施恩的疑虑，到天王堂中，以堂前四五百斤重的石礅为表演道具作了一次大力秀。我们不妨重温一下：

武松笑道："……你们众人且躲开，看武松拿一拿。"武松便把上半截衣裳脱下来拴在腰里，把那个石礅只一抱，轻轻地抱将起来；双手把石礅只一撇，扑地打下地里一尺来深。众囚徒见了，尽皆骇然。武松再把右手去地里一提，提将起来，望空只一掷，掷起去离地一丈来高；武松双手只一接，接来轻轻地放在原旧安处，回过身来，看着众囚徒，武松面上不红，心头不跳，口里不喘。……众囚徒一齐都拜道："真神人也！"

不要以为这是动画片《骄傲的将军》的夸张的动画镜头，这是来真的。

这样的神力，抓举、挺举杠铃不是"轻而易举"么？

另一位大力神鲁智深独力将相国寺前垂杨柳连根拔起，也十分惊人。

中国举坛从陈镜开以来，到北京奥运大展神威的初生之犊龙清泉，有哪个敢夸口力气比武松、鲁智深还大？

武、鲁两位参加男子举重，有谁堪与争锋？

举重一项，女子也有上佳人选。母大虫顾大嫂，"三二十人近她不得"，她"有时怒起，提井栏便打老公头；忽地心焦，拿石锥敲翻庄客腿"。井栏、石锥提拿随意，可见其爆发力有压倒须眉之势。虽比不得武松玩石礅之神力，但抓举、挺举杠铃当也拿得起、放得下，提拿随心，脸不变色心不跳，在巾帼堆里称雄必也不在话下。

今人刘翔在男子一百一十米栏上不仅为国人争了光，而且改变了亚裔黄种人在田径赛场上向来的弱势表现。

回眸《水浒》中梁山头领，有一人却也不能不让我们为之注目。那便是神行太保戴宗。这个飞毛腿在径赛上，无论是短距离的速跑，还是中长跑，抑或是漫长的马拉松，他均堪称无敌手，那些美国的、埃塞俄比亚的径赛选手，谁见着戴宗不让他一头？像这样要速度有速度，要耐力有耐力的径赛运动健将古今奥运史上显然是不经见的。

别忙，梁山上还多的是相扑高手。浪子燕青赴泰安参加相扑擂台赛，将自称"拳打南山猛虎，脚踢北海苍龙"的身高丈余的擎天柱任原从台上撅下，博得雷鸣般的掌声喝彩声。

小乙哥的本事打何而来？师父所授，师父为谁？玉麒麟卢俊义也。这师徒两个是又帅又有本事的相扑高手。另有一人相貌丑了点，那就是没面目焦挺，人家也是三代世传的相扑世家出身，李逵被他一撅一跤，摔了四五跤后服服帖帖地称他为师父。此后，这山上便有了三个相扑高手。这卢俊义、燕青、焦挺如去参加国际相扑赛，那相扑强国日本，多的是《水浒》迷，闻知卢俊义、燕青赴赛，必不战而屈，鞠躬如仪地退下，甚或诚邀师徒作精彩表演。

小李广花荣、山上头领晁盖夸他神臂将军，吴用称他技赛养由基，花将军参加任何射箭赛事，必是夺冠者无疑。

略逊于花荣的射箭好手山上尚多，故射箭不仅单项可夺冠，即使组成团体，三人、五人任何形式的团体赛，夺冠也当仁不让。

飞天大圣李衮，擅长飞标，可参与飞标赛事。李应、项充皆善飞刀，百步取人，万无一失，改掷飞标当也驾轻就熟。

解珍、解宝兄弟是攀岩高手。铁臂膊蔡福膂力惊人，挥高尔夫杆或击棒球都不属难事。金枪手徐宁一杆勾连枪在手，挥击自如，曲棍球棒或冰球棒在他手上必也灵动有致。

没羽箭张清投的是石球，如改掷铅球，想也顺手，若投垒球与通臂猿侯健组成搭档，可称绝配。

跳涧虎陈达跳远没问题，忽闪婆王定六则可参加三级跳远，鼓上蚤时迁弹跳力特强，可事跳高。盗马贼段景住谙熟马性，可成马术高手。

武松的拳头可砸死吊睛白额虎，鲁智深三拳让镇关西开瓢。两人于举重外尚可参与拳击赛，当令阿里、泰森辈悚然。

燕青、石秀在散打中也必能大显身手，日、泰高手也当退避三舍。

若论体育，何方神圣敢与梁山叫板？

艺术家的天然舞台

梁山群英除了在体育世界中能大展身手，令我们能一睹其矫健身姿外，其中不少英杰尚能在艺术天地中挥洒他们的才情，或引吭高歌，或舞动长袖，或挥毫泼墨，或操刀奏石……一样能令我们惊讶，令我们称羡。

人称在意大利游览，在那不勒斯街上闲逛，你随处能听到漂亮的男高音，歌唱者并非专业歌剧演员，只是理发师，甚或清道夫……

你试着去梁山逛逛，同样能感受这份惊喜。

铁叫子乐和应该是美声唱法的代表。其自报家门时声称："人见我唱得好，都叫我铁叫子。"宋人沈括《梦溪笔谈》曾说及"叫子"，谓："世人以竹木牙骨之类为叫子，置之喉中吹之，能作人言，谓之颡叫子。"据此可知"叫子"可以各种材质制之，似乎是用于类似口技表的一种乐器。清人程穆衡在《水浒传注略》中于"叫子"有另一种解释:"叫子,截竹为之,市井小儿所吹者,间有铁铸,其响甚厉。"这儿直接讲到了铁铸叫子,而"其响甚厉"。这可以让我们理解乐和之号是缘于其歌唱时发声的声响效果:其响甚厉。此间乐和之歌气自丹田出,开口发声,必至响遏行云,声震林木,High C 的穿透力必能与帕瓦罗蒂媲美。

阮氏三雄,哥儿仨几度摇着扁舟潇洒地从芦苇荡中一路踏歌而来,颇有点"渔舟唱晚"的味道。三人正是一个天然本色的"渔人组合",诗意点不妨称他们为"渔家傲",典型的民族唱法,且是原生态组合。肯定比"后街男孩"或"黑鸭子"组合更火爆,兴许能在格莱美中有所斩获。

白日鼠白胜,在智取生辰纲时,挑着担儿走上黄泥冈,边走边唱,一曲《赤日炎炎似火烧》流行味十足,还有点 Rap 腔,说不定唱"双截棍"的周杰伦也得退避三舍呢。

不但这几位,还有那个船火儿张横,也有一手,别瞧他长得有点歪瓜裂枣,"七尺身躯三角眼,黄髯赤发红睛"。形象够 Low 的,但竟能吼上一曲:"老爷生长在江边,不怕官司不怕天"。声音嘶哑,气魄宏阔,让人念及西北风的摇滚味,想起崔健和《一无所有》。

小乙哥燕青是多面手,吹拉弹唱无所不能,尤其是温婉动人的一曲小唱,让本是歌伎的李师师也为之动容,芳心荡漾。这小乙哥看来比小哥费玉清更能迷倒女粉丝。

上述五家,还真把声乐中各派的风光都占尽了,真正让人叹绝。

乐和、燕青不仅善讴,还都通晓诸般乐器。而器乐上独具天赋的还数铁笛仙马麟。八仙中蓝采和号称"笛仙",这马麟也敢以"铁笛仙"为号,想来必有本事,书中称他"铁笛一声山裂"。可知其吹奏效果,倘与乐和、燕青三人组成一支小乐队,吹拉弹奏之际足可倾倒众生。

除了舞台表演艺术,艺术的另一大类,国粹的"书、画、篆刻"一域,梁山上也不乏高手。

圣手书生萧让能写苏、黄、米、蔡四家书,惟妙惟肖,当然也能融汇诸家而生成自家风格。玉臂匠金大坚则是雕得好玉石,剔得好图书,也即说是个玉雕、篆刻的行家里手。

萧让、金大坚合作制作的一份蔡京给儿子蔡九知府的家书,竟然连蔡九知府都没看出破绽,可见制作之精妙。黄通判后来发现问题。那是从逻辑推理上觉得蔡京给儿子写信不该用"翰林蔡京"的印章。这破绽是吴用的疏忽造成的,并非金大坚刻摹走样所致。萧、金两位在招安后还是回归到其所钟爱的艺术创作领域中去了。

山上尚有一些高人完全可借自己的特长客串一些演艺行当,一清道人公孙胜若耍起魔术来,必是好手,可能比大卫·科波菲尔和刘谦辈会更精彩。武二郎两拳便能伏虎,他要驯起狮虎来,不用电棒能将猛兽收拾得服服帖帖,客串马戏必能令人解颐开颜。

将军原本是诗人

此番该看看梁山赫赫军威与赳赳武风下的诗性了。

当年抗日名将冯玉祥好写诗,自称所作为"丘八诗"。共和国老帅中陈毅与叶剑英也善吟咏,人称将军诗人。

梁山上那些打熬精神习枪使棒的军人中也有几位不废吟咏的诗人,堪称作将军诗人。

若论诗词之作,首先须说的即大头领宋江。

宋江论武艺,当然无法与众高手相比。但他却并非纯属文弱书生型的人物。他也曾打熬气力，练习棍棒，并且还担任过白虎山孔太公两个儿子独火星孔亮和毛头星孔明的武术教师。拿他自己的话来说："因他两个好习枪棒，却是我点拨他些个，以此叫我做师父。"反正公明兄好歹也当过武术教师。

在浔阳楼上，面对茫茫九派的浩荡江流，他禁不住挥斥方遒起来：

自幼曾攻经史，长成亦有权谋。
恰如猛虎卧虎丘，潜伏爪牙忍受。
不幸刺文双颊，那堪配在江州。
他年若得报冤仇，血染浔阳江口。

这是一首调寄《西江月》的长短句，题壁后，意犹未尽，复题七绝一首：

心在山东身在吴，飘蓬江海漫嗟吁。
他时若遂凌云志，敢笑黄巢不丈夫。

一诗一词，虽未堪比肩李、杜、苏、辛。倒也颇吐出一番慷慨之气。尤其是诗、词的末两句，可称卒章显其志，写志可称淋漓酣畅，曹孟德横槊赋诗，苏轼叹其"固一世之雄也！"宋江此两首作品，豪情壮志确也足堪睥睨黄巢！

宋江尚另有长调一阕。小说第七十二回，宋江、柴进、燕青等人赴李师师处，欲通过师师捷径，直通徽宗处，求得招安。在李师师处，李曾唱东坡大江东去词，宋江乘着酒兴，索纸笔即席赋词一阕。

谦称:"不才乱道一词,尽诉胸中郁结,呈上花魁尊听。"李师师反复看了,不晓其意,倒是徽宗后来听师师唱了此词,赞宋江此词填得甚好(师师唱词之事不见于《水浒》,载《踏花归旧闻钞》)。

词中"天南地北,问乾坤何处可容狂客?借得山东烟水寨,来买凤城春色","义胆包天,忠肝盖地,四海无人识"之句确也足具气魄,但为要将词写成是呈给李师师的,穿插了"翠袖围香,绛绡笼雪、一笑千金值、神仙体态,薄幸如何消得?"等"婉约"风的词句,与所谓"尽诉胸中郁结"的豪放词句形成刚柔融于一炉的词风,足见其于长短句一道已甚谙个中三昧。

小说第一百一十回,写宋江率部征王庆时,燕青射落数雁,引动宋江为之伤悼,赋诗填词,抒泄哀怨情感,倒是颇见性情,尤其是那首长短句:

楚天空阔,雁离群万里,恍然惊散。自顾影欲下寒塘。正草枯沙净,水平天远。写不成书,只寄的相思一点。暮日空濛,晓烟古堑,诉不尽许多哀怨。拣尽芦花无处宿,叹何时玉关重见。嚛呖忧愁呜咽,恨江渚难留恋。请观他春昼归来,画梁双燕。

此词既切宋江其时心境,词又显得浑融统一,较呈李师师之作更显精进,可见,经历了征战之苦及失却弟兄之痛,宋江的诗词水平也有了提升。

山寨中另一位能以诗抒志的英雄即是豹子头林冲了。他是梁山上武艺极其出众的一位,却也兼擅诗词。他是个隐忍内向的人物,但登临之际,也常藉吟咏以抒胸中郁勃之气。

经历了"风雪山神庙"手刃仇家陆虞候那悲壮惨烈的一幕之后,林教头踩着风雪,奔向梁山。在朱贵酒店中,凭栏观望朔风彤云与飘洒的雪花时,不禁感慨万千:"我先前在京师做教头,每日六街三市游玩吃喝,谁想今日被高俅这贼坑陷了我一场,文了面,直断送到这里,闪得我有家难奔,有国难投,受此寂寞!"因此,乘着酒兴,在粉壁上写下一首五律:

> 仗义是林冲,为人最朴忠。
> 江湖驰誉望,京国显英雄。
> 身世悲浮梗,功名类转蓬。
> 他年若得志,威镇泰山东。

隐忍中企冀一展怀抱的悲郁情怀,拿捏得甚为到位。

宋江、林冲可称得上是山寨中的将军诗人了。其他人物虽也时或展露一下作诗才艺,但不如宋、林出色。如吴加亮在施展谋略时二指一叠,计上心来,可称足智多谋。但作诗却尚未入门。如智赚卢俊义上山时让卢题壁的一首藏头诗:

> 芦花丛里一扁舟,俊杰俄从此地游。
> 义士若能知此理,反躬逃难可无忧。

这应该是吴用所拟,似不甚高明。

山上诸人中前述有几位善歌吟者,其所唱当然也应该是诗的一种,其中大都属民歌性质,有时倒也甚流畅,比吴用为卢俊义所拟反诗远见出高明。

如阮小五、阮小七所唱的渔歌:

> 打鱼一世蓼儿洼,不种青苗不种麻。

酷吏赃官都杀尽，忠心报答赵官家。

老爷生长碣石村，禀性生来要杀人。
先斩何涛巡检者，京师献与赵君王。

此两歌与张横所歌一曲，似乎都有些"杀"气，但也应算是流畅通达的民歌风的佳作。

这类作品中尤以白日鼠白胜黄泥冈上的那首作品最为出色：

赤日炎炎似火烧，野田禾稻半枯焦。
农夫心内如汤煮，公子王孙把扇摇。

朗朗上口，且有意境。从某种角度看，要比宋江、林冲之作更好，甚至堪与唐代李绅的悯农诗、白居易的《秦中吟》较一下劲。宋代范成大的《四时田园杂兴》中不乏佳作，但与之相比也少了些来自民间的本色味。

可见梁山头目中不管文化程度如何，诗却也常流淌其间，有时也颇见生动的气韵。

这论诗之文，以诗论人，当然以《水浒》中系于某人之作为其所作。实则小说中颇有作品系小说作者引录古人现成之作，如第一百一十回宋江一词实为宋人张炎之词，实际上宋江哪有水平填出如此之作。幸读者勿以宋江真为词人也。

水泊英雄的标志性印记

梁山泊山寨内 108 人，人各一面，每一个人有其生动的形象，自陈老莲《水浒叶子》用栩栩如生的画笔将其中一些人物刻描传布以来，代有杰出的人物画家创作了有自己特色的"水浒人物"，现代画家戴敦邦和颜梅华在这方面更是有卓杰贡献，当我们观赏这些杰作时，水浒人物更在我们面前鲜活地舞动起来，这时节，我们会被一些水泊英雄的非偶然的共性特征所吸引，因为作为视觉艺术的绘画比文字在展现形象时常常更鲜明。

水泊英雄的标志性印记在如下几端似乎特别惹人注意。

锦体斑斓

梁山诸英中最惹人注目的是有好几位身上刺有花纹，亮相时让人一见难忘。

九纹龙史进，其号就缘于文有一身花绣，是其父史太公专请高手匠人刺得，绣在脊背至后臂，九龙腾跃飞舞，令人赞叹。

鲁智深号花和尚，然其人并不花，这花是因其背上满刺着"花绣"。

短命二郎阮小五胸前刺有"青郁郁一个豹子",也颇显凶猛之气。

病关索杨雄也有"蓝靛般一身花绣"。

花项虎龚旺"浑身上刺着虎斑"。

双尾蝎解宝"两腿上刺着两个飞天夜叉"。

……

当这些身刺虎豹龙蛇的梁山好汉迎面走来时,真让人有锦体斑斓,炫人眼目之感。

对,这花绣叫文身,也叫刺青,而在宋代有个好听的名儿,就叫"锦体"。

说到刺青,即以针刺破皮肤,而在创口中敷用墨色或颜料,使身上带有永久性的花纹和图案,这门技艺非仅华夏独有,世界上大多数地区均有实行,而且有着悠远的历史。出土的公元前两千多年的埃及木乃伊身上就已经有文身的印迹。至今天,这门艺术仍有可持续性发展的前景。只不过唐宋时期印度客人来华夏寻高手文身,而今天明星们则是乘坐喷气机赶往纽约或巴黎去接受高科技文身了。

在华夏大地,文身之习俗起于南方。《礼记·王制》中称:"东方曰夷,被发文身,有不火食者矣。"而孔颖达的解释是"越俗断发文身,以辟蛟龙之害"。也就是南方水泽之乡,多蛟龙猛兽,生活于此的人于是在身上刺出各种图案,显得威猛诡异,让蛟龙猛兽畏而避之,这可能是人自作聪明的一厢情愿吧,但文身之俗却流行起来。

直至唐代,仍视南方为荒蛮之乡,刘禹锡贬官南方,就在诗中称"共来百越文身地"。

也许是迁客骚人往来南北渐多的关系吧,文身之俗也渐传之北方,先是在游侠子弟中流行,刺上花绣可显得酷猛。随后,士子也有效仿者,文身已不再被视作南夷不开化的习俗。

而晚唐五代更趋文身为华美高贵的象征。段成式《酉阳杂俎》中多有记文身轶事内容。如五代后汉高祖刘知远、后周太祖郭盛，这些贵为人主者，身上都刺有花绣。荆州地方有个叫葛清的人，身上刺了三十几首白居易的诗歌，成了白居易诗的活广告，人称"白舍人行诗图"。

文身也有了一个光彩夺目的美称：锦体。

宋代社会是锦体的黄金时代，甚至有了文身者协会：锦体社。

而梁山好汉中前述史进、鲁智深、阮小五、杨雄、龚旺、解宝诸位虽非"锦体社"中人，但脱膊亮相，一定让锦体社中人惊讶。

水泊中锦体出挑者尤属燕青，前未述及。

小说中燕青初出场时，书中写道："这人是北京土居人氏，自小父母双亡，卢员外家中养的他大，为见他一身雪练也似白肉，卢俊义叫一个高手匠人与他刺了一身遍体花绣，却似玉亭柱上铺着软翠，若赛锦体，都输与他。"

这燕青与九纹龙都是高手匠人的杰作，所谓"若赛锦体，都输与他"，可见前面所说让锦体社中人惊讶，并非虚语。

在小说第七十四回《燕青智扑擎天柱》中，燕青与大力士任原相扑，书中写道："燕青……吐个架子……任原看了他这花绣，急健身材，心里倒有五分怯他……太守见了他这身花绣，一似玉亭柱上铺软翠，心中大喜……"

他身上的花绣既镇住了相扑对手，也让大赛主持人产生钦敬，当然更令台下的万千观众惊愕。

更有甚者，这一身花绣还令皇帝老子宋徽宗的情人李师师也为之倾倒，为之心旌摇动。

小说第八十一回《燕青月下遇道君》中写道：

数杯之后，李师师笑道："闻知哥哥好身纹绣，愿求一观如何？"燕青笑道："小人贱体，虽有些花绣，怎敢在娘子跟前揎衣裸体？"李师师道："锦体社家子弟，哪里去问揎衣裸体！"三回五次，定要讨看。燕青只得脱膊下来，李师师看了，十分大喜，把尖尖玉手便摸他身上。燕青慌忙穿了衣裳。……

小说《水浒》中梁山好汉们斑斓的锦体确实为他们平添了不少精彩与华美。

从某种角度言，锦体也是梁山好汉的一种标志性的形体特征。

甚至，我们有理由揣测，刺青和文身至今仍引动那么多年轻人为之献身，是否与《水浒》中人留下的影响相关呢？

金印闪耀

同样是在肌肤上用针刺描摹，然后敷以墨色，留下永恒印记，这样一种技术却可产生天差地别的效用影响。

前面所述的锦体，可以张扬个性，可以显示美丽，能使英雄钦慕，可令美人心动。而此处要说的"金印"即是刺字，又称墨刑，它是施于刑徒的一种残酷的肉刑，即在犯罪者脸上刺字，锦体一般于脸部以外的其他身体部位纹刺，而"金印"则专施于脸部，那是耻辱的标志，使刑徒走到哪里都无法逃脱人们蔑视、警惕的目光。而"金印"的叫法则是一种具调侃意味的反讽，恰如"天花"之谓。

这玩意儿也是古已有之的，汉文帝时曾废弃过这种鲸刑，可能觉得此种刑罚侮辱人格太甚，太不人道。魏晋南北朝时行时废。隋唐时无此刑法，而宋元两朝则盛行。据《宋史·刑法志》三："刺配之法二百余条……"可见犯何罪施以何刑极其繁复，但简而言之，凡"刺配"必予脸上刺字，基本内容为记下犯了何罪，配往何地。"配"即发配充军。

《水浒》所叙正是宋时事，而梁山好汉大都是犯事者，也就是被人恶声恶气斥骂作"贼配军"的人物，于是可以想见，有多少好汉都是脸带"金印"的。

别的不说，宋江、卢俊义、林冲、武松、杨志这几位《水浒》中的重量级人物，个个脸上挂着金印，因此金印成为比锦体更显著重要的特征成为梁山好汉外形上的一种标志。

林冲遭高俅父子陷害，家破人亡，亡命天涯，被逼上梁山。上山前在朱贵酒店中粉壁题诗，抒写郁怒愤慨。写诗直接冲动何来？"我先在京师做教头……谁想今日被高俅这贼坑陷了我这一场，文了面，直断送到这里……"直接的冲动就是这"文面之痛"。

宋江浔阳楼题"反诗"也缘于此："我生在山东，长在郓城，学吏出身，结识了多少江湖好汉！……倒被文了双颊，配来在这里……"

文面之痛，不只痛在脸颊面皮，它是植入深心的锥痛。

聂绀弩先生赞林冲诗有"男儿脸刻黄金印，一笑心轻白虎堂"。确是好句，但脸带金印的林教头能轻松地笑吗？

替兄复仇，杀了潘金莲、西门庆的武松被刺配孟州道，听了孙二娘的设计，成了个披发行者，让额发可以略略遮去金印，使它不那么明显。

杨家将之后杨志因杀了泼皮牛二，也被刺配大名府留守司参军，好在脸上有偌大一块青记，突兀显眼，反让金印显得不那么刺眼。

宋大哥,山寨魁首,面对一〇七个天罡地煞星座,觉得脸上的金印有碍肃正地发号施令,替天行道,于是让神医安道全使出绝招,施了整容术,"把毒药与他点去了(金印),后用好药调治,起红疤,再要良金美玉碾为细末,每日涂搽,自然消磨去了"。

看来,这些脸挂金印的好汉都多少有点欲遮掩或隐去的心思。

其实,何必呢?那后世的《水浒》读者根本不以为这金印辱没了你们的脸面,相反,真把它作为闪光的"金印"。

我们要说,亮出你们的金印,那是你们最令人敬仰的标志!

簪花群英

梁山英雄的体貌特征上除了脸挂金印、身绣锦纹,这种"金印与锦体共辉"的奇景,另有一景色也颇堪注意,那就是群英们大都喜欢簪花。

簪花似乎应是女人的专利,今人对于男人簪花一般不易接受,大老爷们戴什么花,花痴?

因此,读《水浒》读到那"生来爱戴一枝花"的蔡庆的故事也许觉着诧异,因为他和兄弟蔡福,哥俩干的就是专用刀抹人脖子的刽子手的活,头插一枝花,岂不滑稽?

我们是太不了解古人的习俗了。原来宋时的风俗,贵族、庶民都喜欢戴花。

《宋史·舆服志》:"幞头簪花,谓之簪戴,中兴郊祀明堂,礼毕回銮,臣僚及扈从并簪花,恭谢日亦如之。"

原来彼时逢着庆礼典仪,人人都要戴花,而且插在规定的位置幞头上,竟然还有个十分雅致的名称:簪戴。

宋人王辟之《渑水燕谈录》、蔡绦《铁围山丛谈》等笔记都有记载皇上亲赐权臣"光荣花"的故事。

宋真宗赵恒曾宴群臣于宜春殿，准备了百余盘牡丹。其中有若干千叶牡丹，让内侍亲自为一些有功之臣戴上，被赐之以之为无上荣光。（见《渑水燕谈录》）

《铁围山丛谈》则记载皇上生辰大宴、外使来朝、春秋二宴、上元节游春等不同宴庆活动，必用不同的花赏赐臣僚，且按班品高下，所赏花朵数也有区别。

宋徽宗每出游回宫也必"御裹小帽，簪花乘马"。

实际上，在苏东坡、黄山谷的诗词作品中也多有簪花之咏，此不赘。

因此，可以说，男子簪花是宋朝盛行的一种社会风尚。

而且这风尚也影响了梁山上下人等。或者可以说水泊中人更推扬了这种风气，转而使之成为梁山群英的一种形象上带有共性倾向的特征。

蔡庆是以一枝花为号，故特别夺人眼目。

且看群英中其他簪花者。

小霸王周通去桃花村入赘，那是"帽儿光光头戴鲜花"。

阮小五出场时"斜戴着一顶破头巾，鬓边插朵石榴花"。瞧他破帽遮颜，仍不忘鬓边插花。

病关索杨雄也是"鬓边爱插翠芙蓉"。

第七十二回柴进、燕青在东京御街上逛荡，也是头插鲜花，那小说回目就是《柴进簪花入禁苑》。且他们逛街所见也是"往来锦衣花帽之人，纷纷济济"。

更有甚者，拼命三郎石秀在大名府劫法场，从翠云楼上纵身跳下时,"头上的花还在颤动……"那位被誉为"若赛锦体,由你是谁,都输于他"的浪子燕青更是"鬓边常簪四季花"。

这些身形彪悍的爷们竟全是花的拥趸。

走进聚义厅,你会在花的馨香与绚丽中晕眩。

……

哦!英雄与鲜花!

现代中国人似乎已不太喜欢戴花,但20世纪60年代我们也曾有过一阵戴花风。

我们的战斗英雄、劳动模范、人民代表、光荣妈妈、新婚夫妇一律都胸佩红花。

我们也曾齐声欢唱:"戴花要戴大红花……"

但戴花的年代毕竟已经远逝了……

那一阵戴花风会否是梁山遗风的回光返照呢?

图书在版编目(CIP)数据

趣说水浒人物/李剑冰著.—上海:上海人民出版社,2022
(趣说中国古典名著人物丛书)
ISBN 978-7-208-17322-4

Ⅰ.①趣… Ⅱ.①李… Ⅲ.①《水浒》-人物形象-人物研究 Ⅳ.①I207.412

中国版本图书馆CIP数据核字(2021)第173349号

责任编辑　郭立群
装帧设计　范昊如　夏 雪　等

趣说中国古典名著人物丛书
趣说水浒人物
李剑冰 著

出　　版	上海人民出版社
	(201101 上海市闵行区号景路159弄C座)
发　　行	上海人民出版社发行中心
印　　刷	苏州工业园区美柯乐制版印务有限责任公司
开　　本	635×965　1/16
印　　张	26.5
插　　页	2
字　　数	312,000
版　　次	2022年10月第1版
印　　次	2022年10月第1次印刷
ISBN 978-7-208-17322-4/I·1987	
定　　价	96.00元